Hay momentos que deberían ser eternos

Biografía

Megan Maxwell es una reconocida y prolífica escritora del género romántico que vive en un precioso pueblecito de Madrid. De madre española y padre americano, ha publicado más de cincuenta novelas, además de cuentos y relatos en antologías colectivas. En 2010 fue ganadora del Premio Internacional de Novela Romántica Villa de Seseña, en 2010, 2011, 2012 y 2013 recibió el Premio Dama de Clubromantica.com. En 2013 recibió también el AURA, galardón que otorga el Encuentro Yo Leo RA (Romántica Adulta), y en 2017 resultó ganadora del Premio Letras del Mediterráneo en el apartado de novela romántica. En 2024 su exitosa novela erótica *Pídeme lo que quieras* fue llevada a la gran pantalla, y sus novelas *Tampoco pido tanto* y *¿A qué estás esperando?* fueron adaptadas en una serie de televisión.

Megan Maxwell

Hay momentos que deberían ser eternos

Esencia/Planeta

Avda. Diagonal, 662-664, 08034 Barcelona (España)
www.esenciaeditorial.com
www.planetadelibros.com

Adaptación de la cubierta: Booket / Área Editorial Grupo Planeta
Imagen de la cubierta: © Axel Wolf / Shutterstock
Primera edición en Colección Booket: junio de 2022
Primera edición en esta presentación: mayo 2025

Depósito legal: B. 7215-2025
ISBN: 978-84-08-30329-9
Impreso en España

Para todas las Guerreras y Guerreros.
Nunca debemos olvidar que en la vida hay veces en las que se gana
y otras en las que se aprende.
Que la presión no nos hunde, sino que nos enseña quiénes somos.
Que un capítulo malo no es el final de la historia, y que la vida
consiste en insistir, resistir, vivir y nunca desistir.
Un besote muy grande ¡y a por todas!

Megan

Nota de la autora

Hola, Guerreras/os:

Como ya hice en *¿A qué estás esperando?*, quiero comentaros de nuevo aquí por qué no menciono el covid-19 en esta historia, que está ambientada en el año 2021.

Sinceramente, hemos oído las palabras *pandemia* y *covid-19* tantas y tantas veces en los últimos tiempos que creo que casi se agradece no leerlas en una novela.

Asimismo, decidí que el coronavirus no tuviera cabida en la historia para que sus personajes pudieran tener una vida en la que salieran y entraran de sus casas sin toques de queda, viajaran sin miedo, fueran a fiestas con amigos, besaran, abrazaran, etcétera, etcétera (justamente lo que ahora mismo nosotros no podemos hacer, vamos, aunque estoy convencida de que volveremos a disfrutar de ello).

Dicho esto, reitero mi pésame a todas las personas que han perdido a un ser querido en este tiempo. Os mando un beso muy fuerte.

Y, por supuesto, no puedo dejar de dar las gracias a TODAS las personas anónimas y profesionales que siguen estando al pie del cañón todos los días para protegernos, ayudarnos y cuidarnos. GRACIAS..., GRACIAS... Y MIL VECES GRACIAS. Sigo creyendo que sois nuestros héroes y nuestras heroínas, aunque todavía haya gente con muy poquita conciencia y que no es capaz de entender la realidad que estamos viviendo.

Está claro que todos queremos que esta maldita pandemia acabe para poder retomar nuestras vidas y, con ello, poder salir de casa, ir de fiesta, viajar, abrazar o besar, entre un millón de cosas más, pero para que eso ocurra hemos de remar todos hacia el mismo lado, o está claro que el barco tardará en llegar al puerto que deseamos.

En cuanto a la enfermedad de la que hablo en la novela, nunca se sabe y todo puede pasar, por lo que me he tomado ciertas licencias.

Un beso muy grande,

MEGAN

1

—¡Vivan los novios!

Me río. No lo puedo remediar.

Estoy en la boda de mi prima Guadalupe y, la verdad, está siendo una fiesta muy muy divertida. No paro de bailar con mi hermano Adrián y su novia Danica, mientras que a pocos pasos está mi otro hermano, Héctor, bailoteando con nuestras sobrinas Caro y Marta.

Sonriendo, diviso a mi padre haciendo lo propio con mi madre. ¡Hay que ver lo bailongo que es! Sin duda, Adrián, Héctor y yo hemos salido a él.

Al otro lado veo a mi hermana Teresa, alias *la Tipitesa*, que, como siempre, parece que ha chupado un limón. Para ella la familia de mi padre es vulgar; para mí, en cambio, es increíble.

Para la Tipitesa todo aquel que no tenga más de seis ceros en la cuenta del banco no está a su altura. Y, claro, la familia de mi padre tiene un nivel adquisitivo normal tirando a bajo. No como la de mi madre, que por suerte para nosotros siempre ha nadado en dinero.

Agotada de tanto bailar, decido ir a una de las mesas a coger un refresco. A continuación me acerco a mi madre, que habla con mi hermana, y, según llego, lo primero que oigo es:

—Qué horror de vestido el de Guadalupe.

—Teresita, ¡calla! —cuchichea mi madre.

—No le habrá costado más de cien euros —añade mi hermana.

—Te equivocas. Le ha costado bastante más —afirmo.

Joder, he hablado con mi prima y sé el tremendo esfuerzo que ha hecho para comprarse el precioso vestido de novia, pero ella insiste:

—Lo dudo. Es vulgar y corriente.

—Teresita, no empecemos —la regaña mi madre.

Para mi hermana es habitual oír eso; su clasismo es tremendo. Para ella todo es dinero, dinero y más dinero, y cuando voy a intervenir de nuevo oigo que dice:

—Es imposible comparar esa iglesucha donde se ha casado con Los Jerónimos, donde me casé yo, y este salón con el de El Pardo, donde celebré yo el banquete.

Mi madre me mira. Sabe lo que pienso y se teme lo peor. Y, antes de que conteste, soy yo la que dice:

—Por suerte, no a todos nos apetece casarnos en Los Jerónimos ni celebrarlo en El Pardo.

Mi hermana me mira y hace una mueca de disgusto.

—Querida —replica—, no es una cuestión de apetencia, sino de poder.

Bueno..., bueno..., bueno... Por mi madre voy a contar hasta veinte, porque como cuente hasta diez le voy a decir cuatro cositas. Permanecemos en un silencio incómodo hasta que llega mi sobrina Marta y exclama cogiéndome de la mano:

—¡Tía, baila conmigo! ¡Es Bruno!

Me río. Por los altavoces del local suena la canción *24K Magic* de mi amado Bruno Mars.

Rápidamente me olvido de la tonta de mi hermana y siento que, según me alejo, mi madre respira aliviada. Pobrecita.

Adrián, Héctor, Danica y yo bailamos con Caro y Marta. Adoramos a nuestras sobrinas. Son divertidas, simpáticas y graciosas, a pesar del coñazo de madre que les ha tocado. Espero que no cambien.

Es una pena admitirlo, pero Teresa, aun siendo la pequeña de los cuatro hermanos, además de ser más rara que un perro verde siempre se ha creído superior a todos nosotros.

¿Por qué?... ¡A saber!

Afortunadamente provenimos de una familia bastante acomodada gracias a que mi abuela Ágata se enamoró y se casó con mi abuelo Enrique, un niño de la alta burguesía, y fue una gran emprendedora. La abuela fue una mujer adelantada a su época, a la que le importaba bien poco el qué dirán. ¡Menuda mala leche se gastaba! Por eso dicen que me parezco a ella, por lo de emprendedora, por mi lengua algo suelta y por lo poco convencional que soy.

Mis padres se conocieron durante unas vacaciones en Palma de Mallorca. Mi padre nació allí y trabajaba como camarero en el hotel donde ellos se alojaban. Siempre que recuerdan cómo se conocieron nos hacen sonreír a todos. Mi madre cayó a la piscina del hotel llevando un vestido largo, este se le enredó en las piernas y, si no llega a ser porque mi padre se tiró a por ella, según mi madre se habría ahogado.

A partir de ese día no podían dejar de mirarse, hasta que él se armó de valor y la invitó a dar un paseo. Sin dudarlo, mi madre accedió y ahí comenzó su historia. Una historia que mis abuelos aceptaron sin importarles la humilde procedencia de mi padre. Tres años después se casaron y mi padre se trasladó a vivir a Madrid.

Con los años, tras la muerte de mi abuelo, mis padres y mi abuela Ágata pasaron a ser los dueños de la cadena de doce supermercados que mis abuelos fundaron y que estaban repartidos por toda la Comunidad de Madrid. Eso, la posición en la alta burguesía que nos dejó mi abuelo y su dinero, siempre ha sido lo que nos ha permitido vivir holgadamente. Vamos, que nunca nos ha faltado de nada.

Pero para Teresa, todo lo que hemos tenido siempre ha sido poco y, ansiando más dinero y poder, buscó y rebuscó hasta que, siendo casi una niña, se casó con Fran. ¡Pobre, la que le cayó!

Además de poseer el título de marqués de Corondo, que le viene de familia, Fran es un prestigioso abogado internacional al que le sale el dinero por las orejas y, al mismo tiempo, es un hombre bonachón, familiar y amable. A veces me pregunto si tiene sangre en las venas porque, la verdad, aguantar el egoísmo y la intransigencia de mi hermana a diario debe de ser insoportable.

Teresa es de las que se suponen únicas, divinas y estilosas, y por ser marquesa y tener dinero se cree más que nadie. Sin embargo, lo peor es que pretende que todos le rindamos pleitesía como si de una reina se tratara. Y no, querida, no. Por ahí yo no paso, ni tampoco mis hermanos, y, claro, siempre andamos a la gresca, para pena de mis padres. Especialmente de mi madre.

Estamos bailando con Marta cuando ponen la canción *Paquito el Chocolatero*. Ni que decir tiene que mis dos hermanos, las dos niñas, Danica y yo nos reímos a carcajadas mientras hacemos el bailecito y gritamos como si no hubiera un mañana junto a mi prima Guadalupe y el que ahora ya es su marido.

¡Viva el pachangueo!

Como es de esperar, Teresa nos mira horrorizada. Para ella, esto que hacemos es una vulgaridad y una ordinariez. Llama a sus hijas, pero estas no le hacen ni caso. Normal..., ¡se están divirtiendo!

Estoy riendo a carcajadas cuando mi madre se nos acerca y musita asiéndome del brazo:

—Eva, cielo. Ven, que te presento al hijo del primo de tu padre, Sebas.

Mis hermanos me miran y se ríen mientras yo maldigo.

¡Ya está mi madre buscándome apaño, como ella dice! ¡Joder, con lo bien que estoy sola y soltera! Anda que no me lo monto yo estupendamente con mis churris ocasionales.

Pero, queriendo ser una buena hija, camino junto a ella con una sonrisa y enseguida me veo sumergida en una marabunta de gente a la que apenas conozco y que solo veo en bodas y entierros.

¡Divertidísimo!

Me presentan a Eugenio, el hijo de Sebas, que además de feo y anticuado rondará los cincuenta. Que, oye, no pasa nada porque tenga esa edad. Yo tampoco soy una niña. Algunos de los hombres con los que quedo la tienen, pero hay cincuentones y cincuentañeros. Y yo, si puedo elegir, prefiero a los cincuentañeros.

Cuando nos dejan a solas para que hablemos, siento deseos de salir corriendo. Qué pereza me da el tal Eugenio... No obstante, comportándome con la educación que se espera de mí, aguanto el tipo. Permanecemos en silencio durante un rato. Conversador sin duda no lo es, y cuando no puedo más, pregunto:

—¿Quieres bailar?

—No bailo.

Vale, la primera en la frente... Aun así, insisto:

—¿Te apetece beber algo?

Él rápidamente niega con la cabeza e indica enseñándome su vaso:

—Ya estoy bebiendo.

Pero si tiene el vaso vacío... Cincuentón, tonto, lelo, aburrido y soso. He aquí mi veredicto.

Sin embargo, intentando salvar el tipo, echo mano de mi buen humor para no dejar mal a mi madre ante el alelado del hijo del primo de mi padre, ¡pero, joder!, lo que me está costando...

Al final, cansada del esfuerzo titánico que estoy haciendo, decido dar por concluida la complicada misión.

—Te dejo —digo de pronto—. Mi hermano Adrián me llama. Un placer, Eugenio.

Y, sin más, e ignorando la cara de «Eva María, ¿adónde vas?» de mi madre, corro junto a mi hermano, su novia y Marta y continúo con el pachangueo.

¡Estoy de fiesta!

Un buen rato después, cuando decidimos parar de bailar para beber algo, nos acercamos hasta mi padre, que está con mi hermana y mi cuñado. Caro, mi otra sobrina, se une a nosotros y mi padre pregunta:

—¿Dónde está Héctor?

Miro a mi alrededor y no lo veo, y mi queridísima hermana suelta:

—Liándola, ¡seguro!

¡La madre que la parió!

Somos cuatro hermanos, a cuál más diferente, y yo soy la mayor, con cuarenta y tres años. Me siguen Adrián y Héctor, que son mellizos y tienen cuarenta y dos, y por último está Teresa, de treinta y seis.

Mis padres nos han dado a los cuatro la misma educación. Mismo colegio. Mismos profesores, pero está visto que la personalidad a cada uno ya le viene de serie.

En mi caso, tras acabar la carrera de Empresariales decidí invertir un dinerillo que tenía gracias a mi abuela en comprar un pequeño hotelito en Ibiza y mudarme allí. ¡Mi locura de juventud!

Una vez que lo reformé, sin saber cómo, se convirtió en el hotel de moda de la isla, y todo fue tan bien que en tres años compré otro y ahora soy la dueña de dos preciosos hotelitos en Ibiza. No obstante, mi pasión siempre ha sido la cocina. Me encantaba trastear en las cocinas de mis locales; finalmente me apunté a una academia y, hoy por hoy, además de ser la dueña de dos hoteles, tengo dos restaurantes, uno en Madrid y otro en Ibiza. Se puede decir que soy una mujer emprendedora.

Según la tonta de mi hermana, soy la hippie, loca y descerebrada que se fue a vivir a Ibiza, que le gusta arriesgar, ser independiente, que nunca se ha casado y se acuesta con quien le viene en gana. Lo de empresaria y emprendedora nunca lo menciona. Mi madre y ella piensan que, por ser la mayor de los hermanos, debería estar más centrada, y aunque yo me encuentro centradísima en mi vida, para ellas no es así. Pero bueno, eso dejó de quitarme el sueño hace tiempo.

Adrián se sacó la carrera de Periodismo, aunque su pasión siempre fueron las motos y llegó a ser un excelente piloto de MotoGP durante años. Todo el mundo lo conocía con el seudónimo de *Adrigar*, por Adrián García. Pero su trayectoria como piloto se jorobó durante una carrera en Francia en la que estuvo a punto de matarse. Esa caída lo alejó de los circuitos, pero no de las motos, y hoy por hoy es un reputado comentarista deportivo que vive como le da la gana y viaja por todo el mundo.

Héctor, al que llamamos cariñosamente *el Bujías*, siempre fue mal estudiante. Obligado por mis padres, comenzó a estudiar la carrera de Derecho, pero al segundo año el derecho se le torció y decidió dejarlo para ponerse a trabajar en un taller de mecánica. Siempre le había encantado enredar con los motores. Con el tiempo se unió al equipo de MotoGP de Adrián y llegó a convertirse en el jefe de los mecánicos. No obstante, por esa época conoció a una inglesa llamada Janet, se enamoró de ella hasta las trancas y, cuando esta murió en dos meses por un cáncer de colon fulminante, Héctor se hundió y comenzó a beber. Y, bueno, todo empeoró un año después cuando Adrián tuvo el accidente que a punto estuvo de costarle la vida y posteriormente se supo que fue por un tema mecánico que, bien revisado, podría haberse evitado. Héctor fue despedido y se sintió tan culpable por aquello que se agravó su problema con la bebida.

Y por último está Teresa, a la que llamamos *la Tipitesa* por la cancioncita, y mira tú por dónde, ¡también terminó siendo marquesa! Cosas graciosas de la vida... Teresa estudió Bellas Artes, pero su objetivo siempre fue encontrar un marido con título y con mucho dinero para vivir como una reina. En este caso vive como la marquesa de Corondo, con sirvienta en casa y todo..., la pobre Lola, que no sé cómo la aguanta. Conoció a mi pobre cuñado en la universidad, lo cazó y a los veinte años se casaron. ¡Para flipar!

Estoy pensando en todo ello cuando oigo que Adrián dice:

—Héctor se ha ido hace rato.

De inmediato, todos lo miramos, y él cuchichea:

—Se ha ido con una chica.

«¡Pobre muchacha!», pienso, y entonces mi padre pregunta:

—¿Tu hermano estaba bien?

Me duele oír eso. Sabemos por qué lo dice, y Adrián, consciente de cuánto sufre mi padre con el tema, afirma:

—Sí, papá. Estaba bien. Tranquilo.

En silencio, nos miramos preocupados. Héctor todavía bebe demasiado.

—Eva María... —oigo entonces que dice mi madre.

Uf... Malo..., malo. Solo me llama por mi nombre completo cuando está molesta por algo.

—¿Se puede saber por qué no estás charlando con Eugenio? —pregunta.

En cuanto oigo eso, me río y musito:

—Mamá, por Dios, pero si parece mi abuelo.

Adrián se ríe, mi padre también, y ella insiste:

—Eva María, es un hombre acorde con tu edad. Tú tampoco eres una niña.

—Mamá, por favor...

Pero mi madre es mi madre, y continúa:

—El primo Sebas nos ha dicho a tu padre y a mí que Eugenio vive en Belgrado. Está soltero, es licenciado en Económicas y además...

—Mamá —la corto, e intentando ser suavecita indico—: Eugenio no es mi tipo.

Adrián vuelve a reírse, yo también, pero oigo decir a la ácida de mi hermana:

—Mamá, a Eva le van los que están recién salidos del jardín de infancia.

¡Joder, ya estamos!

Lo dice porque una vez me vio cenando con un amigo suyo de la facultad. Se llamaba Jesús y tenía diez años menos que yo. ¿Y qué? ¿Acaso los hombres pueden salir con mujeres más jóvenes y las mujeres no? Mi hermana, aun siendo más joven que yo, es una anticuada. Mientras yo vivo en el siglo XXI y defiendo mis derechos como mujer independiente y trabajadora, ella se empeña en vivir como en la Edad Media.

La verdad, al final mis hermanos van a tener razón. Teresa se comporta así conmigo porque me tiene envidia por mi manera de vivir. Lleva casada tanto tiempo y está tan amargada que ver que triunfo en los negocios, que voy y vengo y salgo y entro con quien quiero y cuando quiero la hace rabiar.

Mirando a mi hermana, sonrío. La joroba muchísimo ver mi sonrisa, y musito divertida:

—A mí dámelos jovencitos. ¡Soy feliz!

Adrián y mi padre se ríen. Sé que están conmigo. Mi madre menea la cabeza contrariada, y la agria de mi hermana murmura:

—No te soporto.

—Teresita, no empecemos —la reprende mi madre con cariño.

Pero Teresita, al ver que sigo sonriendo, a pesar de las ganas que tengo de arrancarle la cabeza, insiste mirándome:

—Creo que Eugenio es demasiado para alguien como tú.

—Dijo la experta —me mofo.

—Wooooo, ¡pelea de gatas! —Adrián ríe.

Asiento mientras sigo sonriendo. Lo de mi hermana no tiene nombre.

—Me la como si me pongo —cuchicheo.

Adrián se ríe, mi padre también, y la Tipitesa contraataca de mala baba:

—Y que conste que no lo digo con maldad.

¡La madre que la parió!

Si algo no me falta son hombres. No soy una modelazo ni una mujer que para el tráfico, pero, vamos, tengo mi público, y sonriendo con la misma falsedad que ella respondo:

—¿Maldad? Por favor, ¡si tú no sabes qué es eso, ¿no?!

Mis padres se miran. Si seguimos por ahí, montaremos el circo en cinco segundos.

—Asúmelo, Eva —replica mi hermana—. Tienes cuarenta y tres años y el trasero se te empieza a caer. ¿Quién se fija ya en ti?

—¡Teresita! —la regaña mi madre.

Bueno..., bueno..., bueno..., lo de mi hermana es de escándalo. Ella siempre ha sido la guapa y yo la simpática. Algo que, la verdad, ¡nunca me ha quitado el sueño! Adrián me coge de la mano para pedirme tranquilidad, porque cuando a mí se me suelta la lengua soy puro veneno.

—Teresa, eso que has dicho no me gusta nada. Pídele perdón a tu hermana.

—Pero, papá...

—Déjalo, papá —suelto tras respirar hondo. Y, clavando la mirada en esa que cada vez tengo más claro que nació para ser una mosca cojonera, contengo las ganas que siento de revolcarla por el suelo y siseo—: Si no te callas y sigues por ese camino tan pantanoso, te aseguro que a la que se le van a caer los dientes va a ser a ti. Uno a uno.

—¡Eva María! —protesta mi madre.

—¡Qué ordinaria eres! —afirma Teresa.

—¡Teresita! —vuelve a gruñir mi madre.

—¡Y tú, qué desagradable! —insisto con mala baba.

—¡Qué bonitas son las bodas, ¿verdad?! —se mofa Adrián mirando a su novia Danica, que ni pestañea de la tensión que estamos creando.

Mi padre, viendo la que se avecina, rápidamente coge a mis sobrinas Marta y Caro, las hijas de Teresa, y las saca a bailar. Entonces yo, viendo vía libre por ese lado, añado mirando a la Tipitesa:

—¿Sabes, pedazo de imbécil? Puede que el culo se me empiece a caer, pero aun así, ¡te jodes!, que lo sigo teniendo mejor que tú sin necesidad de tantas sentadillas como haces al día.

—¡Eva María! —protesta mi madre.

Eso provoca mi risa, la de mi cuñado Fran y la de Adrián. Danica, su novia, disimula. Y mi hermanísima, enfadada, levanta el mentón da media vuelta y se marcha.

¡Menuda es ella!

Segundos después, Fran, el tonto de mi cuñado, porque, sí, de lo bueno que es, es tonto, tras un gesto de mi hermana que le exige que vaya con ella, se apresura a seguirla. Después, tras otro gesto, la sigue mi madre. ¡Faltaría más! Es su niña.

Mi hermano Adrián me mira divertido. Como yo, está acostumbrado a la lengua viperina de Teresa, y musita:

—No entiendo a Fran. Una de dos, o la Tipitesa es una fiera en la cama que lo tiene loco o ese tío verdaderamente no tiene personalidad.

Asiento, pero cuando veo el gesto incómodo de mi cuñado murmuro:

—El día que Fran explote, ¡verás!

De pronto comienza a sonar una canción que me gusta mucho. Es *Magic*, de Kylie Minogue. Y, deseosa de seguir pasándomelo bien, sonrío mientras Adrián, asiéndonos de la mano a mí y a Danica, exclama:

—¡A bailar!

* * *

A las dos de la madrugada, Adrián, Danica y yo nos dirigimos hacia mi coche. La boda ha acabado y estamos molidos de tanto bailar.

Mis padres se han marchado en el coche de Fran y Teresa con las niñas, pues viven al lado, y mientras caminamos Adrián dice:

—La verdad, el *apaño* que te ha buscado mamá era...

No sigue, sino que comienza a reírse, y afirmo:

—Aburrido, coñazo, petardo, y seguro que le huelen los pies.

De nuevo nos carcajeamos, y a continuación Adrián pregunta mirándome:

—¿Te llamó Gabriel?

Asiento. Habla de un amigo suyo, comentarista deportivo como él. Un tipo guapo, pero altamente insoportable.

—Sí —respondo—. Pero paso. No lo aguanto. ¡Es un esnob!

Mi hermano se ríe. Yo también, e insiste:

—¿Sales con alguien ahora?

Niego con la cabeza. En mi vida no hay nadie fijo.

—¿No has vuelto a quedar con el informático que te presenté? —interviene Danica.

Pienso en Germán, ese pobre hombre...

—Quedamos dos veces y fue un auténtico tostón —digo—. Vamos, que hasta el sexo con él me resultó aburrido. ¡Con eso te lo digo todo!

—¡Qué exigente eres!

Sonrío al oír el comentario de mi hermano.

—No soy exigente —replico—, pero un tío que en las dos citas no para de hablarte de sus dolores de espalda y del uñero que tienen que operarle en el pie no me motiva nada, la verdad...

—Pero ¿tú realmente qué buscas en un hombre? —cuchichea Adrián.

Esa pregunta me hace gracia, y con sinceridad respondo:

—Lo imposible.

De nuevo rompemos a reír, y en ese momento llegamos hasta mi coche y me suena el teléfono. Es un número desconocido y, consciente de que del restaurante no puede ser y de mi familia tampoco porque estoy con ella, digo:

—Paso. No lo cojo.

Una vez que montamos en el coche, el móvil suena otra vez, y aunque yo no le hago caso, mi hermano Adrián dice tras ponerse el cinturón:

—Arranca. Yo contestaré.

Asiento. Termino de ponerme el cinturón mientras bromeo con

Danica y cojo una gominola de una cajita que llevo en el coche. Pero entonces veo que a mi hermano le cambia el gesto. ¡Malo!

Rápidamente su sonrisa se difumina. Intuyo lo que ocurre. Y, en cuanto cuelga, me mira y yo pregunto tragándome la gominola:

—¿Héctor?

Él asiente.

—¿Está bien? ¿Qué pasa? —insisto acelerada.

Adrián vuelve a asentir.

—Está bien —dice—. Pero hemos de ir al club La Ambrosía a por él y pagar la cuenta de lo que ha consumido o llamarán a la poli.

Cierro los ojos. Me apoyo en el reposacabezas y me cago en todo lo que se menea. Siempre igual, Héctor no cambia.

—Estoy harta —suelto.

—Tranquila, Eva —susurra Danica.

—Estoy agotada. Esto es un sinvivir —insisto.

Adrián asiente. Me entiende. Él sufre como yo la adicción de nuestro hermano.

—¡Joder! —exclamo a continuación enfadada—. Hace dos días tuve que echarlo del restaurante porque robaba dinero de la caja.

—¡No jodas! —replica Adrián sorprendido.

—Me enfadé tanto con él que le dije que no me llamara más si volvía a meterse en un problema y...

—Pero lo hará una y mil veces —me corta Adrián—. Eres su hermana, y aunque discuta contigo, sabe que tú siempre estarás ahí para él.

Afirmo con la cabeza. Sé que tiene razón. Por mucho que haga Héctor, lo sigo adorando. Así pues, meto primera en silencio y nos dirigimos al club La Ambrosía.

Una vez allí, tras pagar la fiestorra que mi hermano se ha dado, cuando los cuatro salimos del local me planto delante de Héctor incapaz de callarme, pero Adrián interviene:

—Mejor dejémoslo estar. Es tarde —y mirando a mi hermano añade—: Tú te vienes conmigo y con Danica. No puedes ir a casa de papá y mamá en este estado.

Héctor, que está bastante perjudicado por la bebida, asiente sin decir nada. Luego me mira y suelto:

—Me tienes harta. ¡Muy harta!

Y, sin más, los cuatro nos montamos en el coche y conduzco hasta la casa de Adrián en silencio.

Al llegar se bajan, me despido de todos excepto de Héctor y a continuación me encamino hacia mi hogar. Por suerte, no vivimos lejos los unos de los otros, y en menos de veinte minutos ya estoy en casa y me tumbo a dormir. Estoy agotada.

2

Suena la alarma del despertador y, gustosa, me rebozo en mi cama.

Sé que hay personas, como mi hermano Adrián, que adoran el deporte y que lo más para ellos al levantarse es calzarse sus zapatillas y salir a la calle a correr, pero yo no soy así. El deporte y yo nunca nos hemos llevado bien, y para mí lo más al despertar es rebozarme como una croqueta sobre mi enorme cama como hacía Bridget Jones, la protagonista de mis películas preferidas.

¿Que por qué son mis preferidas? Pues porque, en ciertos aspectos, me sentí identificada con ella en el pasado. Bridget y yo, además de tener más o menos la misma edad y una familia bastante particular, somos unas románticas empedernidas adictas al trabajo que nos pasamos media vida a régimen y somos unos puros desastres en el amor.

Actualmente, en cuanto a la comida se refiere, como dueña de dos restaurantes que soy, intento comer saludable, pero sigo dándome mis caprichos, que son bastantes, y en cuanto al amor, soy consciente de lo que no quiero, por lo que me limito a divertirme sin pensar en nada más.

Tumbada en la cama, pienso en la boda de mi prima Guadalupe el día anterior y sonrío. Verla feliz junto a su marido es para sonreír. ¡Qué monos son los dos, y qué guapos estaban vestidos de novios!

Miro el reloj: son las diez y media. Hoy es lunes y mi restaurante de Madrid cierra. Es día de descanso. La alarma de mi teléfono móvil vuelve a sonar; sí, soy de las que ponen varias alarmas... Suspirando, me levanto. Es mi día libre, pero tengo infinidad de cosas que hacer.

Tras darme una duchita, desayuno y, abriendo mi portátil y poniendo mi teléfono sobre la mesa, comienzo el día. Bancos. Papeleo. Proveedores. Gestoría. Hasta que recibo un wasap de mi madre:

Voy a cargar el misil.

Según leo eso, suelto una carcajada. Mi madre y el corrector del móvil son para echarse a temblar. Conociéndola, intuyo que ha querido decir que va a cargar el móvil y que luego me llamará.

Aún recuerdo el día que recibí un mensaje de ella que decía: Te han follado tantas veces que ya no crees en el amor. ¡Dios, lo que me pude reír! Y más cuando me llamó horrorizada para decirme que ella había puesto «Te han *fallado* tantas veces que ya no crees en el amor», pero que el *jodío* corrector había cambiado la palabra. Lo dicho, ¡me partí!

Mientras como gominolas de una cajita que tengo sobre la mesa, llama mi madre. Ya habrá puesto a cargar el móvil...

Mantenemos una conversación fluida. Le encantan los tutoriales de Marie Kondo, y me habla enloquecida de uno que acaba de ver en el teléfono que trata de cómo doblar la ropa para que ocupe menos de la mitad.

La escucho divertida, pero de pronto dice:

—Eva, mi vida, no debes entrar en el juego de tu hermana.

Afirmo con la cabeza, sé que tiene razón. Teresa es insufrible.

—Mamá, lo intento —respondo—. Pero ya sabes cómo es.

Intuyo que mi madre asiente, tonta no es, y a continuación me pregunta:

—¿Crees que Adrián y *Danina* se casarán algún día?

Sonrío, sin duda la clasista de mi hermana ya está haciendo de las suyas, e indico:

—Mamá, se llama Danica y, sí, claro que lo harán. Pero ¿no ves cómo se quieren?

—Según Teresita, esa muchacha está con tu hermano por su dinero.

Según oigo eso, resoplo. Si a alguien le gusta el dinero es a la jodida Teresita, y replico:

—Ni caso a la clasista.

—Eva María, ¡no digas eso de tu hermana!

—Pues mira que he sido suavecita —me mofo.

Mi madre no responde, prefiere no seguir por ese camino pantanoso, pero entonces suelta:

—¿Piensas quedarte sola el resto de tu vida?

—No hablábamos de mí.

—Pues mira, hija, ahora quiero hablar de ti —insiste.

Oír eso me hace gracia.

—A ver, mamá... Sola, lo que se dice sola, no estoy. Estáis la familia, mis amigos y mis rollitos eventuales.

—Uis, ¡rollitos eventuales! Tendrás poca vergüenza.

Me río, no lo puedo remediar. Sé que eso de «mis rollitos eventuales» no tiene cabida en su cabeza, y añade:

—Hija, te mereces un hombre que trabaje, que te quiera y te proteja y...

—Mamá, eso que dices es del siglo pasado —la corto riendo—. Tengo cuarenta y tres años. Soy una mujer adulta e independiente. Poseo mi casa. Mis negocios. Dirijo mi vida y no necesito que un hombre me llene la nevera ni me proteja. Te aseguro que yo solita hago muy bien esas cosas.

¡Ole, qué bien me he definido!

—Pero, hija, los años pasan, todos nos hacemos mayores y...

—¿Y porque me haga mayor he de tener un hombre al lado? ¡Venga, mamá! —Ella no dice nada. La imagino buscando una respuesta, y añado—: Si tanto te preocupa mi soledad, adoptaré un gatito y...

—¿Un gato? Por Dios, Eva María, qué cosas dices.

Me río a carcajadas. Imagino la expresión de mi madre en este momento.

—Hablo de amor, tesoro —repite ella—. Ya sé que lo de Lionel está olvidado, pero ¿no quieres que un hombre te vuelva a querer?

—Lo que no quiero es que nadie me vuelva a mentir ni a engañar más.

—Aisss, hija..., no todos los hombres son iguales.

Asiento. Efectivamente, lo de Lionel está olvidado, y por supuesto que no todos son iguales. Pero sus mentiras hasta que lo descubrí me partieron el corazón, tanto que me es complicado volver a confiar. Soy algo negativa. Y si a eso le sumas que los hombres que se cruzan en mi vida no me inspiran confianza, ¡pues apaga y vámonos!

Sinceramente, hoy por hoy soy de las que piensan eso de que más vale estar sola que mal acompañada. Por mi vida pasa tanto patán, tanto idiota, tanto creído, que, la verdad, sola estoy muy bien.

—A ver, mamá, el amor está sobrevalorado.

—¡No digas eso! —protesta.

Sonrío.

—Mamá, no busco ningún príncipe, básicamente porque yo no soy ninguna princesita y ya tengo la edad suficiente para dejar de creer en cuentos. Tengo cuarenta y tres años, sé lo que quiero y, sobre todo, sé lo que no quiero.

—Pero, hija...

—Mamá...

—Pero si siempre has sido la romántica de la familia —insiste.

Tiene razón. Siempre me ha gustado ver películas románticas, leer novelas románticas, escuchar canciones románticas, hasta que Lionel me partió el corazón en doscientos mil pedazos y decidí cambiar el chip. Pero, la verdad, sigo siendo la misma. Continúo creyendo que el amor es algo increíblemente mágico si aparece en tu vida, aunque hago suponer a todos que ya no creo en él.

Cuando voy a contestar, oigo que mi madre dice:

—Tienes el carácter de tu *jodía* abuela, ¡igualita!

Oír eso es para mí un orgullo. Si a alguien he admirado y admiraré el resto de mi vida es a mi abuela Ágata, la madre de mi madre, por su fuerza y su empuje.

—Pues me encanta ser como mi *jodía* abuela —respondo.

Nos reímos y, poco después, nos despedimos. Las dos tenemos cosas que hacer.

Tras mirar el reloj y ver que ya voy tarde, rápidamente cojo una bolsa y me encamino hacia el mercado. Me divierte comprar en el pequeño mercado de toda la vida. Tanto mis hermanos como yo seguimos viviendo en el barrio de nuestra niñez, y yo particularmente conozco a los fruteros, a los pescaderos o los carniceros, y si algo valoro de ellos es su estupendo sentido del humor y que no me dan gato por liebre.

Una vez que hago mi recorrido de todos los lunes, cuando regreso con la compra a casa pongo una lavadora. Suena el teléfono y, al ver en la pantalla de quién se trata, saludo:

—Hola, Natacha.

Natacha es la encargada de llevar mi restaurante Ibieva, en Ibiza. Yo llevo el Madeva, mi otro restaurante en Madrid, aunque mi sueño es regresar dentro de unos años a la isla. Adoro Ibiza, sus gentes y, sobre todo, la vida allí.

Durante un buen rato Natacha y yo hablamos como todos los lunes y me hace saber que el día anterior Agustín, el cocinero jefe del restaurante, pidió el finiquito y dijo que se iba al cabo de tres días.

¡Mierda! ¡Noooooo!

Eso me sorprende. Que yo sepa, el hombre estaba feliz, pero la sorpresa deja de serlo cuando Natacha me cuenta que al padre de Agustín le han encontrado un cáncer y este lo deja todo para cuidarlo.

Qué triste. Siempre que esa maldita enfermedad entra en la vida de una familia, hay un antes y un después. Por suerte, en la mía nadie la ha sufrido, aunque sé también que es una lotería y, bueno, solo espero que en el caso del padre de Agustín todo acabe bien.

Consciente del problema que hay en el restaurante, mientras hablo con ella, rápidamente busco en mi portátil vuelos ese mismo día para Ibiza. Saldré en el primero que encuentre. Mi cocina no puede estar sin un cocinero jefe.

Acelerada ya por mi inminente viaje, tras terminar de hablar con Natacha, miro en mi agenda nombres de cocineros que me han pedido trabajo en otras épocas y veo uno que sé que tengo que tantear. Antes, sin embargo, llamo por teléfono a Agustín. Abatido, me cuenta lo que le ocurre a su padre y, tras darle ánimos y hacerle saber que estoy aquí para lo que necesite, colgamos.

¡Joder, qué triste!

Acto seguido llamo al teléfono de la persona a la que quiero tantear. Es Siobhan, una francesa que vive en Ibiza y que para mí es una estupenda jefa de cocina.

Al oír mi voz, Siobhan se alegra. Me cuenta que trabaja para uno de los hoteles de la isla y yo, sin perder tiempo, porque no lo tengo, le suelto mi proposición. Ella me escucha, imagino que valora lo que le propongo, y en cuanto acabo, le indico que solo le puedo dar dos días para que me proporcione una respuesta.

Finalmente nos despedimos y quedamos en volver a hablar.

Una vez que cuelgo el teléfono, las tripas me rugen y decido hacerme algo de comer.

Pongo la televisión y, tras abrir el frigorífico, decido preparar algo rico y rápido. *Tagliatelle* a la carbonara sin nata. Para ello saco la panceta que he comprado en el mercado, un par de huevos y el queso parmesano.

Con diligencia y precisión me ocupo de todo y..., ¡mmm!, tras cortar la panceta y dorarla en la sartén, qué olorcito tan rico.

Estoy escuchando las noticias de la tele mientras cocino y, al oír algo, musito:

—Todos prometen y prometen, y cuando llegan al poder hacen lo mismo..., ¡nada!

Uf, nunca me ha gustado la política. Es más, nunca la he entendido y, la verdad, visto lo visto, ¡paso de entenderla!

Molesta con las desesperantes noticias que oigo, cojo el mando para apagar la televisión y luego digo:

—Alexa, pon música de Bruno Mars.

Segundos después comienza a sonar *Too Good to Say Goodbye*, de mi amado Bruno, y la canto a pleno pulmón. Dios, ¡es tan romántico!

—Te quiero, Bruno —murmuro.

Es mi cantante preferido. Lo amo. He tenido el placer de verlo cuatro veces en directo, en España y también fuera, y espero volver a verlo otras muchas. Para mí, ¡es lo más!

Estoy tarareando la canción cuando el teléfono vuelve a sonar. Esta vez es mi hermana Teresa. Solo ver su foto en la pantalla del móvil ya me crispa, pero, consciente de que puede llamar para algo importante, lo cojo y oigo que dice:

—¿Dónde está?

—¿Quién? —pregunto sorprendida.

—¡¿Quién va a ser?! ¡Caro! —grita fuera de sí—. Me acaban de llamar diciendo que, aunque ha estado a primera hora en el colegio, después ha faltado a las siguientes clases.

Saber que busca a mi sobrina me inquieta, pero no es la primera vez que la *jodía* de la niña se salta alguna clase. Está en la edad de hacer tonterías. ¿Quién no las ha hecho con dieciséis años? Pero intentando no dramatizar, para que mi hermana deje de chillar como una posesa, digo con mi mejor tono:

—Teresa, conmigo no está. Seguramente se...

No puedo decir más. Mi hermana me cuelga y, sin poder remediarlo, maldigo. ¡Será idiota!

Acto seguido, busco en la agenda el teléfono de Caro y le escribo un wasap. Mis sobrinas y yo nos adoramos, tenemos una excelente conexión y estoy convencida de que a mí me contestará.

Su colegio está cerca de mi casa, toda la familia vivimos por la misma zona, y le hago saber que tiene cinco minutos para llamarme y decirme dónde está o, como tengo las entradas para ir al concierto de Shawn Mendes, ¡no irá!

Estoy pensando en ello cuando de pronto suena el timbre de la puerta y, al mirar la pantalla del videoportero, respiro aliviada al ver una gorra y saber que se trata de Caro.

¡Ni tres minutos ha tardado en dar señales de vida! Hay que ver lo que le gusta a mi sobrina ese cantante.

Me apresuro a abrir. Espero pacientemente a que suba en el ascensor y, una vez que la puerta del mismo se abre, exclamo con incredulidad cuando veo que se quita la gorra:

—Pero ¿qué te has hecho en la cabeza?

Caro se ríe, no puede evitarlo. ¡Se ha cortado el pelo como un chico y se lo ha teñido de color rosa chicle! ¡Mi hermana la va a matar!

—Tía..., ¡con mi Shawn no juegues!

Parpadeo sorprendida. Tendrá morro la *jodía*. Pero, sin entrar a echarle la bronca que se merece, pregunto:

—¿Qué narices has hecho?

—¡Jopé, tía!

—Pero, Caro, ¡tu pelo!

Ella se encoge de hombros, se lo toca y finalmente dice:

—Me gusta. Es lo que se lleva.

Vaya con la sinvergüenza..., pero sonrío. Por su manera de ser parece más mi hija que la de mi hermana. A pesar de ser impulsiva como yo, Caro también es una niña que tiene mucho coco. Solo hay que ver cómo protege a su hermana y a su padre del bicho de su madre y cómo cuida a mis padres, sus abuelos, para intuir que, a pesar de sus dieciséis años y de las locuras propias de su edad, es una niña bastante madura.

Creo que tener la madre que le ha tocado la ha hecho madurar, aunque, bueno, no quiero ni pensar cuando la vea mi hermana la que se va a montar. Malo..., malo.

Mi sobrina, que va vestida con el uniforme del colegio, se acerca a mí y, tras abrazarme con mimo, me mira y dice:

—¿Puedo venirme a vivir contigo?

Según oigo eso, sonrío y pregunto tomando aire:

—¿Has comido?

Ella niega con la cabeza, por lo que cojo su mano y susurro:

—Pues vamos a comer.

En silencio, entramos en casa. Caro deja la mochila sobre el sofá y, en cuanto ponemos la mesa y reparto la pasta que he preparado en dos platos, nos sentamos a comer y ella afirma mirándome:

—Mola Bruno.

—Mucho —respondo.

En silencio, ambas escuchamos la preciosa canción que suena. Al cabo, señalo la cabeza de mi sobrina y pregunto:

—¿Quién te lo ha hecho?

Caro traga lo que tiene en la boca y responde:

—La hermana de una amiga que estudia peluquería.

Asiento y, tras unos segundos sin hablar, musito:

—Cielo, tu madre te está buscando. La han llamado del colegio para decirle que...

—¡A mi madre que le den! —suelta.

—Caro...

—Tía, mi madre es una clasista y no me renta oírla.

Suspiro. Aunque piense lo mismo, no puedo darle la razón, pero, divertida por su manera de hablar, pregunto viendo que no ha perdido el apetito:

—¿No te «renta»?

Caro niega con la cabeza y yo insisto:

—Te rente o no, deberías llamarla.

—¡Paso!

Me hace gracia oír eso. Pero, consciente de que no puedo decir lo que pienso, murmuro intentando ser sensata con la situación:

—Caro..., es tu madre. Vale que es complicadita, pero piensa en ella y en que está preocupada.

La peque, al oír eso, me mira e indica:

—Si oyeras lo que la *complicadita* dice de ti, te aseguro que dejarías de preocuparte por ella.

Resoplo, entiendo lo que quiere decir. Conociendo a mi hermana, imagino las cosas que puede llegar a decir. Pero, sin entrar en ese tema o me voy a calentar, simplemente pregunto:

—¿A qué se debe lo que has hecho?

Mi sobrina arruga el morrillo; lo hace igual que mi madre. Y cuando las lágrimas comienzan a resbalar por sus mejillas dice en un hilo de voz:

—Se debe a que no la soporto.

—Caro...

—¡No la soporto..., como ella no me soporta a mí!

No sé qué decir. Mi hermana y yo tampoco nos aguantamos, y todo el mundo lo sabe. Pero, consciente de que Caro es aún una niña y yo soy la adulta de las dos, trato de tranquilizarla.

Caro tiene dieciséis años. Mi hermana la tuvo con veinte. Es un bomboncito de niña y físicamente se parece a mi cuñado. Es muy alta, tiene los ojos marrones como él, pero el pelo rubio como Teresa y como yo. Bueno..., ahora lo tiene rosa chicle.

Caro habla y habla. Me cuenta lo complicado que es vivir con su madre y lo mal que lleva ser testigo de las humillaciones que su padre recibe por parte de mi hermana. La escucho. La entiendo. Con dieciséis años no ha de ser fácil presenciar todo eso, y cuando por fin consigo que se tranquilice, insisto:

—Vamos a ver, cielo..., coge aire.

Caro me mira y, sin sorprenderme mucho, dice:

—¡Según ella, soy su gran decepción!

Pobre...

—Tú no podrías ser una decepción ni queriendo —susurro con cariño.

Por fin mi sobrina sonríe. Trato de infundirle positividad, de darle amor. Adoro a esta pequeñaja. Entonces ella se toca la coronilla rapada y pregunta:

—¿Te gusta, tía?

Sonrío. Caro estaría guapa aunque se pusiera una coliflor en la cabeza, e indico:

—A mí me gusta y estás muy guapa. Pero sabes tan bien como yo que a tu madre no le gustará.

—¡Eso no me quita el sueño!

—Caro...

—¡Es que ella me tiene manía!

Oír eso me hace gracia, pero intento no sonreír. ¿A quién no le tiene manía mi hermana?

—Esta mañana yo quería llevar el pelo suelto y ella se ha empeñado en que debía recogérmelo para que las perlas australianas que me regaló en Navidad se vieran a cien kilómetros de distancia —continúa mi sobrina.

—Pues ahora se ven ¡increíblemente bien! —me mofo.

Caro sonríe, yo también, y ella añade:

—Me trata como si fuera tonta. No tiene en cuenta mi opinión. Me reprocha todo lo que hago y lo que digo. Incluso me amenaza con enviarme a un internado si no hago lo que quiere.

Joder..., joder con mi hermana. Estoy por ir a por ella y cantarle no las cuarenta, sino las ochenta, pero entonces oigo que Caro dice:

—Odia a mis amigas. Según ella, no me convienen porque acabaré como el tío Héctor. Pero, por favor, ¡si mis amigas lo máximo que beben es Coca-Cola Zero! Y hoy, cuando hemos discutido antes de ir al cole, me ha dicho que me despida de ellas porque no las volveré a ver.

—¡¿Qué?!

Caro asiente.

—Dice que Yolanda y Susana no son la clase de amigas que quiere para mí, y se ha empeñado en que a partir de ahora debo salir con las hijas de su amiga Isolda. Y no, tía, no. Esas niñas cursis y envaradas no me gustan. Yo tengo mis amigas de siempre. Mi grupo. ¿Por qué he de apartarlas de mi vida y tener las que mi madre quiere?

Suspiro. Sé quiénes son las amigas de Caro, del mismo modo que sé quién es Isolda, la amiga de mi hermana, y si algo me queda claro es que Teresa no está procediendo bien y quiere manejar el futuro de mi sobrina.

Pobre, ¡la que se le viene encima! Como mi cuñado no saque su carácter, mi hermana va a jorobar a las niñas.

Eso me da rabia. Amo a mis sobrinas. Quiero su felicidad, pero ¿qué narices puedo hacer yo si su madre, de entrada, me odia por ser como soy?

Yolanda y Susana son las nietas de Pascual y Angelines, los porteros de la casa donde viven mis padres, y, conociendo a mi hermana, tengo más que claro que le prohíbe a Caro salir con ellas porque sus abuelos son los porteros.

¡Será gilipollas!

Cuando voy a decir algo, no sé si acertado, comienza a sonarme el teléfono. Al mirar veo que se trata de Siobhan. Por ello murmuro dirigiéndome a mi sobrina mientras salgo a la terraza:

—Cielo, dame un segundo.

Acelerada, atiendo la llamada y estoy por saltar de alegría cuando Siobhan me dice que acepta mi propuesta y que al día siguiente puede incorporarse al trabajo.

Oír eso me da un respiro. Mi viaje a Ibiza no ha de ser inminente y, tras darle el teléfono de Natacha para que la llame y hable con ella, me despido con cariño de Siobhan. Dentro de unos días viajaré a la isla y la veré.

Acto seguido, le envío un mensaje a Natacha advirtiéndola de lo ocurrido y, tras recibir su OK, me quedo tranquila.

Entro de nuevo en el salón, me acerco a Caro y, cuando voy a hablar, suena el videoportero. Sin esperar un segundo voy a mirar quién es y, al verlo, miro a mi sobrina y musito:

—Es tu padre.

Caro afirma con la cabeza.

—Le he escrito un wasap cuando venía para decirle que estaría aquí.

Asiento. Caro y su padre se adoran, y me alegra saber que le ha escrito para avisarlo de dónde estaba.

Abro la puerta y, momentos después, el ascensor se detiene y al salir de él mi cuñado Fran, murmuro al ver su gesto desencajado:

—Tranquilo. Tu pequeñaja está bien.

Acto seguido Fran me abraza y cuchichea:

—Te juro que algún día me va a dar un infarto.

Asiento, lo entiendo, y sin decir más entramos en mi casa.

Fran y mi sobrina se miran y este, al ver su cambio de imagen, murmura:

—La que va a montar tu madre cuando te vea.

Caro no se mueve, mi cuñado tampoco, y por último él comenta con una sonrisa:

—Estás muy guapa, pequeñaja.

Mi sobrina me mira. Yo le sonrío, y ella susurra entonces arrugando el morrillo:

—Papá..., lo siento.

Fran no dice nada y, acercándose a su niña, la abraza. Sonrío. Padre e hija se adoran, siempre lo han hecho, y cuando se sientan en mi sofá, mi sobrina solloza.

—Mamá me odia, papá.

Fran sonríe y suspira.

—No, cielo. No te odia. Ya te lo he dicho otras veces. Es solo que ella es especial.

¡¿Especial?! Yo más bien diría que es gilipollas, pero mejor me callo. No la quiero liar más.

Durante un rato padre e hija hablan. Yo solo escucho, y cuando finalmente Fran consigue que Caro entre en razón para que regrese con él a casa, ella va entonces al baño y mi cuñado me mira y dice:

—Gracias por estar siempre ahí para Carolina.

—No digas tonterías —musito dándole un empujoncito cariñoso.

Ambos sonreímos y luego él añade:

—Si no fuera por las niñas, yo tampoco volvería a esa casa.

Oír eso no me sorprende e, incapaz de callarme, pregunto con total sinceridad:

—¿Por qué soportas a mi hermana?

Fran me mira. Como en otras ocasiones, siento que su mirada quiere decir algo que no logro comprender, y entonces responde:

—Por las niñas.

No podemos seguir hablando. Caro reaparece en el salón y él dice poniéndose en pie:

—Venga, pequeñaja, vayamos a casa.

Mi sobrina me abraza. Con todo mi cariño, la beso en la cabeza y, antes de marcharse, declaro mirándola a los ojos:

—Aquí estoy siempre para lo que quieras, ¿de acuerdo?

—Ya lo sé, tía —y sonriendo pregunta—: Lo del concierto de Shawn sigue en pie, ¿verdad?

Eso me hace reír a carcajadas. ¡Adoro a esta pequeñaja! Y afirmo ante la sonrisa de mi cuñado:

—Claro que sí, pero pórtate bien o tu madre no te lo permitirá.

Caro parpadea, se ríe y suelta:

—¡Que se atreva!

Uf..., uf..., la guerra que creo que vamos a tener con mi hermana y esta... Y, después de darle otro cariñoso beso, añado:

—Cuando llegues a casa y ella te vea, por favor, tranquilita, ¿vale?

Caro asiente. Mi cuñado me sonríe y, tras darme un beso cada uno, se marchan, y yo, después de quitar la mesa, llamo de nuevo por teléfono a mi restaurante de Ibiza mientras los compadezco y pienso en la que va a montar mi hermana cuando vea el pelo color rosa chicle de mi sobrina.

3

Menudo miércoles de mierda que llevo.

Problemas..., problemas y más problemas.

Tengo prisa, ¡mucha!, y estoy cargada de negatividad.

Pero, como siempre, el tráfico a las tres de la tarde en Madrid, y por la calle Toledo, es una puñetera locura.

Miro el semáforo. Está en verde, pero los coches no se mueven.

Vamos..., vamos..., vamos...

¡Toco el claxon!

¡Nada!

Lo vuelvo a hacer mientras me meto una gominola en la boca.

¡Me desespero! ¡*Joer*, que tengo prisa!

Pero nada, el semáforo se pone rojo y ni medio metro me he movido, por lo que grito desesperada:

—¡Me cago en *tó* lo que se menea!

Suena mi móvil y veo en la pantalla el nombre del encargado de mis dos hoteles en Ibiza. Por suerte, la llamada no es para nada importante, y cuando acabamos respiro aliviada. Instantes después el teléfono vuelve a sonar y veo el rostro de Nina sonriendo en la pantalla.

Rápidamente pongo el manos libres.

—Dime, Nina.

—Jefa, acaba de llegar al restaurante Miguel Arestes con siete comensales más y...

—¡No me lo digas! —la corto, y finalizo—: No está apuntada su reserva, ¿verdad?

—Verdad —afirma Nina, consciente de que era mi hermano Héctor quien se ocupaba de hacer las reservas.

¡Mecagoentóóóóó!

Miguel Arestes es uno de mis mejores clientes. Sus reuniones en mi restaurante suponen una gran entrada de dinero semanal. Cuando pille a Héctor lo voy a matar.

Pienso... Pienso rápido y luego pregunto:

—¿El rincón derecho del salón esta libre?

—Sí.

Asiento.

—Diles a Jara y a Marcos que monten a toda prisa tres mesas en ese espacio y luego pongan dos biombos para separarlas del resto del comedor y darles intimidad —indico.

—Vale.

—Mientras esperan —prosigo—, acompáñalos personalmente a la bodega e invítalos a una buena botella de vino. Ya sabes que no hay nada que a Miguel le guste más que un buen vino.

—Excelente idea, Bridget —afirma Nina haciéndome reír.

Una vez que me despido de ella, cuelgo la llamada y marco el teléfono de mi hermano Héctor. ¡Este me va a oír! No solo lo tuve que echar del restaurante por meter la mano en la caja, sino que, encima, llevamos una semanita comiéndonos sus errores.

Un timbrazo. Dos... Cuatro... Siete..., y al décimo la llamada se corta.

Insisto, pero nada. Héctor no lo coge. Me como otra gominola. Es la quinta vez que trabaja conmigo y la quinta vez que lo tengo que despedir. En dos ocasiones porque no cumplía los horarios. Una vez porque le pegó un puñetazo al cocinero. Otra porque llegó totalmente borracho a trabajar, y esta última porque se llevó dinero de la caja. Vamos, ¡es un perla!

En la radio comienza a sonar la canción *Wonder* de Shawn Mendes y subo el volumen. Me encanta este muchacho en todos los sentidos. Voy a llevar a mis sobrinas a su concierto y, lo mejor, tiene una voz que es puro terciopelo. Vale, ya sé que podría ser su madre, pero, oye, la imaginación es libre, ¿o no?

De nuevo, el semáforo en verde. Los coches tocan el claxon. Por supuesto, yo también, pero nada..., otra vez el semáforo se pone rojo y no se ha movido ni un solo vehículo.

Pongo el coche en punto muerto, cojo aire por la nariz, cierro los ojos y respiro. Respiro o explotaré.

Una vez...

Dos...

Tres...

Según mi profe de taichí, este ejercicio despeja la mente de malas *vibras* y relaja.

Entonces el conductor del coche que me precede, que debe de llevar tanta prisa como yo, comienza a pitar. Eso hace que abra los ojos. ¡Adiós, relajación! ¡Hola, malas vibras! Semáforo en verde de nuevo, pero nada, seguimos sin movernos.

Me rasco la cabeza mientras pienso en mi hermano Adrián.

Me ha llamado hace un rato para decirme que se había caído con la moto y que se lo llevaban en una ambulancia al hospital Las Palmeras. Ha sido él mismo quien ha telefoneado, pero ¡madre mía, qué preocupación tengo!

Suena mi móvil. Al mirarlo, veo en la pantalla la foto de mi madre haciendo una paellita este verano en la casa de Mallorca. Me temo lo peor y, tomando aire, le doy al manos libres, la música se interrumpe y oigo:

—Eva María...

Mal asunto.

—He llamado al restaurante para hablar contigo y me han dicho que has salido para el hospital para ver a Adrián. ¿Qué pasa?

¡Joder..., joder..., joder! Mi negatividad sube por momentos.

Odio ir a los hospitales. Soy un poco aprensiva. Solo el olor que hay al entrar ya me agobia.

—Mamá, tranquila. Se ha caído con la moto —musito, intentando decirlo con suavidad.

—¡Ay, por Dios! ¿Cómo está?

—No lo sé.

—¡Puñetera máquina del demonio!

—Tranquila, mamá, he hablado con él y...

—Ay, por Dios, ¡no gano para disgustos con vosotros!

Vale. Ese «vosotros» significa que me incluye en el lote, cuando me paso media vida, por no decir la vida entera, trabajando y sacando a alguno de mis hermanos de sus problemas.

—Seguro que Adrián no ha desayunado y le ha dado una bajada de tensión.

—A ver, mamá...

—¡Ni «a ver, mamá» ni leches en vinagre, Eva María! Tu padre y yo ya vamos para el hospital.

Asiento, era de esperar, y pitando de nuevo con el claxon pregunto:

—¿Vais en el coche de Teresa?

—No, hija. Teresita no puede venir.

—¡¿Cómo?!

—Teresita está liada.

—¡Joder con Teresita! ¿Está en el *spa* o en su sesión de reiki? —pregunto mordaz.

—Eva María, no empieces. Teresita no puede venir y punto pelota.

¡Punto pelota! Siempre igual.

Haga lo que haga la Tipitesa, ¡todo está bien! E incapaz de callar, suelto:

—Mamá, te recuerdo que yo estaba trabajando cuando Adrián me ha llamado y...

—Eres la mayor, ¿cómo no te va a llamar a ti? Por cierto, ya me ha dicho Héctor que lo has vuelto a despedir. Pero, hija, ¿cómo le haces eso?

Suspiro. Luego cojo aire e indico:

—Mamá, de Héctor prefiero no hablar. Y, sí, soy la mayor, y antes de que me interrumpas, dirijo mis propios negocios y...

—¿Me vas a comparar lo que tú haces sin marido ni hijos con lo que hace tu hermana, que es marquesa, madre y esposa?

Respiro..., respiro... ¡Ay, que exploto!

Sacar adelante dos hoteles y dos restaurantes para mi madre no es trabajar. Eso sí, Teresita, que no trabaja y solo se toca el higo a dos manos, ¡es la que está más ocupada!

¡Vaya tela!

Su niñita siempre ha sido Teresa. Llegó cuando nadie la esperaba y para ella fue ¡su regalo de Dios! Para el resto, ¡el regalo del demonio! Porque, oye, aunque quiero a mi hermana, soy consciente de que es la tipa más egoísta y egocéntrica que hay sobre la faz de la Tierra. Es ella, luego ella y, si sobra algo, sigue siendo para ella. En fin..., es lo que nos ha tocado.

Estoy pensando en ello cuando oigo a mi madre decir:

—Me ha dicho Teresita que en cuanto sepamos algo de Adrián la llames y se lo cuentes.

¡Me cago en Teresita y en la pobre madre que la parió, que es la mía!

—Dime al menos que no es papá el que conduce —replico enfadada.

Tras unos segundos que se me hacen eternos, finalmente mi madre responde:

—Pues claro que no, hija. Ya que no has venido tú a buscarnos, vamos en un taxi.

Vale. Menuda pullita me acaba de lanzar mi madre con eso de «ya que no has venido tú a buscarnos»...

Vamos a ver, vamos a ver... Que estaba trabajando. Pero, mira, mejor no digo nada al respecto.

—Eva María, ¿estás ya en el hospital? —pregunta entonces ella.

—No, mamá. Pero, tranquila, en quince minutos estaré allí.

¿Quince minutos? ¡Seré mentirosa, por no decir Pinocha!

Con el atascazo que hay, por lo menos tardaré una hora. El teléfono me indica que tengo otra llamada entrante y me apresuro a decir:

—Mamá, te veo en el hospital. Tengo otra llamada.

—Quien sea que espere, ¡estás hablando conmigo!

Resoplo y, sin darle tiempo a más, suelto:

—Mamá, ahora te veo.

Cuelgo y rápidamente cojo la siguiente llamada a través del manos libres.

—¿Sí?

El semáforo está verde. Por suerte, esta vez los coches avanzan, pero cuando llego al semáforo, este vuelve a ponerse en rojo. Vale, no desesperaré. En la siguiente remesa, con un poquito de suerte podré salir de aquí.

—Buenos días. Mi nombre es Michael Boras Jiménez y la llamo de la compañía telefónica MoJaYo para darle la excelente noticia de que le podemos rebajar su factura de teléfono. ¿Hablo con Eva María García?

¡Lo que me faltaba!

No soporto estas llamaditas. Pero con toda la educación del mundo porque quien está al otro lado del teléfono se gana la vida así, respondo:

—Sí, soy Eva. Pero, discúlpeme, no me interesa cambiar de compañía telefónica.

—¿No le interesa ahorrarse dinero en su factura todos los meses?

Vale..., ¡ya estamos!

—Claro que me interesa, pero...

—Si me permite un segundo...

—Que no me interesa...

—Le aseguro —insiste él mientras me meto una gominola en la boca— que lo que le voy a contar le va a interesar.

Y, sin más, me empieza a soltar una larguísima parrafada de la que no me entero de nada mientras yo miro el semáforo y este se pone verde. ¡Sí!

Meto primera, suelto el embrague y por fin comienzo a circular.

El pobre hombre al otro lado del teléfono habla y habla. Desde luego, el guion se lo tiene bien aprendido, y cuando por fin calla, lo oigo que dice:

—¿Qué le parece lo que le he contado?

—Muy bien —respondo sin saber por qué.

—Entonces ¿cambiará su factura de teléfono a MoJaYo?

—No, muchas gracias.

—Pero si le he contado que se va a ahorrar todos los meses un treinta y cinco por ciento en su factura del teléfono e incluso tiene dos meses gratis de televisión en la plataforma...

—De verdad, que no —reitero.

Sin embargo, el hombre sigue y sigue, y cuando no puedo más indico:

—He dicho que no. Usted es muy amable, de verdad, pero no me interesa. ¡Buenas tardes!

Y, sin más, corto la comunicación quedándome con una sensación agridulce por haberlo hecho. Yo no soy así. No suelo ser borde ni antipática. Pero era eso o luchar contra aquel que se ha empeñado en que sí o sí tengo que cambiar de compañía telefónica.

Con destreza, conduzco por las calles de Madrid, me lo conozco fenomenal. De pronto, al parar en otro semáforo, ¡zas!, una camioneta de reparto me da un toque por detrás.

¡Me cago en todo lo que se menea!

Como es lógico, paro el motor. Me bajo del coche y, tras examinar el vehículo y ver que solo tiene un rasguño, miro al conductor del otro vehículo, que se ha apeado también, y le pregunto:

—¿Está usted bien?

El hombre, que tendrá la edad de mi padre, mira su parachoques, que solo tiene unos pequeños rayones como el mío, y suelta:

—Nada, rubita. Un toquecito de nada. No ha pasado nada, chatina.

Bueno..., bueno... ¿«Rubita»? ¿«Chatina»? ¿En serio?

¡Lo que me faltaba para culminar el día que llevo!

¿A que lo mando a la mierda?

La chulería de ciertos machitos ibéricos me pone enferma, no puedo con ellos, y siento cómo mi gesto cambia para volverse gris. Sí..., sí, ¡gris!

El hombre vuelve a mirarme. Creo que de pronto es consciente de mi color grisáceo y mis malas pulgas, y musita:

—Aun así, podemos hacer parte. ¿Se encuentra bien, señorita?

Vale, se ha dado cuenta de su error. Seré buena.

Sinceramente, estoy hasta el mismísimo moño, por no decir una vulgaridad, de que por ser mujer algunos hombres se tomen ciertas libertades. Luego me llaman «feminista», pero, joder, solo intento que me traten con el mismo respeto que trato yo.

Finalmente, con la prisa que tengo, viendo que no ha sido nada y que todos estamos bien, montamos en nuestros respectivos vehículos y proseguimos nuestro camino. Ni parte amistoso ni leches en vinagres.

Instantes después, el móvil vuelve a sonar. Es del restaurante.

—Jefa, soy Jara.

Extrañada porque no me llame Nina, pregunto:

—¿Qué pasa, Jara? ¿Por qué me llamas tú y no Nina? ¿Algún problema con Miguel Arestes?

La joven enseguida me suelta:

—La puerta de la bodega se ha cerrado con Nina y los comensales dentro y no conseguimos abrirla.

Resoplo mientras la escucho. Eso ya nos ha pasado alguna vez antes. Tengo que mandar arreglar esa puerta, pero por suerte sé cómo solucionarlo. Entro en el parking al aire libre del hospital y, tras parar para coger el tíquet, digo antes de volver a arrancar:

—Ve a mi despacho. En el mueble que hay a la derecha verás una barra de hierro. Cógela y llévala a la bodega, haz palanca con ella en la puerta y podrás abrir.

—Vale.

—Dile a Nina que me llame cuando esté solucionado.

Una vez que cuelgo, meto primera y busco dónde estacionar. Por suerte, hay un vehículo que se va justo al ladito de la puerta de entrada.

Tras apearme y cerrar el coche, tomo aire. Sin dudarlo, entro y el vello de todo el cuerpo se me eriza. Uf..., qué mal rollito me dan los hospitales. Les tengo una tirria...

Rápidamente voy a admisión de urgencias y, en cuanto le doy mi nombre y el de mi hermano a la recepcionista y comprueba que somos familia, me indica que Adrián está bien, pero a la espera de una prueba que le han hecho. También me dice que debo esperar en la salita pacientemente y, no, eso sí que no. ¡Tengo que ver a mi hermano! Luego, a pesar del mal rollito que siento por estar donde estoy, esperaré lo que quiera.

Como es lógico, comienza la batalla dialéctica entre la recepcionista y yo. Ella insiste en que espere. Yo insisto en que antes quiero ver a Adrián. La turra que las dos liamos no tiene parangón, y finalmente, después de que un médico nos oiga y se apiade de mí, le pide a la recepcionista que me deje pasar cinco minutos.

¡Bien por él!

Cuando llegamos al box donde está mi hermano, según lo veo me olvido de la angustia que siento por estar en el hospital y lo primero que me sale es darle un beso y, como si fuera su madre, le toco la frente para retirarle el flequillo del rostro y le pregunto:

—¿Cómo estás, cielo?

Adrián me mira. Su gesto es de dolor, e indica señalándose la pierna herida:

—Tranquila, de esta no me muero.

—Ay, Adrián, por Dios, ¡qué susto!

Mi hermano me mira. Por mi gesto sabe que me ha asustado y, cogiéndome la mano, cuchichea:

—Te prometo por tu Bridget Jones que estoy bien.

Según lo oigo decir eso, se me va el instinto maternal y, dándole un manotazo en el hombro, gruño:

—¿Se puede saber por qué no tienes más cuidado con la moto?

Mi hermano se queja y, viendo el estropicio que parece haberse hecho en la pierna, exclamo:

—Maldita sea, ¡tienes que cuidarte, Adrián! Y te aviso que mamá y papá vienen hacia aquí y ya sabes lo pesadita que es ella cuando se lo propone.

—Gominola...

Vale. Ya me ha llamado por ese absurdo nombrecito con el que me llama desde niños porque me encantan las gominolas. Menudo vicio tengo. E, intentando parecer enfadada, insisto:

—No desvíes el tema.

Finalmente nos reímos los dos. De todos mis hermanos, es con el que mejor conexión tengo. Con mirarnos nos entendemos. Y entonces lo oigo preguntar:

—¿Estás bien?

Miro a mi alrededor y afirmo tomando aire:

—Claro que sí.

Él asiente y, cuando voy a hablar, musita:

—Vale. Me he emocionado en la M-40. Acababa de hablar con Thomas Gurden, que me ha invitado a una expedición en Groenlandia y...

—¿Groenlandia?

Mi hermano asiente. Sabe que siempre hemos querido ir allí, y cuchichea:

—¿Qué te parece?, ¿te apuntas? A Thomas le encantará.

Adrián y yo somos aventureros. Nos hemos ido muchas veces de viaje juntos, pero viendo cómo está él, ¡ahora mismo no puedo pensar en eso!

—Dios, Gominola —insiste—, podremos ver por fin increíbles glaciares y preciosas auroras boreales... ¡Es el viajazo con el que siempre hemos soñado!

Resoplo con incredulidad, y a continuación maldigo.

—¿Cómo puedes estar hablándome de eso estando donde estamos?

Mi hermano sonríe; para él, sus caídas con la moto parecen no tener importancia. Sin embargo, al ver mi gesto finalmente se baja de su burbujita groenlandesa y suelta:

—Vale. La culpa de la caída ha sido mía, pero creo que no tengo nada roto, aunque me duele la pierna y...

—Tienes una quemadura terrible —finalizo la frase mirándola.

—Pero estoy bien —manifiesta.

Resoplando, asiento y él cuchichea:

—Deshazte de esa negatividad, ¡te está carcomiendo!

Por último sonrío. Cuando me pongo, soy lo más negativo del mundo. Y tomando aire pregunto:

—¿Has avisado a Danica?

Mi hermano niega con la cabeza. Su novia Danica es una guapa modelo rusa y salen juntos desde hace años.

—Ayer se fue a Bélgica por trabajo —indica—. Regresa pasado mañana.

—Pero ¿la vas a avisar? —insisto.

Mi hermano suspira.

—De momento, no. No quiero asustarla.

Vale, lo entiendo. Creo que yo haría lo mismo.

En ese instante entra en el box una doctora con unos papeles en la mano y explica mirando a mi hermano:

—Tienes una pequeña fractura en el fémur, además de las abrasiones. Y a eso hay que sumarle que los valores que han salido en el análisis que te hemos hecho no me terminan de gustar, por lo que te vamos a subir a planta. Te quedas ingresado.

—Nooooo —musita mi hermano.

Joder..., joder..., joder... ¿Se queda ingresado? ¿En serio?

La doctora nos mira, asiente con la cabeza y luego pregunta:

—¿Cuánto hace que te hicieron la neumonectomía?

—Hace siete años —me apresuro a contestar yo.

La doctora lo apunta en sus hojas y vuelve a preguntar:

—¿Por qué te tuvieron que intervenir?

Esta vez es mi hermano el que responde.

—Tuve un accidente bastante fuerte con la moto. Era piloto de MotoGP y...

Al decir eso, la doctora levanta la vista de los papeles. Veo que observa a mi hermano y suelta:

—Adrián García. ¡Adrigar! Claro. ¡Eres tú!

Mi hermano sonríe. Yo también. Que la gente aún lo recuerde de su época como piloto de MotoGP le sigue gustando.

—Que sepas que el día que ganaste el campeonato del mundo en Jerez, en mi casa lo celebramos a lo grande —añade la doctora.

—Es un placer saberlo —asiente Adrián.

Con una dulce sonrisa, la mujer escribe algo en su informe y luego indica:

—Vivir con un solo pulmón, aunque te permite hacer una vida normal, requiere de unos cuidados y...

—Y él no se cuida —la interrumpo yo—. Por lo que no hay más que hablar. Como usted ha dicho, se queda ingresado.

Mi hermano y la doctora se miran y ella murmura:

—Si tu mujer lo dice...

—No es mi mujer. Es mi hermana.

Ambos sonríen y la médica, antes de marcharse, agrega:

—Daré la orden para que te suban a planta. Te haremos unas pruebas, y, mientras tanto, tranquilidad.

Según ella se va, Adrián y yo nos miramos y lo primero que nos sale es:

—¡Aguanta a mamá!

4

La última paciente del doctor Marc Sarriá, un prestigioso oncólogo del hospital Las Palmeras de Madrid, tras esperar los resultados de un TAC se sentó frente a su mesa.

—Marc, quiero que seas sincero conmigo —le pidió.

El aludido asintió consciente de cuál era su trabajo.

—Gabriela, ¿has venido sola? —preguntó.

La mujer afirmó con la cabeza y, sin parpadear siquiera, insistió:

—¿Qué has visto?

Marc se levantó entonces de su silla, se sentó junto a la de la paciente, a la que ya conocía, e indicó:

—El TAC nos muestra una masa que no me gusta y creo conveniente hacer una biopsia.

—No jorobes...

Marc asintió.

—Probablemente sea un linfoma.

Gabriela cerró los ojos al oír eso. En su familia eran ya varios los que habían tenido cáncer.

—¿Otra vez? —preguntó abriéndolos.

Marc no respondió. Por desgracia, esas cosas pasaban muy a menudo, y cuando iba a hablar, ella siseó furiosa:

—Joder, Marc, ¡me caso dentro de diez meses!

—Y te vas a casar y lo vamos a celebrar a lo grande —aseguró él sonriendo. Y, sin darle tiempo a hablar, añadió—: La vida no se para aquí y ahora. Entiendo tu disgusto y tu preocupación por lo que te acabo de decir, pero como amigo y médico tuyo que soy, te voy a pedir positividad, ¿vale?

Gabriela asintió. Sabía que lo que Marc le pedía era totalmente necesario.

—Te lo prometo.

—Ya sabes cómo va esto —indicó Marc con una sonrisa—. Haremos una biopsia para tener un diagnóstico definitivo y poder ponerle nombre a lo que ocurre. —Ella asintió y el doctor, apuntándose algo en su agenda, añadió—: Miraré para reservar quirófano, mañana te mando un mensaje y te digo día y hora.

—Vale.

Al ver que la joven apenas parpadeaba por el susto que tenía, el médico le apretó la mano.

—Gabriela, tranquila, ¿vale?

Ella suspiró. Si de alguien se fiaba era de aquel excelente médico, que ya era como de la familia, e intentando empaparse de su positividad afirmó:

—De acuerdo.

Una vez que Gabriela se marchó de la consulta, Marc anotaba ciertas cosas en su ordenador portátil cuando entró una enfermera.

—Doctor Sarriá, no queda nadie en consulta, pero me avisan de que en urgencias hay un caso que quieren que vea.

—Diles que ahora voy.

En cuanto la mujer se marchó, Marc se levantó y miró por la ventana. Eran las siete de la tarde y ya había anochecido. Y, sin perder tiempo, salió del despacho y se fue a ver esa urgencia.

* * *

Dos horas después, cuando regresó a su despacho para redactar unos informes, le sonó el móvil. Era su hermano Felipe.

—¡¿Qué pasa, tío?! —lo saludó al contestar.

Felipe, que era el policía de la familia, preguntó sonriendo:

—Oye, ¿dónde estás?

Marc suspiró. Había quedado para cenar con su madre y su hermano en la casa familiar y lo había olvidado.

—Lo siento —repuso—. Me ha salido una urgencia.

—No me jodas, ¿en serio no vas a venir?

Marc sonrió. Su hermano había roto con la novia y esa noche habían quedado para contárselo a su madre, por lo que indicó:

—Lo siento, pero hoy serás tú quien se lo tenga que decir a mamá.

—Joder, Marc. ¡Te necesito!

—Posponlo para el sábado que viene —dijo él—. Para entonces prometo estar ahí y calmar a mamá.

Felipe asintió, le parecía una idea excelente.

—De acuerdo. El sábado cenamos con mamá, pero esta vez no me falles, ¿de acuerdo?

—De acuerdo.

Marc colgó el teléfono y sonrió sin poder evitarlo. Su hermano no paraba de echarse novias. Todas se las presentaba a su madre y, claro, ella les cogía cariño, y luego contarle que ya no estaban juntos era un disgusto para ella.

Estaba pensando en ello cuando le sonó el teléfono. Un wasap.

No te olvides de lo
del viernes que viene.

Era Lorena, una buena amiga suya desde hacía años, y sin dudarlo contestó:

No me lo perdería por
nada del mundo.

Asintió con una sonrisa en los labios y en ese momento asomó por la puerta la cabeza de su buen amigo Gustavo.

—¿Te vas?

—Debería haberme ido hace dos horas.

El doctor Gustavo Sanz, que era un prestigioso hematólogo, preguntó entonces con un gesto gracioso:

—¿Tienes un minuto?

Marc sonrió al oírlo. Gustavo y él se conocían desde la universidad y, mientras consultaban algún caso entre ellos, los minutos solían convertirse en horas.

—¿Pagas tú la cena? —dijo sonriendo.

Su amigo asintió divertido.

—Por supuesto que sí.

Luego se acercó a él y, enseñándole unos informes que dejó sobre la mesa, preguntó:

—¿Me puedes dar tu opinión?

Rápidamente Marc se acomodó en su silla para mirar lo que Gustavo le enseñaba y, como siempre, se olvidaron del tiempo.

5

—Gominola, el teléfono este vibra —musita mi hermano.

Miro la cama y, sí, mi otro móvil vibra. Es el que utilizo para los proveedores de mis restaurantes, y me apresuro a cogerlo.

Según termino de hablar con Esteban, que es quien me suministra la verdura fresca, suena mi otro teléfono.

—Eva María, ¿otra vez el puñetero móvil? —suelta mi madre.

Miro a mi padre, que intercambia una mirada con Adrián, y ambos se ríen. Estos con reírse lo solucionan todo.

—¡Ni que fueras un ministro! —añade mi madre.

Oírla protestar cada vez que me suena el teléfono es verdaderamente agotador.

Pero ¿acaso no sabe ya que soy autónoma y empresaria?

Son las ocho de la tarde, mi nivel de tolerancia comienza a estar bajo cero y, cogiendo el teléfono, lo atiendo. Es Nina.

—¿Cómo está tu hermano?

Alejándome de mis padres, rápidamente respondo:

—Bien, pero se queda ingresado. Y mi madre me tiene negra, y creo que como tarde mucho en marcharse a casa me va a dar un infarto.

Oigo la risa de Nina. Yo también me río.

—¿Te quedas con Adrián en el hospital? —pregunta ella.

—Qué remedio —contesto.

A ver..., mis padres son mayores y no se van a quedar, y por aquí todavía no han aparecido ni Teresita ni Héctor. Por tanto, como siempre..., yo.

—Mi querida Bridget... —dice entonces Nina—. ¿Algún buenorro a la vista?

Me río. Sabe cuánto me gustan esas películas, y musito:

—Nada. Cero patatero.

Ambas reímos y, saliendo de la habitación, pregunto:

—¿Todo bien por ahí?

Nina enseguida me pone al corriente de cómo ha ido el turno de la comida tanto en Ibiza como en Madrid. Adoro ambos restaurante, pero el de Ibiza es mi ojito derecho. Fue el primero que abrí, hace trece años, y es al que le tengo más cariño. Lo abrí precisamente allí porque siempre me ha gustado esa isla.

Viví en Ibiza durante años hasta que mi madre se cayó, se rompió la cadera y me vi más tiempo en Madrid que en la isla. Contar con mis hermanos Adrián y Héctor, junto con mi padre para cuidarla, contaba, pero mi madre no lo ponía fácil. «¡Eva, son hombres!», me decía. Y contar con mi hermana Teresa fue imposible. Su vida era demasiado divina y estaba demasiado ocupada como para cuidar de nuestra madre.

En esa época lo dejé también con Lionel, el que era mi novio, y al final, para romper con todo, decidí mudarme y abrir otro restaurante en Madrid.

Y, la verdad, este último va de lujo y sé que, aunque yo regrese a Ibiza, cosa que en un futuro quiero hacer, funcionaría solo. Tengo la inestimable ayuda de Nina. La conocí en la isla cuando las dos éramos unas crías y siempre ha estado a mi lado para lo bueno y para lo malo.

Cuando compré mi primer hotelito, ella me ayudó en todo lo que pudo y más. Y cuando abrí el restaurante, fue la primera a la que contraté. Sin embargo, el amor se cruzó en su vida y, con todo el dolor del mundo, tuvo que dejarme para trasladarse a vivir a Madrid.

Ese amor duró poco más de seis años y, cuando regresé a Madrid y nos volvimos a encontrar, volví a contratarla sin dudarlo. Nina es la mejor.

Sigo hablando con ella cuando me indica que mi amado hermano no solo no anotó la reserva de Miguel Arestes, sino que se dejó cuatro más sin apuntar.

—Te juro que lo mato cuando lo vea —siseo.

Vuelvo a oír la risa de Nina, que añade:

—Tranquila. Por suerte, he podido solventar todas las reservas.

—¿Y si para esta noche hay alguna más que no apuntó? —insisto.

Nina, que es previsora como yo, afirma:

—Tengo un par de mesas reservadas por si eso ocurriera. Tú no te preocupes por nada. Solo deja la negatividad a un lado y encárgate de estar con Adrián, ¿de acuerdo?

Con gesto contrariado, asiento; lo de mi hermano Héctor es de traca. Cuando voy a hablar, de pronto lo veo aparecer al fondo del pasillo.

—Llama a la policía porque va a haber un homicidio —susurro.

—¿Qué pasa? —pregunta Nina.

Mi hermano me mira. Yo lo miro a él, y respondo:

—Tengo a Héctor a diez metros de mí y...

—Eva, estás en el hospital y están tus padres. Contente y déjate de homicidios.

Asiento, tiene razón. Mi hermano me mira y, antes de colgar el teléfono, afirmo:

—Tranquila. Me contendré.

En cuanto me despido de Nina y me guardo el teléfono en el bolsillo del vestido, Héctor se acerca a mí y pregunta con su tonito habitual:

—¿Qué pasa, hermana? ¿Por qué me miras así?

Uf..., uf...

¿Encima me viene chulito? ¿A que le doy un pescozón al Bujías? ¿A que lo mando a la mierda?

Pero cuando voy a cantarle las cuarenta, oigo a mi espalda:

—Héctor de mi vida..., ¡has venido!

Es mi madre. Héctor sonríe. Yo me cago en todos sus antepasados, y mi hermano, sorteándome, va hasta mi madre, la abraza y le da un beso.

—Qué bien hueles, mamá.

Ella, como es de esperar, sonríe como una boba. Si Teresita es su niña, Héctor es su consentido, y mi madre se cree que tratándolo como si fuera un crío de diez años va a solucionar el problema de sus adicciones, cuando no es así. Héctor necesita disciplina y sobre todo ayuda profesional. Pero hasta que él lo asuma y lo acepte, nada de todo lo que ocurre se va a arreglar.

—Anda..., pasa a ver a tu hermano —oigo que dice.

Una vez que él desaparece en el interior de la habitación, mamá se acerca a mí.

—Eva María —me suelta—, no me gusta que mires de ese modo a Héctor.

Madre mía..., madre mía..., qué día llevo..., pero cuando voy a responder me suena el móvil otra vez. Lógicamente mi madre, al oírlo, menea la cabeza y susurra con gesto de enfado:

—Entre que no te arreglas ni te pintas y no paras de hablar por teléfono, no me extraña que no tengas marido... Y, por cierto, ni a tu hermana ni a mí nos gustó lo que Caro se hizo en el pelo. Pero, hija, ¡¿cómo se lo permitiste?!

—¿Que cómo se lo permití? —pregunto sorprendida.

Mi madre asiente. Tuerce la cabeza y añade:

—Tu hermana me lo contó. Desde luego, Eva María, no esperaba yo esto de ti. Tendrías que haberle dicho que no.

Tras soltar eso, se da la vuelta y, ¡zas!, se mete en la habitación dejándome con cara de tonta. Sí..., sí, de tonta.

Pero ¿qué mentira le ha soltado la idiota de mi hermana?

Miro el teléfono, que sigue sonando. Es Raúl, el hombre con el que me veo últimamente. Nada serio. Pura diversión.

—Hola, guapa —dice cuando contesto—. ¿Qué tal tu día?

Me apoyo en la pared y cierro los ojos.

—Sinceramente, una mierda.

Raúl se queda callado. ¿Acaso no me va a preguntar por qué digo eso? Y de pronto suelta:

—¿A qué hora nos vemos?

Abro los ojos. ¡Es verdad! Esta noche he quedado con él, y consciente de que va a ser imposible, respondo:

—A ninguna.

—¡¿Cómo?!

—Mi hermano está en el hospital.

Silencio. No dice nada. Pero de pronto replica:

—¿Qué tal si te inventas algo más creíble?

¡Para flipar! ¿En serio? ¿Algo más creíble?

Pero ¿cuándo le he mentido yo al imbécil este y por qué iba a hacerlo, además?

E, intentando no perder la paciencia, tras el desastroso día que llevo, insisto:

—Raúl, no tengo que inventarme nada. Te estoy diciendo la verdad.

A partir de ese instante entramos en una tonta discusión. Tú me dices. Yo te digo. Tú me reprochas. Yo te reprocho. Tú me mandas a la mierda. Yo te envío de avanzadilla. Y finalmente me cuelga.

¡Será tonto el tío!

Sin dudarlo, lo bloqueo y borro su teléfono de mi lista.

¡Anda y que le den!

¡Será por peces en el río!

Tan pronto como recobro la compostura, entro en la habitación, donde veo que mis padres y mis hermanos ríen. Intentando mantener la alegría y olvidándome de mis propios asuntos, me sumo a su buen humor y durante un rato el ambiente se suaviza, hasta que mi madre pregunta dirigiéndose a mí:

—¿Cuándo puede volver tu hermano Héctor a su trabajo?

Según dice eso, mi gesto cambia y oigo que mi padre, que sabe la verdad, dice:

—Rosario...

Pero mi madre, que vive en los mundos de Yupi, insiste:

—Hija, el trabajo está muy mal y tu hermano necesita un empleo.

—Mamá..., déjalo —musita Héctor.

Adrián me mira. Como mi padre, él sabe la verdad, e indica:

—Mamá, es mejor que no te metas en eso.

Héctor no dice ni mu. Mejor que se quede calladito, pero mi madre suelta:

—¿Cómo que no me meta? Mi niño necesita un trabajo y su hermana se lo puede dar... ¿Cómo no voy a meterme?

Joder..., joder..., joder..., con mi madre.

—Contratadlo vosotros para alguno de los supermercados —dice entonces Adrián.

—No me jodas —protesta Héctor molesto.

Mis padres se miran. Malo, malo. Y mi padre, que ya se ha cansado de darle oportunidades a mi hermano, replica:

—La última vez dije que no habría más oportunidades. El trabajo no es un juego.

Lo entiendo, asiento, y mi madre insiste:

—Pero, Eva..., tú sí que puedes contratarlo.

¡Joder! E, incapaz de seguir callada un segundo más, suelto:

—Mira, mamá. Como dice papá, el trabajo es algo muy serio. Tengo a mi cargo a veinticinco personas entre los dos restaurantes, y ya no te cuento en los hoteles, y, como es lógico, hay unas normas que seguir. Si trabajas bien y cumples con tu cometido, te quedas. Si no trabajas y te dedicas a hacer lo que no debes, te vas. A Héctor ya le he dado cinco oportunidades. ¡Cinco! Y una tras otra me ha fallado.

—Pero es tu hermano —reitera mi madre.

—¡¿Y...?!

—Que a un hermano se le perdona todo —replica ella.

—Rosario... —gruñe mi padre.

Uf..., lo que me está entrando por el cuerpo.

Mi hermano Héctor me mira. Se siente respaldado por mi madre y, mirándolo yo a él, pregunto:

—¿Le has dicho a mamá por qué te he despedido esta última vez?

Héctor levanta la vista al techo. Como siempre, la mala tengo que ser yo.

Adrián me coge la mano. Hace que lo mire. Quiere que me tranquilice, pero mi madre insiste:

—Lo que haga da igual. ¡Es tu hermano!

Según oigo eso, noto cómo toda la bilirrubina de mi cuerpo sube hacia arriba y, cuando estoy a punto de darle el disgusto del siglo a la mujer, consigo detener mi lengua viperina y, caminando hacia la puerta de la habitación, cojo mi abrigo y digo:

—Necesito que me dé el aire. Ahora vuelvo.

Acto seguido, salgo sin mirar atrás y, con paso acelerado, camino hacia el ascensor, pero antes de llegar saco de mi bolso el pasador para el pelo de nácar beige que era de mi abuela Ágata y lo miro con cariño. Tener ese objeto que fue tan importante para mi abuela es muy especial para mí. Como siempre, le doy un beso y, sin dudarlo, me recojo el cabello. En cuanto llego al ascensor, no me paro y camino hacia la escalera. De lo nerviosa que estoy, no sé ni lo que hago. ¡Estoy atacada! Vaya día que llevo.

Ya en la escalera, sin saber por qué, me pongo a subir en vez de bajar. ¿Adónde voy?

Llego al último piso y me detengo en seco. Tomo aire. Estoy muerta.

En silencio, me apoyo en la pared y resoplo, y entonces veo que al fondo una puerta se abre y de ella salen dos médicos. O al menos creo que son médicos, vamos, porque van con sus batitas blancas. Instantes después veo que la puerta vuelve a abrirse y por ella salen dos chicas, al tiempo que entran otras dos. Eso llama mi atención y, sin dudarlo, me dirijo hacia allí.

Cuando estoy frente a la puerta, agarro el pomo con seguridad y la abro. Rápidamente salgo al exterior.

¡Anda, pero si estoy en la azotea del hospital!

¡Bien! ¡Aire fresco!

Como si estuviera acostumbrada a moverme por aquí, camino por la azotea y veo más allá a un grupo de empleados del hospital que ríen divertidos. Sin duda este lugar es su válvula de escape.

Atraída por las preciosas vistas de Madrid que me rodean al anochecer, me acerco a la baranda, me quito el pasador del pelo para que este se mueva con el viento y lo dejo sobre la barandilla.

Madre mía, ¡qué bonito es Madrid!

Desde donde me encuentro, las vistas son privilegiadas, pero me apresuro a ponerme el abrigo, pues estamos en marzo, hace un frío que pela y no quiero constiparme.

A continuación saco del bolsillo de mi abrigo el paquete de tabaco y el mechero y me enciendo un cigarro.

Vale, sé que no es bueno fumar..., ¡pero me gusta! Y hasta que yo decida dejarlo, por mucho que me lo digan todos los que me rodean, ¡no lo voy a hacer!

Mientras fumo, pienso en mi día. En este maldito día de mierda.

Desde que Adrián me ha llamado al restaurante para decirme lo del accidente, todo se ha desbaratado. El atasco. El golpe con la furgoneta de reparto. El hospital. Discutir con la recepcionista. Mi madre. La preocupación por la salud de Adrián. Los problemas en el restaurante. La bronca con Raúl. Mi hermano Héctor. Hay días malos, y sin duda hoy es uno de ellos. ¡Pero, joder, ¿acaso no me puede pasar algo bueno?!

Estoy pensando en ello cuando de pronto oigo a mi lado:

—Hay momentos que deberían ser eternos.

Con el rabillo del ojo, veo que se trata de un hombre más alto que yo, y le suelto:

—No te lo tomes a mal, pero eso no te lo compro.

—¿No me lo compras?

—No. Y menos aún estando en un hospital. No me gustan.

—Vaya..., cuánta negatividad.

Su voz me hace saber que está de humor, un humor que yo he agotado hoy, e indico con acidez:

—No estoy para coñas.

—Yo tampoco —insiste.

—Te estoy diciendo que no estoy para coñas.

—¿Tú no sabes que un día sin reír es un día perdido?

¡No puedo más! Este tío me acaba de sacar de mis casillas y, resoplando, suelto:

—Mira, oye, ¡vete a la mierda!

El hombre, cuyo rostro la oscuridad no me permite ver por completo, reitera ignorando mi acidez:

—Venga, mujer, no te pongas así, un poco de positividad.

Bueno..., bueno..., bueno... ¿Positividad? ¿Qué narices es eso?

—¿Tú no sabes que fumar es malo para la salud?

Venga, hombreeeee..., ¿en serio?

Y cuando le voy a soltar una de mis frescas, él apoya los codos en la barandilla y, señalando con la mano hacia delante, continúa:

—Mira todo lo que nos rodea. Madrid. Sus luces de colores. Su precioso cielo estrellado. Su vitalidad. Gente riendo feliz a nuestro lado. ¿No te parece precioso? ¿No crees que este momento, con la magia que nos rodea, debería ser eterno?

Joer..., lo que me faltaba..., ¡un flipado de la vida y la magia! No estoy yo para estas tonterías.

—Pues mira, no —replico—. Ni creo en la magia, ni miro el mundo con tus ojos y...

—¿No crees en la magia?

—No —y pensando en mi sobrina declaro—: No me renta.

Él sonríe y luego añade ante mi gesto de furia:

—Si no crees en ella, ¿cómo esperas que tu día mejore?

Bueno..., bueno..., bueno... ¡Que le he dicho que no estoy para coñas!

Y, dispuesta a dejar de tener esta conversación tan absurda con un tipo al que ni conozco ni pretendo conocer, digo intentando retener mi lengua:

—Mira, si te soy sincera, el día de hoy ha sido una mierda. Pero mierda en letras mayúsculas, subrayadas y en negrita, por lo que dudo que vaya a mejorar y mucho menos deseo que sea eterno. Así que ve con el cuento de tu mundo ideal a otra, porque a mí no me lo vas a vender.

Y, sin ganas de seguir hablando con ese desconocido, apago el cigarro y suelto mientras me marcho:

—Que siga siendo eterno para ti. ¡Disfrútalo!

6

Divertido, Marc se quedó mirando a la mujer que se alejaba de él. Sin duda tenía carácter y su día había tenido que ser desastroso, por lo que sonrió. Él también tenía días así, pero desde hacía tiempo había decidido que el malhumor no formaría parte de su vida. El tiempo y las experiencias le habían hecho darse cuenta de que la positividad era infinitamente mejor que la negatividad, y sin duda intentaba que siempre lo acompañara.

Estaba pensando en ello y sonriendo cuando, al mirar hacia abajo, se percató de que la mujer se había dejado un pasador sobre la barandilla y, sin dudarlo, lo cogió. Volvió a mirar hacia la puerta para avisarla, pero ya había desaparecido, por lo que tras observar con curiosidad el pasador, se lo guardó en el bolsillo de su chupa de cuero. Antes de salir lo dejaría en recepción por si la mujer lo reclamaba.

Estaba admirando la belleza que Madrid le ofrecía cuando oyó a su lado:

—Doctor Sarriá...

Al volverse, el aludido respondió con sorpresa:

—Doctora Valls...

Divertidos, ambos sonrieron y luego él preguntó:

—Pero bueno, Elena, ¿cuándo has vuelto?

Gustosos, se dieron un abrazo; se conocían desde hacía años.

—Hoy es mi primer día tras la baja maternal —explicó ella.

—¿Y todo bien?

—Todo genial, Marc. Es más, ¡lo echaba de menos!

Ambos rieron. Elena, una guapa cirujana, había sido madre meses atrás.

—¿Qué tal tu bebé? —quiso saber Marc.

—Precioso y grande como su hermano. Y, sí, añoro a mi pequeño cagón, pero permíteme decirte que estoy feliz, contenta y pletórica de volver a ejercer mi profesión y ser algo más que una fábrica continua de leche.

Ambos rieron por aquello y después ella preguntó:

—¿Estás de turno?

Él negó con la cabeza.

—He terminado hace horas. Pero primero me han necesitado para una urgencia y después ha venido Gustavo a consultarme un caso..., ¡un minuto! Sin embargo, como siempre, nos hemos tirado una eternidad, y ahora estoy esperando a que acabe de solucionar unos temas para irnos a cenar. Al menos me pagará la cena.

Elena sonrió. Conocía cómo eran los «minutos» entre todos ellos; se agarró al brazo de él y propuso:

—Pues vente con el resto mientras esperas a Gustavo. Estamos celebrando el cumpleaños de Antonio, el celador, y ha traído una tarta de zanahoria ¡que está de muerte!

Y, sin dudarlo, Marc accedió. Conocía a Antonio, y se unió a la celebración mientras esperaba. ¿Por qué no?

7

Cuando llego a la habitación donde está Adrián, tomo aire antes de entrar.

Al hacerlo, mis padres y mis dos hermanos me miran. Por el gesto de mi madre, intuyo que mi padre le ha cantado las cuarenta.

—Tu madre y yo nos vamos a casa —dice el hombre acercándose a mí.

—Os llevo —se ofrece Héctor.

Asiento. Héctor está bien y me parece una excelente idea. Entonces mi madre me pregunta:

—¿Has cenado algo en la cafetería, cariño?

Asiento. Miento. Decirle que no originaría un nuevo reproche, y bajando la voz pregunta:

—¿Por qué tu hermano no ha llamado a Danica? ¿Acaso han roto?

—Mamá, Danica está en viaje de trabajo y Adrián no quiere asustarla.

Ella asiente, no sé si me cree o no, y añade:

—Ese vestido que llevas te sienta muy bien, pero no estaría de más que te maquillaras un poquito. Mira tu hermana Teresita lo mona y guapa que va siempre, tan pintadita y arreglada.

Sonrío por no llorar. No lo puedo remediar. Teresa y yo somos como el día y la noche. Ella, a pesar de ser menor que yo, es de las que no salen de casa sin llevar tres kilos de maquillaje, y yo soy de las que se maquillan cuando no queda más remedio.

Teresa es la marquesa. Yo soy la jipiosa, como dice ella. Teresa es la que tiene cabeza. Yo soy la que anda como pollo sin cabeza. En fin...

—Por cierto, hija. Me quedaría con tu hermano, pero Adrián ha decidido que no. Así que nos vamos a casa, pero mañana a las ocho estaré aquí.

—Ya serán las diez —rectifica mi padre.

Vuelvo a sonreír. Es lo mejor que ha podido decidir Adrián. Y, tras darme papá y mamá un beso en la mejilla, salen de la habitación junto a Héctor, que no me ha dicho ni mu. ¡Mejor!

En cuanto se van, me quito el abrigo. Está claro que la que se va a quedar a pasar la noche aquí soy yo.

—He tenido una conversación con Héctor —oigo que dice entonces mi hermano.

Tomo asiento y, sin más, Adrián me cuenta todo lo que ha hablado con mi otro hermano. Como siempre, al parecer me robó el dinero del restaurante para solventar un lío de los suyos. Saber eso me pone furiosa. Ver lo inconsciente que es mi hermano Héctor me pone enferma, pero Adrián me tranquiliza con sus palabras. Él siempre sabe hacerlo.

Durante un buen rato seguimos charlando, hasta que de pronto dice al ver que son las doce y veinte de la noche:

—Por cierto, el Bujías se va a quedar esta noche conmigo.

—¡¿Qué?!

Adrián asiente.

—Le pedí que llevara a los papás a casa, cenara algo y luego regresara para que tú te marcharas a descansar. Llevas un día algo alteradillo y con demasiada negatividad.

—Me niego. ¡Ni hablar!

—Gominola, estoy bien. Sé de tu aversión por los hospitales y, te pongas como te pongas, será Héctor quien se quede conmigo.

Lo miro boquiabierta.

—Pero...

—No hay peros que valgan. Y por mamá no te preocupes, que de ella me encargo yo.

Niego con la cabeza. No pienso dejar a mi hermano a cargo del descerebrado de Héctor. Pero en ese instante la puerta se abre y aparece el descerebrado en cuestión. En silencio, nos miramos, el reproche está en nuestras caras, y Adrián indica:

—Os recuerdo que estoy en la cama enganchado a un gotero y no me puedo levantar, así que, ¿qué tal si os tranquilizáis?

Asiento, Adrián tiene razón, y oigo que Héctor dice:

—Te devolveré hasta el último euro. Te lo aseguro.

Oír eso me hace menear la cabeza. Pues no tiene que trabajar y cambiar este para devolverme todo lo que me ha robado. Y cuando voy a contestar, Héctor añade:

—Vete. Yo me quedo con él.

No me fío. De él no me fío, pero Adrián insiste:

—Vamos, Gominola, no seas cabezota.

Finalmente, y por no montar un numerito en la habitación, cojo el abrigo y el bolso y, acercándome a Adrián, le doy un beso.

—En cuanto salgas por la puerta me voy a quedar dormido —comenta él—. Te lo aseguro.

Asiento y suspiro. Luego miro a Héctor y, evitando hablar del problema que existe entre nosotros, indico:

—Cualquier cosa, me llamas sea la hora que sea, y no se te ocurra dejarlo solo, ¿me has entendido?

Como es de esperar, mi hermanísimo Héctor asiente y yo, sin más, salgo de la habitación.

Cinco minutos después, cuando abandono el ascensor y me dirijo hacia la salida para ir a recoger mi coche, me molesta el pelo en la cara, y al meter las manos en el bolsillo del abrigo me doy cuenta de que no tengo mi pasador.

¡Mierda! No..., no..., no. ¡Lo que me faltaba! Adoro el pasador de mi abuela.

Me paro. Hago memoria de la última vez que me lo he quitado y recuerdo que lo he hecho en la azotea.

Sin dudarlo, entro de nuevo en el ascensor y subo hasta allí. Voy a toda prisa hasta la barandilla y maldigo al ver que el pasador no está.

No..., no..., no..., ¡no puedo haberlo perdido!

Miro a mi alrededor desesperada. ¡Necesito encontrarlo!

Veo a una pareja al fondo muy acaramelados y camino rápidamente hacia ellos. Les voy a cortar el rollo, pero mira, ¡lo siento!

Cuando les pregunto si han visto mi pasador y ellos me contestan amablemente que no, mi cara de desesperación debe de ser tal que me sugieren que me dirija a la recepción. Según ellos, si alguien del hospital lo ha encontrado, con seguridad lo dejará allí.

Deseosa de que quien lo encontrara tuviera un día bueno y no fuera egoísta, corro de nuevo al ascensor.

¡Uf, qué calores me están entrando!

No puedo imaginar que no lo voy a encontrar. No, no quiero ni pensarlo.

En el camino me encomiendo a san Cucufato. Según mi abuela Ágata, cuando uno perdía algo debía encomendarse a ese raro santo hasta que apareciera, pero cuando llego a la recepción no hay nadie al otro lado del mostrador.

¡¿Cómo?! ¡¿Dónde están todos?!

¿En serio? ¡No puede ser!

Me entran los siete males. Qué digo siete..., ¡los cien males!

Siento que el dramatismo comienza a apoderarse de mi cuerpo y, como dijo Escarlata O'Hara en cierta película que adoro, ¡a Dios pongo por testigo que...!

—Creo que yo tengo lo que estás buscando.

8

Oír esa voz hace que mire rápidamente hacia un lado.

Más allá hay un tipo alto, delgado, con un casco de moto en las manos y, oye..., bastante atractivo además.

No sé quién es, pero, la verdad, su voz me suena; entonces añade acercándose a mí:

—Si mal no recuerdo, ayer tu día no fue muy bueno. Pero ¿qué tal si empiezas hoy con positividad y una sonrisa?

Vale, es el flipado de la azotea.

Pero cuando veo que tiene el pasador de mi abuela en las manos no sé qué decir.

—Como imaginaba —comenta él entonces—, además de muy mala leche, tienes una sonrisa preciosa.

Atraída como un imán, agarro el pasador y susurro:

—Gracias..., gracias... y mil veces gracias.

El desconocido sonríe. De lo agradecida que estoy, le devuelvo la sonrisa y, tras sentir el tacto del nácar en mis dedos, añado:

—Te aseguro que me acabas de devolver uno de mis bienes más preciados.

Veo que levanta una ceja sorprendido.

Vale. Quizá soy un pelín exagerada.

Estoy convencida de que debe de pensar que estoy como una auténtica cabra, pero entonces pregunta:

—Así que ¿puedo dar por hecho que tu día comienza bien?

Según lo oigo decir eso, lo miro a los ojos y pregunto:

—Eres el de la azotea, ¿verdad?

—Sí.

—¿El de la magia y el momento eterno?

El tipo vuelve a sonreír. ¡Qué mono! Y, consciente de lo desagradable que he sido, añado:

—Te pido disculpas por haberte mandado a la mierda.

—Estás perdonada. Y que sepas que nadie me había mandado a la mierda con la gracia que lo haces tú.

Oír eso me hace reír, y entonces él indica tendiéndome la mano:

—Me llamo Marc Sarriá.

Contenta por tener el pasador de mi abuela, lo guardo en el bolsillo de mi abrigo y a continuación se la estrecho.

—Eva García. Encantada de conocerte.

—Lo mismo digo —afirma él.

En ese instante le suena el teléfono. Ha recibido un wasap y, tras leerlo, musita sonriendo:

—Toca cenar sándwich frío.

Oír eso me hace gracia, y, dejándome llevar por mi irreparable impulsividad, pregunto:

—¿No te gustan los sándwiches fríos?

—Sí —veo que afirma—. Pero me apetecía algo más rico.

—¿Te acaban de dar plantón?

—Sí. —Ríe.

Su sonrisa me hace gracia y, cuando voy a marcharme, oigo que dice:

—¿Has cenado?

—No.

—¿Te apetece cenar algo conmigo?

—No.

—Te prometo algo mejor que un sándwich frío.

Al oírlo, niego con la cabeza. Lo que deseo es meterme en la cama y olvidarme de este maldito día, por lo que repito:

—No.

Doy media vuelta y de inmediato oigo:

—¿Sabes decir algo más que la palabra *no*?

Volviéndome de nuevo, lo miro y suelto con guasa:

—¡No!

Veo que sonríe. Me dispongo a continuar mi camino otra vez, pero insiste:

—Esa negatividad que tienes no te hará bien.

No sé por qué, pero oír eso me hace sonreír. Más o menos es lo que me dice siempre Adrián y, sin volverme, sigo caminando.

Sin embargo, al llegar al coche me quedo parada. Ese tipo ha sido amable conmigo. Me ha devuelto algo que adoro y yo me he comportado como una borde. ¡Pobre! Ha pagado injustamente mi mierda de día. Por ello, dejándome llevar por mi impulsividad, doy media vuelta y regreso al hospital. Al entrar veo que está apoyado en el mostrador de la recepción.

—Si vienes a mandarme a la mierda otra vez, me gustaría saber antes el motivo —suelta.

Eso me hace reír a carcajadas.

—¿Qué te parece si como agradecimiento por haberme devuelto el pasador de mi abuela te invito a cenar algo rico? —digo—. Y que conste que yo tampoco hablo de un sándwich frío.

Marc me mira. Creo que mi propuesta lo ha sorprendido. A mí también, para qué lo voy a negar. Pero no me voy a echar atrás después de haberlo dicho y, consciente de que podría pensar otra cosa que no es, aclaro:

—Eso sí, después de cenar, tú para tu casa y yo para la mía. No quiero líos.

Ambos nos reímos. Pero él, deseoso de jugar conmigo, pregunta:

—¿A qué líos te refieres?

Parpadeo. Veo que mi gesto le hace gracia y, sin cortarme, respondo:

—Que quede muy clarito que te invito a cenar, el postre ya te lo buscas tú solito.

De nuevo veo que él se muere de la risa, e indica:

—En la vida me habían invitado a cenar diciéndome algo así.

—Pues mira..., yo he sido la primera —afirmo con tranquilidad.

Nos miramos en silencio. Está claro que valora lo que le acabo de proponer, y finalmente dice:

—¿Conoces algún sitio abierto a estas horas entre semana?

—Conozco un sitio *mágico* donde te aseguro que se come de rechupete —afirmo.

Marc sonríe. Yo también. Oye, lo que me gusta su sonrisa...

—¿Tú creyendo en la magia? —pregunta a continuación.

Su comentario me hace ver que recuerda lo que le he dicho antes en la azotea.

—Por devolverme el pasador de mi abuela y darte el gusto creeré —replico.

Su sonrisa se ensancha y, con cierta picardía que me encanta, insiste:

—¿Seguro que no me quedaré con hambre?

—Te lo aseguro —afirmo totalmente convencida.

No nos quitamos el ojo de encima. Está visto que nos gustamos y..., uf, siento que la química sexual entre nosotros ¡es brutal!

Durante unos segundos permanecemos callados valorando lo ocurrido. No me conoce, del mismo modo que yo tampoco lo conozco a él, y cuando voy a bromear, aparece una chica por la puerta interna de la recepción.

—Doctor Sarriá, ¿me buscaba? —dice.

Él asiente e indica mirando a la joven:

—Ya no. He encontrado a la dueña de lo que te iba a dejar.

Aisss, ¡qué mono! Y encima es médico.

Y, dispuesta a invitarlo sí o sí, insisto:

—Tengo el coche aparcado fuera, ¿te animas?

—Tengo moto —señala él enseñándome el casco.

Pero yo, dispuesta a salirme con la mía, y más tras el trastazo de mi hermano con la suya, replico:

—Hace frío y en el coche se va mejor.

Finalmente él le entrega el casco de su moto a la chica de la recepción y le pide que se lo guarde. A continuación, tras despedirnos de la muchacha, que intuyo que me mira con cierta envidia, mi nuevo amigo el doctor Sarriá y yo nos dirigimos hacia mi coche.

9

Vale. Estoy en mi coche, conduciendo por las calles de Madrid junto a un completo desconocido de bonita sonrisa mientras suena música en la radio. ¿Por qué hago cosas así?

Lo más gracioso es que luego, cuando veo en las noticias las barbaridades que ocurren a veces, soy de las primeras que dicen eso de: «¿Lo ves? ¡Eso pasa por no tener cabeza!».

Y mira por dónde..., en esta ocasión, como en muchas otras, soy yo quien no tiene cabeza...

Recapitulando, sé que el tipo que va sentado a mi lado se llama Marc Sarriá y es médico. Poco más sé...

—¿Quieres? —le ofrezco mientras cojo una gominola de la cajita que llevo en el coche.

Veo que él mira con curiosidad, coge una de fresa y comenta metiéndosela en la boca:

—¡Sin duda el dentista me lo agradecerá!

Eso me hace sonreír, y entonces él pregunta:

—¿A qué se debe tu odio a los hospitales?

Me encojo de hombros. Sé que es por todas las veces que hemos tenido que ingresar a mi hermano Héctor por sus problemas de adicción, pero como no quiero contarle mi vida, respondo:

—No lo sé.

Él asiente, luego ríe y me habla de lo rica que está la gominola que se está comiendo. De pronto oigo que en la radio anuncian el estreno de la última canción de Bruno Mars en colaboración con Anderson .Paak y Silk Sonic, titulada *Leave the Door Open*.

¿En serio?

Subo el volumen.

—Calla un segundo para que pueda escuchar —le pido a Marc.

Veo que me mira con incredulidad. No entiende por qué le digo eso, pero intentando sonreír indico:

—Adoro a Bruno Mars, y acaban de decir que van a poner su nueva canción.

Marc sonríe y, haciendo un gesto con la mano sobre su boca como si cerrara una cremallera, guarda silencio.

La canción comienza a sonar y solo con los primeros acordes ¡ya me ha ganado! Por favor..., por favor, qué bueno es Bruno. Me apasiona.

Como en una nubecita rosa, escucho la canción que me enamora por segundos mientras conduzco. La música es fantástica. La letra es preciosa. La melodía increíble y, cuando minutos después acaba, exclamo feliz:

—¡¿No te parece fantástica?!

Marc afirma con la cabeza.

—No está mal. Bruno hace música muy buena.

No puedo estar más de acuerdo con él.

—¿Te gusta este tipo de música? —me pregunta a continuación.

Asiento y él empieza entonces a mencionar otros cantantes. Brian McKnight, Robin Thicke, Hil St. Soul, Kenny Lattimore. No los conozco. Pero, sin querer interrumpirlo, lo dejo hablar mientras yo sigo pensando lo mucho que me ha gustado la canción de mi chico. ¡Olé mi Bruno!

De pronto comienza a sonar otra en la radio, y Marc comenta:

—Siempre me ha gustado esta canción.

Es *New Kid in Town*, de los Eagles.

—Es una maravilla —afirmo—. Es de esas canciones que, las escuches cuando las escuches, te dan buen rollo y sobre todo paz, ¿verdad?

Veo que asiente, sonríe y luego dice:

—No lo has podido expresar mejor.

Ahora soy yo la que sonríe, y más cuando él se pone a tararearla sin ningún tipo de vergüenza. Lo escucho sorprendida mientras sigo conduciendo, pues compruebo que su pronunciación del inglés es magnífica.

Minutos después, cuando he aparcado el vehículo en plena calle Serrano de Madrid y los dos nos bajamos de él, Marc mira con curiosidad a ambos lados y pregunta:

—¿Aquí hay algo abierto?

Asiento sonriendo y, después de hacerle una seña con la cabeza, indico:

—Sígueme.

Hace un frío que pela. Él me sigue sin dudarlo y, tras abrir la puerta de mi restaurante, que está cerrada, rápidamente desactivo la alarma y, una vez que entramos y cierro la puerta, declaro:

—Bienvenido a Madeva, mi restaurante.

—¿Tu restaurante?

Asiento divertida al ver su gesto de sorpresa. Camino hacia la cocina seguida por él, enciendo la luz y, mirándolo, digo mientras me quito el abrigo:

—Soy autónoma y chef, y aquí es donde hago mis pócimas y practico mi magia.

—Mmmm..., bruja, ¡qué interesante!

Su comentario me hace sonreír, y a continuación suelta:

—¿Te puedes creer que he comido y cenado aquí varias veces?

Lo miro sorprendida. Saber eso es maravilloso.

—Si has repetido, entonces es porque te gusta mi comida —afirmo.

—Reconozco que sí, y ahora que sé quién es la bruja que cocina, más aún.

De nuevo, sonrío. Me gusta saber que mis clientes tienen en buena consideración mi restaurante, y curiosa pregunto:

—¿Y con quién has venido?

Marc asiente con una sonrisa.

—Con amigas y amigos —dice.

Sonrío a mi vez, no quiero ser indiscreta. Entonces saco el paquete de tabaco de mi bolso y oigo que dice:

—El tabaco no es bueno.

Asiento, sé que tiene razón, y afirmo:

—Lo sé. Sé que mata. Pero, mira, hoy en día matan tantas cosas que ya ni lo pienso.

—Pues deberías pensarlo.

No respondo. Mejor me callo. Estoy cansada de charlitas como esa, y dispuesta a cambiar de tema, pregunto:

—¿Qué te apetece beber?

—Una copa de vino.

—Tengo una bodeguita en el sótano con unos vinos excelentes.

—Elige el que quieras —afirma él.

Sin tiempo que perder, ambos bajamos a la bodega. Lo sorprende ver algunos de los vinos que tenemos y, tras escoger uno que parece que nos gusta a ambos, al subir de nuevo a la cocina, tras servir unas copas, lo miro y pregunto:

—¿Alguna preferencia para cenar?

Marc observa que me recojo el pelo con el pasador de mi abuela y me pongo mi chaquetilla de trabajo. Lee lo que pone y contesta:

—Lo que la chef prepare estará bien.

—¿Te gusta el salmón y el pollo?

—Sí —afirma.

Asiento y, sin más, me pongo manos a la obra mientras charlamos con normalidad.

Abro neveras, saco ingredientes y, tras lavarme las manos, comienzo a preparar el segundo plato, que tardará más.

Rallo cebolla y la sofrío en aceite de oliva virgen extra. Viva el aceite español. Cuando veo que la cebollita está como deseo, le añado una cucharada de vinagre balsámico. A continuación tapo la sartén y dejo que caramelice unos quince minutitos a fuego lento, mientras corto las pechugas de pollo en pequeños dados.

Marc me mira y susurra:

—Huele bien.

—Pues mejor sabrá —afirmo sonriendo, y le pido—: Oye, prepara una mesa de fuera mientras yo cocino. Ahí tienes todo lo necesario.

Él asiente y se pone manos a la obra. ¡Genial!

Mientras la cebolla se carameliza, y en cuanto acabo de cortar los dados de pollo, me pongo con el primer plato.

Por suerte, ya tengo cortado en cachitos el salmón y los pepinillos, por lo que solo tengo que cortar el aguacate, la cebolleta y las alcaparras. Hecho eso, añado limón, mostaza de Dijon, salsa de soja, pimienta y aceite. Luego mezclo eso con lo anterior y, tras coger un molde circular para su presentación, lo monto sobre dos platos. Acto seguido pongo un poquito de eneldo por encima y musito sonriendo:

—El primero ya está.

Marc lo mira sin dar crédito y comenta:

—Si tengo que hacer yo esto, tardo tres horas.

Me río.

—La experiencia es lo que tiene —digo.

Marc asiente.

—Aunque poca gente lo imagine —explico—, en las cocinas de los restaurantes se trabaja duro, con tensión y contra reloj. Es una ocupación en ocasiones estresante porque has de trabajar el producto con cuidado, respeto y mimo y, al mismo tiempo, ofrecerle un buen servicio al cliente.

—No lo dudo —contesta él.

Me hace gracia cómo me observa, y pregunto:

—¿Cómo es tu trabajo?

Marc me mira y se encoge de hombros.

—Tiene sus cosas buenas y malas. Como todo en la vida.

A continuación destapo la sartén. La cebolla ya está caramelizada, y le añado miel, limón y pimienta negra. Le doy un par de vueltecitas y lo retiro del fuego para, a continuación, pasarlo a una batidora y que la textura me quede más cremosa y fina.

Una vez hecho esto, en la misma sartén vuelvo a añadir aceite de oliva y salpimiento los daditos de pechuga de pollo. Lo hago con soltura y, cuando ya están, apago el fuego, emplato los daditos y los cubro con la salsa que ha quedado tras triturarlo todo en la batidora.

Después de limpiar los platos con mimo como hago siempre para una buena presentación, miro a Marc y, recordando su apellido, informo:

—Señor Sarriá, ya está hecha mi magia. Solo me queda por decir: ¡la cena está servida!

—¡Qué pintaza! —exclama él.

Tras poner los platos sobre un carrito, le indico con la cabeza que me siga. Salimos al comedor. Le pido que se siente a la mesa que ha preparado y, mirándolo, digo señalando mi obra:

—De primero tenemos tartar de salmón y, de segundo, unos suculentos daditos de pollo a la miel que espero que te gusten.

Boquiabierto, él asiente, sonríe y afirma:

—Estoy seguro de que me gustará.

Y, sí, eso parece. Ataca el tartar con verdadera devoción, y a ello le sigue el pollo.

Marc es un excelente conversador y yo sé que no me quedo atrás. Anda que no tengo palique.

Me pregunta por mi trabajo. Se interesa por él y yo le hablo de mi maravillosa profesión y de la rivalidad que hay con ciertas cocinas. No le hablo de mis hoteles. Sobra tanta información. Le hago saber lo importante que es para mí dar un buen servicio a mi clientela y él me escucha gustoso. Yo no le pregunto por su oficio. Sé que es médico y, la verdad, no me apetece hablar de enfermedades en la mesa.

—¿Por qué es tan importante para ti ese pasador? —pregunta de pronto.

Al oírlo, sonrío. Lo toco sujetando mi cabello y respondo:

—Porque tiene su historia. Era de mi abuela Ágata, que me lo regaló, y yo la adoraba.

Marc afirma con la cabeza y, tras dar un trago a su copa, insiste:

—¿Puedo preguntar qué historia tiene?

Asiento gustosa y, tras beber yo también, indico:

—Como te he contado antes, mis padres tienen varios supermercados en Madrid. —Él cabecea y yo continúo—: Mi abuela Ágata, la madre de mi madre, se dedicaba junto a su madre a repartir huevos que criaban en el patio que tenían en su casa de la calle Embajadores. Pues bien, uno de aquellos días, tras hacer el reparto en una casa señorial de la Gran Vía, se lo encontró en el suelo al salir al portal.

—¿Ese pasador? —pregunta Marc sorprendido.

Asiento.

—Al recogerlo, mi abuela vio que era caro y elegante. Demasiado caro para una joven como ella, y pensó que sería de la señora de la casa que vivía allí, por lo que volvió a llamar a la puerta para devolverlo. En esa ocasión le abrió la puerta un joven. Se llamaba Enrique. Mi abuela le enseñó el pasador y este dijo que efectivamente era de la familia. Las siguientes veces que la abuela fue a repartir huevos, Enrique siempre estaba en la casa. Y, aunque mi abuela luchó por no dejarse llevar por sus sentimientos, al final fue imposible y cayó en las redes del amor.

—¡Qué romántico!

—Tremendamente romántico —afirmo, y prosigo—: Como era de esperar, al principio su relación ocasionó un problema. ¿Cómo iba a relacionarse un joven de la alta burguesía madrileña con una muchacha que repartía huevos por las casas? Pero mi abuelo Enrique no se dejó comer el coco por nadie. Sabía que mi abuela era la mujer de su vida, y ambos prosiguieron con su relación sin importarles qué dirían. Y..., bueno, el día que se casaron él le regaló el pasador, que anteriormente había pertenecido a su abuela y luego a su madre, y que era considerado una joya familiar.

—Parece una historia de película.

Asiento, lo sé, y añado:

—Y, dicho esto, una vez casados, mi abuela, con la ayuda de mi abuelo Enrique, hizo prosperar el negocio de los huevos. Primero montaron una tiendecita en el centro de Madrid, luego dos y..., bueno, hoy en día son, como te digo, varios supermercados por toda la comunidad.

Marc me mira. Está claro que le ha gustado lo que acabo de contarle.

—Qué increíble historia —comenta—. Con razón me has dicho que te había devuelto una de las cosas más preciadas de tu vida.

—Es que lo es —afirmo con seguridad mientras lo toco con mimo.

En silencio, nos miramos. Uf..., cuando me mira así siento que me pone nerviosa.

—¿Y por qué tienes tú ese pasador de la familia? —pregunta a continuación.

Sonrío. Es curioso el doctorcito, e indico:

—Porque soy la primogénita de la única hija que tuvo mi abuela. Soy emprendedora como ella y entre nosotras había una conexión muy especial. Siempre dijo que, igual que le había traído suerte a ella, este pasador me la traería a mí.

—Pero si tú no crees en la magia —se mofa él.

Me río, tiene razón, y bajando la voz pido:

—Chisss..., no se lo digas a nadie.

Ambos soltamos una carcajada, y luego pregunta sorprendiéndome:

—¿Estás casada? ¿Tienes hijos?

Doy un trago a mi copa. Vaya con el doctor..., va a saco.

—Ninguna de las dos cosas —respondo.

—¿Divorciada? —insiste.

Vuelvo a negar con la cabeza y, divertida, voy a hablar cuando dice:

—Disculpa mi atrevimiento, pero por tu edad he pensado...

—¿Mi edad? —me burlo.

Marc revuelve los ojos, levanta las manos al aire y exclama:

—La he cagado. A una mujer no hay que hablarle nunca de la edad.

Eso me hace gracia. Me río. A mí la edad es algo que me importa bien poco. No como a mi hermana Teresa, que, aun siendo más joven que yo, la tía se quita años. Estoy sonriendo por ello cuando, dispuesta a ponerlo en un apuro, le pregunto:

—¿Cuántos años crees que tengo?

Su expresión me demuestra que no sabe qué decir. ¡Pobre! Y, viendo que espero respuesta, susurra:

—No sé... ¿Treinta y seis? ¿Treinta y ocho?

Me río divertida y luego exclamo, frunciendo el entreçejo como si me ofendiera lo que ha dicho:

—¡¿Cómo?!

Su gesto cambia. Ay, pobre. Qué mal rato le estoy haciendo pasar.

—Lo siento, Eva —dice por último—. Soy bastante malo para esto de las edades y...

—Cuarenta y tres —suelto, y riendo añado—: ¡Gracias por lo de los treinta y seis, treinta y ocho...! Menudo subidón me acabas de dar.

Finalmente se ríe. Sé que piensa que soy una cabrona, y entonces, sin saber por qué, suelto:

—No he estado casada, pero en Ibiza viví en pareja en dos ocasiones. Dos años con Jordi y diez con Lionel.

—Solo he ido a Ibiza una vez.

—Para mí es el paraíso. En la isla tengo mi otro restaurante, entre otras cosas, y algún día espero mudarme definitivamente allí.

—¿Cuántos restaurantes tienes?

—Dos. —Sonrío—. Ibieva en Ibiza y Madeva en Madrid.

Marc asiente.

—Curiosos nombres los de tus restaurantes —musita.

Ambos reímos y luego él pregunta:

—¿El tal Lionel los lleva contigo?

Niego con la cabeza y, mientras él se lleva un trozo de pollo a la boca, respondo:

—Lionel fue mi pareja —y, sin saber por qué, añado—: Hasta que puso los ojos en una guapa inglesa con la que tuvo un hijo sin yo saberlo y, tras un millón de mentiras, cosa que por cierto odio y para mí es imperdonable, me dejó y se fue con ella. Al cabo de cuatro meses se casaron y, hoy por hoy, tiene tres hijos y es feliz siendo padre en Inglaterra.

—Vaya...

Y, pensando en aquel al que tanto quise y al que posteriormente tanto odié, susurro:

—Lionel siempre deseó ser padre.

—¿Tú no querías ser madre?

Parpadeo. Ese es un tema que en su momento me dolió, y con sinceridad respondo:

—Lo intentamos, pero no ocurrió. Y hoy por hoy, entre la gran cantidad de trabajo que tengo y que voy cumpliendo años, ya no pienso en ello.

Marc asiente. Creo que he satisfecho su curiosidad; entonces, deseosa de satisfacer la mía, pregunto:

—¿Y tú? ¿Casado?

Marc da un trago a su bebida y, echándose hacia atrás en la silla, responde:

—Soltero.

—¿Hijos?

—No entra en mis planes.

—¿Novia entonces?

—La tuve hasta que decidió que quería otra vida y no la que yo le podía ofrecer.

Según oigo eso, asiento. No le voy a preguntar por qué no entra en sus planes tener hijos y, pensando lo mismo que pensé cuando descubrí el mundo de mentiras de Lionel, afirmo con seguridad:

—¿Sabes lo que te digo, Marc? Eso que ella se pierde, como en su momento se lo perdió Lionel, ¿no te parece?

Marc sonríe y, mirándome, musita:

—Así me gusta, positividad.

Ambos reímos y luego él añade:

—Las prioridades de mi día a día son vivir, ser feliz y permitir que la vida me sorprenda.

—¿Solo eso?

—¡¿Solo?! ¿Te parece poco?

No sé qué decir, y él agrega:

—Te aseguro que con eso a mí me vale.

—Qué conformista eres —me mofo.

Marc afirma con la cabeza.

—Hace años trabajaba veinte horas al día los siete días de la semana. Decidí cambiar y, hoy por hoy, trabajo menos horas para poder vivir y, oye, no me va mal.

Asiento. Yo todavía no me he permitido bajar el ritmo.

—Por cierto, treinta y siete —suelta entonces divertido.

Imagino que se refiere a su edad y, mirándonos a los ojos, sonreímos por aquello.

Bueno..., bueno..., bueno... Está más que claro que estamos tonteando con descaro sentados a la mesa de mi restaurante. Ay, madre..., que me conozco y algo me dice que este tonteo se nos va a ir de las manos.

Marc me gusta. Me atrae. Es un hombre que físicamente está muy bien e intelectualmente, por lo que he hablado con él, me encanta. Y oye, por cómo me mira, sé que yo le gusto a él. Vamos, que los seis años de diferencia entre nosotros nos importan bien poco.

En silencio, nos observamos durante unos segundos.

Uf..., nos comemos con la mirada. E, incapaz de continuar mirándolo así, sin saber por qué, pregunto:

—¿Te apetece algo de postre?

¡Momento Bridget Jones!

¿Qué acabo de soltar?

¡¿Postre?!

Marc sonríe. Yo también.

Creo que le estamos dando el mismo significado a lo que acabo de preguntar, y dice:

—Todo depende de lo que me ofrezcas.

Bueno..., bueno..., bueno...

Si yo tiro a matar, el doctor va directo a la diana; me levanto para pensar lo que estoy haciendo y digo:

—Voy a ver qué tengo en la cámara frigorífica.

Alterada, entro en la cocina, abro la cámara que tengo para los postres y, a pesar del fresco que sale de ella, me doy aire con la mano.

Uf..., este tío me gusta.

No es un guaperas de manual, pero me atrae. Me atrae mucho.

¿Qué hago?

¿Sigo jugando o paro antes de quemarme?

Vuelvo a darme aire con la mano.

¿En serio estoy pensando lo que estoy pensando?

Pero vamos a ver, si yo misma le he dicho que tema sexo nanay. ¿Por qué me contradigo?

Pero antes de que me responda a mí misma, oigo que la puerta de la cocina se abre y con el rabillo del ojo veo que Marc se acerca.

Uf..., qué taquicardia me entra.

Este tío tiene algo que no sé qué es pero que me atrae como un imán. E, intentando que mi voz no tiemble, digo:

—Hay tarta tres chocolates, flan casero...

No puedo continuar. La boca de Marc está en mi cuello.

Mmm..., me gusta...

Me quita el pasador del pelo, que queda libre y suelto, y lo oigo decir:

—Si puedo elegir, te elijo a ti.

Woooooo, ¡lo que me ha dicho!

Decidido, ¡juego!

Y, sin más, me doy la vuelta y afirmo mirándolo a los ojos:

—Pues no se hable más.

Y no. No se habla más.

Nuestras bocas se encuentran y nuestras lenguas se enredan en un caliente y sensual beso.

Madre mía..., madre mía... ¡Y me lo quería perder!

Enseguida, Marc, que es más alto que yo, me coge entre sus brazos, me lleva hasta una de las encimeras de la cocina y, tras sentarme en ella, me mira a los ojos y susurra:

—¿Estás segura de que deseas el mismo postre que yo?

Asiento. Lo quiero, lo quiero.

Y, separándome las piernas, me sube la falda del vestido y, paseando las manos por la cara interna de mis muslos desnudos, murmura mientras me quita las bragas:

—Hummm... no llevas medias.

Sonrío. Tiene razón. Me dan una alergia que me muero.

—¡Sorpresa! —musito.

Sonreímos divertidos, me besa y acabado el caliente beso cuchichea:

—Cuando te he visto tan negativa en la azotea, no he pensado en ningún momento que esto terminaría así. Una vez más, la vida me sorprende.

Joder, ¡y a mí!

Con las pulsaciones aceleradas, asiento, yo tampoco lo había imaginado. Y cuando introduce un dedo en mi interior, jadeo gustosa.

¡Oh, Dios, sí!

Durante un rato el dedo de Marc juguetea en el interior de mi más que húmeda vagina mientras nos miramos a los ojos en silencio con pasión.

¡Dios, estoy a cien!

Me masturba con gusto, con deleite, y sobran las palabras. Pero todas... todas.

Instantes después, mi vestido vuela por los aires y, tras él, también mi sujetador. Desnuda y abandonada a mis instintos carnales, disfruto del placer que Marc me proporciona sobre la encimera sin pensar en nada más, hasta que él se detiene y, mirando el tatuaje que llevo en la cadera izquierda, murmura:

—¿En serio?

Ver su gesto pícaro me hace sonreír, y entonces Marc lee en voz alta:

—«Ni reina ni princesa... ¡Bruja!»

Asiento, eso es lo que dice mi tatuaje, y acercándome a su boca declaro:

—Tiene su historia.

—Quiero saberla —dice él, que está tan excitado como yo.

Acto seguido, su boca reclama la mía. Nos besamos. Nos tentamos. Nos tocamos. Le quito la camisa, que cae sobre mi vestido, y paseo la mano por encima de su pantalón. Tiene el culito duro y..., uf..., vaya lo que esconde delante... Cuando no puedo más y mi impaciencia ya está por todo lo alto, le desabrocho el pantalón e introduzco la mano dentro de su calzoncillo.

¡Sí! ¡Sí, doctor!

Sonríe. Yo lo imito, pues no soy descarada ni nada cuando me lo propongo, y musito:

—Me gustan los hombres depilados.

Él asiente. Noto que jadea y, mientras aprieto con la mano su pene, que está duro y caliente, afirma:

—Me alegra saberlo.

Sin dejar de mirarnos a los ojos con deleite, nos masturbamos con placer. Él a mí y yo a él. Placer por placer. No buscamos nada más.

Nos hemos conocido hace solo unas horas, supuestamente solo íbamos a cenar, pero el nivel de intimidad al que hemos llegado es maravilloso, y cuando siento que lo que me hace me lleva hasta el séptimo cielo de la lujuria y mi cuerpo tiembla como una hoja, él murmura deteniéndose:

—Dame un segundo, que me pongo un preservativo.

Le doy un segundo, dos y cinco. ¡Faltaría más!

Necesito, quiero y deseo tenerlo dentro de mí. Lo quiero... Lo quiero. Y, tras quitarse el pantalón, los calzoncillos y ponerse el preservativo, me mira a los ojos y susurra:

—Ahora sí.

Y sí..., sí. ¡Ahora sí!

Me abro para él de esa manera que me gusta a mí entregarme, y Marc se introduce en mi interior de una única y certera estocada que a los dos nos hace estremecer.

¡Uf, qué rico!

Estamos calientes, abrasados, y sin pensar en nada más nos poseemos sobre la encimera de mi restaurante, dejándonos llevar por el momento, la pasión y el calentón que llevamos.

Sin hablar, pero con cierta rudeza animal, nos miramos a los ojos. Lo que vemos y sentimos nos excita a los dos. Nos gusta. Ver cómo nuestros gestos se contraen de placer es un espectáculo excitante, mientras aceleramos nuestras acometidas buscando más y más profundidad.

Agarrada a la encimera para no moverme, recibo a Marc una y otra y otra vez jadeando y temblando de puro goce. El morbo del momento es una locura.

Lo que está ocurriendo es algo que ninguno había planeado, pero, oye..., como suele decirse, en ocasiones las cosas que no se planean ¡son las que mejor salen! Y, sí..., reconozco que este polvo furtivo que estoy echando con este doctorcito me está sabiendo muy bien.

Locura. Desenfreno. Jadeos. Hasta que no podemos más y, tras un gustoso empellón que lo hace entrar por completo en mí, acompañado por un grito tremendamente gutural y primitivo de ambos, siento cómo llegamos al máximo placer a la vez.

Acalorada y con la respiración entrecortada por el pedazo de momento, miro a Marc. Él está como yo. Acelerado. Sudoroso. Y, dejándome caer hacia atrás en la encimera, musito:

—Ha sido increíble.

Él sonríe, asiente y, agarrándome la mano para que me incorpore, me acerca a su boca y me besa con una calma que me pone todo el vello del cuerpo de punta otra vez.

Madre mía, ¡cómo besa este hombre!

Un beso...

Dos...

Y, tras el tercero, separándose de mí unos centímetros, señala:

—Y nos lo queríamos perder.

Ambos sonreímos. Nos volvemos a besar, a abrazar, y una vez que Marc se separa de mí, intuyendo lo que me quiere preguntar, digo asiendo el pasador del pelo para sujetármelo:

—El baño está, según sales, a la izquierda.

Asiente y, tras un último beso, se va.

Cuando me quedo sola sentada sobre la encimera de la cocina de mi restaurante, sonrío. Es la primera vez que me permito hacer algo así en el local. En la vida ninguno de mis ligues esporádicos me ha llevado a ese punto de locura, y, bajándome de la misma, cojo las bragas, que están en el suelo, y tras guardarlas en el bolsillo de mi vestido, camino hacia el baño también. Necesito lavarme.

Cinco minutos después, sin bragas, porque me niego a ponerme las que he recogido del suelo, cuando salgo del baño veo a Marc junto a la encimera de la cocina bebiendo agua. Al mirarnos, nos sonreímos. Ambos sabemos que lo ocurrido ha sido algo fantástico, pero que no implica nada más. Por ello, y dispuesta a ponérselo fácil, digo mirando el reloj que hay en un lateral del restaurante:

—Las tres y veinte de la madrugada.

Él asiente y, mirándome, pregunta:

—¿Te ayudo a recoger la mesa y la cocina?

Niego con la cabeza. Creo que es mejor dar la noche por concluida, pero él insiste:

—¿Quieres venir a mi casa?

Oír eso me hace sonreír. Madre mía, cómo me atrae este tío. Y, sintiéndome una tigresa ávida de sexo, me acerco a él y lo beso.

Mi beso es bien recibido. ¡Le gusta!

Disfrutamos de lo que sentimos y, cuando noto cómo mi cuerpo pide más y más, sin dudarlo lo hago sentarse en una silla y murmuro:

—¿Sabes? Creo que la vida te va a sorprender otra vez.

—Guauuuu...

Sus ojos lo dicen todo. Imagino que los míos también.

Y, olvidándonos de cuanto nos rodea, una vez que le desabrocho el pantalón y su erecto pene vuelve a estar preparado para mí, como voy sin bragas, me siento a horcajadas sobre él y, dejándome caer lenta y pausadamente, le hago el amor.

Está visto que nos encanta mirarnos a los ojos mientras nos poseemos. En la vida había encontrado a un hombre que con la mirada me transmitiera lo que Marc me transmite.

Sus manos me agarran por la cintura y comienzan a moverme a su antojo.

Me dejo. Me gusta.

«Sí..., no pares...»

Ambos lo disfrutamos hasta que no podemos más, aceleramos nuestras salvajes acometidas y el clímax nos hace chillar de purito placer.

Madre mía, ¡qué satisfacción!

Abrazados mientras continuamos sentados sobre la silla, no decimos nada, hasta que finalmente yo me separo de él y musito:

—Soy una bocazas.

—¿Por qué? —pregunta extrañado.

Me río, no lo puedo remediar, e indico:

—Te he dicho nada de sexo y mira.

—La vida nos ha sorprendido...

Ahora reímos los dos, y susurro levantándome:

—Y encima, ¡sin preservativo! ¿Podemos ser más idiotas?

Según digo eso, él asiente. Intuyo que piensa como yo, y observa:

—La impaciencia y el morbo del momento no nos han dejado pensar. Y eso no está bien.

Tiene razón. No hemos pensado. Este hombre me atrae tanto que me hace perder la razón.

Cuando los dos nos recomponemos, señalando su chupa de cuero digo:

—Creo que es mejor que cada uno se vaya a su casa.

Marc me mira. No sé si le ha gustado lo que he dicho, pero contesta:

—Será lo mejor. Mañana trabajo.

—Ya somos dos. —Sonrío.

Una vez que se pone la chupa de cuero, que, por cierto, le queda increíble, recuerdo que lo he traído en mi coche y, cuando voy a hablar, él explica:

—Vivo cerca de aquí. Iré andando.

Parpadeo sorprendida porque viva al lado y no lo haya comentado antes... Acto seguido salimos de la cocina y caminamos hacia la puerta.

¿No me va a pedir mi número de teléfono?

Al llegar a la misma, la abro y entonces él se aproxima a mí, con la mano me acerca a su cuerpo y, tras darme un beso que vuelve a erizar el vello de todo el cuerpo, dice separándose:

—Lo he pasado muy bien.

—Yo también —afirmo gustosa.

En silencio, nos miramos. Estoy por pedirle su número cuando él, sonriendo, dice alejándose unos pasos:

—Sabes dónde trabajo y yo sé dónde trabajas tú. Si ambos lo deseamos, nos encontraremos. Gracias por la cena y por la velada.

Y, dicho esto, se marcha.

¡Adiós al número de teléfono!

Está visto que pasa de repetir y yo, por supuesto, no voy a ir detrás de él.

El frío me asalta y rápidamente cierro la puerta. Veo cómo aquel hombre, tan simpático y caballeroso, se aleja calle abajo y, sonriendo, me doy la vuelta y comienzo a recoger la mesa. Después limpio la cocina y, al terminar, cojo mi abrigo y mi bolso y pongo la alarma. A continuación salgo del restaurante, me monto en el coche y me dirijo hacia mi casa, en la calle Castelló.

Cuando llego, busco la nueva canción de Bruno Mars. Mientras suena, me desnudo, me pongo una camiseta y, tras lavarme los dientes, me voy a dormir. Estoy agotada.

10

Cuando Marc despertó en su bonito ático de la calle Goya, sin saber por qué, en lo primero que pensó fue en Eva, la mujer con la que había estado la noche anterior. No era la primera vez que conocía a alguien y tenía sexo con esa persona el mismo día, pero sí era la primera en que deseaba que aquella hubiera amanecido en su cama con él.

¿Por qué no le había pedido el número de teléfono? Maldijo para sus adentros.

Pensar en ella lo hacía sonreír. Recordar el olor de su piel o su pícara sonrisa lo excitaba.

—Buenos días —murmuró cuando su perra se subió a la cama.

Olimpia era una cocker spaniel color canela que le había regalado Estela, una amiga de la familia; un regalo que en un principio desconcertó a Marc. ¿Qué iba a hacer él con un perro? Pero rápidamente vio que esta le daba vida. Con su cariño y su amor, *Olimpia* lo hacía sonreír al despertar todos los días, y eso era muy importante para él.

Una vez que se levantó, se vistió y se tomó un café, como cada mañana, bajó a la calle acompañado de la perra para correr un ratito. Comenzar el día haciendo ejercicio por El Retiro era para él una de las cosas buenas de la vida.

Cuando regresó a casa dos horas después, se fue directo a la ducha y, al terminar, sonó su móvil mientras se dirigía hacia la habitación. Era Felipe.

—¡¿Qué pasa, *bro*?! —saludó Marc.

Su hermano iba a responder cuando Marc se apresuró a preguntar:

—¿Se lo dijiste? ¿Hubo drama?

—No.

Ambos rieron y luego Felipe indicó:

—Esperaré al sábado.

—¡Serás cagón!

—Tú no tienes ni idea de lo que es aguantar la mirada de mamá. —Felipe rio.

—Lo sé... Lo sé... —afirmó Marc al recordar a Pilar, su ex, la mujer que lo dejó sin ningún tipo de remordimiento en el momento más complicado de su vida a través de un wasap.

—Tío, tú todo lo haces bien y...

—No es cuestión de que yo lo haga bien, sino de tener cabeza —lo cortó Marc mirando cómo *Olimpia* se subía a la cama—. Sabes que mamá está como loca porque alguno de los dos se case y le dé nietos. Y, sí, yo salgo con mujeres, pero no le presento a ninguna para evitar disgustos. Cosa que no se puede decir de ti..., que se las presentas a todas y luego pasa lo que pasa.

Felipe asintió, su hermano tenía razón, y viendo que su compañera lo llamaba, dijo bajando la voz:

—Te dejo, que tengo faena. El sábado te veo donde mamá. No faltes, por favor.

—De acuerdo.

Cuando el teléfono quedó mudo, Marc buscó en YouTube la nueva canción de Bruno Mars, la que había escuchado la noche anterior con Eva en el coche, y en cuanto comenzó a sonar, declaró en voz alta con una sonrisa:

—Una canción preciosa.

11

A las doce y veinte del mediodía, tras pasarme por el restaurante y ver que todo está en orden, llego al hospital Las Palmeras y sonrío como una boba.

Entro y me quito el abrigo con cierto glamur. Venga, va..., reconozco que me he puesto mi preciosa blusa blanca junto a un pantalón negro y mis botas altas preferidas porque quiero impresionar. Sé que este conjunto me estiliza, me queda muy bien, y quiero estar mona. ¿Por qué? Muy fácil: por si vuelvo a ver al doctor.

Mientras camino con paso firme, miro a mi alrededor con curiosidad.

¿Estará Marc por aquí?

Y, con una inquietud que no sentía el día anterior y que otros llaman «mariposítas en el estómago», me encamino hacia el ascensor para subir a ver a mi hermano.

Según entro en la habitación, como era de esperar, veo que también están aquí mi madre y mi padre, quienes, al verme, me saludan con cariño. Yo les doy un beso y luego me acerco a Adrián.

—¿Qué tal has pasado la noche? —pregunto.

—Estupendamente bien.

Asiento. Sabía que me iba a responder eso. Y en ese momento mi madre interviene:

—Hija, qué mona vienes hoy... ¡Pero si te has pintado!

Sonrío. Tiene razón. Hoy me he esmerado más de la cuenta.

—Eva, cariño —añade ella entonces—. ¿Por qué no te quedaste con tu hermano?

Según oigo eso, voy a preguntar por Teresa cuando Adrián indica:

—Mamá, ya te lo he explicado. Porque yo le dije que se fuera a casa a descansar. Héctor se quedaba conmigo.

Ella asiente, no dice más, y mi padre, cogiéndola del brazo, propone:

—Bajemos a la cafetería. Tengo hambre.

Segundos después, los dos salen de la habitación y yo me dirijo a mi hermano.

—¿Y el Bujías?

Adrián sonríe, no dice nada, y entendiendo la respuesta, siseo:

—No me digas que se marchó y te dejó solo...

—Gominola...

—¡Ni Gominola ni leches en vinagre! Al final lo voy a matar.

Adrián vuelve a sonreír y, agarrando mi mano, asegura:

—Estoy bien. Se ha marchado a las seis de la mañana y, la verdad, casi que lo he preferido. No paraba quieto en la habitación. Pero a mamá le he dicho que se ha ido a las diez.

—¿Te llamó la Tipitesa?

Él niega con la cabeza y, al ver que voy a soltar por mi boca sapos y culebras, canturrea con humor:

—«Teresa la marquesa, tipití, tipitesa...»

Eso me hace sonreír y, al final, me callo y me muerdo la lengua. Lo de mis hermanos es de traca. Pero, como no quiero comenzar mal el día por eso, le doy un beso a Adrián y entonces la puerta se abre y un celador muy simpático entra con una silla de ruedas.

—Hola, soy Ángel. Vengo a llevarte de fiesta.

—¡Qué buen plan! —me mofo consciente de que se lo lleva a hacer una prueba.

Los tres nos reímos y luego el celador afirma mirándome:

—Si te portas bien, quizá más tarde te llevemos a ti.

De nuevo sonreímos, mientras con cuidado ayudamos a que Adrián se levante de la cama. Una vez que lo hacemos y se sienta en la silla de ruedas, pregunta mirando al celador:

—¿Hay chicas guapas en esa fiesta?

Ángel sonríe y asiente.

—Guapas no, ¡lo siguiente!

Ellos se marchan bromeando; me quedo sola y aprovecho para hacer unas llamadas. La primera, al proveedor que me lleva el pescado al restaurante. Hablo con él. Lo que me ha servido esta mañana no era lo que yo había pedido y, tras darse cuenta de su error, queda en pasar por el restaurante con la comanda correcta.

A continuación telefoneo a mi restaurante de Ibiza. Llamo diariamente para hablar con Natacha, la encargada, y tras saber que todo está en orden, cuando cuelgo sonrío. De momento el día va bien.

La puerta se abre. Son mis padres. Y, al ver que no está Adrián, cuando van a preguntar les indico que se lo han llevado para hacerle una prueba. Mi madre hace un puchero.

Buenooooo, ya está aquí Lady Drama. Pero rápidamente mi padre y yo la consolamos.

Una hora después, cuando Adrián vuelve a la habitación, todos nos relajamos y, viendo que aquel está tranquilo con mis padres, decido bajar a la cafetería a comer algo. Tengo hambre.

En mi camino voy más erguida de lo normal por si me encuentro con el doctor. Pero nada. No lo veo por ninguna parte.

Tras comerme un par de sándwiches en la cafetería, viendo que aquí entran todos los doctores del mundo menos el que yo esperaba, decido subir a la azotea. Quizá lo encuentre allí.

Me fumo un par de cigarros apoyada en la barandilla con todo el glamur que puedo. Por Dios, me voy a partir la espalda. Pero nada, sigue sin aparecer.

Finalmente, desilusionada, regreso a la habitación de mi hermano. Adrián está durmiendo. Mis padres ven la televisión y, como estoy cansada, pues solo he dormido cuatro horas, me hago un ovillo en la butaca insufrible que hay a la izquierda de la cama y me dejo abrazar por Morfeo.

¡Será solo un ratito!

* * *

No sé cuánto tiempo pasa ni qué hora es cuando oigo a mis padres hablando. Con la boca pastosa por el sueñecito tan rico que me acabo de echar, me desperezo con ganas. Uf, esta butaca me ha matado. Pero, al abrir los ojos y enfocar, me doy cuenta de que junto a mis padres hay dos médicos.

Dejo de estirarme y entonces mi sorpresa es mayúscula cuando veo que Marc es uno de ellos.

¡Joder!

Y yo babeando y con pelos de loca...

Rápidamente me pongo en pie, me retiro el cabello de la cara y mi madre indica mirándome:

—Es Eva. Nuestra hija.

Marc y la doctora me miran y sonríen y yo los imito.

¿Qué hago? ¿Lo saludo como si ya nos conociéramos o permanezco en silencio?

Dudo, no sé qué hacer. Pero al final opto por callar como hace él.

Marc y yo nos miramos con disimulo y siento que eso me excita. Conocer lo que ha ocurrido entre nosotros horas antes es como poco perturbador y saber que nadie lo imagina, más aún.

Guardo silencio cuando la doctora dice dirigiéndose a mi hermano:

—Recapitulando. El fémur no necesita ser operado, pero tengo que volver a verte en mi consulta de traumatología dentro de siete días.

Miro a Adrián. Este asiente y, cuando mi madre va a hablar, la doctora añade:

—Redactaré el alta para que te vayas a casa. Una vez que lo haga, la enfermera te la traerá, junto con las recetas de los medicamentos que tienes que tomarte hasta que nos volvamos a ver, ¿de acuerdo?

Adrián asiente y sonríe. Yo también.

¡Le dan el alta!

Instantes después, los dos médicos dan media vuelta y se marchan, y yo, al verlo, me quedo descolocada.

¿En serio Marc se va a ir sin decirme nada?

Pues sí. Se va. ¡Olé, qué bien! Pues nada..., tema zanjado. Yo no pienso ir tras él.

Sin moverme de mi sitio estoy gestionando la frustración que eso me produce cuando la puerta vuelve a abrirse. Es Marc. Y, mirándome directamente, dice:

—Eva, ¿puedes salir un momento?

Luego desaparece. Mis padres y mi hermano me miran sorprendidos, y mi madre pregunta:

—¿Lo conoces?

—Sí.

—¿De qué? —insiste.

—¡Rosario! —gruñe mi padre.

Ni hablar. No pienso decir de qué lo conozco, y caminando hacia la puerta indico ante la sonrisita tonta de mi hermano:

—Ahora vengo.

En cuanto salgo de la habitación me encuentro con Marc en el pasillo. Está apoyado en la pared, con unos informes en las manos.

—¿Eres la hermana de Adrigar? —pregunta sonriéndome.

Me río, llevo media vida oyendo eso, y respondo:

—Digamos que Adrigar es mi hermano.

Ambos reímos y entonces él, mirándome de una manera que me pone todo el vello de punta, pregunta:

—¿Cómo va tu día?

Dios, ¡qué sonrisa tiene y qué mono es!

Y, satisfecha porque no se haya marchado sin decirme nada, pero guardando las distancias porque estamos en su lugar de trabajo, respondo:

—Sin duda mejorando.

Por cómo cabecea, intuyo que era lo que quería oír. ¡Bien!

—Te he visto entrar en la habitación y...

—¿Me has visto entrar?

Marc asiente y luego cuchichea sonriendo:

—Llevo más de media hora esperando a que salieras y, como no lo hacías, cuando he visto a la doctora Domínguez, no lo he dudado y he entrado con ella.

Eso me sorprende, pero de pronto pregunta:

—¿Cenamos esta noche?

Oír eso me hace cambiar el gesto, y digo con un suspiro:

—Me gustaría, pero tengo que trabajar.

Él asiente sin decir nada y yo insisto:

—Soy la chef de mi restaurante, ayer falté todo el día, y hoy me he saltado el turno de la comida.

—Imperdonable —se mofa.

—Marc..., es mi trabajo.

—¿Y mañana por la noche?

Vuelvo a negar con la cabeza. Mis horarios son los que son, y entonces lo oigo decir:

—De acuerdo. Volvemos al «no».

Nos miramos unos segundos sin decir nada hasta que un celador se acerca a nosotros.

—Doctor Sarriá, la doctora Venegas lo busca.

Marc asiente, el celador se marcha y nosotros nos quedamos en silencio.

Está visto que sus horarios y los míos son difíciles de compaginar, y siento que ha llegado el momento de despedirnos sin más, pero entonces dice:

—¿A las doce de la noche es lo suficientemente tarde como para que pueda pasar a recogerte por tu restaurante?

Sí..., sí..., sí... Sin duda me acaba de sorprender, y afirmo divertida:

—Por supuesto que sí.

Como tontos, sonreímos. Está más que claro que queremos vernos. Y él indica entonces guiñándome un ojo:

—Mi querida bruja, esta noche pasaré a las doce a por ti, pues.

Ahora reímos abiertamente. Se ha acordado de mi tatuaje. Y, tras guiñarle el ojo, me doy la vuelta y entro en la habitación.

Un rato después, cuando por fin nos traen el alta y podemos abandonar el hospital, mis padres caminan frente a nosotros en dirección a mi coche. Estoy feliz, Adrián está bien y he quedado con Marc... ¿Qué más puedo pedir?

12

A las doce menos cinco veo que Marc entra en el restaurante a través del cristal de la cocina que da al comedor.

¡Qué puntual! ¡Está guapísimo!

La verdad, hoy está siendo una noche de locos. Ha habido mucho trabajo y, saliendo de la cocina, me dirijo hacia él y le digo acelerada:

—Lo siento..., lo siento.

—¿Qué pasa? —pregunta alarmado.

—Se me ha complicado la noche y tendrás que esperar un poquito. Siéntate a la barra y Nina te servirá lo que quieras beber.

Espero que frunza el ceño, pues a nadie le gusta esperar. Pero, sorprendiéndome, sonríe y, tras guiñarme el ojo, indica:

—Tranquila. No hay prisa. Termina lo que tengas que hacer. Y, por favor, relájate, no pasa nada.

Complacida por su respuesta, asiento y entro en la cocina. Rápidamente me pongo a lo mío. Termino cuatro comandas más y por fin el servicio se da por concluido.

¡Aleluya!

Una vez que guardo el género sobrante en las distintas cámaras y recojo mi área de trabajo, miro el reloj y veo que es la una menos cuarto de la madrugada. Pobre Marc.

Nina entra en la cocina. Deja unos platos en el fregadero y pregunta mirándome:

—¿Quién es ese guaperas?

—Marc.

—¿Y Marc es...?

—Un médico.

—¿Médico?

—Sí.

—¿Médico de qué?

Según oigo eso, soy consciente de que no le he preguntado a Marc por su profesión. Sé que es médico, pero poco más, y contesto pensando en su juventud:

—Pues no lo sé. Imagino que de familia..., o quizá un residente del hospital.

Sin preguntar más, Nina asiente.

—Pues que sepas que, además de ser muy mono, es muy agradable.

—Lo sé. —Sonrío.

Sin tiempo que perder, me quito la chaquetilla, corro al aseo de personal a lavarme y, en cuanto termino y veo que estoy presentable, tras despedirme de mis empleados, que se quedan recogiendo, salgo y sonrío al ver a Marc.

Está sentado a la barra mirando con atención su móvil. En silencio, me acerco a él y, cuando veo que está jugando, pregunto:

—¿A qué juegas?

Con una sonrisa, me mira y me muestra la pantalla de su móvil.

—¡Madre mía, pero si haces puzles como yo! —exclamo.

—Me relaja.

—¡Como a mí!

Entre risas, colocamos un par de piezas hasta que, mirándome, dice:

—¿Nos vamos?

Asiento. Su proposición me agrada.

Al salir veo que está lloviendo. Hace una noche de perros, y pregunto abriendo el paraguas:

—No habrás venido con la moto, ¿no?

Él niega con la cabeza.

—He venido andando desde casa.

Asiento. Recuerdo que me dijo que vivía por aquí y, curiosa, pregunto:

—¿Tan cerca vives?

De nuevo, él asiente y, agarrándome para acercarme a su cuerpo, cuando nos alejamos del restaurante, murmura con intimidad:

—Hola, brujilla.

Sonrío, no lo puedo remediar, y acerco despacio mi boca a la suya.

Mi beso es bien recibido. Siento que lo desea tanto como yo deseaba el suyo y, cuando por fin nos separamos, oigo que dice:

—¿Sabes que hoy no he podido dejar de pensar en ti?

Uf, lo que me entra cuando oigo eso. ¡Qué directo!

A mí me ha pasado lo mismo, pero no, no pienso decirlo. No soy novata en esto de conocer a hombres. Sé del palo que van algunos, y por eso desde hace mucho tiempo ni me ilusiono ni me emociono, y respondo:

—Pues qué tortura china.

Marc se ríe. Yo también, y este, viendo que la lluvia arrecia, pregunta:

—¿Has estado alguna vez en unas cuevas de sal tomando algo?

Niego con la cabeza y él coge mi mano y añade:

—Pues te voy a llevar.

Encantada, asiento y vamos a unas cuevas de sal... ¡en pleno Madrid!

¡Qué fuerte!

¡Yo esto no lo conocía!

* * *

Durante unos días, después de la hora bruja, Marc viene a buscarme al restaurante para después sorprenderme con sus originales propuestas. Nunca planea nada. Todo surge de repente.

Disfrutamos yendo a bailar, lanzando hachas contra dianas o yendo a un local donde competimos contra desconocidos en superar varias pruebas. Ruleta rusa. Patata caliente. Cantar una canción.

¡Madre mía, lo que nos reímos! Y la poca vergüenza que tenemos los dos.

No nos hemos vuelto a acostar, y eso me sorprende. Nuestra relación es buena sin sexo. Solo nos besamos y, como él no lo propone, yo tampoco. Simplemente me recoge cada noche en el restaurante, nos vamos a divertir y, una vez que acabamos, cada uno regresa por separado a su casa.

¡Increíble pero cierto!

Eso sí. Cada vez que escucho la nueva canción de mi Bruno, me acuerdo de Marc. Soy de las tontas que identifican a las personas con una canción, y Marc es esa canción.

Esta noche, cuando viene a buscarme, vuelve a diluviar, y espero que me sorprenda con alguno de sus originales planes nocturnos, pero de pronto pregunta:

—¿Te apetece venir a mi casa?

Woooo, ¡me sorprende! Y, sin dudarlo, asiento.

Reconozco que tantas noches seguidas saliendo y mal durmiendo comienzan a pasarme factura, e imagino que a él también. Con cuarenta y tres años que tengo, ya no me repongo de las juergas como cuando tenía veinticinco. Eso es lo único malo de cumplir años. Por lo que, cogidos de la mano, caminamos hasta que llegamos a un portal de la calle Goya en menos de cinco minutos. Sorprendida, voy a hablar cuando él indica:

—Te dije que vivía cerca.

Y tanto que vive cerca. Es que vive al lado del restaurante.

Divertida por la coincidencia, entro en el portal de su mano y nos dirigimos hacia el ascensor. Allí veo que pulsa el botón del último piso, y pregunto:

—¿Vives en el ático?

Marc asiente y yo omito decir que yo también, pero señalo:

—Mis padres vendieron un ático dos calles más abajo. Era propiedad de la familia de mi madre. Durante muchos años se lo tuvieron alquilado a una señora encantadora que nunca dio un problema. Pero cuando esta murió, se lo alquilaron a otros y fue un desastre.

—¿Por qué?

Resoplo. Recordar lo mal que lo pasó mi madre me apena, y explico:

—Se lo arrendaron a una pareja que, además de incumplir los pagos durante cinco años, cuando finalmente conseguimos echarlos, dejaron la vivienda destrozada.

—No jorobes.

—Ya te digo —afirmo—. Nunca entenderé cómo la justicia no cambia. Esa gente vivía en una casa que no era suya. No pagaba. La destrozaba. Los vecinos les tenían puestas varias denuncias y, aun así, ¡no podíamos echarlos! Estuvimos de ese modo cinco años, hasta que por fin la pesadilla se acabó. Y en cuanto recuperamos la casa, mis padres decidieron venderla. No querían más problemas por volver a alquilarla.

—Normal —asiente Marc justo cuando llegamos a su planta.

Una vez en el descansillo, él me cuenta:

—Yo estoy de alquiler aquí. Llevo doce años. Me arrendó la casa Eugenia, la madre de un amigo. Y, la verdad, aunque en alguna ocasión le he dicho que debería subirme el alquiler, la mujer no quiere. Dice que prefiere que viva en el ático alguien que lo cuide y lo aprecie que alguien que lo destroce y tarde o temprano deje de pagarle el alquiler.

—Pues tiene toda la razón la señora. En ocasiones es preferible ganar menos pero estar tranquila.

Marc abre la puerta y rápidamente un perro se abalanza sobre nosotros para llenarnos de lametazos. Eso me hace reír a carcajadas. Los perros siempre me han gustado, y Marc, cogiéndolo entre sus brazos, dice cuando consigue que se tranquilice:

—Eva, te presento a *Olimpia*. Mi compañera de piso.

Ay, Dios, ¡si hasta tiene perro! ¿Se puede ser más ideal?

Siempre me han gustado los perretes, aunque yo no tenga ninguno. No tendría tiempo para ocuparme de él con mi estresante trabajo y el ritmo de vida que llevo, y no sería justo para él.

Contenta, miro a aquella cocker spaniel color canela tan bonita y, cogiéndola en brazos, digo mientras me rechupetea la cara:

—Hola, *Olimpia*, ¡eres preciosa!

Marc asiente e indica con una sonrisa:

—Además de bastante cabezota pero muy cariñosa.

Cuando dejo en el suelo a la perra, que parece que me sonríe, él me agarra de la mano y entramos en un salón. Está todo pulcramente ordenado y limpio. No hay nada fuera de lugar, y comento:

—Una de dos: o te has dado la paliza del siglo a limpiar, o alguien lo hace por ti.

Marc sonríe.

—Oliver, mi asistente, es quien se ocupa de la casa.

—¿Tu asistente es un hombre?

Él afirma con la cabeza.

—Es mi vecino del piso de abajo. Él y Nacho, su marido, me hacen la vida más fácil. Oliver trabaja limpiando casas. Y en el caso de la mía, no solo la limpia, sino que además me llena la nevera y se ocupa de *Olimpia* cuando yo tengo lío en el hospital.

Asiento. Está claro que tiene muy bien organizada la vida, y con mofa pregunto:

—¿Crees que Oliver podría ir también a mi casa?

Ambos nos carcajeamos y entonces Marc, sin yo pedírselo, me muestra la casa, y *Olimpia* nos sigue. Su hogar no es muy grande. El ático debe de medir unos cincuenta metros cuadrados, pero tiene un buen salón, una preciosa habitación, un baño, una cocina y una pequeña terraza.

Lo tiene decorado con gusto, pero se ve que es una casa en la que vive un hombre. Los colores son grises, neutros, nada de colores vivos como los que tengo yo en la mía. Viendo lo bien que tiene las plantas, pregunto:

—¿Las cuidas tú?

Marc sonríe y, cogiendo a su perra en brazos para hacerle un cariño, contesta:

—Oliver.

Asiento y, a continuación, mirando los libros que tiene en su bonita librería, musito:

—¿Te gusta leer esto?

Él deja a *Olimpia* en el suelo y afirma:

—Esos libros me ayudan mucho en mi trabajo.

Sin dar crédito, leo títulos con las palabras *oncología clínica*, *cáncer*, *biopsias*..., y, deseosa de saber, pregunto:

—¿Qué clase de médico eres tú?

Marc sonríe. Intuye por qué lo digo.

—Trabajo en oncología —contesta.

Saber eso me sorprende, y cuchicheo:

—Qué mal rollo, ¿no?

—¿Por qué?

—Las enfermedades no me gustan, y menos aún el cáncer —digo encogiéndome de hombros—. Es terrible.

—A nadie le gustan las enfermedades.

Tiene razón. Mi comentario es absurdo.

—No hablemos de enfermedades —añade él entonces—. ¿Qué quieres beber?

Está claro que debe de haber pensado que soy, tonta no, ¡lo siguiente!

—¿Te apetece una copa de buen vino? —insiste.

—Excelente elección.

Complacida, mientras él descorcha una botella, miro a mi alrededor y fijo los ojos en unas fotos. Marc con una mujer y un chico que tienen unos preciosos ojos azules. Marc rodeado por un grupo de gente en una fiesta y otra de él rodeado de pingüinos. En la preciosa foto de los pingüinos, lleva el pelo largo. ¡Vaya, qué guapo! Pero, sin querer ser indiscreta y preguntar, cojo un CD que ha llamado mi atención y entonces lo oigo decir:

—Pon la música que quieras.

Con una sonrisa en los labios, miro su discografía. Veo alguno de los nombres de los artistas que mencionó en mi coche entre otros que conozco. Tiene mucha música. Está claro que le gusta tanto como a mí, pero no tiene ni un solo CD de mi Bruno. ¡Imperdonable!

—A mí también me gusta mucho Eric Benét —comento cogiendo uno de este cantante.

Marc me mira y asiente.

—Es muy bueno.

Sin dudarlo, meto el CD en el equipo y, tras seleccionar una canción que me apasiona, esta comienza a sonar y Marc exclama al oírla:

—*Spanish Fly*... ¡Vayaaaaaa!

Asiento. Así se titula la canción. Es sensual. Caliente. Increíble. No sé por qué la he puesto. Bueno, sí..., ¡claro que lo sé!

Y, moviendo los hombros al compás de la ardiente melodía, me acerco a él.

Él me mira con las dos copas de vino en la mano y sonríe. Le gusta lo que ve, y yo, como la payasa que soy, bailo al ritmo de la canción, hasta que doy un traspié y la vergüenza se apodera de mí.

—Bailo fatal... —afirmo.

—De eso nada.

—¡No mientas! —me mofo.

—No miento —replica, y, mirándome, al ver mi cara de pronto dice—: Vamos, dímelo, bruja.

Según oigo eso, no sé por qué, intuyo lo que me pide y, sin filtro, suelto:

—¡Vete a la mierda!

Marc ríe a carcajadas. Sorprendida, lo estoy mirando cuando indica:

—Te juro que nunca he oído a nadie que lo diga con tanta gracia.

Me río divertida. Entonces él deja las dos copas sobre la mesa y, asiéndome por la cintura y por una mano, pide:

—Bailemos.

Sin dudarlo, lo hago dejándome llevar por el momento. ¿Cómo negarme si lo he provocado yo?

Bailamos al compás de la música mientras *Olimpia* quiere unirse a nuestro baile, y enseguida me doy cuenta de que Marc es un excelente bailarín.

Wooooo..., cómo se mueve el doctorcito.

Mientras danzamos, además de ponerme como una moto, me anima a que haga un par de movimientos y, oye, ¡pero qué bien lo hacemos!

Entre risas, y mirándonos con lujuria a los ojos, bailamos por el salón de la casa mientras la voz de Eric Benét nos guía. Disfrutamos, reímos, y siento que en el mundo no existe nada más.

Solo él y yo y la canción.

Creo que Marc no es consciente de la sensualidad que desprende mientras baila, mientras me mira, mientras me sonríe. Este hombre al que apenas conozco es increíble. Tanto que creo que me voy a pellizcar para ver si estoy soñando.

¿En serio existen tíos así y voy a tener la suerte de conocer a uno?

Cuando la canción acaba, nos besamos con voluptuosidad y a continuación Marc me mira a los ojos y susurra:

—Como dice la canción, sé exactamente lo que necesitas.

Y lo sabe..., ¡vaya si lo sabe!

Nuestras ropas vuelan en décimas de segundo por los aires y, antes de lo que imaginamos, ya estamos sobre el sofá del salón haciéndonos el amor. *Olimpia*, cansada de nosotros, directamente se duerme. La aburrimos.

* * *

A las cuatro de la madrugada, tras el asalto en el sofá, en la ducha y después en la cocina, cuando estamos desnudos tumbados en la cama, él pasea su dedo por el tatuaje de mi cadera izquierda y pide con curiosidad:

—Quiero saber su historia.

Asiento y musito mirándolo a los ojos:

—¿Recuerdas que te dije que había vivido con dos hombres? —Él afirma con la cabeza y yo prosigo—: A los veinticinco me enamoré de Jordi. Era periodista. ¡Guapísimo! Nuestra historia fue bonita, hasta que le ofrecieron un contrato en Nueva York y decidió que su carrera era más importante que yo. Menudo disgusto me llevé —y sonriendo añado—: Jordi me llamaba «princesa» cariñosamente... En cuanto a Lionel, lo conocí cuando tenía treinta años y fui su «reina» hasta los cuarenta. Y, bueno, cuando terminamos la relación, plagada de odiosas mentiras por su parte, estaba tan furiosa a causa de todos los hombres a los que había amado que decidí tatuarme esa frase: «Ni reina ni princesa... ¡Bruja!».

Nos miramos en silencio hasta que él pregunta:

—¿Y has sido muy bruja?

Eso me hace sonreír. Reconozco que los últimos tres años que llevo sola y soltera he sido un poco bruja en más de una ocasión, y afirmo:

—Bastante.

—¿Tanto te mintió el tal Lionel?

Asiento, aunque recordarlo ya no me provoca urticaria.

—Sí —digo—. Jugó a dos bandas con la que hoy por hoy es su mujer y conmigo. En ese espacio de tiempo tuvo un hijo con ella mientras intentábamos tener el nuestro propio. Y..., bueno, cuando todo se descubrió fue bastante traumático para mí. Lo pasé fatal, y desde entonces odio la mentira y puedo asegurar que es algo que no perdono, y menos aún en una pareja.

—¡Haces bien!

Ambos sonreímos y entonces, reparando en una foto en la que se lo ve llegando a la meta de una carrera con los brazos en alto, pregunto:

—¿Eres de los que corren?

—Pues sí. Corro cada mañana antes de ir a trabajar.

Vale..., es un tío sano.

—¿Corres tú también? —dice a continuación.

Uf, la risa que me entra... ¡¿Correr yo?! Y, mirándolo, respondo mientras veo a *Olimpia* entrar en la habitación y subirse a la cama:

—Pues no. Yo soy más de rebozarme en la cama todo lo que puedo y más antes de ir a trabajar.

Marc se ríe. Le hacen gracia mis respuestas.

—¿Por qué llevas el pelo tan corto? —le pregunto mientras él le hace un cariño a *Olimpia*.

Marc sonríe. Se pasa la mano por la cabeza y responde:

—Es cómodo.

—Pero demasiado corto —insisto.

—¿Tan mal me queda?

Ahora la que sonríe soy yo, y respondo al sentir que la perra se tumba:

—No. Pero el pelo más largo, como en la foto que tienes en el salón con los pingüinos, te sentaría mejor.

—Lo tendré en cuenta —afirma.

Curiosa, porque lo soy..., pregunto:

—Oye, esa foto con los pingüinos es preciosa... ¿Dónde te la hiciste?

—En la Antártida.

Asiento, es un lugar al que quiero ir, y recordando el viaje que tengo pendiente, indico:

—Dentro de unos meses seguramente iré a Groenlandia.

—¡Pues ya me contarás! —responde Marc.

Estamos sonriendo cuando añade:

—Siempre quise ir a la Antártida y siempre me han gustado los pingüinos emperador, por lo que me enrolé en un viaje al cabo de Washington, en el mar de Ross.

—¡Qué chulo!

—Sí. Fue una pasada de viaje.

Divertida, asiento. Veo que es tan aventurero como yo, y vuelvo a preguntar:

—¿Y por qué te han gustado siempre los pingüinos emperador?

Marc ríe.

—¿Tú sabías que, cuando un pingüino macho se enamora, busca la piedra más perfecta de la playa para regalársela a su enamorada como ofrenda de amor? —dice entonces.

Sorprendida, niego con la cabeza, y él añade:

—Una vez que el pingüino encuentra esa piedra perfecta, la pone frente a ella, y si ella la coge es que acepta su propuesta. Los pingüinos son monógamos y eligen una pareja para toda la vida.

—¡Qué romántico! —musito.

Marc asiente.

—Mucho.

A continuación nos quedamos en silencio. Hablar de amor con alguien al que apenas conoces nunca es buena idea, y entonces bostezo y me pregunta:

—¿Estás cansada?

Digo que sí. No creo que tenga que disimular.

—Quédate a dormir —me propone.

Niego con la cabeza.

Mi norma número uno en cuanto a ligues se refiere es que ni se quedan en mi casa a dormir ni yo me quedo en la suya. Y cuando voy a hablar, Marc susurra:

—Reconozco que yo nunca me quedo en casa de nadie a dormir ni se queda nadie aquí, pero...

—¿Te puedes creer que tenemos la misma norma? —me mofo divertida.

Ambos reímos. Si hago algo con Marc, es reír, y entonces va y dice:

—Quizá haya llegado el día de saltarse esa norma.

Vuelvo a negar con la cabeza.

No pretendo que nadie se salte nada ni mucho menos; entonces él, poniéndose sobre mí, me inmoviliza en la cama y cuchichea:

—Otra opción es que no durmamos y así no nos la saltamos...

Sonrío. La opción que propone tiene su aquel, pero respondo:

—Mejor me voy.

—Quédate, está diluviando.

—No.

—¿Ya estamos con el «no»?

Oír eso me hace reír y, aprovechando que estoy con la guardia baja, comienza a hacerme cosquillas. Si algo tengo son cosquillas en la cintura, y cuando por fin deja de hacerlas y yo dejo de gritar como una posesa, musito divertida:

—Créeme, es mejor que me vaya.

—Quédate..., *Olimpia* está dispuesta a hacerte un hueco en la cama.

Miro a la perra, divertida. Está claro que ella de aquí no se baja, y cuando voy a negarme de nuevo Marc insiste:

—Por favor..., quédate conmigo.

Sin saber por qué, su petición me pone el vello de punta y, al mirarlo, sonrío. La verdad es que lo pasamos bien. Diluvia y no me apetece mucho salir de su cama, por lo que indico señalándolo:

—Vale, me quedo. Pero si se te ocurre decirme que soy el amor de tu vida o cualquier otra gilipollez romántica para quedar bien, te juro que la vamos a tener.

Según digo eso, veo que abre los ojos y parpadea.

Vale..., me he pasado. Apenas nos conocemos.

—Ni se me ocurriría —murmura él con guasa.

—Mucho mejor. —Sonrío.

Gustosos, desnudos y abrazados en la cama, con *Olimpia* a nuestro lado, hemos decidido pasar la noche juntos. Marc apaga la luz y en cuanto me abraza por detrás haciendo la cucharita, susurro para quitarle hierro al asunto:

—¿No te da miedo que sea una asesina en serie o una psicópata?

Noto cómo su cuerpo se sacude al reír detrás de mí y, una vez que me da un dulce mordisquito en el hombro, oigo que dice:

—*Olimpia* me defendería.

Ahora quien ríe soy yo. La perra, de lo dormida que está, ¡hasta ronca!

Nos quedamos abrazados en la oscuridad de su habitación en silencio mientras en el exterior cae el diluvio universal y, cerrando los ojos, me duermo rodeada por unos fuertes brazos y unos ronquidos perrunos sin pensar en nada más.

13

Mmm..., qué bien huele a café.

Estoy pensando en ello cuando el sonido de mi teléfono me despeja del todo. Sin dudarlo, alargo la mano y lo cojo de la mesilla. Es de uno de mis hoteles en Ibiza. Problemas a la vista...

Rápidamente me despejo mientras escucho lo que me dicen. Hay que contratar a más gente para la siguiente temporada. Asiento y, una vez que cuelgo, me estiro en la cama y el teléfono vuelve a sonar. Es Nina, desde el restaurante, para decirme que se nos ha roto una de las cámaras frigoríficas.

¡Mierda!

Cuando soy consciente de que mi día comienza con un desastre, cuelgo el teléfono y busco en la agenda de mi móvil el nombre de la empresa que se encarga de las cámaras. Llamo y hablo con ellos. Como esperaba, me indican que el técnico nos visitará dentro de un par de días.

Ah, no..., ¡ni de coña!

Al final, tras sacar ese genio de bruja que tengo, me dicen que el técnico estará en el restaurante sobre las tres de la tarde.

¡Bien!

Al poco, la puerta de la habitación se abre. Marc asoma la cabeza y yo, sentada en la cama, digo:

—Tengo mil cosas que hacer.

Él asiente. Entra en el cuarto junto a la perra y yo le explico mientras busco mis bragas y mi sujetador:

—Se ha roto una de las cámaras del restaurante y..., ¡mierda!, eso es un desastre.

—¿Comenzamos el día con negatividad? —se mofa.

Yo me muevo por la habitación y no contesto. *Olimpia* busca su saludo mañanero y se lo doy con mimo; luego, al no encontrar mis prendas, me dispongo a preguntar cuando Marc me agarra de la mano, me sienta en la cama y dice mirándome:

—Buenos días.

Paz. Calma. Eso es lo que él me proporciona. Y, sonriendo, musito mientras me acerco a su boca:

—Buenos días.

Cuando el beso acaba, sin saber por qué pregunto:

—¿Has salido a correr?

—Sí —dice—. *Olimpia* y yo hemos salido, aunque hoy no he hecho ni la mitad que otros días. No quería que te despertaras y no me encontraras aquí.

Asiento. ¡Flipo! Qué tío tan sano. Nos dormimos tardísimo y, aun así, ¡él ha ido a correr!

Estoy pensando en ello cuando indica:

—He dejado toallas limpias en la ducha y...

—¡No tengo tiempo ni para ducharme!

—¿Por qué te gusta tanto comenzar las frases con la palabra *no*? ¿Tú no sabes que ese «no» te impide pensar en positivo?

Oír eso me hace sonreír.

—He de pasar por mi casa antes de ir al restaurante.

Marc sonríe a su vez. Luego asiente y añade mientras la perra sale de la habitación:

—Te vendrá bien una ducha para comenzar el día.

—Pero...

—A la ducha... —insiste en tono dulce.

Incapaz de negarme, no vaya a pensar que soy una cochinona que tiene alergia al agua y al jabón, voy al baño y me ducho.

Mmmm..., la verdad es que la duchita me viene de lujo y, cuando salgo del baño, me encuentro mi ropa sobre la cama.

Eso me hace sonreír. Este hombre está en todo.

Una vez que me visto y salgo de la habitación, *Olimpia* viene a mi encuentro y, sorprendida, pregunto al verle las orejas:

—Pero ¿qué le ha pasado en la cabeza?

Marc, que en ese instante sale de la cocina con dos cafés en la mano, sonríe al oírme.

—Nada. Es solo que ha desayunado y, cuando lo hace, para que no meta las orejas en el cazo y se las ponga perdidas, Oliver me explicó que mejor que se las sujetara sobre la cabeza con una pinza de la ropa. Pero, tranquila..., no le aprieta ni le duele.

Consciente de que es verdad lo que dice, suelto una carcajada. La perra más graciosa no puede estar. ¡Pero si parece que lleva una coleta alta! A continuación Marc le quita la pinza de la cabeza.

—¡Solucionado! —dice.

En el salón, suena música. Es bonita, relajante, y como no sé quién canta, pregunto:

—¿Qué canción es esta?

—*Anything for You.*

—Pero ¿quién la canta?

—Ledisi.

Niego con la cabeza. No la conozco, y Marc, mirándome, cuchichea:

—Te dejaré varios CD para que los escuches. Creo que te gustarán.

Asiento y sonrío. ¡Genial!

Busco mi bolso con la mirada. Lo encuentro y lo cojo, pero Marc me lo quita y, guiándome hasta la mesa, hace que me siente.

—Ahora toca desayunar.

—No tengo tiempo.

—¿Volvemos al «no»?

Me río y, cuando *Olimpia* se sube al sofá, indica:

—Desayuna. Lo necesitas.

En ese instante me suena el móvil. Es del restaurante de Ibiza, y, tras hacerle una seña con la mano, me levanto y atiendo la llamada.

Cinco minutos después, cuando cuelgo, Marc pregunta:

—¿Todo bien?

Asiento. Por suerte, todo está en orden.

Me quedo mirando la mesa, en la que hay leche, café, fruta, magdalenas, pan tostado, mermelada, aceite, sal, y lo oigo decir:

—Veamos qué te gusta.

Incapaz de negarme, me siento junto a él y, en silencio, comenzamos a desayunar.

Todo es raro, extraño. Apenas nos conocemos, pero acabamos de pasar la noche juntos y ahora aquí estamos, desayunando con total tranquilidad.

Mi móvil vuelve a sonar. Es Ricardo, mi proveedor de carne de Ávila, y rápidamente, y tras volverle a pedir otro segundo a Marc, lo atiendo. Como siempre, me toca regatear con él. ¡Qué cabezón que es Ricardo! Sus precios son caros, pero la carne que ofrece es muy buena, y como quiero lo mejor para mis clientes, por eso se la compro.

Después de colgar, al ver que Marc me mira, voy a hablar cuando de nuevo el teléfono vuelve a sonar.

Esta vez es Adrián. Hablo con él y, cuando termino, Marc pregunta:

—¿Tu hermano está mejor?

—Sí.

Permanecemos unos segundos en silencio hasta que él cuchichea:

—Que sepas que tengo una gorra y una camiseta suya de cuando corría.

—¿En serio? —Río divertida.

—Siempre me gustó mucho su pilotaje. Fue una pena lo que le ocurrió.

Asiento. El castañazo que se pegó mi hermano en el circuito de Le Mans, en Francia, por culpa de un problema mecánico estuvo a punto de costarle la vida.

—Fue un susto muy gordo para todos. Pero, por suerte, sigue dando guerra —digo.

Ambos sonreímos y mi teléfono vuelve a sonar. En esta ocasión veo que Marc levanta una ceja y pregunta:

—¿Esto es así cada mañana?

Sin dudarlo, asiento y luego atiendo la llamada.

Una vez que acabo y dejo el móvil sobre la mesa, Marc indica:

—Deberías comenzar el día con más tranquilidad.

—Yo también lo creo. Pero mi vida es así.

—Es así porque quieres —replica. Y cuando voy a responder añade—: Si te digo esto es porque, hace años, mis días comenzaban como los tuyos... Hasta que fui consciente de ello y tomé medidas.

Oír eso me hace gracia. No sé qué medidas pretende que tome.

—Vamos, desayuna antes de que el teléfono vuelva a sonar —insiste.

Divertida, lo hago. Tomo café, me como una magdalena y musito:

—Yo las hago muy ricas.

Marc asiente. Parece que disfruta del momento, y dice:

—Cuando quieras, me ofrezco para probarlas.

El teléfono vuelve a sonar. No sé quién es. E, incapaz de oír un nuevo reproche por parte de Marc, lo cojo, me levanto y voy a buscar mi bolso y mi abrigo.

—De verdad, me tengo que ir.

Él asiente y se levanta también. Le doy un besito cariñoso a *Olimpia* en su cabecita rubia y camino junto a Marc hacia la puerta. No cojo la llamada, lo haré más tarde.

Estoy pensando en cómo despedirme cuando digo sin saber por qué:

—Hoy viernes volveré a salir tarde y...

—Tengo una cita —me corta.

Según oigo eso, me sorprendo. Desde luego no puedo decir que no es claro conmigo. Y, sin querer darle bombo al tema, asiento y murmuro:

—Bueno..., pues adiós.

Sin moverse de donde está, él se mete las manos en los bolsillos del pantalón y responde:

—Adiós.

Camino hacia el ascensor consciente de que me está mirando. Tras los bonitos momentos que hemos pasado no esperaba esta despedida tan fría, pero de pronto noto su cuerpo detrás del mío y oigo que susurra:

—¿En serio pensabas marcharte sin darme un beso?

Oír eso me hace sonreír y, sin dudarlo, me doy la vuelta y lo beso. A este le doy todos los besos que él quiera. Cuando nos separamos, incapaz de mantener cerrado el buzón que tengo por boca, pregunto:

—¿Con quién tienes la cita?

—Con Lorena.

Vale... ¡Lorena!

¿Y quién narices es Lorena?

Pero, consciente de que no debo ser más indiscreta, y como no me ha pedido mi número de teléfono ni yo le voy a pedir el suyo, suelto:

—Pásalo bien con Lorena.

En ese instante el ascensor llega y, después de abrir la puerta, le doy un último beso en los labios y, tras sonreírnos, me meto en el ascensor. Cuando la puerta se cierra, me maldigo por haber preguntado.

¡Necesito un cigarro!

14

Por suerte, la avería de la cámara frigorífica del restaurante es fácil de arreglar, por lo que a las cinco de la tarde ya está solucionado. Sin embargo, me siento rara. Desde que me he despedido de Marc no puedo dejar de pensar en él. Y más sabiendo que esta noche cena con una tal Lorena.

De nuevo nos hemos despedido sin darnos los números de teléfono.

Pero ¿en qué siglo vivimos?

Por lo general, cuando ligo con un tío, lo segundo que solemos hacer es pedirnos los teléfonos para contactarnos por WhatsApp. Pero en este caso no es así y, oye, como que de pronto eso me molesta.

¿Por qué no me lo ha pedido en todos los días que llevamos viéndonos?

Estoy pensando en ello cuando oigo que se abre la puerta del restaurante y Nina dice sonriendo:

—Jefa..., ¿puedes salir un momento?

Tras lavarme y secarme las manos, salgo a la sala y veo a un chico con un precioso ramo de flores rosáceas.

—Pregunto por la bruja Eva —oigo que dice.

Sonrío divertida. Cojo el ramo que él me entrega y, tras darle una propinilla, el muchacho se va.

Como una tonta, miro las flores. Hacía siglos que un hombre no me enviaba algo así.

—No me digas que son del doctorcito —cuchichea Nina.

De pronto, la impaciencia me puede y, tras buscar la tarjetita, la encuentro y al abrirla leo:

Mi querida bruja:

Pensaba regalarte una flor, ¿y qué mejor que la belladona, tan utilizada en los aquelarres?

Marc

P. D. Sé que no te gustan las gilipolleces románticas, pero si no lo digo reviento. Pienso en ti, y espero volver a encontrarme contigo para borrar de tu boca la palabra no.

Sonrío como una tonta tras leer eso, y Nina, que está a mi lado, pregunta:

—¿Son suyas?

Sin dudarlo asiento y le enseño la notita. Ella la lee. Sonríe a su vez y rápidamente dice:

—Por lo que intuyo, ha visto tu tatuaje...

Asiento. Nina y yo nos contamos muchas cosas.

—¿Y qué haces que no lo llamas por teléfono? —suelta a continuación.

—No lo tengo.

—¿Qué no tienes?

—Su teléfono.

Ella me mira boquiabierta.

—¿Y por qué?

—No lo sé —respondo y, viendo que me mira sorprendida, indico—: Sabemos dónde trabaja cada uno, pero nada más.

Nina asiente sin dar crédito. Creo que no entiende nada... Entonces, mirando la hora, me quito la chaquetilla de chef, se la doy junto con las flores y digo:

—Antes de que arranque el servicio de noche estaré de vuelta.

Ella sonríe. Y, tras coger mi bolso y mi abrigo, camino hacia mi coche mientras me fumo un cigarrito.

Por suerte, y a pesar de que es viernes, el tráfico en Madrid no está colapsado, y cuando llego al hospital Las Palmeras y aparco, cojo aire. Voy a entrar en un sitio cuyo olor me molesta profundamente, pero sin dudarlo me dirijo a la recepción y pregunto por él.

La chica que atiende el mostrador me informa:

—La consulta del doctor Sarriá está en la tercera planta, pero hoy no atiende visitas porque es día de operaciones.

¿Operaciones? ¿Qué operaciones?

La muchacha, al ver mi gesto, enseguida sugiere:

—Si quiere puedo buscarle hora con él, pero desde ya le digo que el doctor Sarriá tiene la agenda muy apretada este mes y tenemos prohibido dar citas para el mes que viene sin consultarle.

Sin saber por qué, asiento y ella, mirando al compañero que tiene al lado, dice:

—Jesús, mírame desde ese ordenador las citas del doctor Sarriá.

—¿El cirujano oncólogo? —pregunta aquel.

—Sí —afirma la muchacha.

Alucinada, no me muevo.

¿Ha dicho «cirujano oncólogo»? ¿Resulta que es cirujano oncólogo?

Uf..., creo que me falta el aire.

Saber eso me sorprende, por no decir que me deja muerta. Y, al mirar hacia el ascensor, este se abre y de pronto lo veo. Va vestido con una especie de pijama azul. Al verme, sonríe y le indica a un hombre que lo acompaña y va vestido igual que él:

—Pide dos cafés para llevar.

El otro asiente y, cuando Marc se acerca a mí, ignorando a la chica de recepción, que no me quita ojo, agarro a Marc del brazo, me lo llevo a un lado en busca de intimidad y pregunto:

—¡¿Cirujano oncólogo?!

Él asiente. Creo que lo sorprende mi asombro, y cuchicheo:

—¿Cómo no me diste un puntito en la boca?

Él sigue mirándome boquiabierto.

—¿De qué hablas?

Horrorizada, tomo aire y explico:

—La noche que te invité a cenar en mi restaurante te hablé acerca de la tensión que supone a veces mi trabajo sin saber que tú... que tú...

Marc sonríe, pone un dedo sobre mis labios para que me calle y aclara:

—Me hablabas de tu trabajo y de tus tensiones. —No sé qué decir. Me siento fatal, y añade—: Cada empleo tiene sus tensiones. Y, sí, el mío las tiene, como el tuyo y el de media humanidad.

Vale, sé que tiene razón. Tensiones tenemos todos, hasta el conductor de un autobús. Pero, joder, por mucho que me guste mi oficio, me resulta bastante difícil comparar hacer un buen plato con salvar una vida.

Nos miramos en silencio. Como siempre, veo en sus ojos ese algo especial en él. No es un hombre engreído. Aun siendo tan joven y cirujano, no se cree mejor ni superior a nadie, y, dispuesta a hacer lo que he venido a hacer, dejando a un lado lo anterior, de lo que ya hablaremos en otro momento si se da el caso, pregunto:

—¿Belladona?

Él asiente y, tras tomar aire, dice con gracia:

—No creas que ha sido fácil buscar flores para una bruja. Debía elegir entre el estramonio, la mandrágora, el beleño, la amapola... Al final, cuando me he enterado de que la belladona era la favorita de las brujas por su poder narcótico, me he decidido por esa.

Sorprendida por lo que cuenta, no sé qué decir; finalmente los dos sonreímos y yo, sin apartar mi mirada de la suya, respondo:

—Eres increíble.

—Tú también.

—Gracias por las flores. De verdad, son preciosas.

Marc sonríe, uf..., esa sonrisa me vuelve loca, y susurra:

—Por cierto, hablando de las flores... Leí que la belladona acelera el pulso, y debes saber que eso es justo lo que me pasa a mí cuando te veo...

Madre mía... ¡Madre mía!

¿En serio me está diciendo algo tan increíblemente romántico? ¿A mí?

No sé qué contestar. No sé qué hacer. No estoy acostumbrada a este tipo de cosas y, ni corta ni perezosa, pregunto al darme cuenta de que ni siquiera ya noto el olor a hospital:

—¿Puedo besarte?

Veo en su rostro que está sorprendido, pero sin dudarlo afirma:

—Tanto como quieras.

Y, sin más, sin importarme si nos miran o no, me acerco al hombre que me hace sonreír como una tonta y, aproximando mis labios a los suyos, lo beso con pasión.

Un beso, dos..., y al oír aplausos a nuestro alrededor, de pronto lo suelto y, roja como un tomate, veo que varias personas, muchas de ellas empleadas del hospital, nos aplauden sonriendo. La chica de la recepción no cabe en sí del asombro, y yo me siento como Bridget Jones.

¡Dios, qué vergüenza!

Marc se lo toma con humor. Bromea con aquellos y, cuando finalmente se marchan, pregunta mirándome:

—¿Te ocurre algo? ¿Cómo es que has venido al hospital?

—Yo también deseaba encontrarme contigo —afirmo sorprendida por su pregunta.

—¿Solo has venido a verme?

—Sí.

Madre mía..., madre mía..., ¡lo que acabo de decir!

Él asiente y, acto seguido, musita complacido:

—Me gusta ese «sí».

Ambos reímos y, consciente de lo que he dicho, añado:

—Pensé en enviarte flores, pero no sabía cuáles serían las más adecuadas para un cirujano oncólogo...

Su sonrisa se ensancha. La mía intuyo que también, pero entonces le suena el busca que lleva en el bolsillo y, tras mirarlo, dice:

—Tengo una operación programada para dentro de una hora y debo prepararme.

Asiento. Y, antes de que pueda decir nada, añade:

—¿Qué te parece si esta noche paso a buscarte por el restaurante?

Parpadeo sorprendida, e incapaz de callar suelto:

—Antes has dicho que tenías una cita con Lorena.

Marc afirma con la cabeza. Sabe que llevo razón y, cogiéndome la mano, contesta:

—Y la tengo.

—¡¿Entonces...?!

—¿Quieres que pase o no? —insiste sonriendo.

Asiento feliz. ¡Claro que quiero!

—¡Marc!

Al oír su nombre, ambos nos volvemos. Es su compañero, el que lleva el pijama azul como él, que le enseña un vasito de café.

Él asiente y, antes de que yo me mueva, acerca sus labios a los míos, me da un cálido beso que me sabe a pura vida y dice:

—Hasta esta noche..., *bruja*.

Y, dicho esto, se da la vuelta, coge el café que le entrega su compañero y ambos desaparecen en el ascensor.

Como en una burbujita de felicidad y placer, así me quedo. Joder, tengo cuarenta y tres años y me siento como una chiquilla de veinticinco. Eso tan especial que sucede a veces ¡me está ocurriendo a mí!

Tengo una nueva cita con Marc. Esta noche pasará a recogerme por el restaurante, y yo no puedo estar más feliz.

15

Después de la hora bruja, Marc entra en mi local.

Lleva un pantalón vaquero negro, unas botas y una chaqueta militar. ¡Qué mono!

A través de la cristalera de la cocina veo que se sienta a la barra, y estoy recorriendo su cuerpo con los ojos cuando Nina entra y dice:

—¡El doctor ya ha llegado!

Asiento, sonrío, y mientras observo su apariencia juvenil pregunto:

—¿Se nota mucho?

Nina me mira, creo que no entiende mi pregunta, y musita:

—¿El qué?

—La edad... Marc tiene treinta y siete y yo, cuarenta y tres. ¿Se nota mucho la diferencia?

Nina se ríe y, apoyándose en la encimera, pregunta tras mirar a Marc:

—¿Y desde cuándo te importa a ti eso?

Asiento. Tiene razón. ¿Desde cuándo me importa la tontería de la edad?

A continuación, tomando aire, le doy un beso a Nina en la mejilla y, tras darle las instrucciones pertinentes a mi equipo, salgo de la cocina y me acerco a Marc.

—¿Qué tal la operación? —le pregunto.

—Bien —contesta sonriendo.

No dice más. Acto seguido, al ver cómo me mira, indico:

—¡Podemos irnos!

Asiente gustoso, noto que se recrea en seguir mirándome, y entonces va y suelta:

—¿Puedo besarte?

Me río y niego con la cabeza.

—No será por la tontería de la edad, ¿verdad? —pregunta.

Boquiabierta, no sé qué decir y él cuchichea riendo:

—Te he oído.

Horrorizada, siento que me pongo roja. Me avergüenza que haya oído eso, y sin querer seguir con el tema propongo:

—Mejor bésame cuando salgamos del restaurante.

—¿Por qué?

—Porque en el trabajo soy seria y responsable —insisto agarrándolo del brazo.

Marc sonríe. Creo que piensa que soy medio lela.

—De acuerdo —musita—. Salgamos, pues.

Una vez en la calle, nos alejamos unos pasos del restaurante y él pregunta divertido:

—¿Puedo besarte ahora?

Lo deseo... Lo deseo locamente, y mirándolo indico:

—Tanto como quieras.

Y lo hace. Vaya si lo hace.

Por favorrrr..., cómo besa este hombre. Lo disfruto mucho, y cuando damos por concluido el ardiente besazo, él me coge de la mano y dice:

—En cuanto a lo de la edad, no vuelvas a pensar nada parecido. Es una tontería.

—Lo sé —afirmo consciente de que tiene razón.

Encantada, veo que nos encaminamos hacia una moto y, parándose junto a ella, va a hablar cuando pregunto:

—¿Adónde vamos?

—Es una sorpresa.

—¿Vamos a ir en moto?

—Siendo tu hermano quien es, ¿te dan miedo las motos?

Oír eso me hace reír, y murmuro:

—Cuando quieras, te reto a una carrera.

Sonríe. Su rostro se ilumina cada vez que lo hace y, sin más, me entrega un casco y me lo pongo. Al subirnos a ella me agarro a su cintura, Marc arranca y comenzamos a rodar.

No sé adónde vamos, solo que él conduce, y cuando para en un semáforo cerca de la estación de Atocha, volviéndose para mirarme, se levanta la visera y dice:

—Vamos a Majadahonda.

—¿A qué? —pregunto sorprendida.

En sus ojos veo la sonrisa y lo oigo responder:

—A una fiesta.

No dice más.

¿Qué fiesta?

¿Será otro de sus planes locos y divertidos?

El semáforo se pone en verde, se baja la visera del casco y de nuevo comenzamos a rodar.

En nuestro camino soy consciente de lo bien que conduce y de lo atento que es conmigo, que voy detrás de paquete. No es que mi hermano Adrián no conduzca bien, que lo hace, es solo que Marc no es tan agresivo como él. Y, oye, ¡eso me gusta!

Un rato después, ya en Majadahonda, entramos en una bonita urbanización de chalets, y cuando se detiene frente a una de las casas oigo música. Ahí es la fiesta.

Bajamos de la moto y nos quitamos los cascos, y yo miro mis pantalones vaqueros y mi camiseta y pregunto:

—¿Voy bien vestida para esta fiesta?

Marc asiente, me agarra de la mano y dice besándome en los labios:

—¡Vas perfecta!

Una vez que entramos en la elegante casa, veo que la gente lo saluda con cariño, hasta que una voz femenina exclama:

—¡Marc!

Al mirar, veo a una chica extremadamente delgada que se acerca a nosotros y, por las ojeras que tiene, sin necesidad de preguntar, sé que está enferma. Él enseguida sonríe, abraza a la joven, habla con ella y, después, dice mirándome:

—Eva, te presento a Lorena. Lorena, ella es Eva.

¡¿Lorena?!

¿Me ha traído a su cita con esa mujer?

No sé qué pensar..., entonces la aludida dice con una preciosa sonrisa:

—Encantada de conocerte, Eva.

—Lo mismo digo. —Miento como una bellaca mientras siento deseos de asesinar a Marc, que ahora saluda a una pareja de la edad de mis padres.

—Os estábamos esperando —comenta entonces Lorena—. Marc me ha llamado para decirme que tardaríais un poquito.

Asiento. Vaya..., ¿nos esperaban? ¡Yupi!

—Eva —dice la mujer que Marc acaba de saludar y que no conozco—, me ha dicho Marc que has venido con él. Soy Amelia. Bienvenida a la casa.

Con una sonrisa, asiento, y Lorena me explica al ver que aquella se aleja junto a Marc:

—Es mi madre.

Vuelvo a asentir. No entiendo nada.

Pero ¿qué pinto yo aquí?

Entonces, de pronto se apagan las luces del salón y aparece Marc junto a una joven con un vestido azul portando una tarta, y todo el mundo comienza a cantar el *Cumpleaños feliz*.

De inmediato me doy cuenta de que la cumpleañera es Lorena, y esta, mirándome con una esplendorosa sonrisa, musita:

—Cumplo treinta y dos.

—¡Felicidades! —consigo decir.

Ella treinta y dos. Él treinta y siete... ¡La parejita perfecta!

El grupo se arremolina junto a una bonita mesa de cristal donde Marc deja la tarta, y Lorena, acercándose, sopla las velas y todos aplaudimos. Yo incluida. No soy tan maleducada.

Veo la emoción en el rostro de todos cuando Lorena, aproximándose a Marc, lo agarra por la cintura y afirma con una sonrisa:

—Un año más.

—Y todos los que nos quedan por celebrar —dice él antes de abrazarla.

La emoción se apodera de los presentes y yo dejo de mirar

mientras siento que la sangre se me acelera, y entonces la madre de la muchacha pregunta:

—¿Quién quiere tarta?

Todos la reclaman felices, pues tiene muy buena pinta.

Yo me alejo unos pasos. No sé qué hago aquí. No sé por qué Marc me ha traído. Entonces la chica del vestido azul se acerca a mí.

—Hola, soy Adriana —se presenta.

Intento sonreír. Veo a Marc y a Lorena charlando abrazados. Puedo percibir su química. Veo cómo se miran, cómo se sonríen. Y..., vale, lo reconozco, me estoy poniendo de los nervios.

—Eva —respondo—. Soy Eva.

Estamos unos segundos en silencio hasta que aquella pregunta:

—¿Qué te ocurre?

Estoy desconcertada; bueno, más bien cabreada. De pronto la tal Adriana, al ver mi gesto, dice:

—Es mi mujer.

La miro sin entender y ella insiste sonriendo:

—Lorena es mi mujer.

Boquiabierta, asiento, y ella suelta entonces con mofa:

—Por lo que veo, Marc te ha traído aquí sin explicarte nada, ¿verdad?

—Verdad —afirmo.

Adriana sonríe.

—E imagino que te preguntas qué estás haciendo aquí...

—Constantemente —digo sin pelos en la lengua.

Ella ríe, creo que le hace gracia mi respuesta, y aclara:

—Conocimos a Marc hace nueve años en el hospital, justo el día del aniversario de Lorena, cuando tuvo que decirle que tenía un cáncer de pulmón. Al principio todos nos asustamos mucho, y ella ¡ni te cuento! Pero Marc, con su positividad y su profesionalidad, nos pidió colaboración a todos y le dijo a Lorena que le permitía compadecerse de sí misma durante veinticuatro horas, pero que después debía tomar aire, ser fuerte y luchar, porque su intención era seguir celebrando su aniversario con ella durante muchos años.

¡Ostras! Esto sí que no me lo esperaba...

—Marc pasó de ser el doctor Sarriá a convertirse en uno más de la familia —continúa ella—. Hemos luchado juntos. Fue testigo en nuestra boda. Hemos pasado momentos complicados, pero aquí sigue mi preciosa Lorena, ¡celebrando año tras año su cumpleaños junto a Marc, como él le prometió!

Asiento emocionada. No sé qué decir, y ella, sonriendo, afirma:

—Marc es un tipo increíble. Es la primera vez que viene acompañado de una mujer y, si me permites un consejo, te diré que es uno de esos hombres por los que merece la pena luchar para conseguir su teléfono.

Saber eso me sorprende. ¿Por qué dice lo del teléfono?

No obstante, antes de que yo diga nada Adriana me pregunta:

—¿A que no te ha dado su teléfono y tampoco te ha pedido el tuyo? —Asiento y ella a continuación masculla—: Joder con Marc.

Asombrada, Adriana baja entonces la voz y añade:

—Mira, no sé por qué te voy a decir esto, pero prométeme que, aunque te hagan la peor tortura china, no vas a decir que te lo he contado, ¿vale?

Digo que sí con la cabeza. Soy buena guardando secretos, y ella musita:

—Su exnovia, Pilar, la muy guarra..., por no decir algo peor, porque era una estúpida de mucho cuidado..., tras años de relación lo dejó por WhatsApp en uno de sus peores momentos, y de ahí la aversión de Marc a dar o pedir el teléfono.

—¡¿Qué?!

Boquiabierta, veo que ella asiente. No es la primera vez que oigo que alguien rompe su relación por WhatsApp.

—¿Y por qué lo dejó? —pregunto con curiosidad.

Adriana resopla. Intuyo que está sopesando si contármelo o no, y finalmente dice:

—Perdóname, Eva, pero creo que eso es algo tan íntimo que Marc ha de contártelo si él quiere. Pero, por favor..., por favor..., ¡no te lo tomes a mal!

Rápidamente le hago saber que la entiendo, y ella insiste:

—Marc es un tío increíble y se merece lo mejor.

Oír eso me hace sonreír. ¿Acaso lo mejor soy yo?

En ese instante Marc se acerca a nosotras con dos platitos con tarta y pregunta mirándonos:

—¿Qué clase de aquelarre estáis organizando?

Sonrío divertida y Adriana pregunta:

—¿Nos acabas de llamar «brujas»?

Marc asiente y, cuando ella va a hablar, Lorena la llama y esta indica antes de alejarse:

—Te has salvado porque me llama mi mujer, ¡que lo sepas!

Ambos sonreímos y, una vez que Marc me entrega el plato con la tarta, señala:

—Creo que te estarás preguntando qué haces aquí, ¿verdad?

Con una cálida sonrisa, asiento. Lo que me ha contado Adriana me ha llenado el corazón, y, mirándolo, musito:

—Ya lo sé. Adriana me lo ha contado, y quiero que sepas que eres increíblemente ¡increíble!

Observo que eso lo hace sonreír y, sin dudarlo, lo beso con purito amor.

16

Marc y yo llevamos viéndonos casi veintidós días seguidos y, la verdad, estoy como en una nube.

Y digo «casi» porque él viajó a Cádiz a un congreso de medicina y yo tuve que ir a Ibiza para hablar con Siobhan. Allí estuve dos días y, cuando regresé, mi sorpresa fue mayúscula al encontrarme a Marc en el aeropuerto, esperándome con una pancarta que decía: ¡La bruja es para mí!

Dios, ¡lo que me llegué a reír!

Jamás en la vida un hombre me ha hecho sentir lo que este consigue. Ese puntito de locura que tiene, con sus disparatados planes de madrugada, me encanta, aunque sigamos sin darnos el número de teléfono.

Reconozco que Marc me aplaca, me tranquiliza. Si me ve nerviosa por tener un mal día, rápidamente le da la vuelta a la situación y me hace ver el mundo con sus ojos, y, oye, reconozco que viéndolo todo a su manera ¡es mejor!

En la cama somos dos fieras. Me encanta practicar sexo con él porque es divertido. Mucho. Pero también me gustan nuestras charlas, nuestros paseos con *Olimpia*, nuestra comunicación con la mirada sin hablar y nuestras bromas. No exige. Solo propone. Está deseoso de que me pille un fin de semana libre para poder pasarlo juntos y, por increíble que parezca, aun negándome a ello, pues he de estar al pie del cañón de mi restaurante, no me lo reprocha ni una sola vez.

Aunque en ocasiones quiero hablar con él sobre lo que Adriana me comentó, al final no lo hago. Creo que no soy quién para preguntar.

Estoy pensando en ello mientras corto verdura en juliana para el servicio de la noche y escucho los CD que él me ha dejado. Son fantásticos. Siempre me ha gustado la música *soul*. En ese instante la puerta de la cocina se abre y me encuentro con mi hermano Adrián.

Sonriendo, nos miramos y pregunto:

—¿Qué haces por aquí?

Él, que aún va con muletas, se acerca a mí, me da un cariñoso beso en la mejilla y responde:

—Estaba aburrido en casa. Y como sabía que estarías aquí, he venido a verte.

Asiento y, tras lavarme las manos y secármelas con un paño limpio, indico mirando a Marcus, uno de mis cocineros:

—La juliana ya está. Voy a tomarme un café.

A continuación mi hermano y yo salimos de la cocina. La música suena por los altavoces del restaurante, y Adrián comenta:

—Qué canción tan buena.

—Sí. Es buenísima —afirmo gustosa pensando en que el CD es de Marc.

—¿Quién canta?

Con una sonrisa, me acerco hasta el mostrador, cojo el estuche del CD que he puesto minutos antes y contesto mirándolo:

—Hil St. Soul.

Mi hermano asiente, aunque se encoge de hombros.

—No los conozco. ¿Cómo se titula la canción?

Vuelvo a mirar el CD.

—*Until You Come Back to Me.*

Adrián vuelve a asentir y se lo apunta en su móvil.

—Tomo nota. ¡Me gusta! Me lo compraré.

Con una sonrisa asiento y, mientras la preciosa música sigue sonando, preparo dos cafés y nos sentamos a una de las mesitas.

El restaurante está cerrado y, con tranquilidad, comenzamos a charlar. Hablamos de Héctor. De qué hacer con él para poder ingresarlo de nuevo...

—Me da igual que nos odie —digo—. Tenemos que actuar antes de que pase algo y nos arrepintamos de...

—Eva, es complicado —me corta mi hermano—. Por mucho que nosotros lo deseemos, quien tiene que querer curarse es él.

—Ya, pero...

—Eva —me vuelve a cortar—, estoy contigo. Claro que quiero recuperar a nuestro hermano. Claro que necesito que Héctor deje atrás sus adicciones. Pero el problema es que, si él no quiere, por mucho que hagamos y digamos, de nada servirá.

Asiento, entiendo lo que dice, pero musito:

—Cada día estoy más preocupada por él.

—Hace dos noches Danica y yo tuvimos que ir a sacarlo de la comisaría. Se pilló tal pedo en un local que tuvieron que llamar a la policía.

—¡¿Qué?! —exclamo y, preocupada porque Héctor siempre me llama a mí, susurro—: ¿Está bien?

Adrián asiente.

—Te juro que no me llamó —digo—, si lo hubiera hecho, yo...

—Héctor dio mi número. Sabe lo enfadada que estás con él por lo que hizo en el restaurante, y bueno...

Maldigo y murmuro cerrando los ojos:

—¿Qué vamos a hacer con él? No puede continuar así.

Adrián asiente. Piensa como yo y, como en tantas otras ocasiones, comenzamos a planear distintas formas de conseguir que mi hermano nos escuche, recapacite y vaya a un centro de desintoxicación.

Un buen rato después, tras decidir quedar con Héctor en otro momento para hablar con él, sale a relucir el nombre de mi sobrina Caro, y cuchicheo:

—No quiero ni imaginarme el numerito que debió de montar nuestra querida hermana cuando Fran llegó a la casa con Caro.

Ambos reímos, y luego añado mientras me como una gominola:

—¿Te puedes creer que al día siguiente la muy tonta me llamó para echarme la bronca?

—¿A ti? ¿Por qué?

Me encojo de hombros, doy un sorbo a mi café e indico:

—Según ella, no entiende por qué mi sobrina tuvo que venir a mi casa, y menos aún que le dijera que estaba muy guapa con el pelo de ese color. Y encima... me ha dicho que me olvide de llevar a las niñas al concierto de Shawn Mendes porque no lo piensa permitir.

—Si es más tonta... no nace.

Asiento, mi hermano tiene razón, y añado:

—Por suerte, quedan varios meses para el concierto. Porque si fuera ahora y no les permitiera asistir, te aseguro que se iba a liar bien gorda. Teresa no se da cuenta de que Caro crece, y me temo que la relación entre ellas va a ir de mal en peor.

Adrián menea la cabeza, intuyo lo que piensa, y al final suelta:

—¿En serio la Tipitesa es hermana nuestra?

—Eso dicen papá y mamá —me mofo.

Él resopla, y añado:

—Nunca la he entendido ni creo que la llegue a entender. Te juro que a veces tengo la impresión de que Teresa ha venido a este mundo solo y exclusivamente para sacarnos a todos de nuestras casillas. Pero vamos a ver..., tiene dos hijas preciosas, es marquesa, vive rodeada de lujo, tiene un marido al que no me extrañaría que la Iglesia canonizara el día que el pobre se muera... ¿Qué más quiere?

—Tu vida. O, mejor dicho, ¡ser tú!

Es cierto. Adrián siempre lo ha dicho, pero replico:

—Pero si le horroriza mi vida y cómo soy.

—No, Gominola. Te envidia —asegura él—. Tú eres todo lo que a ella le gustaría ser aunque lo niegue y por eso se comporta así. Tú, a tus cuarenta y tres años, vives y disfrutas de la vida de una manera que ella con treinta y seis ni lo ha hecho ni lo hará.

No digo nada. A Teresa no hay por dónde cogerla.

—Ella materialmente puede tenerlo todo —prosigue mi hermano—, pero tú tienes ese algo que ella envidia y que nunca tendrá.

—¡Joder, Adrián!

—A ver, Eva, desde pequeña Teresa tenía dos metas. Casarse con alguien influyente y estar podrida de dinero. Eso lo consiguió con veinte, y creo que, una vez que lo hizo, se dio cuenta de que su vida tal y como se la había planteado era una mierda. Por el contrario, tú eres una mujer independiente que tiene sus propios negocios que van muy bien, viajas, sales con hombres, te diviertes... Piénsalo, ella está encerrada en su propia jaula de oro, mientras que tú vives la vida.

Asiento. Sé que Adrián tiene razón, y entonces añade:

—Y, si no, acuérdate de lo que pasó con Lionel.

Uf..., recordar eso no me resulta nada agradable.

—Ahí fue cuando me di yo cuenta de la envidia que Teresa te tiene —continúa Adrián—. No sé cómo no le partiste la cara aquella noche en Mallorca.

Me río.

—Había bebido de más y estábamos en casa de papá y mamá —cuchicheo.

Adrián se remueve en su asiento y, cuando comienza a sonarle el teléfono, murmura antes de cogerlo:

—Ya sabes lo que se dice: los niños y los borrachos son los únicos que dicen la verdad.

Asiento. Sé que tiene razón.

El episodio fue incómodo. Un verano estábamos en la casa que mis padres tienen en Mallorca celebrando el cumpleaños de Adrián y, tras la cena, decidimos hacer una fogata en la playa en compañía de unos amigos. Cuando mi cuñado Fran se fue a la cama con las niñas, que eran pequeñas, y Héctor se marchó con sus colegas de fiesta, Teresa vino a la playa con nosotros. Eso nos extrañó. Ella pocas veces compartía cosas con nuestros amigos, pero ese día parecía receptiva.

Ya de madrugada, y con varias copichuelas de más, mientras Adrián y yo nos despedíamos de los amigos en la puerta de la casa, Teresa le pidió a Lionel que la acompañara a la cocina a por agua. Él lo hizo y, cuando Adrián y yo entramos allí instantes después, vimos cómo mi hermana se echaba en sus brazos mientras le decía cuánto le gustaba y que podría haber algo entre ellos sin que yo me enterara. También presenciamos cómo Lionel se la quitaba de encima sorprendido y le decía que no.

Esa noche Teresa y yo tuvimos más que palabras en la playa para que ni mis padres ni mi cuñado y mis sobrinas se enteraran. Y si nuestra relación ya era mala, a partir de entonces se volvió terrible. Se quebrantó tanto que, cuando se descubrió el engaño de vida que yo llevaba con Lionel y él acabó decantándose por la inglesa, la muy cabrona de mi hermana incluso se alegró.

Estoy pensando en ello cuando Adrián cuelga el teléfono y dice:

—Era Danica, para decirme que dentro de una semana se va a Nueva York.

—¿Y eso?

—Acaba de llamarla su representante para anunciarle que es una de las modelos seleccionadas para la New York Fashion Week —me explica contento.

Aplaudo. Adrián también, y afirma:

—Está como loca. Era uno de sus sueños y, mira, ¡se ha hecho realidad!

Asiento feliz. Sin duda, Danica lucha mucho en su trabajo.

—¿Te irás con ella? —pregunto a continuación.

Adrián lo piensa, lo veo en sus ojos, y finalmente responde:

—No creo. Con la pierna así, no me puedo mover con normalidad y quiero reponerme al cien por cien para el viaje a Groenlandia.

—¿Cuándo es?

—No lo sé con seguridad, pero creo que será para verano. Por cierto, ¿te apuntas?

Sin dudarlo, asiento. No me lo perdería por nada del mundo, y entonces mi hermano sonríe y pregunta:

—Bueno..., ¿y tú qué?

—¿Yo qué de qué?

—El doctor.

—¡¿Qué pasa con el doctor?! —me mofo.

Adrián sonríe, yo también, y cuchichea:

—Gominola, te conozco, y cuando me hablas de alguien más de tres veces es porque es especial. Y, oye, cada vez que te llamo para hablar contigo, no hago más que oír Marc por aquí o Marc por allá. Aunque me sorprende que hables tanto de un doctor, con la aversión que les tienes a los hospitales...

Me río. Tiene razón.

No sé qué tiene Marc que no puedo quitármelo de la cabeza.

—El CD de música que escuchas me lo ha dejado él —comento.

Adrián asiente.

—Pues me gusta su rollito.

Ambos reímos y yo, incapaz de callar, suelto:

—¿Te puedes creer que no me ha pedido mi número de teléfono?

—¿En serio?

—Y tan en serio —me mofo.

—¿Y por qué?

—No lo sé. —Me río desconcertada—. Por cierto, corre por las mañanas como tú.

—Vaya, ¡qué interesante! ¡Un tío sano!

Asiento, sin duda es interesante, y musito:

—Estoy pensando en irme con él un fin de semana a donde sea.

—¡Pues hazlo!

—¡Pero tengo mucho trabajo en el restaurante!

—A ver, Gominola... Eres la dueña del negocio. Va todo rodado. Trabajas como una burra; ¿acaso no te mereces tener un estupendo fin de semana libre?

Suspiro, sé que tiene razón, pero insisto:

—Ya, pero hasta el momento solo nos vemos por las noches y...

—¿Has pasado alguna noche entera con él?

—Muchas —digo con picardía—. Y, cuando me levanto, siempre ha regresado de correr, está duchadito y me tiene preparado el desayuno.

Adrián se ríe.

—Este te conviene —afirma.

Ambos reímos por aquello y a continuación, pensando en él, cuchicheo:

—Es atractivo, divertido, tremendamente positivo, no es nada exigente y, cuando oyes su risa contagiosa, no puedes evitar reír. En definitiva, me atrae una barbaridad y me gusta mucho..., demasiado.

Adrián vuelve a asentir.

—Y si te atrae tanto ¿por qué no le pides su número de teléfono aunque él no te pida el tuyo? ¿Desde cuándo esperas tú a que la otra persona dé el primer paso?

Me río. Sé por qué lo dice. No soy la típica mujercita que espera que el hombre dé el primer paso. Desde siempre, cuando he querido algo, lo he dado yo sin importarme las consecuencias.

—Si no lo he hecho ya es porque alguien que lo conoce me comentó que Marc ni pide ni da su número de teléfono a las mujeres porque su exnovia lo dejó a través de un wasap —digo.

—¡No jodas!

Asiento. No sé la historia real, aunque me encantaría saberla.

—Y yo no quiero agobiarlo porque me gusta lo que tenemos —insisto.

Como una tonta, sonrío al decir eso, y entonces mi hermano susurra:

—Gominola..., ¿en serio estoy viendo lo que estoy viendo?

Miro a Adrián. No sé de qué habla, y pregunto:

—¿Qué narices estás viendo?

Él se ríe y dice entonces cogiéndome la mano:

—Veo a mi hermana contenta y motivada con alguien. Y si ese tío...

—Marc.

—Y si Marc —ríe— hace que te brillen los ojos como desde hacía tiempo que yo no lo veía, sin duda debe de tener muchas cosas buenas. Tú no eres de ilusionarte con un guaperas patán. Tú a esos te los pasas por la piedra y, luego, si te he visto no me acuerdo.

—¡Adrián! —exclamo divertida.

Ambos reímos. La confianza que ha habido entre él y yo para hablar de cualquier tema ha sido siempre increíble.

—¿Cuándo podré conocerlo? —pregunta a continuación.

—Ya lo conoces —afirmo.

Él asiente.

—Lo vi dos minutos en la habitación del hospital. Pero como no sabía que tenías nada con él, ¡ni me fijé!

Sonrío, tiene razón, y retirándome el pelo del rostro afirmo:

—Te prometo que si esto que tenemos Marc y yo va a más, lo conocerás. Pero no te emociones; aunque te acabo de decir que me gusta mucho, ya sabes que mis relaciones no suelen ser muy largas.

—Quizá sea diferente esta vez.

Eso me hace gracia. Y, sin querer ser más lista que el destino, respondo:

—Ya se verá.

17

Hoy me he levantado con ganas de ver a Marc.

La noche anterior no nos vimos. Era el cumpleaños de mi padre y mi madre organizó una cenita en casa donde estuvimos todos excepto la marquesa, que estaba en París con unas amigas. Ni que decir tiene que la cena fue tranquila y distendida. Todos lo pasamos bien y reinó el buen rollo.

Según me lavo los dientes, escucho uno de los CD que Marc me dejó. La canción es preciosa. Me dirijo hacia el comedor para ver cuál es y veo que se trata de *Forever Mine*, de Robin Thicke. Qué maravilla.

La música que le gusta a Marc es como él: dulce, romántica y tranquila.

Sonriendo, regreso al baño para terminar de lavarme los dientes y entonces decido dejarme llevar por mi impulsividad e ir al hospital. No disponer de su teléfono es lo que tiene... O te presentas donde crees que puede estar o no hay manera de verse.

* * *

Una hora después, cuando llego allí, me paro y suspiro. ¿Qué hago aquí con lo poco que me gustan a mí los hospitales?

Pero, sin querer pensar en ello, entro y pregunto en recepción si Marc está pasando consulta.

Como imaginaba, me dicen que sí y, con una sonrisa, decido subir a la tercera planta. Allí busco su consulta y, cuando llego, tras saludar a una señora que espera, me siento yo también. Imagino que cuando Marc salga y me vea me hará entrar.

Mientras aguardo, empiezo a agobiarme. Uf, ¡qué mareo! No puedo con este olor a desinfectante...

—¿Te encuentras bien? —me pregunta la señora.

Con una sonrisa, la miro y, metiéndome una gominola en la boca, respondo:

—Sí. Es solo que el olor de los hospitales me revuelve un poquito.

La mujer asiente; le enseño la caja de gominolas y pregunto:

—¿Quiere?

Encantada, ella coge una y, cuando se la mete en la boca, musita:

—Mmm..., qué rica está.

Asiento contenta y a continuación ella dice:

—Soy Ángela, ¿y tú?

—Eva.

Ambas sonreímos y luego ella pregunta:

—¿Has venido a ver al doctor Sarriá?

—Sí.

—Es un médico maravilloso —comenta entonces meneando la cabeza—. Su cariño, su profesionalidad y su humanidad son admirables.

Asiento. Conociendo a Marc, sin duda es como dice la mujer, que añade:

—Hace cuarenta y cinco días operó a mi hija Lucía de urgencia. Le extirpó un bulto de la mama izquierda y los ganglios de la axila derecha. Fue un sustazo, pero por suerte el doctor Sarriá estuvo en todo momento a nuestro lado para tranquilizarnos y ayudarnos. Y..., bueno, hoy hemos venido para que le diga cuál es el siguiente paso.

Conmovida, la miro y solo puedo decir:

—Seguro que todo irá bien.

La mujer asiente.

—Por supuesto que sí. Como siempre nos dice el doctor Sarriá, la positividad es una gran aliada.

Ambas sonreímos y luego ella cuchichea:

—Si no entro con mi hija y mi yerno en la consulta es porque me gusta dejarles intimidad. Cuando él no puede acompañarla por trabajo, entro con ella aunque sea al mismísimo infierno, pero viniendo mi yerno, prefiero que entre él y no yo.

No entiendo por qué me cuenta todo esto, y a continuación musita:

—No te preocupes, cielo. Tengas lo que tengas, todo irá bien.

Me quedo bloqueada, no sé qué decir. Esta señora ha pensado que estoy enferma. Entonces, de pronto entra una pareja en la sala de espera.

—Hola, Ángela, ¿todo bien con Lucía? —dice la mujer.

¿Se conocen?

La pareja y ella se saludan. Los escucho mientras hablan con familiaridad, con cariño, y luego Ángela dice señalándome:

—Ella es Eva y está esperando para ver al doctor.

Rápidamente la pareja, que han de tener mi edad, me miran curiosos y yo los saludo gustosa.

Se presentan como Julio y Olga, y me entero de que ella tuvo un cáncer de cuello uterino que superó y del que se ocupó Marc, y que ahora Julio viene para entregar unas pruebas y cerrar fecha para que el doctor lo opere de un cáncer de colon.

Joder..., ¿en serio? Pobres... ¡Maldito cáncer!

Pero ver su positividad ante lo que para mí es un trago complicado me sobrecoge. Su fortaleza para enfrentarse al cáncer me emociona, y más cuando soy consciente de que Marc es una parte muy importante en ello.

Los escucho en silencio hasta que la puerta de la consulta se abre y sale una pareja. Ángela se levanta, y la que imagino que es su hija rápidamente saluda a Julio y a Olga.

Ángela mira a su hija y a su yerno. Veo en su mirada la necesidad de saber, y Lucía, la hija, cogiendo las manos de su madre, declara:

—Todo bien, mamá. He de hacerme un escáner y una densiometría ósea. Y una vez que el doctor Sarriá vea los resultados comenzaré con la quimioterapia.

Ángela asiente, entiende lo que le dice, y Olga comenta con una sonrisa:

—Todo irá bien. Ya lo verás.

Estoy sumergida en la conversación cuando veo a Marc salir de la consulta con su batita blanca y, al verme aquí, levanta las cejas sorprendido.

A continuación Ángela abre su bolso y saca de él un táper azul.

—Doctor —dice—, como le prometí la última vez que vine, aquí le traigo las rosquillas.

Veo a Marc sonreír. Con cariño, coge el recipiente que la mujer le entrega y, tras abrazarla, afirma:

—Gracias, Ángela. Me las comeré con mucho gusto.

—Eso, cómaselas, que está muy delgado.

—¿Otra como mi madre? —se mofa Marc.

La mujer sonríe feliz, como sonreímos todos, y cuando se va a marchar me mira y, cogiéndome de las manos, dice:

—Eva, ¡ánimo! Todo va a ir bien.

Con una sonrisa asiento viendo cómo se alejan, y Marc indica dirigiéndose a Olga y a Julio:

—Dentro de cinco minutos entráis. —Luego me mira y dice—: Eva, por favor, pasa.

Algo conmovida por el emotivo momento vivido en la sala de espera, entro en la consulta y, cuando él cierra la puerta y deja el táper azul sobre una mesa, pregunta sonriendo:

—¿Qué haces aquí?

—¡Sorpresa! —respondo.

Marc ríe, yo también, y luego oigo que dice:

—Me encantan las sorpresas.

Le doy un beso, otro, y cuando me separo de él explico dejándome llevar:

—Como anoche no quedamos, me he levantado con ganas de verte.

—Mmmm..., me gusta oír eso.

Entre risas nos besamos. Somos como dos imanes. Es vernos y desearnos, hasta que, recordando dónde estamos, me separo de él y digo:

—Creo que debería marcharme. Estás trabajando.

Marc asiente. Es un profesional como la copa de un pino, y yo sonriendo pregunto:

—¿Nos vemos esta noche?

—Por supuesto.

Él me da entonces un último beso que me sabe a pura vida.

—A la hora bruja estaré en tu restaurante —dice.

Gustosa, asiento, le guiño un ojo y abro la puerta.

Según salgo de la consulta, Julio y Olga se levantan y, con cariño, me despido de ellos, y en ese momento Marc sale, nos mira y, con profesionalidad, los hace pasar.

¡Qué mono es el doctor Sarriá!

18

Dos días después estoy liada en mi restaurante cuando Nina entra en la cocina y dice:

—Para la mesa cinco me faltan dos ensaladas de escarola y cóctel de gambas.

Asiento, estoy en ello, y pido mirando a Efrén, que es uno de mis ayudantes:

—Dame la salsa Perrins.

Él lo hace y a continuación pregunto:

—¿Las gambas blancas están hervidas?

—Sí, chef —afirma.

Asiento, Efrén es un excelente aprendiz.

—Saca dos raciones de escarola del agua y ponlas sobre papel para que absorba toda la humedad mientras yo termino la salsa —indico a continuación.

Sin dudarlo, Efrén lo hace y, cuando la salsa que estoy preparando adquiere un tono rosado, añado unas laminitas de pepinillo. Lo remuevo, lo pruebo y noto que la salsa está estupenda, por lo que pregunto mirándolo:

—¿Para qué está la escarola en agua?

—Para que se lave y su textura sea más crujiente —responde Efrén.

—¿Y sabrías decirme para qué añado el pepinillo a la salsa?

Ante la atenta mirada de Nina, él rápidamente contesta:

—Para darle un sutil toque ácido, chef.

—Muy bien —afirmo complacida.

Con maestría y celeridad, una vez escurrida la escarola, la dispongo sobre dos platos. Añado con mimo las gambas blancas y, sobre ellas, echo la salsa rosa que acabo de preparar. Remato con unos brotes tiernos a los lados y, mirando a Nina, tras limpiar el plato con precisión, señalo:

—¡Ensaladas listas!

Ella las coge y, sonriendo, se va. Acto seguido miro las siguientes comandas y pregunto dirigiéndome a Marcus, otro de mis cocineros:

—¿Estás con la lasaña de carne?

—Sí, chef.

Sin apartar la mirada de las comandas, insisto:

—El rodaballo gratinado al horno con patatas ¿quién lo está haciendo?

—Yo, chef —afirma Nuria.

Bien, me gusta que todo esté controlado. Al mirar a Lola y ver lo que acaba de terminar, declaro:

—Ese tiramisú sin café y con chocolate tiene una pinta excelente.

Lola sonríe, es buenísima en lo suyo.

—¡Espero que les guste! —exclama.

—Tenlo por seguro —afirmo.

Estoy sonriendo cuando Nina entra de nuevo en la cocina.

—Mesa seis —anuncia—. Dos comensales. Comenzamos con dos salmorejos cordobeses. Les siguen un pollo escabechado y un lomo de cerdo en salsa. Terminamos con dos tiramisús de chocolate.

—¡Oído! —digo junto a mis empleados.

—Me pongo con el rodaballo —afirma Marcus.

—Te saco el lomo —indica Nuria.

Asiento; tengo un equipo que es una maravilla. Miro a Efrén, que está aprendiendo, y le pido mientras aso la presa ibérica que Nuria me entrega:

—Ponte con el salmorejo.

Dicho eso, seguimos trabajando sin descanso. Los horarios de los servicios son así y nunca ha de faltar el ritmo.

Estoy cocinando cuando oigo que uno de mis dos teléfonos, el que tengo sobre la encimera, comienza a vibrar. Veo que es mi hermano Adrián y le digo a Marcus, señalando lo que hago:

—Un minuto más y sácalo.

Una vez que me limpio las manos en un trapo, cojo el teléfono y saludo:

—Hola, guapo, ¿todo bien?

Oigo que Adrián ríe.

—Sí.

Vale, si está todo bien, no hay prisa, y aseguro mirando a mi alrededor:

—Adri, ¡voy a mil!

—¿Me lo prometes por Bridget Jones?

Me río, no lo puedo remediar, y afirmo:

—Te lo prometo.

Adrián suelta una carcajada. Sabe cuánto me gustan esas pelis.

—Tenemos que hablar —dice entonces.

—¿Te pasa algo con Danica? —pregunto preocupada.

—No. Con ella todo bien.

En ese instante veo que mi otro teléfono suena y, al mirar, digo:

—Vaya..., la Tipitesa me llama al otro móvil.

—De ella precisamente es de quien tenemos que hablar. Es importante.

El teléfono sigue sonando. Mi hermana está insistente, y Adrián me suelta:

—¿Recuerdas la pulsera de oro que le regalamos a mamá hace años con nuestros signos del zodíaco?

—¿La que perdió?

Adrián se ríe.

—De perdida nada de nada... La tiene la Tipitesa.

—¡¿Cómo?!

—Y además de la pulsera, Héctor me acaba de contar que Teresa tiene el collar de perlas australianas, los pendientes suizos de oro blanco, el reloj Omega del abuelo Felipe y... ¡Flipa con lo que te voy a decir! Pensaba llevarse también hoy mismo la vajilla inglesa que tanto te gusta a ti.

Parpadeo sorprendida. Siempre me ha gustado esa antigua vajilla.

—Sin avisar, me he presentado en casa de papá y mamá a comer y mira por dónde he pillado a Teresa empaquetando la vajilla y llevando en su preciosa muñeca la pulsera de mamá —añade mi hermano.

Me quedo boquiabierta y Adrián gruñe:

—Lógicamente, hemos comenzado a discutir. Héctor se ha metido por medio y, agárrate con lo que te voy a contar... La Tipitesa, después de que el Bujías soltara lo que te he contado, le ha dicho que no tiene por qué quejarse, puesto que mamá todos los meses le ingresa mil quinientos euros para sus gastos.

—¡¿Que mamá qué?! —pregunto sin dar crédito.

—Sí..., sí..., pero es que ahí no termina la cosa —añade Adrián—. Como mamá le ingresa esa cantidad a Héctor, a la Tipitesa también se lo tienen que ingresar porque ella así lo ha exigido.

Parpadeo, creo que me estoy quedando sin palabras..., y entonces Adrián afirma:

—Te aseguro, Gominola, que aquí los tontos y los no aprovechados somos tú y yo.

—Sin duda...

—Y encima Teresita tiene la poca vergüenza de decirme que si mamá le regala esas joyas es porque ella se las merece para lucirlas entre los de su clase social, porque nosotros no somos nadie.

—¡Pero ¿qué me estás diciendo?!

—Lo que oyes, Gominola. Lo que oyes.

Maldigo.

Siempre he intuido que mi madre tenía sus trapicheos con Héctor y Teresa, pero lo que nunca había imaginado era que estos llegaran a tanto. Con Héctor, vale. Es el bala perdida de la familia y, aunque no se lo merece, imagino que mi madre hace todo lo que puede por él y más. Pero con Teresa..., ¡joder con la Tipitesa! Vive como una reina. ¡Es marquesa! No trabaja. Se pasa la vida de compras, en el *spa* o en la peluquería con sus insoportables amigas y encima su marido es empresario y gana un pastizal.

Está visto que la avaricia rompe el saco.

¡Qué asco!

En realidad no me importan las joyas ni el dinero. Soy independiente desde hace muchos años. Mis padres me ayudaron en mis inicios como empresaria. Ellos fueron quienes me prestaron el dinero para poder abrir en Ibiza mi primer restaurante y siempre se lo agradeceré. Eso sí, en cuanto recuperé la cantidad, aunque mi padre dijo que no, yo se lo devolví para que precisamente Teresa dejara de tirarme pullitas.

¡La madre que la parió! Si es que está visto que la que más morro tiene es la que más debería callar...

Y de pronto la oigo gritar de fondo:

—¡Dile a Eva que me coja el teléfono o la vamos a tener!

Woooo, es que le cruzo la cara. ¡Tendrá poca vergüenza!

Pero antes de que el pobre de mi hermano diga nada indico:

—Espera un momentito, Adrián, que esta me va a oír.

Suelto el teléfono, cojo el otro y, según descuelgo, oigo la voz de mi hermana, que dice:

—Me importa una mierda lo que tú y los demás digáis. Mamá me regala las cosas a mí porque soy marquesa, y no hay más que hablar.

¿Que es marquesa? ¿Que no hay más que hablar?

Bueno..., bueno... Pero ¿esta idiota quién se ha creído que es?

La turra que vamos a liar. E, incapaz de callar un segundo más, siseo:

—Tienes más morro que potorro...

—¡Serás ordinaria! —me suelta.

¿Ordinaria? Pues sí. Cuando me sacan de mis casillas, lo reconozco, ¡soy lo peor!

Pero vamos a ver, ¿quién no?

—Tu egoísmo está llegando a unos límites que ya no se pueden soportar —añado—. ¿Qué narices pasa contigo?

Como era de esperar, ella chilla enfadada y saca a relucir el color de pelo de Caro. Lógicamente, me echa a mí la culpa. Y cuando me canso de oír sus estupideces, le cuelgo y, cogiendo el otro teléfono, le digo a Adrián:

—Prepárate, que le he colgado.

Los gritos de mi hermana se redoblan, y Adrián, que debe de estar mirándola, se mofa:

—Solo falta que le dé vueltas la cabeza como a la niña de *El exorcista*.

—Dale un trozo de bollo, a ver si con suerte se atraganta —suelto de mala baba.

Ambos reímos por aquello y luego él indica:

—Convoco una reunión familiar urgente. Solo faltas tú, te quiero aquí ¡ya!

Asiento. La cosa con mi madre y mis hermanos se está desmadrando.

—Dentro de quince minutos estoy ahí —le aseguro—. Que no se vayan ni el Bujías ni la Tipitesa.

—Tranquila, que estos de aquí no salen —afirma él.

Una vez que cuelgo el teléfono, miro a mi alrededor. Por suerte, la llamada llega a última hora del servicio de comidas y, viendo que todo está controlado, digo mientras me quito la chaquetilla:

—Volveré para el turno de la noche.

Nadie pregunta. Todos saben que no soy de las que se escaquean del trabajo, y, cuando salgo a la calle, me enciendo un cigarrillo y me encamino a toda prisa hacia el paseo de la Castellana. A nuestra casa de toda la vida.

19

En el camino, para relajar los nervios que llevo porque sé la que se va a montar, me coloco los auriculares y, tras buscar en mi lista de Spotify a mi Bruno Mars, me pongo su último éxito, *Leave the Door Open*, la que escuché por primera vez con Marc. ¡Qué maravilla de canción!

Una vez que llego y entro en el portal, me quito los auriculares. Pascual, el portero de la finca de siempre, me mira y me saluda sonriendo:

—Dichosos los ojos que te ven, muchacha. Qué alegría.

Con una sonrisa, lo miro. Aquel hombre y su familia son para mí como si fueran de la familia y, tras acercarme a él para darle dos besos, respondo:

—Dichosos los ojos que te ven a ti... ¿Cómo estás, Pascual?

El hombre sonríe. Ha estado pachuchillo de salud, pero afirma:

—Como un toro. Angelines me cuida muy bien.

Sonrío. Angelines es su mujer, la portera, una señora encantadora que de niña me preparaba unos bocatas de Nocilla que me volvían loca.

—Es que Angelines es la mejor —señalo.

Pascual asiente. Sabe lo mucho que vale su mujer.

—A la que veo mucho es a Caro —comenta entonces—. Va a menudo por casa con mis nietas. Hay que ver lo amigas que son, de toda la vida.

Asiento. Espero que la idiota de mi hermana no jorobe esa amistad.

—¿Cómo va el restaurante? —pregunta a continuación Pascual.

—No me puedo quejar —afirmo satisfecha y, caminando hacia el ascensor, indico—: Pásate por allí con Angelines cuando quieras. Ni que decir tiene que estáis invitados.

Él sonríe, yo también, y tras guiñarle un ojo me meto en el ascensor.

Cuando este se detiene en la sexta planta, al salir de él oigo los gritos de mi hermana. Vaya..., está claro que quiere guerra, y sin dudarlo llamo a la puerta.

Mi padre abre. Su cara de circunstancias lo dice todo y, al verme, musita:

—Te aseguro que el primer sorprendido de lo que estoy oyendo he sido yo.

Asiento, lo entiendo. Como siempre, mi madre hace las cosas sin contárselas a mi padre. Y, tras darle un cariñoso beso en la mejilla, voy a hablar cuando insiste:

—Por todos los santos, hija..., tu hermana tiene el reloj Omega de mi padre ¡y yo no lo sabía!

Suspiro. Desde luego, más morro no se puede tener.

—Tranquilo —indico—. Te lo devolverá.

Mi padre menea la cabeza y, como necesito que el hombre se tranquilice o le subirá la tensión por las nubes y tendremos que salir de urgencias, le pido:

—Papá, ¿puedes ir a comprarme tabaco?

Al oírme, sonríe, sabe que me lo estoy quitando de encima, y pregunta:

—¿Voy al estanco de la esquina o al de tres calles más allá?

Me río.

—Será mejor que vayas al de tres calles más allá —digo.

Sin dudarlo, él asiente. Se ríe y, acercándose a mí, musita:

—Si hay alguien que pone firme a la caprichosa de tu hermana, esa eres tú.

En cuanto coge su chaqueta y sale por la puerta, tomo aire y entro en el salón.

Todos me miran y Teresa comienza a hablar. Nada más oírla me cargo de negatividad.

Le doy un beso a mi madre, que está azorada. Sé que siente vergüenza de lo que nos hemos enterado, y mientras Teresa sigue hablando, saludo a Héctor con la mirada y me siento al lado de Adrián.

Mi hermana habla y habla. Suelta por la boca todo lo que le viene en gana, y cuando me canso de oírla pregunto:

—¿Te vas a callar para que los demás podamos intervenir?

Como de costumbre, mis palabras la ofenden. Según ella, además de una jipiosa y una descerebrada, soy una borde.

Cuando por fin se calla, digo mirándola:

—El reloj Omega del abuelo se lo devuelves a papá y la vajilla inglesa no sale de aquí.

—¡Porque tú lo digas! —exclama.

Uf..., uf..., lo que me entra.

Mi yo de hace dos semanas ya habría perdido los papeles, pero intentando seguir los consejos de Marc, insisto sin dejarme llevar por la rabia:

—En tu mano está que montemos una buena turra o no. Tú decides.

—Soy marquesa y a mí una mindundi como tú, que va sin rumbo en la vida, no me habla así.

Según oigo eso, me entra la risa. Pero la risa cabrona. Y, olvidándome de la educación que mis padres se han preocupado de darme y de los consejos de Marc para ver la vida desde otro prisma, me dirijo a mi madre:

—Mamá, perdóname.

Acto seguido, miro a mi hermana y suelto sin ningún tipo de filtro:

—Mira, *jodida marquesa del Coño Hondo*...

—¡Mamá! —grita Teresa.

—¡Eva María! —chilla mi madre—. ¡Es Corondo!

Lo sé, sé muy bien que es marquesa de Corondo, y, consciente de la vulgaridad que acabo de decir, finalmente me callo. Seguir por ahí solo va a empeorar más las cosas, así que, tras tomar aire, digo:

—A mamá le vas a devolver todas las joyas que te has llevado. Y cuando digo todas son todas...

Dicho esto, mi hermana vuelve a explotar. Grita. Chilla. Nos hace saber a mis hermanos y a mí que mi madre se las ha regalado porque ella es la mejor hija del mundo mundial...

Y entonces, mirando a mi madre, sin importarme los chillidos de aquella loca que es mi hermana, pregunto:

—Mamá, ¿no tienes nada que decir?

Ella me mira con apuro. Pobre... Estas situaciones la sobrepasan.

—Pues no —exclama Teresa entonces—. Mamá no tiene que decir nada.

—¿Ah, no? —Adrián resopla.

—Pues no —insiste—. Absolutamente nada. Es más, con respecto a las joyas, vosotros no os las vais a poner porque no os gustan y, en cambio, yo las puedo lucir con clase y distinción. ¡Soy marquesa!

—«Tipití, tipitesa...» —se mofa Héctor.

—¡Cállate, borrachuzo! —sisea aquella.

—¡Teresita! —vuelve a exclamar mi madre.

Pobre, qué mal lo está pasando.

Y entonces Adrián pierde la paciencia.

—Me importa una mierda tu clase, tu marquesado o tu distinción —replica—. Son las cosas de mamá, sus recuerdos y, como tales, a todos nos gustaría tenerlos.

Teresa resopla, mira hacia el techo y musita:

—Sí, claro... ¡Para que las joyas las utilice la rusa!

Bueno..., bueno..., aquí se va a liar gorda.

—La rusa, como tú dices, tiene un nombre y se llama Danica —gruñe Adrián molesto—. Es mi novia desde hace años y, posiblemente, algún día también será mi mujer.

—No digas tonterías. ¡Qué horror! —susurra mi hermana, y mirando a mi madre se mofa—: Mamá, ¿lo has oído? ¿Has oído al idiota de Adrián? ¡La rusa!

Mi madre, consciente de que o dice algo o lo voy a decir yo, gruñe:

—¡Teresa, basta ya!

Uis, *Teresa*, ¡no *Teresita*! Mi madre está empezando a enfadarse con ella.

—Pero, mamá, ¡sé clara con ellos! Soy la única que tiene una vida normal y te ha dado nietos. Soy tu orgullo, a diferencia de estos, que solo te proporcionan disgustos.

—Si es que le voy a tener que dar... Por Dios..., ¡¿cómo se puede ser tan mala?! —mascullo dirigiéndome a mis hermanos.

Adrián me pide tranquilidad con la mirada, pero Héctor protesta:

—¿Esta pava de qué va?

—Va de payasa. De eso va —afirmo convencida.

Mi madre, la pobre, no sabe qué hacer. Mi hermana siempre la pone entre la espada y la pared. Entonces, la idiota de la Tipitesa va y suelta mirando a Adrián:

—Tú no paras de darle disgustos a mamá con la puñetera moto y esa novia rusa tuya que seguramente está contigo porque no tiene dónde vivir.

—Mira..., ¡vete a la mierda! —replica él levantando la voz.

—Pero, tía, ¡cómo te pasas! —gruñe Héctor de nuevo sin dar crédito.

—¡Que te calles! —lo corta mi hermana—. Darte las joyas a ti sería como tirarlas a la basura. Las venderías para gastártelo en alcohol. Eres la vergüenza de la familia.

—¡Teresa, por Dios! —musita mi madre.

—Por Dios qué, mamá —gruñe ella—. Digo la verdad, y lo sabes. Este es un borrachuzo. El otro, un deportista venido a menos y la otra, una vividora. ¿Qué clase de hijos tienes?

Joder..., joder con mi hermana. Y con toda la rabia del mundo siseo:

—... dijo la jodida e insoportable marquesa del Coño Hondo, que se cree el ombligo del mundo, cuando no llega ni a agujero del culo. —Y al ver cómo me mira mi hermana, añado con rebaba—: Sí, soy ordinaria, vulgar y grosera. Y, por suerte, no me parezco en nada a ti. ¿Algo que objetar a la chusma, milady?

Y, sí, al parecer, tiene mucho que objetar.

La Tipitesa se explaya y, cuando me canso de oír sus quejas hacia nosotros, me dispongo a intervenir, pero Héctor se me adelanta:

—Mira, ¡payasa!, no sé quién narices te crees que eres, pero eres peor que un grano en el culo.

—Te doy toda la razón —lo apoyo.

Según digo eso, Teresa me mira. Siempre me ha considerado su rival. Odiaba que mi abuela Ágata y yo nos entendiéramos solo con la mirada y nunca superará la conexión que hubo entre nosotras dos. Y cuando intuyo que va a decir lo que en otras ocasiones dice para hacerme daño murmuro:

—Ten cuidado con lo que me vas a decir por esa boca podrida que tienes porque yo no soy Adrián ni Héctor. No olvides que soy tu hermana mayor, la ordinaria. Y si tengo que soltarte un sopapo con toda la mano abierta, te lo voy a dar con una satisfacción que ni te imaginas. Vamos, ¡que hasta me voy a quitar años de encima con lo a gusto que me voy a quedar!

—¡Eva María! —Mi madre solloza.

Adrián y Héctor se apresuran a consolarla cuando la ven llorar. Pobre..., odio que mi madre llore por nuestra culpa, pero mientras yo pienso esto, la jodida de Teresa sonríe con malicia. Es mala... Es mi hermana, ¡pero es pérfida!

Desde pequeña Teresa siempre fue especial. Ya lo decía mi abuela Ágata. Y con los años fue a peor. Es duro decirlo, pero es una persona egoísta, manipuladora, narcisista, cruel, arrogante, rencorosa, avara, racista, intransigente, consumista y homófoba. Podría continuar diciendo más cosas nada bonitas, pero hasta yo ya me aburro solo de pensarlo.

Y, sin querer continuar con eso, y mucho menos que mi madre sufra un segundo más, sentencio:

—Vives a diez minutos, así que quiero todas las cosas que te has llevado de mamá y papá aquí dentro de una hora. Y si no las traes te juro por mi vida que, por muy marquesa de Corondo que seas, voy a ir a tu casa y voy a montar tal pollo frente a tu puerta que tus finos y refinados vecinos ¡van a flipar de la vulgaridad de tu hermana! Y tu pobre marido no va a saber dónde meterse.

A Teresa se le hiela la sonrisa. Sabe que soy capaz de eso y mucho más. No sería la primera vez que, ante un problema familiar con ella, me ha tocado actuar. La miro como la miraba sin miedo mi abuela Ágata y repito:

—Una hora.

Dicho esto, mi hermana coge su caro bolso y su estiloso abrigo y, sin decir más, sale por la puerta. Mi madre va a levantarse cuando digo dirigiéndome a ella:

—Sabes que no soy egoísta ni quiero nada que no me pertenezca. Pero, aparte de ella, tienes tres hijos más, ¡no lo olvides! Y si no deseas más problemas como este, deja ya de trapichear con la sinvergüenza de Teresa a nuestras espaldas. Mamá..., ¿es que no ves que te manipula y te enreda de malas maneras y luego la que queda mal eres tú?

—Pero, hija...

—Mamá —la corto—, sabes que llevo razón. ¡Lo sabes!

Ella no dice nada. Sé que lo hace sin maldad, que solo se deja llevar por mi hermana.

—En cuanto a Héctor —prosigo, mirando a mi hermano—, si crees que estás haciendo algo bueno por él, que sepas que te estás equivocando. Él no necesita ni tu sobreprotección ni que le ingreses mil quinientos euros al mes. Lo que necesita es mano dura y regresar al centro de desintoxicación. Tendría que volver a entrar en...

—Venga, tía, no me jodas —protesta él—. No me vengas ahora con esas.

Y no puedo decir más, ya que mi hermano se levanta y se va. No quiere oírme, y le grito antes de que salga por la puerta:

—¡Necesitas regresar al centro de tratamiento de adicciones. Los que te queremos deseamos que...!

Ya no oye más. La puerta de la calle se ha cerrado.

Mi madre, con el morrillo temblando aún, pero ya más tranquila, susurra entonces:

—Desde luego, hija, no dejas títere con cabeza.

—¿Por qué? ¿Por ser la que pone orden en esta familia? —pregunto.

Mi madre menea la cabeza. Sé lo que piensa, y digo:

—Vamos, dilo..., ¡lo estoy esperando!

—Eres igualita que tu abuela. ¡Igualita! —suelta.

Dicho esto, se va a la cocina, y yo murmuro mirando a Adrián:

—Ea..., ¡vuelvo a ser la mala, como siempre! Antes era la abuela y ahora soy yo.

Mi hermano se levanta, me abraza y, con una sonrisa que me hace saber que está conmigo, pregunta:

—¿«Marquesa del Coño Hondo»?

Ambos nos reímos, no lo podemos remediar, y a continuación musita:

—Eres mi heroína. ¡Olé tú y ese genio heredado de la abuela Ágata!

* * *

Exactamente cincuenta y dos minutos después, mientras Adrián y yo nos tomamos un cafetín con mi madre y mi padre, que ya ha regresado de comprarme tabaco, Teresa llega a casa. Por su expresión, sé que está furiosa, rabiosa, y, mirándonos, deja una bolsa sobre la mesa y dice:

—Aquí está todo... Pero te voy a decir una cosa: que no me entere yo de que Carolina o Marta van a tu casa sin mi permiso, ¿entendido?

Ver su gesto me enerva aún más. Que meta a mis sobrinas en esto me pone enferma.

—¿Qué tal si dejas a Caro y...? —siseo mirándola.

—¡*Caro!* —exclama mi hermana—. Te he dicho mil veces que no se llama *Caro*. ¡Es *Carolina*!

Tomo aire. Llamaré a mi sobrina como a mí me dé la gana, no como ella me diga, e, intentando no entrar en otra absurda discusión, insisto:

—Haz el favor de dejar a las niñas al margen de nuestros problemas.

Teresa sonríe. Ella sabe que las adoro, que las amo con locura, y con chulería replica:

—Son mis hijas, y en mis hijas mando yo. Si quieres hijos, ¡tenlos tú! Ah, no..., ¡que no puedes!

«¡Será perra!»

—¡Se acabó! —exclama mi padre dando un manotazo sobre la mesa.

—¡Teresa! —gruñen mi madre y Adrián.

Deseo cogerla del collar de perlas que lleva y asfixiarla por lo que ha dicho. Pero tomo aire y no le contesto. Como lo haga, la voy a cagar, porque me conozco y cuando me pongo soy puro veneno.

En cuanto a lo de mis sobrinas, paso de lo que dice. Seguiré viéndolas cuando ellas quieran y a mí me dé la gana porque sé que cuento con mi cuñado, que es el padre de las criaturas, y con eso me sobra y me basta.

Instantes después, la Tipitesa, muy digna ella, va a marcharse de la casa y yo, sin poder evitarlo, la sujeto por el brazo. Todos nos miran, y musito con chulería:

—Falta la pulsera que llevas todavía en la muñeca.

Vale, ¡soy una mosca cojonera! Pero si vamos a hacer las cosas, ¡hagámoslas bien!

Percibo que Teresa se caga en todos mis antepasados. Que, oye..., ¡son también los suyos! Furiosa, se quita la maldita pulsera, la tira sobre la mesa y pregunta:

—¡¿Contenta?!

La rabia con que me está mirando es la de siempre, nada nuevo, y afirmo:

—Contenta estaría si fueras de otra manera.

—Nunca sabrás lo mucho que me alegré de que Lionel te engañara, te dejara y se fuera con esa mujer —suelta entonces.

—¡Teresa! —exclaman todos.

—Qué perra eres... —siseo enfadada.

—¡Eva María! —me reprende mi madre.

Joder..., joder..., ¡si es que me busca!

En todos estos años nunca he soltado lo de Lionel delante de mis padres y mi cuñado, primero, por respeto a ellos y, segundo, por evitarle problemas a la idiota de mi hermana. Pero, como siga así, me va a salir el demonio que llevo dentro y se van a enterar hasta en la Conchinchina.

Mi madre, horrorizada por lo que acaba de oír, exige:

—Teresa, eso que has dicho no está bien. Sabes que fue un episodio que a tu hermana le dolió muchísimo. Pídele ahora mismo perdón a Eva.

Pero mi hermana es mi hermana, y aun consciente de que la está cagando cada vez más, añade:

—No, mamá. No pienso pedirle disculpas. Se merece estar sola y llevar el desorden de vida que lleva acostándose con todo el que se le antoja.

—¡Teresa! —grita mi madre.

—Ya te gustaría a ti, ¿verdad? —me mofo furiosa.

Mi hermana me mira con maldad. Y aunque deseo cogerla por los pelos y revolcarme con ella como cuando éramos niñas, pregunto sin moverme de mi sitio:

—¿Algo más que decir?

—¡Te odio, del mismo modo que odio tu felicidad! —insiste.

Mi padre, que es el ser más paciente, bueno y pacífico del mundo, suelta entonces enfadado:

—Ya basta de tanta tontería. La maldad, el egoísmo y la poca vergüenza que tienes son inaceptables, Teresa, ¡inaceptables!

—... dijo el defensor de su preferida —gruñe mi hermana.

Mi padre la mira. Intuyo que por su cabeza pasan un millón de cosas. Sé que le diría de todo, pero se contiene y, apretando los puños, musita:

—Teresa, o cambias tu actitud con respecto a tu hermana, o te juro que algún día vas a conseguir que me irrite tanto que no sé qué puedo llegar a hacer.

—Que cambie ella. Mi vida es perfecta —replica con chulería.

Mis padres se miran. Mi madre, la pobre mujer, lo está pasando fatal.

—Teresa —insiste él—, ten por seguro que si tú o tus hermanos necesitarais lo que fuera, yo daría mi vida porque lo tuvierais. Pero no es tu caso. No sé qué hemos hecho mal, pero te falta educación y empatía con tus hermanos y te sobra maldad y soberbia.

—Te equivocas, papá. Ellos no me respetan —suelta la idiota.

—Teresa, ¡basta ya! Tu padre está hablando —indica mi madre enfadada.

Woooo..., el ambiente ya está calentito.

—Sabes que respeto tu vida como respeto la de todos —prosigue mi padre—. Quizá tus hermanos no lleven la que yo querría para ellos, pero ¿acaso crees que la tuya me gusta? ¿De verdad crees que no preferiría tener una hija cariñosa y dulce en vez de una egoísta y envidiosa?

Toma ya lo que le acaba de decir.

Adrián y yo nos miramos, pensamos lo mismo, pero mi hermana gruñe:

—Papá...

—Teresa, ¡cállate y no me rechistes! —continúa mi padre con dureza—. Te quiero porque eres mi hija, pero eres insoportable. No exijas respeto cuando tú no lo ofreces. Me duele lo que estoy oyendo con respecto a tu hermana. Y me duele porque Eva lo pasó muy mal cuando su relación con el mentiroso de Lionel terminó.

—Tu preferida siempre ha sido Eva, papá. No digas tonterías —insiste ella.

Mi padre toma aire. El hombre siempre ha sido un padre neutral. Nos ha querido y mimado a todos por igual, y finalmente suelta:

—Eva es la que está siempre al pie del cañón para ayudarnos a todos. ¿O acaso cuando tú o tus hijas la habéis necesitado ella os ha dado la espalda?

No responde. Sabe que mi padre tiene razón. Me lleve bien con ella o no, cuando me ha necesitado ahí he estado yo y con las niñas ¡a muerte!

—Y en cuanto al dinero que tu madre te ingresa por su cuenta cada mes, se acabó. O se ingresa para los cuatro, o para ninguno. Y precisamente, hija, tú, precisamente tú, no lo necesitas. Vives en una preciosa casa con servicio. No trabajas porque así lo has decidido y vives como una auténtica marquesa porque tu marido se ocupa de que no te falte de nada.

La cara de mi hermana está morada. Mucho. Creo que se está gangrenando de la rabia que siente, pero se calla. A mi padre le rechista lo mínimo.

Mi madre no sabe dónde meterse, y cuando mi hermana sin decir nada da media vuelta y se va, como es de esperar, va tras ella. Adrián, mi padre y no nos miramos. No decimos nada, pero todos sabemos que en cuanto las aguas se calmen, mi hermana volverá a la carga y mi madre y ella comenzarán de nuevo a hacer sus trapicheos.

Media hora después, ya todos un poco más tranquilos sin la presencia de Teresa, miro mi reloj y digo:

—He de regresar al restaurante.

Mis padres asienten y, tras darles un beso a ellos y a Adrián, me voy consciente de que hoy, a pesar de que la situación me ha alejado un paso más de mi hermana, he hecho lo correcto, aunque en mi interior bulle la mala leche que esta me ha provocado y está deseando salir.

20

En el barrio de Aluche, en Madrid, Marc estaba tumbado en el salón de la casa de su infancia. Había ido a comer con su madre y, después de que esta le preparase un riquísimo cocido madrileño, estaba cansado y se había echado un rato a descansar antes de volver de nuevo al hospital.

Julia, su madre, estaba sentada orgullosa en uno de los sillones, pelando judías. Tener a cualquiera de sus hijos cerca siempre le daba tranquilidad.

De pronto sonó el timbre de la puerta.

Al oírlo, Marc se despertó y estaba incorporándose en el sofá cuando doña Paquita, una vecina de toda la vida, entró en el salón.

—Ay, mi chico rico, ¡qué guapo está! —lo saludó.

—Paquita, por Dios, que te vas a caer —intervino Julia al ver que la mujer corría a estrecharlo entre sus brazos.

Con una sonrisa, Marc se dejó abrazar. Cada vez que iba a visitar a su madre, aquella vecina, que era como una segunda madre para él, se lo comía a besos.

Ser un prestigioso médico en un barrio humilde de Madrid era un orgullo para muchos. La primera, su madre.

—¿Cómo estás, corazón? —le preguntó a continuación doña Paquita.

—Bien. Todo está bien, ¿y tú?

La mujer sonrió y, abriendo un táper de color verde que llevaba en las manos, dijo:

—Jodida pero contenta. Las lumbares me están matando... Mira, te he hecho rosquillas de esas que tanto te gustan.

Marc sonrió al verlas, le encantaban las rosquillas, y tras coger una le dio un mordisco.

—Mmm..., riquísimas —musitó.

Julia y doña Paquita se miraron complacidas y entonces esta última dijo sin rodeos:

—Quería hablar contigo.

Marc asintió, y entonces su madre intervino al ver el gesto de la mujer:

—¿Pasa algo, Paquita?

—Es Chisco —contestó ella azorada.

—¿Qué le pasa? —quiso saber Marc.

—Lleva un tiempo que no se encuentra bien. Hice que fuera al médico de cabecera y..., bueno, después de unas pruebas, lo ha derivado a un cirujano oncólogo.

Según oyó eso, Marc dejó de masticar la rosquilla e iba a hablar cuando su madre dijo sorprendida:

—Pero, Paquita, ¿cómo no me lo habías dicho?

Con los ojos llenos de lágrimas, la mujer no respondió.

—¿Por qué no me ha llamado Chisco y me lo ha contado? —terció Marc.

Doña Paquita se encogió de hombros.

—Hijo..., no quiere molestarte. Ya sabes cómo es. Dice que ahora eres alguien importante y, bueno...

—Pero ¿Chisco es tonto? —protestó Marc.

Doña Paquita asintió.

—Lo es, hijo. Lo es.

—Cuando hable con él, me va a oír —maldijo Marc pensando en su amigo.

Julia y Paquita se miraron. Ambas eran viudas y habían luchado para sacar adelante a sus hijos.

—Posiblemente Chisco se enfadará conmigo cuando sepa que te lo he explicado —murmuró la vecina—, pero, hijo, para mí tú eres el mejor y...

La mujer no pudo continuar, pues se derrumbó. Marc, acostumbrado al miedo que todo el mundo tenía a la palabra *cáncer*, la cogió de las manos y, tras hacer que lo mirara, señaló:

—No vamos a asustarnos antes de que sepamos lo que es, ¿de acuerdo?

—No, hijo, no...

—Vamos, Paquita —susurró Julia yendo a la cocina a preparar una tila.

Intentando contener las lágrimas, la mujer miró entonces a Marc.

—Siento abordarte así... —dijo—, sé que tu agenda estará repleta de pacientes, pero...

Poniéndole un dedo en los labios, Marc musitó:

—Tú y Chisco sois de la familia. Has hecho muy bien en decírmelo.

La mujer asintió emocionada.

—Desde luego, corazón, cuando tu madre te parió, rompió todos los moldes. No solo eres guapo y un mozarrón de mucho cuidado, sino que encima eres bueno y tienes un corazón enorme.

—Doña Paquita... —se mofó él.

La mujer asintió divertida y luego cuchicheó con gracia:

—Aunque todavía no he olvidado aquella Nochevieja en la que mi Chisco y tú os bebisteis una botella de Anís del Mono entera... ¡Qué malitos os pusisteis!

—Uf..., no me lo recuerdes...

Ambos rieron por aquello, y entonces Marc, limpiando las lágrimas de aquella mujer a la que le tenía tanto cariño, indicó:

—La positividad y el buen humor que tienes siempre es lo que todos, y especialmente Chisco, necesitáis en estos momentos.

—Lo imagino —afirmó la mujer.

Julia volvió al salón con una tila para doña Paquita.

—Tómatela. Te vendrá bien.

Sin dudarlo, ella lo hizo mientras Marc decía:

—Dile a Chisco que se ponga en contacto conmigo hoy mismo para darle cita en mi consulta. Y dile también que, si no lo hace, mañana iré yo al taller a buscarlo.

La mujer lo abrazó agradecida.

—Pase lo que pase, que tú atiendas a Chisco me deja más tranquila —le aseguró.

Mientras ella se tomaba la tila, Julia miraba con orgullo a Marc. Era un buen hijo, buen estudiante y mejor persona.

A pesar de que había nacido y vivido siempre en un barrio humilde de la capital de Madrid, cuando tenía diecisiete años y su padre murió de un cáncer, Marc se prometió que algún día sería cirujano oncólogo. Quería ser como el doctor Martín, el médico que había atendido a su padre, y así poder ayudar él a los demás.

Los años pasaron mientras trabajaba y estudiaba en una pizzería. Siempre que podía salía con su grupo de amigos del barrio. Estar con ellos le recargaba las pilas, pero si algo tenía claro Marc era que debía emplearse a fondo en la universidad. Y, gracias a su intachable expediente académico, se vio recompensado con una impresionante beca para seguir estudiando en el extranjero.

Aunque le costó separarse de su madre, de su hermano y de su barrio, Marc se marchó durante casi ocho años a Estados Unidos. Allí trabajó duramente en el MD Anderson de Houston, donde aprendió cosas que nunca podría haber imaginado. Y cuando por fin regresó a España, lo hizo siendo un excelente cirujano oncólogo, aquello que se había propuesto cuando era un adolescente.

Julia estaba pensando en ello cuando el timbre de su casa volvió a sonar. Esta vez era Alicia, otra vecina, que acudía a saludar a Marc. Con gusto, él la abrazó, habló con ella y, cuando Alicia y Paquita se marcharon y Julia y él se quedaron a solas, esta musitó mirando a su hijo:

—¿Tienes el teléfono de Chisco?

—Sí —afirmó Marc—. Pero quiero que sea él quien me llame. Eso sí, si hoy no lo hace, mañana me acerco al taller y me lo llevo para el hospital de la oreja... ¡Será idiota!

Julia sonrió; Chisco y Marc eran muy amigos desde la infancia. Tocó con cariño el rostro de su hijo y preguntó:

—¿Estás bien?

—Mamá...

—No sé, hijo, te veo más delgado.

Marc rio. Aquella frase tan típica de las madres le hacía gracia.

—Pues no —aseguró—. Estoy igual. Ni un gramo más, ni un gramo menos.

La mujer asintió y no dijo más al respecto. Pero, sin perder tiempo, preguntó:

—¿Sales con alguien?

Al oír eso, Marc la miró y, cuando iba a responder, ella, entendiendo la mirada de su hijo, para suavizar el momento añadió recordando la cena que había tenido semanas antes con aquel y Felipe:

—Lo de tu hermano no tiene nombre. Pero ya le he dicho que no quiero conocer a ninguna muchacha más hasta el día antes de la boda. Las trae a casa. Me encariño con ellas. Y cuando creo que todo va bien entre ellos y en un futuro esa chica puede ser la madre de mis nietos, no sé qué hace que sus relaciones se van al garete.

Marc rio divertido, su hermano era un desastre para el amor. Le dio un beso y susurró poniéndose en pie:

—Tranquila, mamá, que yo hasta el día antes de la boda no te la voy a presentar.

Julia soltó una risotada y, levantándose junto a su hijo, preguntó mientras veía cómo este se ponía su cazadora de cuero:

—Entonces ¿no sales con nadie?

Marc pensó en Eva, en la mujer con la que llevaba viéndose durante las últimas semanas y a la que cada día que pasaba deseaba ver más a menudo. Aun así, consciente de que contarle aquello a su madre sería darle falsas esperanzas, repuso:

—No, mamá. No salgo con nadie.

—¿Por qué?

—Porque con *Olimpia* tengo bastante.

Julia sonrió, adoraba a esa perrilla, y cuchicheó:

—¡Eres un bandido!

Ambos rieron y entonces ella, dándole un fingido azote en el trasero a su hijo, indicó:

—Ten cuidado con la moto.

—Siempre, mamá. Eso siempre.

Cinco minutos después, una vez que salió del portal y saludó a algunos amigos de la infancia, Marc montó en su preciosa moto y se encaminó hacia el hospital. Tenía consulta.

21

Como cada noche, Marc viene a buscarme al restaurante.

Nunca se queja si me retraso. Nunca protesta. Se ha amoldado a mis horarios sin yo pedírselo, y eso es de agradecer.

Esta noche, mientras caminamos por la calle cogidos de la mano en dirección a su moto, me enciendo un cigarro, pero a la segunda calada lo apago.

—¿Qué te ocurre?

—No me sabía bien.

—Fumar es malo...

—Vete a... —Me río.

Ambos reímos, y luego él añade:

—Además de por lo del cigarrillo, sé que te ocurre algo. Te voy conociendo y tienes el mismo gesto que tenías la noche que te conocí en la azotea del hospital.

Asiento sorprendida. Me gusta que se fije en esas cosas y, sin más, como una ametralladora, le cuento todo lo acontecido ese día en casa de mis padres, aunque no le digo que mi hermana es marquesa. Paso de darle importancia.

Él me escucha en silencio y con atención y, una vez que acabo, pregunta:

—¿Tu relación con Teresa siempre ha sido así?

—Teresa ha sido muy especial y envidiosa toda la vida —afirmo—. Pero reconozco que la situación se ha ido agravando según hemos ido cumpliendo años. Y fíjate lo que te digo: creo que el día de mañana ella no formará parte de mi vida.

—No digas eso.

—Es lo que siento —afirmo con cierta tristeza, queriendo dar por finalizada la conversación.

Caminamos callados hasta su moto hasta que de pronto Marc dice:

—A veces me pregunto si seremos vampiros.

Lo miro sorprendida.

—¿Por qué?

Marc sonríe y coge aire.

—Porque siempre nos vemos después de la medianoche.

Me río divertida. ¡Ya me ha hecho reír! Tiene razón y, encogiéndome de hombros, contesto:

—La restauración es lo que tiene.

Ahora es Marc el que asiente, y deseosa de abrirme más a él, propongo:

—¿Te apetece conocer mi casa?

Me mira. Creo que lo he sorprendido. Hasta el momento solo hemos ido a la suya, pues yo nunca ofrezco la mía.

—¿Tienes fiebre? —me pregunta a continuación.

Cómicamente, me toco la frente con la mano.

—Creo que no —digo.

Ahora la comicidad viene por parte de él, que cuchichea sonriendo:

—Lo siento... Pero acabas de apagar un cigarrillo nada más encenderlo y ahora me invitas a tu casa... Creo que necesitamos una segunda opinión.

Divertidos, nos reímos por ello, y acercándome a él le doy un beso en los labios.

—Como no tengo perro, puedo presentarte a mi microondas.

Volvemos a reír. Marc asiente y, cuando abre el candado de la moto, añado:

—Aunque no vivo lejos, prefiero ir en moto. No me apetece andar.

Él sonríe. Nunca le he dicho dónde vivo. Montamos en la moto y él arranca. Le indico por dónde meterse y, una vez que llegamos a la calle Castelló, esquina Príncipe de Vergara, y lo hago parar, me mira y dice:

—¿Vives aquí?

—Sí.

Mientras nos apeamos, veo que sonríe.

—Pero si casi somos vecinos —comenta.

Asiento, pues la calle Goya está muy cerca de la calle Castelló.

—¿Sabes que yo también vivo en un ático? —pregunto después de que él le haya puesto el candado a la moto.

De nuevo lo vuelvo a sorprender y, antes de que diga nada, lo agarro de la mano y tiro de él.

—Vamos. Te lo enseñaré.

Entre risas y besos subimos en el ascensor y, una vez en la sexta planta, abro la puerta de mi casa. Rápidamente quito la alarma y, cuando enciendo la luz, declaro mirándolo:

—Bienvenido a mi hogar.

Veo que mira complacido a su alrededor.

Mi ático es mucho más grande que el suyo. Solo mi salón, que está unido a la cocina, ya mide lo mismo que todo su ático.

—¡Qué bonito y espacioso! —murmura sonriendo.

Oír eso me hace gracia, y digo:

—Alexa, pon música de Bruno Mars.

Enseguida comienza a sonar *If I Knew*, y Marc, aún sonriendo, cuchichea:

—Recuerdo que te gusta mucho ese cantante.

Yo asiento encantada. ¡Soy *brunista forever*! Y, como él hizo en su día, le hago un *tour* por la casa.

Reconozco que mi ático es muy bonito. Lo reformé hace apenas un año y, la verdad, aunque esté mal que yo lo diga, ¡está precioso! Es una casa cómoda, moderna y, lo mejor, la luz es fantástica.

—Y este es mi microondas.

Sonriendo, Marc toca el aparato.

—No me da el cariño de *Olimpia* —comento—, pero me es de mucha ayuda.

Ambos reímos por aquello, y él, tras mirar una puerta, pregunta:

—¿Tienes otro baño además del de la habitación?

Asiento. Se lo enseño y, guiñándole el ojo, indico:

—Vas a flipar con la bañera que tengo.

Y flipa..., ¡vaya si lo hace! Tengo una preciosa bañera moderna bajo la ventana del techo abuhardillado. Todo el mundo que viene a mi casa ¡flipa con ella! Además, he creado un minioasis con plantas ahí.

—Me muero por bañarme viendo las estrellas —susurra él a continuación.

Asiento, la verdad es que es una pasada.

—Pues que sepas que todavía mola más hacerlo cuando truena y diluvia.

Entre risas salimos del baño y, una vez que regresamos al espacioso salón, Marc señala un póster que tengo enmarcado y pregunta:

—¿*El diario de Bridget Jones*?

—Es mi película favorita —contesto con una sonrisa.

Él asiente y, antes de que suelte lo que piensa, añado:

—Y este es mi hogar.

—Pues enhorabuena, porque es precioso.

Cojo una botella de vino y dos copas y abro la puerta de mi terraza acristalada, que también es una pasada.

—En ocasiones me instalo aquí a contemplar la luna y el cielo hasta las tantas —comento—. No sabes cuánto me relaja mirar el firmamento.

Marc asiente y, sentándose en uno de los butacones verdes que hay en la terraza, pregunta:

—Debes de pagar una fortuna por el alquiler, ¿no?

Eso me hace sonreír.

—Va a ser que no.

Sorprendido, él me mira y yo musito:

—El ático es mío.

—¡¿Tuyo?! —Asiento y, divertido, afirma—: Creo que me equivoqué de carrera y debería haber estudiado para chef de cocina.

Ambos reímos y entonces decido explicárselo.

—Como te comenté, mi abuelo pertenecía a la alta burguesía madrileña, ¿lo recuerdas?

—Sí —dice, y riendo me pregunta—: Pero ¿era cierto?

—Pues sí. ¿Por qué te iba a mentir?

—A la gente le encanta contar mentiras para dárselas de importantes.

Tiene razón, yo conozco a varios de esos.

—Pues yo no miento —replico.

Marc sonríe y luego pregunta:

—¿En qué zona de Madrid te criaste?

Ahora soy yo quien se ríe, sé por qué me lo pregunta.

—La casa familiar de mis padres está en el paseo de la Castellana.

—Vaya..., una niña bien —se mofa.

Vale, llevo toda la vida oyendo eso...

—Reconozco que hay determinadas cosas en la vida que las he tenido siempre muy fáciles porque mi familia tiene dinero. Pero, en lo que se refiere a mi trabajo, te aseguro que lo saco adelante día a día esforzándome mucho.

—Te creo —afirma.

Entre risas continuamos charlando mientras Alexa nos pone todas las canciones que quiere de mi Bruno. Aún no le he contado a Marc que también soy la dueña de dos hoteles... No sé por qué no lo hago. Quizá para que no crea que voy de superempresaria.

Abro la botella de vino, la dejo sobre la mesita de la terraza, me siento en el otro butacón y sigo contándole:

—Mis abuelos, animados por lo bien que les funcionaban las tiendecitas que estaban abriendo cuando se casaron, decidieron invertir comprando varios inmuebles y locales en Madrid. Llegaron a tener veintiséis, y este es uno de ellos.

—Me dejas asombrado, la verdad.

Sonrío.

—¿Recuerdas el ático que te comenté que mis padres habían vendido cerca del tuyo? —Él asiente—. Pues era otro de esos inmuebles.

Marc no dice nada, está procesando lo que le cuento.

—Somos cuatro hermanos —añado— y mi madre, única heredera de mis abuelos, decidió regalarnos un piso a cada hijo cuando cumpliéramos la mayoría de edad. Todos los inmuebles se encuentran por la zona centro, y yo siempre tuve predilección por este ático, que está cerca de El Retiro.

—Joder, ¿lo dices en serio?

Su sorpresa es mayúscula, lo veo en su cara, y sin entender nada pregunto:

—¿Por qué te asombras tanto?

Marc se levanta y mira a su alrededor.

—Porque, de donde yo vengo, esas cosas solo pasan en las películas.

Ahora la que se sorprende soy yo.

—Oye... —musito—, que tú vives en un ático en plena calle Goya. Eres cirujano oncólogo en un reputado hospital privado de Madrid, y tanto tu alquiler como tu carrera, la moto o la ropa que llevas..., nada de todo eso es barato... ¿De qué hablas?

Marc asiente, sabe que lo que digo es cierto, e indica:

—Reconozco que el alquiler de mi piso debería ser muy caro, aunque, como te dije, mi casera, con tal de que le cuide la casa, me lo tiene alquilado a un precio irrisorio. Tengo un buen sueldo y con él me permito los caprichos que me apetecen, como una buena moto, ropa de marca... Y en cuanto a mi carrera, he tenido éxito gracias a que luché para conseguir una beca.

—¿Una beca?

Marc asiente y sonríe.

—Mi familia no es adinerada como la tuya. Yo pertenezco a una familia de clase media de un barrio de Madrid. Concretamente de Aluche. Y si hoy por hoy ejerzo la profesión que siempre quise es porque me esforcé por ser el mejor y conseguir una beca. Mi madre, por mucho que hubiera trabajado, la pobre nunca podría haberme ayudado a alcanzar mi sueño. Por eso tuve que luchar yo.

Saber eso me sorprende. Desde el primer instante en que conocí a Marc, por su manera de ser, de proceder, de actuar, pensé que provenía de una familia adinerada como la mía, y él, intuyendo lo que pienso, añade:

—El dinero no da la clase, ni la pobreza la vulgaridad.

—O, como dice mi padre... —sonrío—, hay gente con clase y clases de gente.

Ambos nos carcajeamos y, segura de lo que digo, agrego:

—Pues que sepas que, ahora que sé qué clase de gente eres, me gustas más.

Oír eso lo hace sonreír.

—Siento decirte que no soy del Real Madrid... —añade entonces.

—Toma, ¡ni yo!

Marc levanta las cejas y yo afirmo:

—¡Soy india! Del Atlético de Madrid.

Ambos reímos y, con cierta guasa, indico:

—Mi rebeldía me hizo ponerme en contra de toda mi familia, y no veas lo divertido que es ver siempre un derbi en mi casa. En especial cuando gana mi Atleti.

Él sonríe, sin duda lo he sorprendido, y tras dar un trago a su copa de vino musita:

—Pues que sepas que ahora me gustas más.

—¡Copión!

—Guapa, india, divertida... ¡y con dinero! —se mofa.

—El dinero no da la felicidad, aunque reconozco que sí que ayuda —matizo.

—La felicidad solo la da la salud —asegura él.

—¿Tú crees?

—Creo..., creo... —afirma divertido.

Seguimos charlando mientras la música de Bruno nos acompaña. Las diferencias que hay entre nosotros nos gustan, y yo diría que hasta nos acercan.

—¿Puedo preguntarte algo? —digo entonces de pronto.

—Claro.

Según asiente, me arrepiento de lo que voy a preguntar y, mirándolo, añado en voz baja:

—Creo que no debería hacerlo.

—¿El qué?

—Preguntarte esto.

Marc nunca abandona su sonrisa. Creo que tiene la más bonita que he visto en mi vida, y responde:

—Entonces ¿por qué me has preguntado si podías?

Suspiro. Mi curiosidad a veces es excesiva.

—Vamos, no muerdo —me anima—. Pregunta lo que quieras saber.

Eso me hace sonreír y, tomando aire, digo:

—¿Por qué nunca me has pedido mi número de teléfono?

Según digo eso, veo que él asiente. Sopesa durante unos instantes su respuesta y finalmente dice:

—Porque me gusta nuestra relación tal y como es.

Vale, podría valer como respuesta, aunque no era lo que yo esperaba, y menos tras lo que Adriana me contó.

—Si algo me gusta de lo que tenemos —continúa él entonces— es que tanto tú como yo hacemos lo imposible por volver a encontrarnos sin utilizar las tecnologías actuales.

Asiento, sé que tiene razón, y luego añade:

—Tuve una mala experiencia hace años. Mi exnovia, a la que quería mucho, decidió dejarme a través de un mensaje de WhatsApp en uno de los peores momentos de mi vida. Y, la verdad, eso me dolió tanto que..., bueno, más tarde decidí ni pedir ni dar el teléfono a ninguna otra mujer que conociera de manera ocasional.

Asiento. Aunque no ha mencionado el nombre de su ex, sé que habla de la tal Pilar, y cuando voy a preguntar cuál fue ese peor momento de su vida, él se saca el teléfono del bolsillo del pantalón y dice tendiéndomelo:

—Sin embargo, siento que contigo quiero más, y eso incluye saber de ti a lo largo del día, aunque no pueda verte en persona. Eres colchonera, genuina y divertida, y encima me acabas de decir que tu familia tiene dinero. —Ambos reímos y luego Marc añade—: Y por todo ello me encantaría que grabaras tu número en mi móvil.

Oír eso me gusta, me encanta, pero pregunto divertida:

—¿Quieres mi teléfono ahora que sabes que mi familia tiene dinero?

—¡Me has pillado! —exclama él.

Sonrío. Dinero precisamente no creo que le haga falta, y cuando voy a contestar dice:

—Pero solo quiero tu teléfono si me prometes que el día que

decidas alejarte de mí me mirarás a los ojos para decirme adiós y no lo harás por WhatsApp.

Eso me llega al corazón.

Ay, madre, que me conozco..., ¡que me estoy enamorando de él!

Y, sin reprimir lo que siento, cojo su teléfono grabo mi número y, una vez que lo hago, exijo:

—Yo también quiero tener tu número.

—Hazte una llamada perdida —dice entonces sin apartar sus ojos de los míos.

Lo hago, vaya si lo hago. Y, en cuanto mi teléfono suena, indico:

—Recuerda: yo espero lo mismo que tú de mí.

Con una extraña emoción que no entiendo, Marc asiente. Por ello me levanto de mi butacón y, tras dejar su teléfono sobre la mesa, acerco mi boca a la suya y murmuro:

—¿Qué te parece si ahora te llevo a mi cama?

Él sonríe.

—Una excelente idea.

Sin esperar un segundo más, entre beso y beso, nuestra ropa comienza a volar por los aires. Adiós, camisas, adiós, pantalones y, cuando llegamos a la habitación desnudos, nos hacemos el amor con deseo y pasión mientras suena la preciosa canción *Our First Time* de mi Bruno.

¿Puede ser más ideal este momento?

Dos horas después, tras habernos hecho el amor dos veces en la cama y otra en mi espaciosa bañera, permanecemos ahí desnudos mientras charlamos. Sin saber por qué, por primera vez me habla de su madre y de su hermano y de la excelente relación que tiene con ellos. Yo lo escucho. Me encanta saber cosas de él. Y me río al conocer ciertas anécdotas que me cuenta.

Animada por el momento, le hablo de mi familia. De sus cosas buenas y también de las malas, y en un momento dado él pregunta sorprendido:

—¿Tu hermana es marquesa?

Asiento retirándome el pelo mojado del rostro.

—El marqués es Fran, mi cuñado. Un santo que no sé cómo la soporta.

—Mujer..., qué exagerada eres.
—Si la conocieras, ¡lo entenderías!
—Seguro que no es para tanto.
Oírlo decir eso me hace reír y, sin filtros, le cuento cosas sobre la Tipitesa que sin duda demuestran qué clase de persona es. Marc, como de costumbre, me escucha atentamente y me da su opinión, que siempre es positiva. Siempre busca el lado bueno de las cosas.
—Tú de pequeño debiste de caerte en la marmita de la positividad y la autoayuda —murmuro mirándolo.
Marc se ríe, le hace gracia mi comentario, e indica:
—¿Sabes lo que decía un catedrático de Medicina que conocí en Houston? —Levanto las cejas y él añade—: Decía que había muchos genios sin estudios y muchos idiotas doctorados.
Oír eso me hace sonreír. Está más que claro que mi hermana es una idiota doctorada. Y, antes de que yo pueda contestar, pregunta:
—¿Mañana por la noche puedes salir un par de horas antes?
Resopló. Él y sus planes inmediatos. Me pide salir en plena hora punta de las cenas, lo que para mí es inaceptable, pero entonces murmura en mi oído:
—Venga, dime que sí. Estás muy estresada y quiero llevarte a un sitio especial.
Su comentario me sorprende. Pero, sí, ¡estoy estresada!
—De acuerdo —musito—. Mañana saldré a las diez. ¡Pero que no se vuelva a repetir!
Marc ríe, yo también. Y, deseosa de disfrutar nuevamente, me siento a horcajadas sobre él y, agarrándolo de las manos para tenerlo a mi merced, lo beso, después lo miro y pregunto con picardía:
—¿Qué haces los próximos cien años?

22

A las diez menos diez de la noche del día siguiente, Marc llega a la puerta del restaurante a buscarme.

Estoy agobiada. Mucho. ¿Por qué acepté irme en mitad de un servicio?

Nina y el resto de mis empleados me repiten una y otra vez que todo está bien, que no me preocupe por nada, que ellos continuarán al pie del cañón.

Pero cuando salgo del restaurante, miro a Marc y, encendiéndome un cigarrillo, susurro:

—No vuelvas a pedirme algo así.

Cómo no, ¡él se ríe!

Y, tendiéndome el casco de la moto, indica:

—Ya comenzamos las frases con un «no»... Anda, tira ese cigarro y ponte el casco, que nos vamos.

A regañadientes, hago lo que me pide. Tengo el restaurante lleno de gente y aquí estoy yo, ¡marchándome!

—¿Adónde vamos? —pregunto tras ponerme el casco.

—¡Es una sorpresa! Solo te prometo que mañana a las diez de la mañana estarás en tu casa.

Me quedo boquiabierta. ¿Cómo que a las diez de la mañana? Pero ¿adónde vamos?

Marc ve mis preguntas en la mirada y, riendo, añade:

—Venga, monta. Te va a gustar el sitio al que te llevo.

Tomando aire, subo a la moto. Imagino que me está vacilando

y, tras cogerme a su cintura, arranca y nos sumergimos en el tráfico de Madrid.

Callejeamos por el centro de la ciudad hasta que salimos y cogemos la carretera. Agarrada a su cintura, me dejo llevar. Nunca había viajado por la noche en moto y, como poco, resulta inquietante. Es diferente, pero decido disfrutarlo.

En nuestro camino, leo señales en las que dice Toledo.

¿Vamos allí?

Pero me gustan las sorpresas y me dejo llevar. Al final llegamos a un lugar en medio de la naturaleza repleto de árboles donde veo luces al fondo y pregunto con curiosidad:

—¿Es un hotel?

Marc sonríe, pero no suelta prenda. Me quita el casco y, enseñándome un pañuelo negro, me pide:

—Póntelo sobre los ojos.

Oír eso me sorprende. Me entra la risa nerviosa y musito mientras me bajo de la moto:

—Oye..., no sé de qué va esto, pero estoy comenzando a inquietarme.

Veo que Marc comprende lo que digo y, clavando sus bonitos ojos marrones en los míos, pregunta:

—¿Te fías de mí?

Lo miro. En el tiempo que llevamos juntos, por raro que parezca, no tengo ni una sola queja de él. Nunca ha hecho nada fuera de lugar, por lo que, tomando aire, cojo el pañuelo para atármelo sobre los ojos y respondo:

—Claro que me fío de ti.

No digo nada más ni él tampoco.

Una vez que tengo los ojos vendados, noto que me coge de la mano y lo oigo decir:

—Yo te guío. Tú camina tranquila. No voy a permitir que te caigas.

—Pobre de ti si me caigo —me mofo.

Durante unos minutos caminamos entre risas. Lo patosa que soy cuando no puedo ver... Hasta que de pronto exclama:

—¡Ya hemos llegado!

Estoy muy impaciente por ver adónde me ha traído, y entonces, acercándose a mi oído, susurra:

—Dijiste que te gusta mirar el cielo y la luna, ¿verdad?

—Sí.

Y, sin más, me quita la venda de los ojos. Cuando los abro, me encuentro... ¡frente a una enorme burbuja transparente en cuyo interior hay una enorme habitación con cama y muebles!

Pero ¿qué es esto?

He oído hablar de este nuevo concepto de hotel; incluso yo misma me he planteado comprar unos terrenos en Ibiza para construir uno. Y Marc, trayéndome aquí, me ha vuelto a sorprender.

—Es un hotelito en medio de la naturaleza donde las habitaciones son lunas privadas con vistas panorámicas al cielo —dice—. ¿Qué te parece?

¡Flipo! ¡Esto es impresionante!

Y entonces él, asiéndome de la mano, añade:

—Vamos.

Gustosa, entro en la burbuja. No solo tiene una preciosa cama en el interior, sino también un bonito baño con una bañera en otra burbuja colindante.

¡Estoy que no me lo creo!

Estar con Marc es algo tremendamente especial.

—¿Cómo es que conoces este sitio? —pregunto.

Él regula la intensidad de la luz de la habitación con un mando y se sienta en la cama.

—El hijo de un paciente mío es el dueño de esto —me cuenta—. Y cuando su padre se repuso me regaló un fin de semana en una de estas lunas y, la verdad, siempre que quiero estar tranquilo, pensar y dormir bajo las estrellas, vengo aquí.

—¿Cuántas veces has venido? —me mofo.

Marc sonríe y, sin dudarlo, responde:

—Varias veces con *Olimpia*. Pero si te refieres a acompañado por una mujer, solo una. Con Pilar, mi ex.

Asiento, me gusta su sinceridad. Lo cierto es que me encantaría preguntarle por Pilar, saber qué pasó, pero entonces dice:

—¿Qué te parece el sitio?

Encantada, me siento en la cama y, echándome hacia atrás, miro el cielo y musito:

—¡Increíble!

Durante un rato contemplamos las estrellas cogidos de la mano. Tanto él como yo conocemos un poco el firmamento y debatimos sobre el nombre de ciertas estrellas y constelaciones, hasta que más tarde decidimos llenar la bañera.

Luego cojo el móvil, busco mi canal de Spotify y selecciono varias canciones. Por supuesto, románticas. Marc y yo nos desnudamos, nos besamos. Y, tras meternos en la preciosa bañera, me recuesto sobre él y, mirando el firmamento que se extiende sobre nuestras cabezas, cuchicheo:

—Te busco la tara pero no te la encuentro.

—¿La tara?

Asiento.

—Nunca he conocido a nadie como tú. No discutes. Nunca dices ni haces nada fuera de lugar. Eres el tipo más positivo que he conocido en mi vida, y... lo cierto es que me tienes sorprendida.

Eso lo hace sonreír. Pero es la verdad. ¿Cómo puede alguien ser tan perfecto? En el tiempo que llevamos juntos no ha habido ni una discusión, ni una mala cara, ni un malentendido. Todo es fácil con él. Y, viendo que no va a contestar, musito mirando el cielo:

—Esto es una pasada.

Marc asiente, sin duda piensa como yo.

En ese preciso instante, como por arte de magia, comienza a sonar la última canción de Bruno Mars y él, acercando su boca a mi oído, susurra:

—Siempre que la oigo me acuerdo de ti.

Ay, Dios..., con lo estúpidamente romántica que soy yo, ¡eso me mata! ¡Tenemos nuestra canción! Y, sonriendo, afirmo:

—Yo también me acuerdo de ti.

En silencio, juntos en la bañera, escuchamos la preciosa y romántica canción, hasta que él cuchichea:

—Cuando dijiste que te gustaba mirar la luna y las estrellas, supe que tenía que traerte aquí.

Esto es un sueño. Marc es un sueño.

Podría decir que es uno de los instantes más bonitos, increíbles y especiales de mi vida. Y justo entonces él murmura en mi oído:

—Hay momentos que deberían ser eternos.

Sonrío. Esas fueron las primeras palabras que él me dijo el día que nos conocimos, y segura de mí misma respondo:

—En esta ocasión, ¡sí que te lo compro!

Segundos después, y deseosa del hombre que está consiguiendo que me olvide del trabajo y disfrute de la vida, me doy la vuelta y le hago el amor.

23

Estoy feliz.

Estoy contenta.

Estoy enamorada. Sí. Sí. ¡Enamorada! En negrita y subrayado.

Lo que tengo con Marc es increíble. Diferente. Único.

Llevamos viéndonos exactamente cincuenta y seis días y nunca me he sentido tan a gusto, relajada y feliz con un hombre.

Lo he pensado. Tengo dos opciones: vivir el momento con él, algo que no me he permitido con otros, o dar cerrojazo y pasar del tema. Pero, por increíble que parezca, he decidido la primera. Marc merece la pena y, gracias a él, me he dado cuenta de las veces que digo sin pensar la palabra *no*. ¡Normal que me llene de negatividad!

Ahora que tenemos nuestros números de teléfono, cualquier momento es bueno para llamarnos o enviarnos un wasap. Y, tras el turno de las comidas, recibo un mensaje suyo preguntándome si tengo tiempo para vernos. Encantada, acepto. Quedamos en el parque de El Retiro y, cuando estoy a punto de salir para allá, recibo un nuevo mensaje suyo en el que me indica que le ha surgido una urgencia y solo me puede ver si voy dentro de dos horas a su consulta en el hospital. Oír eso me apena. Dentro de dos horas tengo cosas que hacer en el restaurante, he de comenzar a prepararlo todo para la cena, y le escribo y le digo que no puedo ir.

Marc lo entiende. Pero, después de una hora y media, algo en mi interior me dice que quiero verlo y, sin escribirle ni nada, decido acercarme al hospital.

Una vez que llego, voy directa a su consulta. Al entrar, veo que no hay nadie. Me acerco a la puerta y llamo. Nadie contesta, y entonces un celador que pasa por allí me pregunta:

—¿Busca al doctor Sarriá?

Asiento.

—Antes lo he visto en la planta seis, con los niños —me explica.

Con una sonrisa le agradezco la información y me encamino hacia el ascensor. Pulso el botón de la sexta planta y, cuando llego a ella, me bajo.

De pie junto al ascensor, no sé hacia dónde ir, pero entonces unas carcajadas de niños llaman mi atención. Me dirijo hacia allí y me asomo por una puerta. De inmediato veo que es una sala de juegos y diviso a Marc. Está rodeado de niños, y juega a encestar en una canasta de colores que hay en un lateral.

Semiescondida, lo observo reír y bromear con aquellos mientras soy consciente de que esos niños que van en pijama están enfermos. Eso me encoge el corazón. Las enfermedades siempre me han acobardado, pero encima, en niños, mucho más.

Estoy pensando en ello cuando de pronto oigo:

—¡Eva!

Es Marc quien me llama. Me ha visto, igual que me han visto los niños, y a continuación suelta divertido:

—Equipo..., creo que hay alguien que quiere encestar.

Niego con la cabeza, soy malísima en eso. Pero él viene hacia mí sonriendo y, poniendo el balón en mis manos, dice:

—Vamos, equipo, ¡animemos a Eva para que enceste!

Los niños, riendo, comienzan a corear mi nombre. ¡Madre mía, qué vergüenza! Incluso lo corean algunas madres que están sentadas alrededor de la sala, y finalmente, sonriendo, suelto el bolso y afirmo cogiendo el balón:

—Muy bien, lanzaré.

Como es de esperar, mi tiro es nefasto. Como jugadora de baloncesto soy un paquete, y cuando la pelota cae al suelo, los niños corren tras ella y Marc se acerca a mí sonriendo y dice:

—Una no puede ser buena en todo.

Me río y él me besa en los labios.

—Dame diez minutos, que termine el partidillo con ellos, y te invito a un café —me pide.

Gustosa, afirmo con la cabeza y, tras coger mi bolso de nuevo, me siento en una de las sillas de colorines. Observo divertida cómo Marc juega con los chiquillos. Es como un niño más.

Entonces, dos mujeres que están sentadas en las sillas que hay a mi lado comentan dirigiéndose a mí:

—Los días en los que viene el doctor Sarriá a jugar con ellos se lo pasan muy bien.

Las miro encantada y a continuación la más alta dice señalando al niño que Marc coge en sus brazos:

—Soy Inma, la mamá de Roberto.

—Y yo Fátima, la mamá de Nerea —indica la otra señalando a la pequeña que está agarrada a la pierna de Marc.

—Encantada de conoceros. Yo soy Eva.

Por su expresión sé que esperan que diga algo más, todos aquí han visto que Marc me ha dado un beso en los labios, pero no digo nada. ¿Cómo me presento si nunca nos hemos definido como nada?

En ese instante pasa por nuestro lado un hombre e Inma pregunta:

—Rafael, ¿qué ocurre?

Él se detiene, su gesto es triste, y explica:

—Jazmín tiene fiebre y dolor abdominal otra vez. María se ha quedado con ella en la habitación. Voy a hablar con la doctora Sánchez.

Inma y Fátima asienten y luego el hombre se aleja. Permanecemos en silencio hasta que, necesitando saber, pregunto:

—¿Qué le ocurre a Jazmín?

—Mami, ¡ven! —oigo que dice entonces Nerea.

Fátima se levanta e Inma explica mirándome:

—Jazmín tiene un tumor de Wilms.

Según oigo eso, no sé qué es, pero ponerme a preguntar me parece una falta de respeto, y entonces ella añade:

—Es un tumor que afecta a las células de los riñones.

—Vaya, lo siento —susurro.

Inma asiente; luego miro al niño que ríe y juega con Marc y pregunto:

—¿Cuántos años tiene tu hijo Roberto?

Inma mira al pequeño y sonríe.

—Siete. Le detectaron hace casi dos años un cáncer de huesos raro y complicado, pero es un guerrero. Tiene días malos por la quimio que le administran, pero los buenos los disfruta al mil por mil.

Emocionada, miro a mi alrededor. La habitación está llena de pequeños guerreros y guerreras que se divierten y no se dejan vencer por sus enfermedades.

—Ni te imaginas lo mucho que cualquiera de los padres que tenemos un hijo ingresado en el hospital aprendemos de ellos —comenta Inma entonces con una sonrisa—. Lo que nosotros como adultos vemos como algo difícil y complicado ellos lo ven como algo que hay que hacer. Su fuerza y su positividad es lo que a nosotros nos hace seguir adelante. Y si encima en el equipo tenemos a médicos como Marc, que se implican y se desviven por ellos, pues poco más podemos pedir, excepto que nuestros hijos sanen.

Conmovida, asiento, y luego digo mirándola:

—No soy madre, pero no sé si podría con algo así...

—Podrías —repone Inma—. Te aseguro que podrías —y, sin dejar de sonreír, añade—: Antes de que mi hijo enfermara, yo era la típica madre que se pasaba trabajando veinte de las veinticuatro horas que tiene el día. Mi carrera como periodista absorbía prácticamente todo mi tiempo, hasta que mi hijo enfermó y me di cuenta de que Roberto era lo más importante en mi vida. Y ¿sabes? La enfermedad, con sus momentos malos, me demostró que, cuando creía que ya no podía más, de mí salía esa fuerza que todos tenemos reservada para los instantes difíciles.

Mientras Marc termina su juego con los niños, Inma y yo hablamos. Me cuenta cosas que consiguen que el corazón se me encoja tanto de pena como de alegría. Ser madre divorciada de un hijo enfermo no tiene que ser nada fácil, pero ahí está ella, o Fátima o Rafael, y muchos otros que luchan por sus hijos sin desfallecer.

Me habla de las fiestas que Marc, junto con otros doctores, y las enfermeras de la planta de pediatría organizan para los niños. La fiesta de los martes. La fiesta de los ojos bonitos. La fiesta de la positividad. Y me río al saber que incluso celebran la fiesta de los enamorados en febrero. Estoy hablando con ella cuando Marc se acerca a nosotras.

—¡Ya he terminado el partido! —anuncia—. Vámonos antes de que me enganchen para otro.

Rápidamente Inma me tiende mi bolso y dice sonriendo:

—¡Huid!

Yo me despido de ella y me encamino junto a Marc hacia el ascensor. Su sonrisa me hace saber lo contento que está. Cuando entramos, no hay nadie en el ascensor y, acorralándome contra la pared, susurra:

—¿Qué te parece si ahora te beso como llevo deseando hacerlo todo el rato?

Y lo hace. ¡Vaya si lo hace!

24

Por fin he decidido tomarme un fin de semana libre para pasarlo con él. Se lo merece. Me lo merezco. Vamos, ¡que nos lo merecemos! Sin duda puede ser una prueba de fuego para nosotros, que solo solemos vernos por las noches.

¡Cuarenta y ocho horas juntos..., ¿qué pasará?!

En mi coche vamos hacia Rascafría, un municipio al noroeste de Madrid, ubicado en el valle del Lozoya, donde un compañero de hospital de Marc llamado Gustavo le ha dejado las llaves de una casa.

Ambos estamos encantados con los planes y, junto a *Olimpia*, viajamos dispuestos a hacer senderismo, respirar aire fresco y conocer las Cascadas del Purgatorio. Sin duda el plan que me vende para el fin de semana es genial.

Mientras yo conduzco y me pongo morada a gominolas, Marc atiende una llamada telefónica. Según oigo, habla con alguien llamado Chisco, que intuyo que está enfermo. Marc lo tranquiliza, le indica que debe tener paciencia y descansar. Y, la verdad, ha habido un momento en el que he pensado que tendríamos que dar media vuelta y regresar a Madrid.

Cuando poco después finaliza la llamada, me mira y musita:

—Perdona. Era mi amigo Chisco. Lo operé hace unas semanas y, aunque le he dado el alta y está en casa, ya quiere volver a trabajar, y ni debe ni puede.

—¿Qué le ocurre?

Marc suspira.

—Cáncer de estómago. Estadio uno.

Me duele ver su expresión, y digo en un hilo de voz:

—La verdad es que la palabra *cáncer* da miedo.

Marc asiente.

—Como cirujano oncólogo, siempre digo que, por suerte, la medicina ha avanzado, y si las cosas se cogen a tiempo, en ocasiones el porcentaje de cura es bastante elevado. Desde mi punto de vista, los milagros a veces existen, como existe la positividad, la lucha y las ganas de presentarle batalla a ese cabrón. Aun así, entiendo que la palabra *cáncer* siga siendo tabú.

Oírlo decir eso me hace asentir. Le hago mil preguntas en cuanto a su trabajo y él me responde con paciencia.

Mientras habla, soy consciente de la positividad con que lo hace, y en ese instante me doy cuenta de la importancia que tiene para un enfermo el cariño, la motivación y la complicidad con su médico y su gente.

Estoy escuchándolo cuando suena mi teléfono y, al ver que es Nina, pongo el manos libres.

Marc me escucha en silencio, mientras yo soluciono un problema que se ha presentado en el restaurante. Esta mañana no ha llegado el pedido de verdura que hice y, como puedo, lo solvento de camino a Rascafría. Una vez que acabo, comento:

—Estamos empatados en llamadas.

Ambos sonreímos cuando comienza a sonar a través del iPad que tengo conectado a los altavoces del coche una canción y, al reconocerla, susurro:

—Uf... Me encanta.

Empiezo a canturrearla. Me la sé enterita. A mi abuela Ágata le gustaba mucho esta canción de tanto oírmela a mí. Y cuando ella murió, ese tema y su letra me hacían sentirla más cerca.

—¿Qué canción es?

—*Soledad en mí*, de La Musicalité. ¿No la conoces?

Marc niega con la cabeza y yo, dejándome llevar por la melodía, continúo cantándola mientras sonrío a pesar de la emoción que me provoca.

Una vez que la canción acaba, miro a Marc con una sonrisa y este dice:

—La letra es muy bonita.

Asiento y, al ver mis ojos algo empañados, musita con cariño:

—Ehhh, ¿qué pasa?

Trago el nudo de emociones que de pronto se me ha formado en la garganta. Pero ¿qué me ocurre? Y cuando al fin lo consigo murmuro:

—Esta canción me recuerda a mi abuela. Murió hace años, pero la echo mucho de menos.

Marc asiente, lo entiende, y tocándome con cariño la cabeza indica:

—Aisss, mi bruja colchonera, que se me emociona.

Ambos reímos por eso y luego ya no lo volvemos a mencionar.

Un rato después, cuando llegamos a Rascafría, él me guía mirando el GPS. Callejeamos hasta salir a una urbanización y entonces me pide que pare. Lo hago y, mientras contemplo la casa que está frente a nosotros, oigo que pregunta:

—¿Qué te parece?

La miro. Es la típica casa vieja de pueblo, pero fea y cochambrosa. Vamos, la típica en la que yo no entraría en la vida, y murmuro:

—Una mierda.

Marc se ríe a carcajadas, le ha hecho gracia mi respuesta, y abrazándome cuchichea:

—Me encanta esa sinceridad tuya.

De pronto me siento mal. ¿Cómo he podido decir eso cuando él me ha traído aquí? Por ello, e intentando arreglarlo, murmuro:

—A ver..., quizá he exagerado, pero podríamos haber ido a un parador o a un hotel.

—Estás acostumbrada a lo bueno, ¿eh?

Asiento. Es verdad. Reconozco que, gracias a mi nivel adquisitivo, cuando viajo me alojo en sitios increíbles.

Entonces él, sin perder la sonrisa, abre la puerta del coche e indica tras bajar a *Olimpia*:

—Vamos, ¡niña pija!, sígueme.

Resoplo y me apeo. La casa me parece un horror, pero ¡es lo que hay!

En cuanto sacamos las dos bolsas de deporte del vehículo, él agarra mi mano y, tras llamar a *Olimpia*, caminamos hacia la puerta de la casona cochambrosa.

Marc abre la puerta. Veo que quita una alarma y enciende la luz, y de pronto suelto:

—¡Joderrrr!

Creo que lo que quería era ver mi expresión de sorpresa, puesto que dice:

—Gustavo y Anna la reformaron por dentro hace tres años, pero prefirieron dejar el exterior como estaba, para que así no llamara la atención y los chorizos no entraran a robar.

Asiento boquiabierta mientras él me hace un *tour* por la preciosa casita y veo que *Olimpia* ya se ha subido al sofá. ¡Lo que le gustan a la perra los sofás!

Mientras que el exterior de la casa es viejo y cochambroso, el interior es modernidad. Todo es ideal, nuevo, exquisito, y mirando la enorme cama de la habitación junto a la que hay un jacuzzi suelto:

—¿Este es tu picadero?

Marc se ríe.

—No te voy a negar que he estado aquí varias veces acompañado —dice a continuación.

Oír eso me hace gracia. Me encanta su sinceridad.

¿Por qué va a negar que ha estado aquí cuando es así?

Estoy pensando en ello cuando añade:

—Gustavo y Anna la suelen alquilar a parejas para los fines de semana. Y, la verdad, por lo que sé les va fenomenal.

Mirando su sonrisa, asiento y pregunto:

—¿Se la has alquilado para nosotros?

Él niega con la cabeza y luego musita acercándome a él:

—Mis amigos se la han dejado a *Olimpia*, y como nosotros somos sus acompañantes...

—Qué maravilla ser amigos de *Olimpia* —me mofo divertida.

Con deseo, nos miramos, nos tentamos y, como ambos deseamos, nuestras ropas vuelan y nos sumergimos en el puro y sano placer de hacernos el amor.

25

A las siete de la mañana suena el despertador y, oye, qué a gustito estoy al sentir el cuerpo de Marc pegado al mío y el de *Olimpia* a nuestros pies.

La sensación me gusta, aunque todavía me sorprende. Desde que pasó lo de Lionel no me había vuelto a permitir despertarme con ningún otro hombre. Siempre lo he evitado. Pero con Marc, no sé por qué, es muy diferente.

Es más, ¡podría acostumbrarme a esto!

Mientras noto sus besos en mi cuello, me estiro y entonces lo oigo decir:

—Vamos, dormilona. Tenemos que levantarnos.

Me niego, con lo a gustito que se está en la cama..., y murmuro:

—Cinco minutos más.

Oigo su risa. Me muerde el cuello y, tras hacerme cosquillas en la cintura que me hacen chillar, Marc se levanta y dice:

—Tienes cinco minutos para rebozarte como una croqueta. Luego ¡te levantas!

—No sé si voy a poder.

—¡Podrás!

Asiento. Hemos quedado en hacer senderismo. Una vez que veo que sale de la habitación junto a *Olimpia*, me rebozo sobre la cama.

¡Dios, qué placer!

Luego me levanto, desayunamos las exquisitas magdalenas que me curré el día anterior en mi casa, nos vestimos y, tras meter en nuestras mochilas agua y un par de bocatas, decido dejar el tabaco en la casa. Tendré una actitud sana haciendo senderismo.

Marc quiere enseñarme las Cascadas del Purgatorio.

El día es magnífico. No hay ni una nube en el cielo y no hace nada de viento. ¡Genial!

Nos montamos en mi coche junto a *Olimpia* y nos dirigimos hasta el aparcamiento del monasterio de El Paular. ¡Madre mía, qué sitio tan impresionante! Pensamos si entrar o no, pero al final, como vamos con la perrilla, decidimos dejarlo para otro día. Hoy toca andar. Así pues, en cuanto nos alejamos del coche, caminamos hasta llegar a un puente bastante antiguo, donde toco su piedra gris.

—Madre mía —digo—, los años que debe de tener esto y todo lo que habrá visto...

Marc sonríe mientras observa a su perra correr como una loca.

—El puente fue construido en el siglo XVIII y el monasterio, si mal no recuerdo, en el año 1390, y hoy por hoy está declarado Patrimonio Histórico Artístico Nacional —indica.

—¿En serio?

—¡Palabra de médico!

Ambos nos reímos y entonces él, acercándose a mí, me abraza y dice:

—Se llama el puente del Perdón porque, en la Edad Media, las apelaciones de los juicios se solucionaban por aquí y los jueces decidían si los reos obtenían ese perdón o no.

—¿Y tú cómo sabes eso?

—Porque me gusta la historia, me gusta leer, y ya te dije que no es la primera vez que vengo a este lugar.

Asiento. Es tan mono... En ese instante oigo un zumbido cerca de mí y grito echando a correr como haría mi Bridget:

—¡Un avispón!

Marc me mira sin dar crédito y se ríe, corre tras de mí al ver que yo no paro y, cuando el *jodío* avispón decide dejarme en paz, puedo detenerme al fin.

¡Dios, qué miedo les tengo a los insectos!

Aún riendo por el avispón mientras *Olimpia* corretea a nuestro lado, continuamos de frente por una pista asfaltada hasta llegar a una encrucijada. Yo no tengo ni idea de qué sendero hemos de tomar, aunque por suerte Marc, sin dudarlo, prosigue por el de enfrente.

Caminamos cogidos de la mano mientras me cuenta infinidad de cosas de la zona y señala los pinos, los sauces o los avellanos que parecen acompañarnos en nuestro camino. En el mío se cruzan varias avispas, o, mejor dicho, me cruzo yo en el camino de ellas, y al ver mis exagerados movimientos para esquivarlas Marc se mofa, pero seguimos andando.

Todo lo que nos rodea es precioso, impresionante. Bueno, todo, todo no..., los bichos no lo son.

Respiro paz. Respiro aire fresco. Respiro sintonía y amor.

En nuestro camino cruzamos varios puentes de madera muy pintorescos. Acostumbrada al bullicio de las calles de Madrid, la paz que se respira aquí es como poco terapéutica y, sin duda, la disfruto una barbaridad.

Ensimismada por la compañía y por todo lo que nos rodea, escucho lo que explica Marc mientras pasamos junto a varias pozas de aguas cristalinas y ríos, hasta que al llegar a uno de ellos me indica que es el arroyo del Aguilón.

Decidimos acomodarnos allí, admirar el paisaje, beber agua y descansar. Antes de sentarme compruebo dónde voy a hacerlo y, cómo no, descubro unas hormigas que quito, no sea que me vayan a picar.

¿He dicho que tengo aversión a los insectos?

Sentados sobre una piedra grande y redonda, Marc me indica que ese arroyo es uno de los afluentes más caudalosos del río Lozoya. Sin duda el tío está puesto en el tema. Está claro que le gusta la naturaleza.

Entre risas me enseña a tirar piedras al agua para hacer ondas. Lo hago fatal. A él, en cambio, se le da genial.

Estamos riendo por ello cuando, mirándolo, indico al ver cómo se divierte *Olimpia*:

—Lo mío es hacer castillitos de arena en la orilla de la playa.

—¿No te gusta la montaña?

—Demasiados bichos a mi alrededor.

Eso lo hace sonreír, y pregunta:

—¿Tus padres nunca te han llevado a la montaña por las vacaciones?

—Nosotros somos de vacaciones en la playa. Concretamente, Palma de Mallorca. Mi padre es de allí. Tiene una casa junto a la playa en Can Picafort, una localidad perteneciente al municipio de Santa Margarita, en la bahía de Alcudia. —Marc asiente. Seguro que está pensando eso de que soy una niña de pelas, y añado—: Te aseguro que allí he tenido las mejores vacaciones de mi vida.

Él sonríe.

—Siempre he adorado Mallorca. Pero recuerdo que, cuando tenía dieciséis años, un día mi hermano Adrián y yo nos montamos en el yate de un amigo de papá y...

—Vaya..., un yate... ¡Serás pija!

Oír eso me hace sonreír y, sin entrar al trapo, prosigo:

—Como te decía, nos montamos en su yate y lo acompañamos a Ibiza a hacer unas gestiones. Buf..., estábamos como locos por conocer la isla, y te aseguro que en cuanto puse los pies en ella me enamoré del lugar y me prometí que algún día viviría allí. Con el tiempo lo hice, y espero regresar.

Ambos sonreímos por aquello y luego él, recordando algo que le conté, pregunta:

—Me dijiste que tu hermana, la marquesa, se casó en Los Jerónimos, ¿verdad?

—Y bautizó a las niñas e hicieron la comunión allí —asiento.

—Está claro cuál es vuestro estilo —cuchichea él sonriendo.

Yo niego con la cabeza.

—Te equivocas. Mi familia es muy normal, a pesar de que mi hermana tenga esas ínfulas de grandeza. Te aseguro que ni Adrián, ni Héctor ni yo somos de casarnos en Los Jerónimos.

Marc sonríe. Imagino que saca sus propias conclusiones y, como necesito ser sincera con él, digo:

—Tengo que contarte algo que hasta el momento no te he dicho.

Él se pone serio y musita:

—Tú dirás.

Tomo aire y, sin dudarlo, a continuación suelto:

—Además de los dos restaurantes, soy la dueña de dos hoteles en Ibiza.

Marc parpadea sorprendido.

—Si no te lo he dicho antes era porque no quería que...

—¿Eres dueña de dos hoteles? —pregunta sin dar crédito.

—El Capricho de Ibiza fue mi primer hotel y El Jardín de Ibiza, el segundo —le cuento.

Marc asiente boquiabierto.

—Además —añado—, en la isla tengo una preciosa casita en un municipio llamado...

—Me estás dejando sin palabras —me interrumpe—. Con cuarenta y tres años que tienes, menuda superempresaria que estás hecha.

Sonrío.

—Como sabes, estudié Empresariales y, cuando acabé la carrera, decidí invertir el dinero que mis abuelos habían ingresado el día que nací en mi cuenta bancaria en mi primer hotel. Recuerdo que mis padres se horrorizaron. Podía perderlo todo si no sabía gestionarlo, pero salió bien. El hotel prosperó más rápidamente de lo que nunca había imaginado y, con el tiempo, decidí adquirir otro.

—Una mujer emprendedora.

Asiento, lo soy, y añado:

—Son pequeños hotelitos de cincuenta habitaciones cada uno, pero para mí es lo ideal. Cincuenta habitaciones, bajo mi punto de vista, permiten dar un buen servicio al cliente, lo que es muy importante.

Marc afirma con la cabeza.

—Me gustaba llevar los hoteles —continúo—, pero a mí lo que realmente me apasionaba era cocinar. Así pues, me apunté a una escuela y, cuando terminé, un amigo de mi padre vendía un solar frente al mar con una casucha terrible y los compré ambos. El local lo convertí en mi primer restaurante, Ibieva, y la casucha la reformé para convertirla en una preciosa casita de dos habitaciones a la que llamo El Paraíso.

Está alucinado con lo que le cuento, se lo veo en la cara, y me susurra:

—¡Serás pija!

—¡Oyeeee! —bromeo divertida.

Nos reímos..., hay que ver lo que nos reímos los dos juntos, y luego pregunta:

—¿Y dónde tienes ese «paraíso»?

—En San Antonio Abad, donde el segundo hotel y mi casa. Me encanta ese municipio porque, además de ser un lugar lleno de vida y diversión nocturna, allí también puedes encontrar paz y tranquilidad si la buscas. Adoro caminar por su paseo marítimo y sus playas de aguas turquesa. Disfruto viendo sus impresionantes puestas del sol y me gusta llevar a mis sobrinas al acuario de Cap Blanc y a la Feria Marinera Medieval, que celebran en septiembre.

—Suena bonito lo que dices.

Asiento, es maravilloso, y añado:

—Ibiza tiene mucha historia. Te gustaría. Y, por cierto, en San Antonio hay una preciosa iglesia de la que se cuenta que hace muchos... muchos años ¡se combatía a los piratas!

—¡Qué interesante!

—Siempre dije que, si algún día me casaba, lo haría en esa iglesia —murmuro entonces sin saber muy bien por qué.

—¿Y Los Jerónimos?

—Rotundamente no.

Ambos nos miramos y a continuación Marc me pregunta:

—¿Quieres casarte?

Según oigo eso, me pongo nerviosa. Pero ¿qué he dicho? ¿A qué ha venido eso de la boda?

Y, para cambiar de tema, me apresuro a cuchichear con picardía:

—Si te portas bien, quizá te invite a El Paraíso. *Olimpia*, por supuesto, ya está invitada.

Marc sonríe.

—Eres guapa, divertida, india y con dinero, y ahora me entero de que eres una superempresaria con hoteles y casa en Ibiza. ¡Eres un chollo de mujer!

Ambos reímos, bromeamos al respecto, y finalmente añado:

—En Ibiza tengo infinidad de amigos, más que en Madrid, y te aseguro que cuando voy allí desconecto de todo, y más aún si salimos a navegar.

—No me digas que también tienes barco...

—No. Eso no, pero sí lo tienen mis amigos.

Marc asiente de nuevo. Tengo varios amigos que no solo tienen un barco, sino varios, y que tienen tanto dinero que, aunque vivieran mil vidas, no podrían gastarlo.

—Tú tienes amigos con barco y yo los tengo con tractor —dice él entonces divertido.

Oír eso me hace reír a carcajadas.

—Hasta que me fui a estudiar con la beca a Houston —añade Marc a continuación—, mis vacaciones siempre fueron en Aranjuez, donde nació mi madre. Nunca nos sobró el dinero como para irnos de viaje, ¡y menos a la playa! —se mofa.

Divertidos y entre bromas, continuamos charlando de nuestras vidas y seguimos caminando. La ruta se hace cada vez más empinada, se complica, pero no desistimos. Sabemos adónde vamos.

Llegamos hasta un panel informativo y en él veo que dice que tenemos que ir por el sendero de la izquierda.

De nuevo una avispa se cruza en mi camino y yo corro despavorida con *Olimpia*, que, creyendo que juego, me persigue. Marc ríe a carcajadas. Dice que no lo puede remediar.

Seguimos el sendero hasta llegar a una zona de vegetación más agreste compuesta básicamente por pinos centenarios. ¡Qué bien huele aquí!

Cruzamos el arroyo del Aguilón por donde se puede y ascendemos entre las rocas hasta que llegamos a unas cascadas que a mí me parecen increíbles. Pero no. Rápidamente Marc me indica que esa no es la cascada que hemos ido a ver. Que esta es solo un aperitivo.

Continuamos subiendo por el escarpado lugar. Madre mía, cada vez me cuesta más. Hasta que por fin llegamos hasta el mirador de las Cascadas del Purgatorio. ¡Y lo flipo! ¡Esto es impresionante!

Aquí hay tanto que admirar que mis ojos no paran un segundo. Esto es precioso. Las Cascadas del Purgatorio son dos increíbles saltos de agua formados por el arroyo del Aguilón, que desciende por las rocas formando una majestuosa estampa.

¡Joder, qué bonito!

Complacida, estoy mirándolo todo cuando Marc me abraza por detrás.

—¿Te gusta lo que ves? —me pregunta.

Asiento. ¿Cómo no me va a gustar esta maravilla?

—¿Aunque haya avispones malvados y no preciosos delfines surcando los mares? —insiste.

Eso me hace reír y, dándome la vuelta, digo:

—Oye...

Pero no puedo decir más. Su boca besa la mía y yo caigo rendida a sus encantos. Que, por cierto, son muchos. Cada vez más.

Cuando se separa de mí, nos miramos y, sorprendiéndome, da un paso atrás, se agacha, deja una preciosa piedrecita plana frente a mí y dice:

—Sé que no estamos en la playa y que la piedra que he dejado ante ti es de río, pero quiero decirte que, si no crees en el amor a primera vista, por ti volvería a pasar todas las veces que hiciera falta para que te fijaras en mí.

Madre mía..., madre mía, ¡lo que me ha dicho!

Miro la piedrecita que ha puesto frente a mí y sé que está haciendo lo mismo que hacen los pingüinos.

Ay, Dios mío, ¿se puede ser más romántico?

Estoy por pellizcarme para saber que estoy despierta, porque nunca, pero nunca, nunca, nunca ni Lionel ni nadie ha hecho algo tan increíblemente romántico por mí.

No sé qué decir. Sus palabras y ese acto me han pillado desprevenida y él, al ver mi cara, que sin duda debe de ser un poema, afirma sin abandonar su eterna sonrisa:

—Espero que aceptes la piedrecita y no me mandes a la mierda, porque estoy loco por ti.

Ay, Dios.

¡Ay, Dios, lo que me entra por el cuerpo!

Creo que hasta oigo violines en el cielo. Y cuando voy a besarlo porque más enamorada de él no puedo estar, oigo un zumbido cerca de la oreja derecha y exclamo:

—¡Avispón!

Sin dudarlo, empujo a Marc con todas mis fuerzas y este cae de culo contra el suelo mientras yo corro como una loca revolviéndome el pelo, pues tengo la impresión de que el avispón se ha enredado en él.

Oigo las carcajadas de Marc.

¡Maldito avispón, que ha roto mi momento romántico!

¿Cómo no me va a gustar Bridget Jones si me pasan cosas surrealistas como a ella?

Al contrario de lo que otro habría hecho al jorobar yo ese momento tan romántico y tirarlo al suelo, Marc se parte de la risa mientras yo, enloquecida, intento quitarme al avispón de encima y *Olimpia* me ladra como regañándome por haber empujado a su dueño. ¡Joder, que me va a dar hasta flato!

Una vez que soy consciente de que el avispón ya no está en mi pelo, y que acabo de hacer el mayor ridículo de mundo delante de todas las personas que están en el mirador, vuelvo junto a Marc, quien se levanta del suelo y sigue riendo. No puede parar de hacerlo, y finalmente, oyendo su contagiosa risa, tengo que reírme yo también, y más cuando lo oigo decir:

—Inmortalicemos el momento avispón.

Hace varias fotos con su teléfono móvil y, cuando me las enseña..., ¡joder..., joder..., joder!

—¡Pero si parece que una gallina me ha escarbado en la cabeza!

Marc me besa entre risas mientras yo busco la piedrecita de reojo. Pero ¡no está! ¡No me digas que la he perdido!...

Horrorizada por no encontrarla, no sé qué decir. ¡Me siento fatal!

Pero Marc me besa y yo no puedo dejar de besarlo a él hasta que, consciente de cómo nos miran las personas que pasan por nuestro lado, a las que solamente les falta gritarnos «¡idos a un hotel!», decidimos dar por finalizada la sesión de besos y regresar a la casa con *Olimpia*.

El camino de vuelta es tranquilo, sosegado, lleno de paz, y yo voy flotando, aunque me siento fatal por haber perdido la piedrecita.

Marc no vuelve a decir nada al respecto y yo no sé cómo encararlo.

¡¿Está loco por mí?!

¿En serio?

Uf..., uf..., que me conozco y yo estoy loca por él.

¿Será buena idea decirlo? ¿Será acertado ser sincera y tirarme a la piscina?

Siempre he oído preciosas historias de parejas que se enamoran a primera vista, pero eso nunca me ha pasado a mí. Es más, cuando lo vi por primera vez en la azotea del hospital, lo cierto es que ni me fijé, pero desde la noche que lo invité a cenar en mi restaurante no he podido dejar de pensar en él.

¿Se podrá eso catalogar como amor a primera vista?

Cuando llegamos al coche y nos subimos a él, estamos agotados. Nuestros gestos cansados lo dicen todo. Hasta *Olimpia* se tumba con la lengua fuera. Y, cuando voy a arrancar, de pronto cientos de momentos preciosos vividos con él pasan por mi cabeza; lo miro y, al ver que él también lo hace, suelto:

—Quiero ser tu pingüina porque estoy loca por ti.

¡Toma ya, lo que he soltado!

Pero ¿cómo he podido decirle que quiero ser su pingüina? ¡¡Su *pingüina*!!

Marc asiente y, a continuación, sacándose algo del bolsillo, me lo muestra y dice:

—Entonces tienes que coger la piedrecita.

Emocionada, sonrío. ¡La tenía él! Con gusto, la acepto. La cojo. ¡Dios mío, me lo voy a comer a besos!

—Si yo estoy loco por ti —musita él entonces—, y tú estás loca por mí..., ¿qué crees que debemos hacer?

Vaya preguntita..., ¡y yo qué sé!

Después de lo de Lionel, me prometí no volver a caer en la marmita del amor, pero, mirando al hombre que últimamente hace que mi corazón se desboque, propongo:

—De momento, ¿qué te parece si nos besamos?

Marc no lo duda y lo hace. Y cuando nuestro deseo sube y sube y sube, entre risas, decidimos parar antes de montar un escándalo público en el aparcamiento del monasterio e ir a la casa para dar rienda suelta a nuestra irrefrenable pasión pingüinil.

26

Estoy dormida entre los brazos de Marc cuando un ruido me despierta.

Al moverme, él se despierta también y, tras encender la luz que hay en la mesilla, comprobar que se trata de mi móvil y leer el nombre de Adrián en la pantalla, me apresuro a alargar el brazo para cogerlo. Veo entonces que son las seis y diez de la mañana y pregunto mientras *Olimpia* se baja de la cama:

—Adri, ¿qué sucede?

—Gominola, siento despertarte, pero mamá está muy pesada y...

—¿Qué ocurre? —insisto con el corazón a mil por hora.

Mi hermano resopla y por último dice:

—Héctor está ingresado en el hospital Las Palmeras, pero está bien.

Oír eso hace que todo el vello de mi cuerpo se erice y, saltando de la cama, indico mientras noto unas terribles arcadas:

—Ay, Dios mío, ¿qué ha pasado?

—Pues lo de siempre. Ha bebido tanto que, bueno..., ya sabes...

Me estremezco, me tiembla todo el cuerpo, y, mirando a Marc, que me observa muy serio, susurro:

—Salgo para allá.

Una vez que cuelgo, me llevo las manos a la boca a toda prisa y corro hacia el baño. ¡Creo que voy a vomitar!

Cinco minutos después, tras haber devuelto con Marc a mi lado, acelerada y como puedo, le cuento lo que ocurre. Está claro que el susto por la llamada me ha hecho comenzar mal el día. Marc se preocupa por mi hermano y por mí, y, viéndome blanca como la cera, me pide que me siente en la cama mientras él recoge nuestras pertenencias. Tenemos que ir al hospital.

El viaje de regreso lo hacemos en silencio. Marc conduce. Intenta hablar conmigo. Animarme. Se preocupa por cómo me siento, pero, viendo que no quiero hablar, finalmente lo respeta, aunque con sus cariños me hace saber que está conmigo.

Pasamos por su casa. Allí, Oliver baja al portal para quedarse con *Olimpia* y nos vamos para el hospital.

Una vez allí, aparcamos para luego dirigirnos hacia la habitación que me ha indicado Adrián. Sin embargo, de nuevo siento unas irrefrenables ganas de devolver, y, tras acercarme a una de las papeleras del parking, vomito.

¡Joder, qué mal rollo! ¡Y con Marc delante!

De nuevo, un sudor frío me recubre el cuerpo. Uf, qué mal ratito, aunque por suerte no me mareo. Él, preocupado, hace que me siente en un escalón y, con profesionalidad, me toma las pulsaciones poniendo los dedos en mi muñeca.

—Debe de ser una bajada de tensión —dice dándome aire con la otra mano.

Asiento, no es la primera vez que pasa, y como puedo musito:

—Tengo que ir a ver a mi hermano.

—Irás cuando estés bien —replica.

El pobre me mira preocupado. Y cuando, minutos después, el color ha vuelto a mi rostro, tras sacar una botella de agua de una máquina que hay junto a los ascensores del parking, indica:

—Bebe un poco y, si ya te encuentras bien, iremos a ver a tu hermano.

Por ir con mi familia cuanto antes, bebo y hago lo que me diga, y sintiéndome más fuerte y no teniendo ya ganas de vomitar, afirmo:

—Estoy bien. Te lo prometo.

Marc asiente y, agarrándome de la mano con seguridad, indica:

—Entonces vamos.

Cogida a él, siento su apoyo, su fuerza y su energía. No sé por qué, pero en este momento soy consciente de que lo necesito a mi lado, y cuando llegamos frente a la habitación, me mira y me pregunta:

—¿Estás bien?

No, no lo estoy. Me encuentro como una mierda, pero miento y asiento. ¿Qué voy a hacer?

Al abrir la puerta me topo con mi hermano Adrián y mis padres, que se vuelven de inmediato al vernos.

—He venido lo antes que he podido —digo soltándome de la mano de Marc.

Acto seguido me acerco hasta la cama en la que está postrado Héctor. Mi hermano me mira. Tiene una pinta desastrosa y, tras darle un cariñoso beso en la frente, musito:

—Te voy a matar. Menudo susto me has dado.

Él sonríe y, en un hilo de voz, susurra:

—Lo siento.

Sé que su respuesta implica muchas cosas. Demasiadas. Pero, consciente de lo mucho que quiero a mi hermano, replico:

—Te quiero, idiota.

—Y yo a ti, Gominola.

Dicho esto, cierra los ojos y veo que se queda dormido. Está agotado.

Adrián, al ver mi preocupación, se me acerca y murmura abrazándome:

—Tranquila..., tranquila...

Asiento, sé que debo tranquilizarme. A continuación lo miro como pidiéndole información de lo ocurrido, y él me aleja de Héctor y cuenta:

—Anoche a las nueve me sonó el teléfono. Era una amiga de Héctor, para decirme que estaban en una fiesta y él no se hallaba en muy buenas condiciones. Fui a por él. Discutimos. Luego perdió la consciencia y lo traje al hospital.

—¿Y por qué no me llamaste antes? —pregunto horrorizada.

Adrián suspira.

—Porque quería saber qué debía decirte antes de hacerlo y jorobarte el fin de semana.

Asiento intentando no dramatizar. Mis padres nos están mirando y no quiero preocuparlos más. Entonces me acerco a ellos y, con cariño, los abrazo y los beso hasta que, consciente de cómo observan a Marc, digo:

—Papá, mamá..., él es Marc. Estábamos en Rascafría cuando Adrián me ha llamado. Marc, ellos son mis padres, y estos, mis hermanos, Adrián y Héctor.

Con una sonrisa, Marc se acerca a ellos para saludarlos y, una vez hechas las presentaciones, sin saber por qué, me apresuro a decir:

—Marc es médico en este hospital.

Mi madre asiente. Lo chequea de arriba abajo y, antes de que hable, él indica dirigiéndose a mí:

—Voy a buscar al doctor que lleva su caso para que me cuente y os digo, ¿vale?

Asiento y, cuando desaparece, mi madre pregunta:

—¿Qué hacías en Rascafría con él?

Oír eso hace que yo la mire, y mi padre musita:

—Rosario...

Ella asiente, pues comprende que mi padre le llame la atención.

—Pasábamos juntos el fin de semana —replico—. Eso hacía.

Sin más, mis padres se miran. Sé que ella se muere por seguir preguntando, pero se contiene.

—¿Estáis bien? —les pregunto yo a continuación.

Mi padre afirma con la cabeza, pero mi madre susurra con el morrillo temblándole:

—Estoy muy preocupada por Héctor. Mucho.

Asiento, lo sé, todos estamos preocupados, y tras darle un abrazo para tranquilizarla, pregunto:

—¿Habéis llamado a Teresa?

—La llamé anoche para contárselo —afirma Adrián—, pero, como siempre, tiene cosas mejores que hacer.

Oír eso me enerva. Saber que mis padres necesitaban que ella estuviera a su lado y no lo haya hecho me molesta profundamente.

—Ahora vuelvo —digo entonces, antes de salir de la habitación.

En el pasillo, busco en mi teléfono el número de mi hermana y la llamo. Un timbrazo. Dos. Tres. Cuatro y, al quinto, oigo:

—No me apetece hablar contigo.

Vaya..., su primera frase ya comienza con un «no».

—Ni a mí contigo —replico.

—¿Qué quieres?

—¿Cómo que qué quiero? —siseo—. ¿Acaso no sabes que Héctor está ingresado en el hospital y...?

—Otra más de tantas veces —me corta.

Estoy por mandarla a la mierda.

Estoy por decirle lo más grande.

Estoy por recordarle que, cuando ella fue madre, a pesar de ser una estirada, mis hermanos y yo le llenamos la habitación de globos y nos desvivimos por ella; pero, pensando en mis padres, indico lo más tranquila que puedo:

—Mira, imbécil, si fuera por mí, ni te llamaría. Pero mamá y papá nos necesitan a ¡TODOS! Así que ya puedes venir para acá ¡echando leches!

Y, sin más, corto la conversación o la víbora malhablada que hay en mí la va a liar.

Entro de nuevo en el cuarto y hablo con mis padres. Héctor sigue descansando y los animo a que se vayan a tomar un café.

Cuando lo hacen, Adrián y yo nos miramos y nos abrazamos.

Estamos consolándonos cuando llaman a la puerta y entra Marc. Nuestras miradas se encuentran, y, como ya lo voy conociendo, veo en sus ojos algo que no me gusta, y pregunto:

—¿Has hablado con su doctor?

Marc asiente y, tras indicarnos que nos apartemos de la cabecera de la cama de Héctor, dice:

—Su caso lo lleva el doctor Baena, que, por cierto, me ha dicho que dentro de un rato pasará por aquí para hablar con vosotros.

Adrián y yo asentimos y Marc, presionado por mi mirada, indica:

—El sistema hepático de Héctor está muy deteriorado por la bebida y, tal y como tiene el hígado, es muy peligroso para él que siga consumiendo alcohol.

Joder..., joder, ¡qué movida!

—Aun así, tranquilos. De momento todo parece estar controlado.

El teléfono de Adrián suena en ese instante. Es Danica. Separándose unos metros de nosotros, habla con ella mientras yo, desesperada, me retiro el pelo del rostro.

Marc me coge de la mano y me saca de la habitación. Una vez solos en el pasillo, me abraza y siento cómo vuelca todo su cariño en mí.

—Es por esto por lo que odio los hospitales —susurro mirándolo—. Son tantas las veces que hemos tenido que ingresar a Héctor en los últimos años que me desespero. Venir aquí implica estar rodeada de pena, enfermedades y tristeza. Por eso no lo soporto...

No puedo proseguir. Los ojos se me llenan de lágrimas y Marc me vuelve a abrazar. En silencio, permanecemos así durante un buen rato, hasta que se acerca a nosotros una doctora y pregunta dirigiéndose a él:

—¿Hoy currabas?

Marc niega con la cabeza y, viendo cómo la mujer me mira, indica:

—Eva, te presento a la doctora Anna Moreno, la mujer de Gustavo. Ellos son quienes le dejaron la casa de Rascafría a *Olimpia*. —Ambas sonreímos y entonces él suelta—: Anna, ella es Eva, mi pingüina.

Oír eso me sorprende.

¿Le ha dicho que soy su pingüina y se queda tan fresco?

Veo que la mujer asiente, creo que entiende lo que Marc ha dicho, y afirma:

—Encantada de saberlo.

Los tres nos reímos y a continuación saludo a la tal Anna. Le doy las gracias por la invitación a Rascafría, y luego esta, tras dedicarme otra agradable sonrisa, dice:

—Siento el atraco, Marc, pero al encontrarte aquí he visto el cielo abierto... Es más, pensaba llamarte por teléfono.

—¿Qué pasa?

—Tengo un paciente al que le hicimos un TAC y..., bueno, ¿tienes un momento para que te lo pueda mostrar?

Marc me mira. Sé que está sopesando si separarse de mí o no, y antes de que él diga nada, indico:

—Ve. Yo estaré aquí con mi hermano.

—¿Seguro?

Sin poder sonreír, asiento.

—Seguro. Ve tranquilo.

Marc me da un rápido beso en los labios y, tras guiñarme el ojo, veo que se marcha con la doctora y yo, sorprendida aún porque le haya dicho que soy «su pingüina», entro en la habitación.

Adrián ya no está hablando por teléfono. Levanta la vista y pregunta:

—¿Y Marc?

—Se ha marchado con una doctora que le ha pedido ayuda para no sé qué caso —digo señalando con el dedo.

Adrián asiente y yo, asombrada aún, musito:

—Cuando me ha presentado a la doctora, ha dicho que soy «su chica».

Omito lo de «pingüina», pues mi hermano no lo entendería, y oigo que exclama:

—Woooo..., la cosa va rápida.

Voy a contestar, pero entonces la puerta se abre, vemos que son mis padres y decidimos guardar silencio.

27

Durante un buen rato mis padres, Adrián y yo hablamos en voz baja, hasta que en un momento dado la puerta se abre y aparece un médico al que no conozco. Enseguida se presenta como el doctor Baena y nos habla del estado de mi hermano. Como Marc nos ha dicho, su sistema hepático está fatal a causa de la bebida y tiene que haber un cambio rápido o el problema podría agravarse.

El médico indica que Héctor debe quedarse ingresado unos días para hacerle más pruebas y, sin dudarlo, accedemos a ello. En el hospital estará más controlado que en la calle.

Una vez que el doctor se va, como es lógico, mi madre se echa a llorar. No son buenas noticias, y no le resulta agradable ver a su hijo así. Estamos consolándola cuando llega Marc. Pronto se hace con la situación. Se nota que está acostumbrado a este tipo de tensiones, y finalmente hace sonreír a mi madre.

¡Es que me lo comería a besos!

La puerta de la habitación se abre de nuevo y aparece mi hermana con mi sobrina Caro.

La niña, como es lógico, al ver a su tío Héctor en mal estado se asusta. Se lleva las manos a la boca y solloza:

—¿Qué le pasa al tío?

Mi padre se apresura a abrazarla y yo pregunto dirigiéndome a mi hermana:

—¿Por qué la has traído?

—No tengo que darte explicaciones —suelta.

Teresa pasa por mi lado, da un más que frío beso a mi madre en la mejilla y, tras dejar su carísimo bolso sobre la cama, dice:

—He traído a Carolina para que vea cómo será su vida si sigue teniendo los amiguitos esos que tiene.

La miró sin dar crédito. Será perra... Entonces Adrián protesta al ver que Héctor abre los ojos.

—Teresa, ¿qué tal si te relajas y bajas la voz?

Mi hermana hace un mohín, se acerca a Héctor y, tras contemplarlo unos instantes en silencio, comenta:

—Ay, Héctor... Por tu mala cabeza te ves así.

Mi hermano asiente, sabe que tiene razón, pero responde en un hilo de voz:

—Llévate a Caro de aquí.

Teresa resopla.

—¿Cuántas veces tengo que deciros que no se llama *Caro*? —sisea—. ¡Es *Carolina*!

Los demás la miramos con expresión molesta. Es llegar ella y ponernos a todos como una moto, y mi madre, preocupada, dice:

—Teresita, hija, tu hermano tiene razón. No creo que sea bueno que la niña esté aquí.

—Estoy de acuerdo —afirmo molesta.

Mi hermana resopla al oírnos y finalmente suelta mirándome:

—¡He venido! ¡Aquí estoy! ¿Qué más queréis?

Según la oigo decir eso, la sangre me hierve. Su insensibilidad es tremenda, y es que no puedo con ella, por lo que enfadada siseo:

—Queremos que vengas a ayudar, a dar positividad. No a sacarnos a todos de nuestras casillas.

—Lo llevas claro si pretendes eso de ella —se mofa Héctor casi sin aire.

Teresa no dice nada y mi madre, intentando que el momento se relaje, comienza a contarle lo que el doctor Baena nos ha dicho. Mi hermana escucha, y, una vez que mi madre acaba, suelta:

—Vamos, lo de siempre. O se cuida o...

—¡¿Te quieres callar?! —gruño molesta.

Mi sobrina llora, la pobre lo está pasando fatal, y entonces Héctor levanta la voz y exclama:

—¡¿Os queréis llevar a Caro de aquí?!

Viendo la tensión que hay en el ambiente, Marc decide intervenir.

—Lo más inteligente es sacar a la niña de aquí y, por supuesto, calmarse. —Acto seguido, coge el bolso que mi hermana ha dejado sobre la cama y tendiéndoselo indica—: Esto, si no te importa, déjalo en otro lugar.

Al oírlo, ella lo mira y replica mientras lo coge de su mano:

—No creo que a ti te importe dónde dejo el bolso.

—Donde está el paciente, ¡no! —insiste Marc.

Sorprendida, Teresa sonríe con suficiencia y, con su tono de idiota oficial, pregunta:

—¿Quién eres tú y quién te crees que eres para hablarme así?

—¡Joder! —musita Héctor.

—Teresa, no empieces —gruñe mi padre.

—Es un amigo de tu hermana Eva —cuchichea mi madre.

El desprecio con que mira a Marc hace que me suba la tensión, lo noto. Y cuando voy a decirle cuatro cosas a la tonta esta, Marc indica con tranquilidad:

—Soy Marc Sarriá. Y si te hablo así es porque trabajo aquí y...

—¿Eres celador?

Él se ríe. Yo no, y mi madre, viéndome, responde:

—Teresa, es médico, ¡y se acabó!

Por raro que parezca, mi hermana se calla y, con una sonrisa, le indico a mi madre que todo está bien.

Al final, mi padre y Adrián van con Caro a la cafetería para sacarla de aquí. Un celador viene y se lleva a mi hermano Héctor para hacerle unas pruebas, mientras Marc y yo nos quedamos en la habitación con mi madre y Teresa.

Durante un rato que se me hace eterno, oigo las chorradas elitistas que mi hermana tiene que contar sobre ella y sus tontas amigas. Y, ahora que mi madre le ha dicho que Marc es cirujano oncólogo, esta lo trata de otra manera.

Eso a él no se le ha pasado por alto y, mirándome, me coge de la mano y pregunta:

—¿Estás bien?

—Estoy agobiada.

Asiente, creo que intuye que es a causa de mi hermana, y, levantándose de la silla en la que estaba sentado, dice:

—Salgamos fuera.

Una vez en el pasillo, veo que no me quita ojo.

—Vamos, sonríeme —me pide—. Hoy no has sonreído.

Lo miro y suspiro.

—No puedo, Marc. No me sale.

Nos quedamos los dos en silencio y luego él pregunta:

—¿Tu hermana es siempre así?

Asiento. Entre la mala leche que llevo porque mi hermano esté ingresado y la mala leche de la que me pone mi hermana, estoy que voy a explotar.

—Acompáñame —dice él entonces con una sonrisa.

Voy de su mano por el hospital. Cogemos un ascensor y vamos a la planta seis. Una vez allí, caminamos por un pasillo. Oigo risas de niños y, al entrar en la amplia y luminosa sala de color naranja donde hay varios niños jugando, me cuenta:

—Siempre que me estreso vengo aquí. Verlos sonreír junto a sus madres o sus padres me tranquiliza.

Según dice eso, veo que Roberto, el hijo de Inma, se acerca a nosotros con una pelota y pregunta mirando a Marc:

—¿Vienes a que te machaque otra vez?

Él se ríe, coge la pelota que este le entrega y, tras encestarla en la pequeña canasta que hay en la habitación replica:

—No me provoques, colega.

El crío se ríe y se aleja, y a continuación un grupito de niños de entre seis y diez años vienen corriendo hasta nosotros.

—Marc, ¿jugamos al escondite inglés? —le pregunta una niña.

Él sonríe y me mira.

—¿Sabes jugar? —dice.

Asiento.

¿En serio vamos a jugar al escondite inglés?

No quepo en mí de mi asombro; entonces él, tras dar una palmada, ordena:

—Equipo..., todos al fondo de la sala.

—¡Yo cuento! —propone una madre.

Anda, ¡pero si es Inma! Con una sonrisa, nos saludamos.

Marc me coge de nuevo de la mano, me lleva hasta el lugar donde todos los niños corren y, mirándome, indica:

—Hazlo bien o te descalificarán.

Sorprendida, asiento, y entonces oigo:

—Un, dos, tres, escondite inglés, sin mover las manos ni los pies...

Todos nos movemos y luego nos quedamos quietos antes de que la mujer deje de canturrear.

—Un, dos, tres, escondite inglés, sin mover las manos ni los pies...

De nuevo nos movemos y, alucinada, veo lo payaso que es Marc con sus posturitas.

—Un, dos, tres, escondite inglés, sin mover las manos ni los pies...

Los padres de muchos de los niños juegan con nosotros, se divierten y ríen. Y yo, finalmente, olvidándome de todos mis agobios y mis problemas me tengo que reír también. ¡Esto es muy divertido!

Durante un rato jugamos allí con los niños, que están receptivos. Sus sonrisas y sus ganas de jugar me llenan de positividad, hasta que vienen unas enfermeras y les indican que es la hora de la comida. Algunos críos protestan, otros no, y tras despedirse de nosotros, salen de la sala con sus padres para dirigirse hacia sus habitaciones.

Estoy mirándolos cuando veo que Marc choca la mano con una niña que debe de tener la edad de mi sobrina Caro y lleva un pañuelo en la cabeza.

—Anoche me pasé el nivel ciento veintiocho —oigo que dice.

—¡Increíble! —exclama Marc.

La niña asiente y, a continuación, él cuchichea:

—¡Eres una campeona! ¿Qué te parece si mañana por la mañana me paso a verte y me cuentas cómo lo hiciste?

—¡Guay, Marc!

—Yo sigo estancado en el nivel cincuenta y seis.

—Es que eres muy malo —se mofa ella.

—Lo sé —responde él divertido.

La cría sonríe y, tras decirnos adiós con la mano, se marcha.

Marc y yo nos miramos.

—Es Alicia —me cuenta—. Tiene catorce años y es una crack de los videojuegos. Ni te imaginas lo buena que es. Quiere ser programadora de videojuegos y seguro que lo conseguirá.

—¿Qué le ocurre?

—Tiene leucemia linfática aguda.

Asiento, solo oír el nombre da miedo, y eso me entristece.

Entonces Marc, asiéndome de la mano, dice:

—Vamos.

Salimos de la sala y me dejo guiar por él. Subimos una planta y aparecemos en maternidad, donde me lleva directa a los nidos.

¡Ay, por Dios, la ternura que me entra!

Los bebés siempre me han gustado. Tan lindos. Tan pequeños. Tan indefensos. Con ese olor tan especial. Para mí, cualquier recién nacido es la cosita más preciosa del mundo. Y estamos mirándolos a través de los cristales cuando declara:

—Este es otro de mis sitios preferidos del hospital.

Asiento. No me extraña.

Durante unos minutos permanecemos observando a esos bebés que duermen plácidamente o lloran en sus cunitas. Son preciosos, tan diminutos.

—Mirarlos da vida, ¿verdad? —murmuro.

—Mucha —asiente.

Marc, que no ha soltado mi mano en ningún momento, echa a andar y, sin decir nada, nos dirigimos de nuevo al ascensor.

Veo que esta vez pulsa el botón del último piso. Sé adónde vamos. Y sí, terminamos saliendo a la azotea en la que nos conocimos, donde hace un solecito gustoso, y nos apoyamos en la barandilla.

Permanecemos en silencio unos segundos. Me quito el pasador de mi abuela para dejarme el pelo suelto y entonces Marc me mira enarcando una ceja y pregunta:

—¡¿*Gominola*?!

—Mis hermanos y sus cosas... —digo encogiéndome de hombros.

Él asiente y, mirando el pasador que tengo en mi mano, lo señala.

—¿Crees que este pasador te ha traído suerte?

Sé por qué lo dice. Le conté que mi abuela cuando me lo regaló me dijo eso y, sonriendo, afirmo:

—Gracias a que lo perdí, te conocí a ti.

Ambos reímos. Apenas han pasado tres meses desde aquello, pero parece que nos conozcamos desde hace mucho. Muchísimo.

Y, retirándome con cariño el pelo del rostro, dice:

—Sé que no te gustan los hospitales por lo que me has contado antes y, la verdad, te entiendo. A veces es muy complicado gestionar los problemas, especialmente si estos no dependen de ti. Y en este caso en particular, hasta que tu hermano no se mentalice de su problema, difícilmente se va a poder solventar.

—Lo sé —digo en un hilo de voz.

—No te voy a negar que en los hospitales hay pena, llantos, enfermedades y muerte. Pero, ¿sabes?, nunca se debería ignorar que también hay alegrías, risas, recuperaciones y vida. Los que trabajamos en sanidad luchamos por y para lo segundo, y no te puedes ni imaginar lo que supone para nosotros un avance positivo o una simple sonrisa en un paciente.

Asiento al oírlo decir eso, y luego él exclama:

—Recuerda, un día sin sonrisas ¡es un día perdido!

Ambos reímos.

—Bien... —añade—, ¡por fin sonríes!

Asiento, y cuchichea:

—Ahora... dímelo, bruja.

Pongo los ojos en blanco. Lo que le gusta que le diga eso..., y, sin perder la sonrisa, musito:

—¡Vete a la mierda!

Marc asiente. Como siempre, sonríe, y tras darme un maravilloso beso en los labios indica:

—En la vida, Eva, hay que ser positivo, porque cuando lo somos tenemos el poder de convertir los problemas en retos y no en malditos obstáculos que no nos dejan avanzar. En mi caso, siempre que siento que mi día no es muy bueno, me paso por esas dos salas. Me recarga las pilas la vida que veo en un recién nacido y me llenan de positividad las risas y los juegos de un niño. Ni te imaginas lo mucho que esos pequeños guerreros y guerreras con los que antes hemos jugado nos enseñan a los adultos con su fuerza y su valentía. Para ellos no existe el «no puedo» porque llevan luchando tanto tiempo en sus vidas que para ellos vivir es sinónimo de luchar.

Lo miro sin saber qué decir, y él prosigue:

—La vida en ocasiones es una gran putada. Problemas en el trabajo, problemas familiares, problemas de salud, problemas, problemas y más problemas. Pero aun siendo una gran putada por todos esos problemas que nos consumen, tenemos que vivirla. Todos buscamos la felicidad, pero, ¿sabes?, hace tiempo que me di cuenta de que la felicidad no se busca..., sino que se crea.

Sus palabras me conmueven.

Su mirada me atrapa.

Y, consciente de la gran verdad de todo lo que ha dicho, me acerco a él y susurro:

—Prometo ser más positiva, sonreír todos los días, mandarte a la mierda siempre que me lo pidas o me apetezca y crear mi felicidad.

Marc asiente y, tras darme un beso que me sabe a pura gloria, añado:

—Siento que nuestro fin de semana haya terminado así.

—Ya habrá más y mejores. ¿Sigue en pie lo de Ibiza?

—¡Por supuesto! —afirmo.

De nuevo nos besamos. Últimamente siento que solo deseo tener mi boca sobre la suya, y al final nos reímos.

Como siempre, la positividad de Marc me recarga las pilas, y entonces, recordando algo, pregunto:

—Oye, antes le has dicho a la doctora que soy tu pingüina... ¿Soy eso para ti?

Él asiente divertido.

—¿Te gusta la idea de serlo? —dice.

Afirmo con la cabeza sin dudarlo. Me encanta. Y, cogiéndole la mano, se la beso y declaro:

—Pues que sepas que, oficialmente, tú eres mi pingüino.

28

Dos días después, Héctor fue dado de alta en el hospital.

Su recuperación en casa de mis padres es una bendición. Parece que esta vez se deja aconsejar por nosotros, y eso nos da cierta tranquilidad. Sin embargo..., no sé, mi sexto sentido de bruja no me permite olvidar eso de que tras la calma llega la tormenta... ¿O era que tras la tormenta llega la calma?

Lo hablo con Adrián, que todavía está de baja por lo de la pierna y se está *ocupando* de hacerle compañía todos los días. Mi hermano me aconseja que me tranquilice, que confíe en Héctor. Y, bueno, yo lo hago.

Marc y yo seguimos viéndonos con más intensidad si cabe. Ya no solo pasamos las noches juntos en su casa o en la mía, sino que ahora, además de wasapearnos durante el día, en cuanto podemos, o yo voy en su busca o viene él en la mía. Nos encanta estar juntos, e incluso, sin que él me lo proponga, comienzo a salir antes del trabajo.

¡Quiero estar a su lado!

Voy varias veces a buscarlo al hospital y, sinceramente, mi felicidad es tal que ya ni el olor me molesta.

Si llego pronto y a Marc le queda todavía gente en la consulta subo primero a pediatría. Allí paso un ratito charlando con Inma, con la que he iniciado una bonita amistad, y con otras madres. Y luego bajo a la consulta de Marc, donde, además de coincidir alguna vez con Ángela y Lucía, conozco a otros pacientes con los que rápidamente cojo confianza. Y más cuando se enteran de que soy la pareja del doctor Sarriá. ¡Lo que une una sala de espera!

El sábado por la noche, cuando Marc va a buscarme al restaurante, antes de montarnos en su moto me pregunta si me importa ir a un local de un amigo suyo en Aluche a tomar algo. Esa noche su grupo de amigos ha quedado allí. Yo acepto encantada. ¿Por qué no?

Una vez allí, nada más entrar somos recibidos con buen rollito; está visto que nos esperaban. Entonces, un tipo de impresionantes ojos azules se acerca y dice dirigiéndose a Marc:

—¡¿Qué pasa, *bro*?!

Él sonríe. Veo que se abrazan y, mirándome, indica:

—Eva, te presento a mi hermano Felipe. Felipe, ella es Eva. Mi chica.

El hermano de Marc me mira. ¡Dios, qué ojazos tiene!

—Un placer conocerte, Eva —dice dándome dos besos.

—Lo mismo digo —saludo feliz.

Durante unos minutos ambos bromean. Se ve el buen rollo que tienen entre ellos; entonces yo, incapaz de callar, suelto:

—¿Cómo es que tú no tienes esos ojos?

Ellos se ríen. Felipe tiene unos impresionantes ojos azules, mientras que Marc los tiene marrones.

—Porque él los ha heredado de mi madre y yo no —responde con un suspiro.

Su gesto me hace gracia y, abrazándolo, cuchicheo haciéndolos reír:

—Vale, no pasa nada. Me sigues gustando igual.

A continuación ellos siguen bromeando y veo que Marc, entre risas, coge de la oreja a Felipe. Me gustan esas bromas entre hermanos. Yo misma las hago con los míos, excepto con la Tipitesa. A esa, si la cojo de la oreja, se la arranco.

Instantes después varios amigos y amigas de estos se acercan a nosotros y, con tanto nombre que me presentan, me hago un lío tremendo.

Entre copa y copa, me integro en el grupo y me entero de que todos los que están en el local son los amigos del barrio y del colegio de toda la vida.

¡Qué pasada!

Eso me sorprende.

Yo perdí el contacto con mis amigos de la época del cole. En ocasiones me he encontrado con alguno por Madrid y, aunque nos saludamos con afecto, nunca he tenido la conexión que veo entre estos. Es más, amigos, amigos de mi barrio de Madrid casi no tengo. Los que tenía, cuando me mudé a Ibiza y los perdí. En cambio, los de la isla los cuidé y los conservo.

Mientras hablamos, me siento como una más del grupo y me entero, entre otras cosas, de que Felipe es policía, Diana, intérprete, Chisco, mecánico, Marga, peluquera, Juan, joyero y Tamara, abogada. Cada uno tiene su vida, su trabajo, pero lo bonito es que nunca han perdido el contacto y siempre se juntan para celebrar sus cosas en el local de Lucas.

Estoy charlando con Felipe mientras veo a Marc bailar con Rosa, la mujer de Lucas. El humo de los cigarrillos me agobia un poco, por lo que me doy aire cuando Felipe comenta:

—Siempre ha sido el guaperas del grupo.

Eso me hace gracia.

—A pesar de ser el estudioso —continúa—, Marc venía a nuestras fiestas siempre que podía, y te aseguro que las chicas se morían por bailar con él.

—Y contigo por tus ojos —se mofa Lucas.

Estoy riendo cuando Chisco cuchichea:

—Las chicas lo llamaban como al tío ese de la película *Dirty Dancing*... ¿Cómo era?

—Patrick Swayze —indica Diana divertida.

Veo que todos se ríen al recordarlo.

—Marc siempre ha sido un excelente bailarín —añade Diana—, y todas, entre las que me incluyo, nos moríamos porque nos sacara a bailar cierta canción de la peliculita.

—¿Cuál? —pregunto curiosa.

Ella se ríe, Chisco también, y Felipe susurra divertido:

—Luego lo verás. Es una canción que nunca falta en nuestras fiestas.

De nuevo me río. Me muero por saber de qué canción se trata.

Instantes después, cuando Marc se acerca a nosotros pregunta:

—¿De qué se supone que os reís?

Todos nos miramos y yo suelto divertida:

—¡¿Patrick Swayze?!

Marc levanta la vista al techo y suelta una carcajada. Como siempre, su risa es contagiosa y, agarrándome, me acerca a él y musita:

—Gominola, ¡tú a estos, ni caso!

La noche continúa y lo pasamos genial.

Bailamos. Cantamos. Nos divertimos. Y cuando ponen la canción *Santa Lucía* del increíble Miguel Ríos, todos la cantamos a pleno pulmón.

¡Nos la sabemos enterita!

Divertida, observo cómo Marc, una vez más, se deja llevar por el momento. Me encanta que me mire mientras canta esa legendaria canción. Sé que me la dedica a mí, lo sé. Y en un momento dado pregunto divertida:

—¿Quieres una cita para ir al parque?

Él sonríe, adoro su sonrisa, y, agarrándome, me acerca a su cuerpo y terminamos de bailar totalmente pegados sin dejar de cantar esa bonita canción.

¡Qué instante!

Está claro que con Marc vivo momentos increíbles. Él hace que sean así. Es mágico.

Después de la canción nos besamos, y Chisco se acerca a nosotros y exclama divertido:

—¡Idos a un hotel!

Entre risas, continuamos con la juerga. Los amigos de Marc son encantadores. Y de pronto oigo por los altavoces la voz de Felipe que dice:

—Patrick Swayze..., ¡tu canción!

Sorprendida, miro a Marc, que ríe y cuchichea:

—¡La madre que los parió!

Los demás lo animan a bailar. Lo jalean. Y finalmente, ante los aplausos de todos, él deja su copa sobre la barra y dice tendiéndome la mano:

—Ven conmigo.

¡Wooo, qué vergüenza!

Pero ¿qué vamos a hacer?

Todos me aplauden divertidos. No sé de qué va la cosa, pero sé que, si encendieran las luces, me verían más roja que un tomate cherry.

Comienza a sonar *Cry to Me*, de Solomon Burke, un tema que me gusta mucho. Es una canción muy sensual, y, al ver que Marc me suelta en medio de la pista, pregunto mirándolo:

—¿Qué haces?

Él sonríe, me guiña un ojo y, ante los aplausos y los vítores de sus amigos, se quita la chaqueta y la tira a un lado. ¡Woooooo! ¿En serio?

Después camina a mi alrededor como un tigre acechando a su presa y responde:

—Seducirte.

Uf..., ¡lo que me entra!

Marc se acerca a mí al sensual ritmo de la música.

¡Madre mía..., madre mía!

Siento que su mirada acaricia todo mi cuerpo y, agarrándome, me acerca todo lo que puede a él y susurra en mi oído:

—Solo déjate llevar por la música.

Al principio me siento tonta, ridícula, más tiesa que un ajo. ¡Me muero de la vergüenza!

Pero, según dejo que la música entre en mi cuerpo y en mis venas, me centro en él y le sigo el rollito. Los amigos aplauden, ríen, les gusta lo que ven. Y, oye, Marc y yo lo disfrutamos. Sin duda estamos compenetrados. Es la primera vez que bailamos esta sensual canción, pero parece que llevemos haciéndolo toda la vida.

Pierdo por completo la vergüenza y, segura de mí y de lo que estoy haciendo, decido ser tan seductora y descarada como él.

¿Por qué no?

Todos vuelven a aplaudir. Ahora me jalean a mí, y Marc se asombra. Lo veo en su mirada. ¡Le gusta! ¡Lo sorprendo!

Bailamos, nos tentamos, nos seducimos. A través de nuestros movimientos y nuestras miradas, nos hablamos. Nos estamos haciendo el amor. Nuestras bocas se rozan sin besarse. Y, cuando la canción acaba y todos a nuestro alrededor aplauden y noto mi corazón tremendamente acelerado, Marc me da un dulce beso en los labios y dice:

—Estoy loco por ti.

29

Los días pasaban y el buen rollo entre Eva y Felipe, el hermano de Marc, iba en aumento. Se llevaban de maravilla, tanto que un lunes, cuando el restaurante estaba cerrado, ella lo invitó junto a Marc y le preparó un menú degustación. Ni que decir tiene que Felipe quedó encantado con la experiencia.

Marc disfrutaba de la buena relación existente entre su hermano y Eva, pero, por prudencia y por respeto a ella, omitió mencionar que provenía de una familia adinerada y que poseía dos hoteles propios, entre otras cosas. Saber eso podía condicionar a las personas, y quería que su hermano conociera a Eva tal y como era. No a la Eva con dinero.

A diferencia de su exnovia, ella enseguida había conectado con la forma de ser de Felipe, cosa que Pilar nunca había entendido. Esta era excesivamente crítica con la vida elegida por aquel. Criticaba su trabajo como policía, a las mujeres que conocía y el pasotismo con el que se tomaba la vida. Esas cosas fueron las que hicieron que entre Felipe y Pilar nunca hubiera conexión. Pero con Eva era diferente. Ella sí lo entendía.

Días después, tras una excelente noche con Eva, Marc tomó una decisión. Estaba claro que ella había entrado muy fuerte en su vida y no pensaba desaprovechar la oportunidad, por lo que, sin dudarlo, se fue de compras y entró en una joyería.

¿Por qué no?

La operación que Marc tenía a primera hora de la mañana en el quirófano tres se complicó un poco. En ocasiones, al abrir a un paciente se encontraban con inconvenientes que no esperaban, pero, por suerte, ese día lograron solventar los problemas.

Feliz por el éxito de la intervención, Marc comía en la cafetería con su equipo cuando el teléfono le sonó. Era Gustavo.

—Tengo que hablar contigo —le dijo—. ¿Tienes un momento?

—Miedo me dan tus momentos —cuchicheó Marc.

Ambos rieron, y a continuación este último indicó mirando su plato:

—Acabamos de salir de una operación de siete horas y estoy hambriento.

Gustavo asintió, lo entendía, y sugirió:

—¿Dentro de una hora en mi despacho?

—Allí estaré.

Una vez que colgó, Marc prosiguió comiendo y bromeando con sus compañeros.

Un buen rato después, a las tres de la tarde, el equipo de Marc se dispersó y este se dirigió hacia el despacho de Gustavo mientras llamaba por teléfono a Eva. La conocía y sabía que a esa hora seguro que estaría en pleno apogeo de las comidas e iría a mil.

Un timbrazo. Dos...

—Hola, guapo.

Oír su voz era como un bálsamo de vida para Marc, que la saludó sonriendo:

—Hola, bruja. ¿Cómo llevas el día?

Eva suspiró mientras le pasaba un plato que ya estaba listo a Nina. Su día estaba siendo complicado. Mucho trabajo y, por si eso fuera poco, creía que estaba incubando algo, pues tenía el estómago revuelto. Pero, sin querer contarle penas, respondió:

—Bien. Todo bien. ¿Y tu operación?

—¡Un éxito total!

—¡Genial! —exclamó Eva—. Por cierto, lo he estado mirando y creo que podríamos escaparnos a Ibiza dentro de dos fines de semana. ¿Qué te parece?

—¿Y por qué no mañana?

Ella rio divertida. A Marc no le gustaba planear. Lo prefería todo ¡ya! Pero entonces lo oyó decir:

—Venga, vale, me parece genial.

—¡Estupendo! Pues mañana mismo busco los billetes de avión.

—Puedo comprarlos yo.

—Lo sé, pero mejor lo hago yo. Ibiza es mi terreno y, por supuesto, doctor Sarriá, está usted superinvitado a todo, puesto que usted me invitó a la luna privada y al fin de semana en Rascafría.

Marc soltó una risotada y ella añadió:

—Es más, en cuanto te vea en el aeropuerto, te pondré una pulserita como se hace en algunos hoteles para indicarte que todo está incluido.

—¡Menudo chollo tengo contigo!

Ambos rieron por aquello; entonces Marc, deseoso de verla esa noche, dijo:

—Oye, ¿qué te parece si cuando te recoja hoy vamos al club de jazz de Recoletos y nos tomamos una copa para hablar del tema?

—Pues me parece genial. Ah, por cierto, ya sé a qué *escape room* te voy a llevar.

—¿Más planes? —se mofó Marc.

Eva asintió. A diferencia de él, a ella le encantaba hacer planes de futuro.

—Adrián me habló de uno que trata de salvar al mundo de una catástrofe nuclear, aunque también me dijo que en ese sitio hay otro de zombis que tiene buena pinta.

Al oír eso, Marc soltó una carcajada. Eva estaba empeñada en ir a un juego de aventuras con él. El juego consistía en encerrarse con un grupo de personas en una habitación para resolver diversos enigmas y escapar de la misma antes de un tiempo determinado. Él nunca lo había hecho, pero ella sí.

—También tienen otro de marcianos —continuó Eva—, y otro sobre un asesinato. Según Adri, ¡son una pasada! ¿Qué te parece si los hacemos todos?

Marc la escuchaba divertido cuando llegó frente al despacho de Gustavo.

—Cielo, tengo que dejarte —dijo—. Te recojo esta noche y lo hablamos, ¿vale?

Eva asintió complacida.

—De acuerdo. Un besito.

En cuanto Marc colgó el teléfono, sonrió. Todavía no podía entender la suerte que había tenido al conocer a Eva. Y todo gracias a que ella se dejó olvidado en la azotea del hospital el pasador de su abuela. Estaba claro que la vida le sonreía.

Estaba pensando en ello cuando llamó con los nudillos a la puerta de Gustavo. Abrió y aquel, al verlo, indicó:

—Pasa, Marc.

Con una sonrisa, el aludido entró y se sentó en una silla mientras le preguntaba:

—¿Alguna vez has ido a un *escape room*?

Gustavo negó con la cabeza.

—No. Pero me han dicho que son muy divertidos.

Marc sonrió y luego musitó tomando aire:

—Eva está empeñada en que vayamos a uno que hay sobre un desastre nuclear. También me ha dicho que los hay sobre zombis y asesinatos.

Ambos sonrieron y Marc, al ver un gesto extraño de su amigo, preguntó:

—¿Qué ocurre?

Gustavo suspiró y le mostró unos papeles.

—Tengo los resultados de tu revisión.

—¿Y...?

Gustavo le entregó el informe.

—No me gustan —declaró.

—¡No jodas! —murmuró Marc.

Su amigo asintió.

—Tienes que hacerte un PET-TAC.

Por unos segundos a Marc se le cortó la respiración. No podía ser cierto lo que imaginaba. Pero, tomando aire, cogió los papeles y los revisó.

Durante un rato Gustavo y él permanecieron en silencio, hasta que el segundo, dejando los papeles sobre la mesa, susurró:

—Recurrencia del cáncer.

—Probablemente, pero hasta que tengamos los resultados no lo sabremos a ciencia cierta.

Marc asintió y tragó saliva.

—Si la primera vez no lo esperaba, esta segunda menos. ¡Maldito bicho!

Gustavo resopló y en ese instante se abrió la puerta y apareció Anna Moreno, oncóloga y pareja de Gustavo. Marc y ella se miraron, y Gustavo terció:

—Lo sabe. Yo la he llamado.

Marc asintió y Anna, entendiendo su expresión, se acercó y, mirándolo a los ojos, lo asió de las manos.

—Si es recurrencia, vamos a ir a por ese cabrón y nos lo vamos a cepillar —aseguró.

Marc trató de sonreír, pero era complicado. Y simplemente asintió.

Anna y Gustavo intercambiaron una mirada. Hacía seis años a Marc le salió un bulto en el cuello y, tras hacerle las pruebas pertinentes, le descubrieron un linfoma de Hodgkin. Un cáncer. La misma enfermedad por la que había muerto su padre siendo él un chiquillo y que había hecho que quisiera estudiar su carrera.

Durante tres años Marc luchó contra el bicho acompañado por Gustavo y Anna. Quimioterapia. Radioterapia. Hizo todo lo que sabía que tenía que hacer sin rendirse hasta que consiguió ganar la batalla. Pero, tres años después, de nuevo parecía estar ahí. Esta vez el bicho no había dado la cara como la primera vez, sino que había sido detectado en su última revisión.

¡Maldita sea!

Instintivamente, Marc pensó en su madre, en su hermano, en la gente que había estado con él la otra vez, apoyándolo y dándole fuerza y cariño. ¿De nuevo tenían que volver a pasar por aquel calvario?

Tomó aire, miró a sus amigos y susurró sintiendo cómo la rabia se apoderaba de él:

—¡Os juro que, más que por mí, esto me jode por mi familia!

Ellos asintieron, entendían perfectamente lo que quería decir. Entonces Marc se levantó de la silla y, bloqueado por completo, caminó hacia la ventana, que abrió para que le diera el aire. Lo necesitaba. Con lo bien que iba todo, lo último que esperaba era esa noticia, cuando no tenía síntomas de nada y todas sus anteriores revisiones habían ido bien.

—He estado mirando horarios y, si quieres, mañana mismo podemos hacer el PET-TAC.

Él negó con la cabeza, pero Anna insistió:

—Marc, cuanto antes empecemos...

El aludido la miró e, intentando contener la rabia, musitó:

—Sé que tienes razón. Pero permite que yo decida cuándo, cómo y dónde.

—Si no quieres que nadie de aquí sepa de momento lo que te ocurre —dijo Gustavo comprensivo—, puedo programar el PET-TAC y las pruebas pertinentes en el otro hospital donde trabajo.

—De momento creo que eso será lo mejor —afirmó Marc—. No quiero que nadie del hospital comience a mirarme con cara de pena. Pero dame unos días para...

—Marc —insistió Anna—, cuanto antes mejor.

Él asintió de nuevo y, mirando a aquella buena amiga, repuso:

—Lo sé, y así será. Pero dame unos días, ¿de acuerdo?

Gustavo y Anna se miraron. Lo comprendían. Precisamente por ser médicos entendían muy bien las reacciones de los demás.

—¡Joder! —siseó Marc de pronto.

Y acto seguido dio un manotazo a la pared. Estaba furioso.

Gustavo se levantó, caminó hacia su amigo y, poniendo la mano en su hombro, murmuró:

—Tranquilo, Marc.

El aludido asintió pero no dijo nada. No podía.

Gustavo y Anna, conmovidos, permanecieron a su lado en silencio. Sabían que, a pesar del shock del momento, una vez que digiriera la noticia, Marc remontaría. Y, conscientes de lo que le habían oído decir a él a otros pacientes infinidad de veces, Gustavo indicó:

—Como hematólogo y amigo tuyo que soy, quiero que sepas que tienes unos días para cabrearte, cagarte en todo lo que quieras e incluso llorar. Pero, después, quiero al Marc guerrero y luchador de siempre listo para comenzar a trabajar.

Él asintió mientras miraba por la ventana. Sabía que, en cuanto tuvieran los resultados definitivos, aquello era lo que tocaba, y susurró en un hilo de voz:

—¿Cómo se lo digo a mi madre, a mi hermano, a Eva? ¿Cómo les digo que...?

No pudo continuar. Los ojos se le llenaron de lágrimas, y Anna, entendiendo cómo se sentía, pidió:

—Hazlo.

—¡Joder, Anna!

—Estamos solos. Somos nosotros —indicó ella—. Nadie va a entrar. Llora si lo necesitas.

Y Marc lo hizo.

Ayudado por Gustavo, se sentó en una silla y, tapándose con las manos el rostro, lloró enfadado y rabioso como llevaba mucho tiempo sin llorar, mientras sus amigos permanecían a su lado respetando su dolor.

Era médico. Luchaba cada día para ayudar a otros con esa maldita enfermedad. Les inculcaba positividad porque eso era indispensable para su mejoría. Pero, joder, ¡¿otra vez él?! Ahora que su vida volvía a ser vida, ¿otra vez debía enfrentarse al cáncer?

* * *

Una hora después, ya más tranquilo, se despidió de sus amigos y se pasó por los nidos, donde estuvo contemplando cómo los bebés recién nacidos dormían plácidamente. Luego fue a la sala de los niños, con los que jugó durante un buen rato, y de este modo se relajó. Como siempre, la vida y la positividad de esos pequeños hacían que volviera a poner los pies en la tierra y que comprendiera que el movimiento se demostraba andando.

Posteriormente se dirigió a su despacho. Allí, dejó su bata y recogió sus cosas para salir del hospital en busca de su moto. Tan pronto como llegó a ella, recordó que había quedado en pasar a recoger a Eva por el restaurante, pero tal y como estaba era incapaz.

Pensar en ella le partió el alma. ¿Cómo contarle lo que le ocurría? Y, sobre todo, ¿cómo permitir que ella viviera algo así?

De forma irremediable, el recuerdo de su exnovia lo removió por dentro. Cuando la otra vez le diagnosticaron un linfoma de Hodgkin, Pilar en un principio no se separó de él. Ella era su mayor apoyo, su amor. Pero, tras casi un año de tratamiento, todo cambió. El amor de Pilar desapareció y finalmente rompió con él a través de un maldito wasap. Eso a Marc lo partió en dos, aunque, por suerte, con el tiempo pudo remontar.

Sin saber por qué, buscó en su teléfono el wasap de Pilar, que nunca había borrado, y, al encontrarlo, tomó aire y leyó:

> Cuando esa enfermedad apareció en nuestras vidas, creí que sería capaz de estar a tu lado sujetándote la cabeza mientras vomitabas y que podría ayudarte durante tus sudores nocturnos o las fiebres, pero no... He visto que no soy capaz. Tu enfermedad, los hospitales y todo lo que te rodea me supera. Ayer hablamos largo y tendido y, cuando dijiste que de las muchas secuelas que podrían quedarte por tu tratamiento una de ellas podría ser no tener hijos, supe que nuestras vidas tenían que separarse. Soy cruel. Lo sé. Sé que me odiarás por lo que estás leyendo. Pero siempre hemos sido sinceros el uno con el otro, y desde hace tiempo, cuando te miro, no veo al Marc fuerte y poderoso del que me enamoré porque ahora solo veo en ti a un hombre débil y enfermo por el que no siento nada excepto pena.
> Marc, tengo que decirte adiós. Por favor, hagámoslo fácil y no te pongas en contacto conmigo. Respeta mi decisión. Espero que te recuperes, que la vida te vaya bien y que algún día me puedas perdonar.

Leer aquel duro mensaje hizo que a Marc se le llenaran los ojos de lágrimas. Pero estas no eran por Pilar, pues por ella ya había llorado en el pasado. Esas lágrimas eran por Eva.

¿Cómo hacerla pasar a ella por aquello que Pilar no había soportado, sabiendo de su aversión por los hospitales?

Si su ex se había desenamorado de él tras cuatro años de relación al verlo tan enfermo, ¿qué podría esperar de Eva, a la que conocía desde hacía tan solo algo más de tres meses?

¿Sería capaz de soportar el rechazo de otra mujer?

Y, sin querer seguir pensando en ello, buscó el nombre de Eva en WhatsApp y escribió.

Esta noche no podremos vernos.
Me ha surgido una urgencia.

Tras escribir eso, le dio a «Enviar» y, tras ponerse el casco de su moto, arrancó y comenzó a rodar sin rumbo.

30

¡Menudo turno de comidas que hemos tenido!

Entre las reservas y los clientes que pasaban por aquí, hoy ha sido un día de locos, pero por suerte lo hemos salvado. Tengo un excelente equipo, y eso es importante para mí. Estoy fumándome un cigarrillo en la terracita al aire libre cuando Marcus viene e indica:

—Jefa, para el servicio de la noche vamos justos de salmón, pimientos rojos y albahaca.

Asiento y apago el cigarro. Creo que estoy incubando algo, pues hasta el tabaco me sabe mal.

Entro de nuevo en el restaurante. Mi móvil suena y, al ver que es un mensaje de Marc, me apresuro a leerlo:

> Esta noche no podremos vernos.
> Me ha surgido una urgencia.

Noooooooo.

¡*Joer*, qué rabia, con las ganas que tenía de verlo!

Pero, entendiendo que estas cosas pueden pasar tanto en su trabajo como en el mío, respondo:

> Tranquilo. Mañana hablamos.
> Besitos, muchos...
> muchos... muchos...

Dejo el teléfono sobre una mesa. Conociéndolo, no tardará en responder, pero cuando pasan diez minutos y no lo hace, me sorprendo.

¡Pues sí que era urgente lo que tenía que atender!

Abro mi bolso y saco del monedero la piedrecita que Marc puso ante mí. Es plana. Pequeña. Muy bonita. Recordar el momento en que me la regaló la hace tremendamente especial, y estoy mirándola cuando Nina se aproxima a la mesa con una taza de café y comienza a hablarme de su última cita.

—... y el muy idiota va y me suelta que quiere bajarme la luna, cuando no baja ni la tapa del váter.

Eso me hace reír. Por suerte, Marc sí lo hace.

Entonces, miro la taza que ha dejado sobre la mesa y pregunto:

—¿Hemos cambiado de marca de café?

Nina niega con la cabeza. Ella es la encargada de comprarlo. Alejando la taza de mí, musito:

—Tengo tan mal el estómago hoy que hasta me huele diferente.

Seguimos hablando cuando suena mi teléfono. Un wasap de mi madre:

> Menudo plátano tiene tu hermano...
> ¿Puedes llamarme?

Según leo eso, me río. Imagino que lo de «plátano» quiere decir «planazo», y escribo:

> Te llamo dentro
> de dos minutos.

Según lo envío, recibo otro mensaje suyo que dice:

> Croacia.

Me vuelvo a reír. Seguro que «Croacia» es «Gracias». No es la primera vez que me envía eso. Lo de mi madre con el teléfono y el corrector es un caso aparte. Y, mirando a Nina, le hago una seña con la mano y la llamo. Un timbrazo. Dos...

—Hola, mamá.

—Eva, hija, ¿puedes venir?

No es una pregunta, sino una orden, y bajando la voz añade:

—Héctor se está duchando porque quiere irse a dar una vuelta. Tu padre no está, Adrián no podía venir hoy, y no sé si voy a poder retenerlo yo sola.

Suspiro; está claro que Héctor se encuentra cada día mejor. Me levanto e indico:

—Enseguida voy, mamá.

Una vez que cuelgo, me dirijo a Nina, que sigue a mi lado.

—Por lo que me has contado de ese tipo, solo tienes una opción: ¡mandarlo a la mierda!

—Eso mismo hice anoche.

Acto seguido, con una sonrisa, cojo mi bolso y salgo del restaurante.

* * *

Como estoy cerca de casa de mis padres y el camino es muy agradable, pues está lleno de tiendas que cotillear, voy caminando y, cuando llego al portal, tras saludar a Pascual subo en el ascensor.

Una vez frente a la puerta, llamo y, cuando mi madre abre, me da un beso en la mejilla que yo le devuelvo y dice bajando la voz:

—No creo que deba salir. Si sale, beberá.

Asiento, sé que será así, y, tras besarla yo también, oigo que dice:

—Ya ha salido de la ducha, está en su habitación.

Dejo el bolso sobre la mesa del comedor y me encamino hacia la que es ahora la habitación de Héctor. Como el resto de los hermanos, él también se marchó de la casa familiar. Ocupó su propio piso, pero cuando comenzó con sus problemas con la bebida, la malvendió sin decirnos nada a nosotros.

El disgusto de mis padres al enterarse fue monumental. Ellos querían que su hijo siguiera teniendo un techo bajo el que vivir, no que vendiera la casa para pagar sus deudas y lo que le quedaba gastárselo en mujeres y bebida.

Como era de esperar, a Héctor se le acabó el dinero y al final regresó a casa de mis padres, un lugar donde está atendido, pero donde no deja de dar problemas.

Tras tocar con los nudillos en la puerta y oír que contesta «¡Adelante!», entro. Mi hermano me mira y ladea la cabeza.

—¿Qué haces aquí?

Sentándome sobre la cama, le hago un movimiento con la mano para que se acerque. Obedece. Hago que se siente a su vez y, sin andarme con rodeos, pregunto:

—¿Adónde narices crees que vas?

Él hace ademán de levantarse, pero no lo dejo, y cuando vuelve a mirarme insisto:

—Estás mal. No puedes beber, y sabes tan bien como yo que, si sales, ¡lo harás!

Mi hermano maldice. ¡Se caga en todo! Y tras quitarse la camiseta, la tira sobre el butacón y protesta:

—Necesito salir. ¡Que me dé un poco el aire!

Asiento, lo entiendo. Si yo estuviera encerrada como él, me volvería loca. Y, levantándome, digo:

—Muy bien. Vayamos a dar un paseo.

—¿Tú y yo? —pregunta sorprendido.

—Tú y yo —afirmo.

Me mira mientras lo piensa.

—Demos un paseo juntos —insisto—. Así te dará el aire. Después regresaremos a casita, te dejaré con papá y mamá y yo volveré a trabajar.

Héctor maldice, menea la cabeza y sisea:

—No soy un niño y no necesito una niñera que me controle.

Asiento, tiene razón, pero entonces indico descolocándolo:

—¿Sabes que comenzar siempre las frases con un «no» te limita en muchas cosas?

Héctor no contesta, no sabe qué responder, y sin cortarme un pelo añado:

—Efectivamente, no eres un niño, pero necesitas que te vigilen.

Tienes un problema. Un gravísimo problema con la bebida que no puedes controlar. Por eso, y viéndolo desde mi punto de vista, solo tienes tres opciones. Opción uno: regresar a la clínica de desintoxicación. Opción dos: te aguantas conmigo como niñera si quieres salir a la calle. Opción tres: te piras de casa de papá y mamá para no regresar nunca más y dejar de dar problemas.

Mi hermano me mira. Sé que me he pasado con la última opción, pero, ¡joder!, aunque lo quiero y lo adoro, y si se marchara de casa yo sería la primera que removería cielo y tierra por encontrarlo, ya me he cansado de tratarlo como si fuera un niño.

Nos quedamos mirándonos y finalmente él sonríe, sacude la cabeza y, cogiendo la camiseta que segundos antes se ha quitado, musita:

—De momento escojo la opción dos.

—¡Buena elección!

Cuando salimos del cuarto, mi madre viene a nuestro encuentro y rápidamente pregunta:

—¿Adónde vais?

—A dar un paseíto —respondo.

—Tranquila, mamá, necesito que me dé el aire —afirma Héctor.

Mi madre me mira pidiéndome explicaciones.

—Saldremos juntos y regresaremos juntos —le aclaro.

Ella asiente, le gusta oír eso, y cogiendo su teléfono indica:

—Mientras estáis fuera voy a ver un tutorial de mi Marie. A ver con qué me sorprende hoy.

Sonrío y, tras coger mi bolso de la mesa, salgo con Héctor de la casa, bajamos en el ascensor y luego salimos a la calle.

En un principio vamos separados. No nos tocamos. Entre nosotros últimamente ha habido demasiados problemas y roces.

—Tengo que pedirte perdón por muchas cosas —susurra.

—Estoy de acuerdo —afirmo.

Y Héctor comienza a hablar.

Boquiabierta por la necesidad que veo que tiene de comunicarse conmigo, no digo ni mu. Por norma él es callado y, sin duda, verlo tan lanzado me hace prestarle atención.

En su monólogo, me entero de que estuvo saliendo con una chica llamada Olga, y digo «estuvo» porque al final ella lo dejó. No soportó el problema que tenía con la bebida y eso, sin saberlo ni Adrián ni yo, lo hundió más todavía. Héctor habla y habla. Recuerda el accidente de Adrián en Francia. Luego, como siempre, hace referencia a Janet, la sigue echando de menos. Continúa pensando que es el amor de su vida.

—Héctor —intervengo—, fue una putada lo que le pasó a Janet y...

—Gominola, ni te imaginas lo doloroso que es perder a la persona que quieres.

Asiento. Imagino que tiene que ser desesperante.

—Hay días que abro los ojos y todavía creo que Janet va a despertarme con sus besos.

—Cariño, tienes que superarlo. Eso ocurrió hace años.

Héctor asiente. Veo un dolor que no comprendo en sus ojos, y musita:

—Creo que nunca lo superaré. Nunca.

A continuación guarda silencio y luego le suena el móvil. Ha recibido un wasap.

Lo mira y, enseñándomelo, pregunta:

—¿Qué te parece?

Veo que es un mensaje de mi madre, que dice:

¿Quieres *soputa* de cena?

Nos reímos.

—Quiere decir que si quieres «sopita» para cenar —cuchicheo.

Héctor asiente, lo sabe, e indica:

—Creo que habría que desactivarle a mamá el autocorrector.

—¿Y perdernos estos momentazos? —me mofo.

Héctor vuelve a reír y luego murmura meneando la cabeza:

—Mira que eres bruja, Gominola.

Soltamos de nuevo una carcajada y luego, viendo la expresión de mi hermano y sabiendo en lo que está pensando, indico:

—¿Cuántas veces tenemos que decirte que tú no tuviste la culpa del accidente de Adrián? Fue un cúmulo de...

—Un cúmulo de mierda —me corta.

Héctor sigue sintiéndose culpable por aquello.

—Si la noche anterior yo no hubiera bebido y la mañana de la carrera hubiera revisado la moto como debía, nada de lo que ocurrió habría pasado.

Vale. Eso lo sabemos todos. Héctor no comprobó la moto, pero es que tampoco lo hizo la persona que debía hacerlo si él no estaba. Lo ocurrido fue un conjunto de errores. Algo que nunca esperas que pueda suceder, pero sucedió.

—Si Adrián hubiera muerto tras lo que le ocurrió a Janet —musita Héctor—, no creo que hubiera podido resistirlo.

Conmovida, agarro a mi hermano del brazo. Sé que su problema con la bebida comenzó a raíz de la muerte de su novia y se agravó tras el accidente. Sentirse culpable por lo ocurrido no lo dejaba vivir. Lo acerco a mí y susurro, sintiendo que mi estómago revuelto vuelve a la carga:

—Por suerte, Adrián está bien. Y ahora, tanto él como todos necesitamos que seas tú el que se ponga bien.

Héctor no responde, e insisto:

—Mira..., ya vas teniendo una edad y sabes tan bien como yo que tu vida no puede continuar por el camino que va. —Él no dice nada y yo, necesitando sincerarme como siempre, pregunto—: ¿Puedo ser clara contigo sin correr el riesgo de que me la montes y liemos una buena turra en medio de la calle?

Sorprendentemente, Héctor asiente. En otras ocasiones ya me la habría montado, pero hoy no. Hoy está tranquilo y receptivo, por lo que, tomando aire, digo mientras nos sentamos en un banco:

—Sabes que no me gusta andarme por las ramas, así que voy a ir al grano.

—Como la abuela Ágata. —Sonríe.

Asiento.

—Exacto. Como diría mamá, soy como la jodida abuela Ágata. —También sonrío.

—La echo de menos.

—Yo también. Especialmente porque, conociéndola, ya te habría pegado dos hostias con la mano bien abierta por cómo estás jorobando tu vida.

Mi hermano sonríe y a continuación pregunta:

—¿Y qué me cuentas de ese doctor con el que sales?

Sonrío, seguro que mi madre y Adrián han comentado algo delante de él.

—Pues que me gusta mucho —musito—, lo paso muy bien con él y me llena de positividad.

—Me gusta saber eso, hermanita —contesta Héctor.

Ambos reímos. Sé que se alegra de verme tan feliz, pero yo, queriendo hablar de él y no de mí, digo:

—Tienes un grave problema con la bebida. No sé si eres consciente de que te estás matando y, como sigas así, por el camino te vas a llevar por delante a papá y a mamá.

—Joder, Gominola...

—Bujías, te he dicho que iba a ser sincera.

Héctor asiente y, cuando voy a hablar, de pronto me sobreviene una arcada y, sin poder detenerla, solo tengo tiempo de darme la vuelta y vomitar hacia el otro lado.

Mi hermano se levanta alarmado. Me mira y pregunta con cara de susto:

—Joder, Eva, ¿qué te pasa?

Tomo aire. Qué fatiga me ha entrado de pronto... Y, tras pedirle unos segundos con un gesto, cuando noto que las ganas de vomitar se me pasan tan pronto como han aparecido, logro murmurar:

—Creo que estoy incubando algo. Llevo un par de días fatal del estómago.

Héctor asiente. Saca rápidamente de mi bolso unos clínex y, tras tendérmelos y yo secarme la boca, le advierto:

—A mamá ni mu..., que ya tiene bastante contigo.

Mi hermano suspira, asiente y, cuando puedo retomar la conversación, digo:

—Te guste o no, tienes que regresar a la clínica. Necesitas terapia. Necesitas unos cuidados especiales y, por suerte, allí pueden dártelos. Tienes la opción de recuperarte. Otras personas con tu mismo problema no disponen de los medios de los que nosotros disponemos para ello, pero solo puedes superarlo si tú te lo propones.

Héctor no dice nada, mira al suelo, y yo insisto:

—Piensa en mamá, en papá, en Caro, en Marta, en Adrián, en...

—A la Tipitesa ¡ni la menciones! —me corta. Y mirándome añade—: Ayer vino a casa cuando papá se fue a dar su paseo matutino. La oí hablando con mamá sobre Danica y sentí vergüenza ajena por lo que decía. Si Adrián se entera, te aseguro que se lía ¡y gorda! Porque, vale, yo tengo un problema con el alcohol. Pero la idiota de Teresa lo tiene en la cabeza.

Asiento. No le voy a quitar la razón.

Estoy tentada de preguntarle qué fue lo que oyó, pero no quiero que hablar de mi hermana interrumpa nuestra conversación. Pocas veces Héctor está tan receptivo y no me apetece perder el tiempo hablando de ella.

Tras un silencio más que significativo, nos levantamos del banco y esta vez es él quien se agarra a mi brazo. Me encanta que lo haga. Lleva mucho tiempo sin hacer algo así.

—¿Estás bien? —me pregunta mirándome.

Asiento, y entonces mi hermano menea la cabeza y musita:

—¿Por qué lo hago todo mal?

Conmovida por su pregunta, hago que me mire a los ojos y respondo:

—No lo haces mal, cielo. Es solo que estás perdido y necesitas ayuda.

Héctor asiente y luego dice dejándome sorprendida:

—Llamaré a DIGMA, la clínica en la que estuve la última vez. Pero no lo voy a hacer ni hoy ni mañana. Dame unos días, ¿vale?

—¿Y si cambias de opinión? —pregunto preocupada.

Él clava la mirada en mí. Creo que ve la ilusión que me ha hecho que él mismo diga que va a llamar a la clínica.

—Te lo prometo, Gominola —indica.

Oír eso era lo que quería. Lo abrazo, lo beso y luego afirmo:

—Todo va a ir bien. Lo sé. Ya lo verás.

Un rato después, aún con el cuerpo descompuesto, tras dejar a mi hermano en casa con mi madre regreso al restaurante. Empieza el turno de cenas y debo trabajar.

31

Al día siguiente, Marc, tras pasar la mañana operando en el hospital, por la tarde, en cuanto respondió a los mensajes de Eva, se reunió con Gustavo y Anna en el despacho de su amigo. Tenían que hablar.

De entrada les pidió discreción. Las pruebas que debía hacerse se las haría en la clínica privada en la que trabajaba Gustavo, pero al cabo de unos días. Su plan era llevar a cabo unas operaciones que tenía programadas, hablar con su madre, con su hermano y con Eva, y, una vez solucionado todo aquello, haría lo que sabía que le tocaba hacer.

Gustavo y Anna trataron de hacerle cambiar de opinión, pero les resultó imposible. Marc así lo había decidido y así sería.

A las siete de la tarde, tras un día excesivamente agobiante para él, llegó a su casa. Y, tras saludar a *Olimpia*, se sentó en el sofá y vio que tenía dos llamadas perdidas de Eva.

Pensó en ir a verla. La añoraba. Pero ¿cómo verla y mentirle con respecto a lo que pasaba?

Agobiado, se levantó, buscó un CD concreto y, cuando lo encontró, lo puso y de inmediato comenzó a sonar la canción *Todo a pulmón* de Miguel Ríos.

Durante la anterior etapa de su enfermedad esa canción lo había acompañado todos los días y, resoplando, Marc intuyó que esta vez también sería así. Todo era muy difícil.

Se sentó de nuevo. Por primera vez en la vida una cierta cobardía se apoderó de él. Sabía cómo enfrentarse al cáncer, pero no cómo enfrentarse a Eva. No podía hacerla pasar por eso. Apenas se conocían como para que ella tuviera que sufrir por él, y más aún sabiendo lo mal que ella encaraba las enfermedades y los hospitales.

Se levantó del sofá otra vez y se dirigió hacia un cajón del mueble. De él sacó una cajita y, abriéndola, se quedó mirando el anillo que había comprado días antes para Eva. Pensaba regalárselo, pensaba... Pero ya nada de lo que había pensado iba a hacerse realidad. Nada.

Inquieto, finalmente guardó el anillo y decidió terminar su relación con ella. Era lo mejor.

Durante un rato pensó qué hacer.

¿Qué podía hacer para conseguir que Eva quisiera alejarse de él?

Le dio vueltas al tema hasta que, recordando que la mentira era algo que ella no perdonaba, supo que era su única opción. Tenía que mentirle y luego dejarse descubrir.

Con pesar, anduvo de aquí para allá por su casa cavilando. Era horrible lo que pensaba hacer. Adoraba a Eva, la necesitaba. Pero no estaba dispuesto a volver a dar pena. Otra vez no. Cogió el teléfono, bajó el volumen de la música y decidió llamarla. Necesitaba oír su voz.

Un timbrazo. Dos...

—Que sepas que ya iba a montar un aquelarre para localizarte.

Oír su voz lo hizo sonreír. Esa mujer era mágica.

—He estado muy liado —murmuró.

—Ya veo, ya...

Para que ella no continuara preguntando, Marc rápidamente la informó de las operaciones que había tenido esa mañana. Como un autómata, hablaba y hablaba, hasta que por fin guardó silencio y Eva preguntó:

—¿Te pasa algo?

—No —dijo sorprendido por su agudeza—. ¿Por qué?

Eva se encogió de hombros y musitó:

—Tu voz es diferente.

—No sé en qué lo notas.

—Has comenzado dos frases con la palabra *no* —repuso ella divertida—. ¿Ves cómo te pasa algo?

Marc asintió e, intentando bromear, soltó:

—Qué bruja eres.

Eso la hizo reír, y en ese momento Marc cerró los ojos y mintió:

—Tengo que salir de viaje.

—¡No jorobes! ¿Cuándo? ¿Adónde?

—Salgo mañana por la mañana —dijo cerrando los ojos—. Voy a California a unos congresos de cirugía oncológica. No regresaré hasta dentro de unos quince días.

Oír eso hizo suspirar a Eva, que indicó:

—¿Quince días?

—Sí —afirmó él sintiéndose fatal.

—Adiós a ir al *escape room* y al resto de los planes.

—Siempre digo que hacer planes no es bueno...

—Mira que eres cenizo. —Eva rio.

Marc asintió en silencio y, a continuación, ella dijo:

—Bueno, no pasa nada. Queda pendiente. ¿A qué hora vienes esta noche? Por cierto, antes de las doce, ¡imposible! Hay varias reservas y tendremos mucho trabajo. Además...

—No nos veremos esta noche.

—¿Por qué?

—Porque ceno con mi hermano y mi madre y terminaremos tarde. Además, he de preparar la maleta para el viaje. Salgo a primera hora.

Eva asintió. Que ella recordara, ya había cenado más veces con su familia y luego la había ido a recoger al restaurante. Pero, sin querer resultar agobiante, y entendiendo lo del viaje, susurró:

—Vale. No te preocupes.

Notar su tono triste le partió el corazón a Marc, que, intentando insuflarle algo de positividad, replicó:

—Ahora, sin mí, podrás trabajar como una loca, sin horarios de entrada ni de salida en el restaurante... Es lo que te gusta, ¿no?

Eso hizo reír a Eva. Marc siempre la hacía salir del restaurante antes de lo que ella lo haría, y tras pensarlo afirmó:

—Pues, mira, la verdad es que en eso tienes razón. No tendré a un doctor pesado sacándome del restaurante antes de que mi turno termine.

Un extraño silencio se instaló de nuevo en la línea telefónica. Marc se sentía fatal por mentirle, Eva no lo merecía, y musitó con el corazón roto:

—No te imaginas lo mucho que te voy a echar de menos.

Sin sospechar ni por un momento lo que se le venía encima, Eva bromeó:

—Tanto como yo a ti.

—Tengo que dejarte —dijo él entonces, puesto que se sentía incapaz de seguir mintiéndole de aquella manera—. He de ocuparme de un tema urgente.

—Valeeeeeeeeeee. De acuerdoooooooooo. Un beso grande y llámame cuando llegues a California. ¡Y haz surf, ¿vale?!

Marc asintió. Para surf estaba él... Y, con el corazón encogido, murmuró:

—Un beso, Eva.

Cuando ella colgó el móvil, un extraño escalofrío la recorrió de pies a cabeza. ¡Quince días sin ver a Marc! Eso la hizo estremecerse justo en el momento en que Nina entraba en la cocina y decía:

—Jefa, ha llegado el pedido de la pescadería. ¿Lo quieres supervisar?

De inmediato, Eva se repuso para centrarse de nuevo en el restaurante, y, con diligencia, fue a ocuparse de su cometido.

32

*S*entado en el sofá de su casa junto a *Olimpia*, una vez que colgó el teléfono, Marc maldijo; mentirle a Eva era lo más rastrero que había hecho nunca. Miró a la perrilla, que lo observaba, y musitó:

—Lo sé. Esto no está bien, pero ¿qué puedo hacer?

Olimpia posó entonces las patitas en las piernas de él para mirarlo y Marc cuchicheó:

—Me hablas con la mirada. Eres increíble, *Olimpia*.

Dicho esto, tras darle un cariñoso beso a la perra en la cabeza, se levantó y se fue al baño. Quería ducharse para ir a cenar con su madre y su hermano. Esa noche tocaba, y sin duda no iba a ser una cena fácil.

* * *

Dos horas después, cuando Marc llegó a la casa de su madre, Felipe ya estaba allí.

Durante la cena decidió no decir nada de lo que ocurría. Quería que su familia comiera tranquila. Conociéndolos, en cuanto supieran que posiblemente el cáncer había regresado, su apetito desaparecería.

Ya estaban quitando la mesa cuando Felipe preguntó con humor:

—Mamá, ¿me pones en un táper lo que ha sobrado del pollo?

—Claro, hijo. Ahora mismo —afirmó Julia feliz desde la cocina.

Marc, que estaba destapando la bandeja de pasteles que siempre llevaba a esas cenas porque sabía que a su hermano y a su madre les encantaban, exclamó al oírlo:

—Mamá, reparte..., ¡que yo también quiero llevarme pollo!

Julia sonrió.

—Como os conozco, he hecho de sobra para que os llevarais los dos.

—¡Mujer previsora! —se mofó Felipe.

Marc asintió y su hermano, sentándose junto a él, lo miró y a continuación preguntó:

—¿Todo bien con Eva?

Marc volvió a asentir.

—Me gusta —comentó Felipe—. Es una tía estupenda.

—Lo es —afirmó él.

—¿Se la vas a presentar a mamá?

—No.

—¿Por qué? —preguntó su hermano.

—Porque no —sentenció Marc.

Se quedaron en silencio un momento y entonces Felipe, al ver a su hermano menos comunicativo de lo habitual, preguntó:

—¿Un mal día en el curro?

Marc lo miró. No podía seguir mintiendo un segundo más. Tenía que decirles lo que le pasaba.

—Tengo que hablar con mamá y contigo —declaró.

Felipe asintió y, de pronto, al entender el gesto de su hermano, se le erizó el vello de todo el cuerpo y susurró sin necesidad de que dijera qué pasaba:

—Dime que no es lo que estoy pensando...

Marc tomó aire y miró a su hermano.

—En la última revisión vimos que algo no va bien, así que tengo que...

Felipe se levantó de golpe y se llevó las manos a la cabeza.

—No, no... ¡Joder, no!

Marc agarró a su hermano para que se sentara de nuevo y, clavando la mirada en él, pidió:

—Por favor, no es momento de dramas.

—Lo sé. Perdona —afirmó Felipe haciéndose cargo.

—Necesito que estés fuerte para que me ayudes con mamá. Ambos sabemos lo que va a tocar si el cáncer ha vuelto.

Felipe asintió con todo el cuerpo temblándole. Aquella maldita enfermedad volvía a aparecer en sus vidas, en su familia, y de nuevo se cebaba con su hermano. Era tremendamente injusto. Y sin poder evitarlo lo abrazó.

Durante unos segundos y en silencio, mientras su madre estaba en la cocina, permanecieron abrazados. Las palabras sobraban entre ellos en ese instante, hasta que se separaron y Felipe afirmó tomando aire:

—Estoy aquí para todo, absolutamente todo, lo que necesites.

Marc asintió.

—Lo sé.

—¿Cuándo te vas a hacer las pruebas?

—Dentro de unos días.

—Joder, Marc, ¡eres médico! ¡Trabajas en un hospital! ¡Háztelas mañana mismo!

Con tristeza, él sonrió y, sin levantar la voz para que su madre no los oyera, repuso:

—Tengo que hacer unas operaciones y...

—Pues que las hagan otros. ¿Acaso eres el único cirujano oncólogo del hospital?

—Claro que no soy el único —contestó Marc—. Pero son mis pacientes, confían en mí, y particularmente me sentiré mejor si soy yo quien los opera.

Felipe negó con la cabeza. Sabía que si su hermano había decidido eso, no sería fácil que cambiara de opinión.

—Joder, Marc —susurró.

Cinco minutos después, cuando Julia entró en el salón, al ver a sus dos hijos sentados en el sofá, bromeando frente a la bandeja de pasteles cuchicheó:

—No os habréis comido los que me gustan a mí, ¿verdad?

—He estado tentado —señaló Felipe—, pero Marc no me ha dejado.

Feliz, la mujer se sentó junto a sus hijos y, tras coger un pastelito de aquellos que tanto le gustaban, le dio un mordisco. Entonces, al percatarse de que sus hijos la miraban de una forma extraña, preguntó:

—¿Se puede saber qué pasa?

Marc y Felipe se miraron y a continuación el primero dijo cogiendo fuerzas:

—Mamá, tengo que contarte una cosa.

Minutos después, la desesperación de Julia era más que palpable, a pesar de que mantenía el tipo delante de sus hijos. Cáncer. De nuevo esa maldita enfermedad parecía volver a sus vidas. Como ya había hecho años atrás, Marc le habló de las pruebas que tenía que hacerse y le dijo que, una vez que el cáncer tuviera nombre y apellidos, comenzarían a tratarlo.

Julia asentía como en una nube a todo lo que su hijo le decía mientras intentaba no llorar. Sabía que eso no solucionaba nada, y ahora Marc necesitaba positividad.

* * *

Dos horas después, tras dejar a la mujer tranquila y a punto de acostarse, cuando Marc y Felipe salieron de la casa con sendos táperes de comida en la mano, el segundo dijo:

—Nos has contado lo que tienes que hacer, pero no has dicho cómo estás.

—Pues cabreado, Felipe. Jodido por tener que volver a enfrentarme al bicho.

Su hermano asintió; si había alguien fuerte y guerrero, ese era Marc. Al ver cómo este miraba al suelo, preguntó:

—¿Se lo has dicho a Eva?

Él negó con la cabeza.

—No. Y no se lo voy a decir.

—¿Por qué no se lo vas a decir?

Marc fue hasta su moto, abrió el maletín trasero y guardó allí el táper.

—Porque llevamos viéndonos poco más de tres meses y creo que ahora no es momento de comenzar nada con nadie.

—Pero ¿qué dices? —protestó su hermano boquiabierto.

—Felipe —lo cortó Marc—, es mejor así.
—¿Vas a dejar de verte con Eva?
—Sí —afirmó sintiendo que le faltaba el aire.
—¡No digas tonterías!
Marc insistió tratando de convencerse a sí mismo:
—Tengo que centrarme. Ya sabes cómo es esto, no voy a tener tiempo para ella.
Felipe negó con la cabeza. Últimamente, cada vez que hablaba con su hermano, rara era la vez que este no le mencionaba a Eva. Hacía tiempo que no se lo veía tan feliz y contento con una mujer.
—A ver, Marc... —insistió—. Eva me parece una tía simpática, legal y...
—No voy a hacerla pasar por esto. ¡Se acabó!
Felipe miró a su hermano y luego murmuró:
—Que la imbécil de Pilar se comportara como lo hizo no quiere decir que Eva vaya a hacer lo mismo.
Marc asintió, entendía lo que le decía, él también lo había pensado. Pero, sin querer dar más explicaciones al respecto, sentenció:
—Me voy.
—¡Marc!
—¡Es tarde!
—¡Marc! ¿Quieres hacer el favor de escucharme?
Pero él, poniéndose el casco, subió a la moto y, tras guiñarle un ojo a su hermano, dio gas y se alejó. Ya estaba todo dicho.

33

Han pasado cinco días desde que Marc se marchó y estoy deseando que regrese.

Madre mía..., madre mía..., ¡cuánto lo echo de menos!

Me responde a los wasaps siempre que yo le mando uno. Sin embargo, no sé, mi instinto de bruja me dice que le ocurre algo, pero quiero pensar que el congreso lo tiene totalmente abducido.

Aun así, es raro. Rarísimo. Y me angustia.

¿Qué le ocurre?

¿Se habrá cansado ya de mí? ¿He hecho algo mal?

Desde que ocurrió lo de Lionel, no he vuelto a tener esa sensación de vacío en mi interior. Y no la he sentido porque nunca le he dado la oportunidad a otro hombre de que llegue a mi corazón. No obstante, aquí estoy, jodida y extraña, mientras siento que Marc es un ingrediente más en mi vida y eso me gusta y me asusta a partes iguales.

Estoy pensando en ello mientras termino de comer con Nina en una de las mesas de mi restaurante. Todos se han marchado después del turno excepto ella. Nina y yo somos dos adictas al trabajo y, ahora que no está Marc, pues reconozco que no salgo del restaurante. Mientras me termino el flan, recibo un wasap.

¿Será Marc?

No, es de mi madre, y leo:

> Haciendo un Maricón.

De inmediato me río a carcajadas. Mi madre, el móvil y el autocorrector..., ¡el trío imperfecto!

Divertida, miro a Nina y le enseño el mensaje.

—¿Qué es lo que quiere decir con eso? —me pregunta.

Acostumbrada a los mensajes de mi madre, que nunca revisa antes de enviar, indico con un suspiro:

—¿Sabes quién es Marie Kondo?

Nina se termina su flan y luego contesta:

—¿La chica japonesa que ha revolucionado el mundo de la organización? —Asiento y acto seguido ella añade—: ¡Me encanta, yo la sigo!

Sonrío. Otra como mi madre.

—Pues mi madre también —respondo.

—¡Noooo!

—¡La descubrió hace unos meses y la adora! —le explico—. Y, después de leer este mensaje, imagino que está ordenando algo con su método. Con lo de «Maricón» quiere decir «Marie Kondo», pero ya sabes cómo va el autocorrector del móvil..., y yo me niego a desactivárselo.

Las dos nos reímos y a continuación ella cuchichea:

—¿Recuerdas cuando tus padres se fueron a la India y recibiste aquel mensaje que decía «Estamos en un centro nudista».

Suelto una carcajada. Claro que lo recuerdo. Quería decir «centro budista». Y añado:

—O aquella otra vez que me mandó un wasap en el que ponía «Las vaginas nuevas me encantan».

—Y se refería a «las vecinas». —Nina ríe.

Seguimos tronchándonos de la risa durante un rato y luego Nina se levanta para preparar un par de cafés. Cuando los deja sobre la mesa, su olor me resulta tan desagradable que una arcada me sube a la boca y, tapándomela, corro hacia el baño, donde inevitablemente vomito.

¡Vaya, cómo estoy!

Nina, que ha venido detrás de mí, murmura una vez que me incorporo:

—Por Dios, estás más blanca que una pared recién *pintá*.

Asiento. No me veo, pero por el sudor frío que noto de pronto, sé que debe de ser así.

—Ha sido oler el café y ponerme mala —murmuro mientras Nina me da aire con la mano.

Me echo agua en la nuca y, cuando me estoy secando, esta pregunta:

—Pero ¿qué es lo que te pasa últimamente con el café?

Suspiro, no lo sé. Y entonces Nina suelta:

—No estarás embarazada...

Me río. ¿Embarazada yo?

—Si te lo digo —añade ella— es porque mi hermana Soledad, cuando se quedó embarazada, se volvió una maniática de los olores. El café, el comino y el tabaco eran para ella ¡lo peor!

Según oigo eso, dejo de reírme y el vello de todo el cuerpo se me eriza.

Ostras..., ¿desde cuándo no tengo la regla?

Rápidamente salgo del baño. Entro en la cocina, donde abro mi taquilla, y tras sacar el bolso busco dentro mi agenda. La tengo. Nina aparece y me mira con cara de circunstancias mientras la abro. Compruebo la fecha en que tuve mi última regla y... y... ¡Joder! Tengo un retraso de uno..., dos..., siete..., quince..., veinte..., veintitrés... veintisiete..., treinta y dos..., treinta y cinco..., cuarenta y dos, cincuenta..., cincuenta y cuatro..., sesenta ..., ochenta... ¡Noventa y dos días!

¡¿Cómo?!

¡¿Qué?!

Pero ¿cómo no me he dado cuenta de esto?

Pero... ¡no puede ser verdad!

Nina, que me conoce, pregunta al ver mi cara:

—¿Qué pasa?

Vuelvo a mirar la agenda. Cuento los días de nuevo. ¡No puede ser! Y finalmente, viendo que he contado bien, me pellizco para sentir que estoy despierta y susurro:

—Tengo un retraso de más de tres meses.

—¡¿Qué?!

—¡Noventa y dos días!

—¿Qué dices, Eva?

—¡Me quiero morir! —balbuceo sin poder creérmelo.

Nos quedamos unos segundos en silencio y luego ella musita boquiabierta:

—Pero ¿acaso vives en los mundos de Yupi?

No sé qué responder. Últimamente estoy tan centrada en disfrutar de mi vida que no me he dado cuenta de ello.

—Vamos a la farmacia ¡pero ya! —dice Nina agarrándome.

Instantes después, salimos del restaurante a toda prisa.

—Es imposible que esté embarazada —comento por el camino.

—¿Por qué?

—Porque con Lionel lo intenté durante muchos años y nunca me quedé.

Ella sonríe, yo no..., y murmura:

—Cariño, Lionel es pasado y Marc es presente. Y es con Marc con quien te acuestas ahora, ¿no?

Asiento. El corazón se me acelera, e insisto:

—Pero tengo cuarenta y tres años.

—Mira, la momia de Tutankamón —se mofa la *jodía*.

—Nina, ¿no crees que soy algo mayor para tener hijos?

—Oye, que yo recuerde, Bridget Jones también tuvo uno pasados los cuarenta.

Según oigo eso, la miro. Es verdad. Bridget Jones en la última peli tiene un bebé. Y cuando voy a soltar por mi boca a saber Dios qué, exclama:

—¡No digas tonterías! Estamos en una edad estupenda para tener hijos. Los cuarenta de ahora son los treinta de antes. Por Dios, Eva, ¡no me seas antigua! Que hoy en día las mujeres somos madres a partir de los cuarenta porque nos sale del mismísimo potorro.

Lo sé, sé que lo que dice es cierto. Aun así, insisto:

—Pero ¿cómo voy a estar embarazada?

—A ver, Eva... ¿Tengo que explicarte lo de la abejita, el polen y...?

No termina, pues las dos nos reímos.

—Siempre utilizamos preservativo —replico a continuación.

—Mi hermana se quedó preñada tomando la píldora y mi prima usando preservativo... ¡Con eso te lo digo todo! —afirma Nina.

De pronto me detengo, tomo aire y susurro:

—Solo hubo una vez que no lo utilizamos..., ¡una vez!

—Chica, ¡pues acertasteis de pleno en la diana! —se mofa ella.

Llegamos a la farmacia y Nina pide un test de embarazo porque yo apenas puedo hablar. Después de pagar, lo meto en el bolso, salimos y digo:

—Cuando llegue a casa me lo hago.

—¡Ni hablar, guapa! —Ella se ríe—. En cuanto lleguemos al restaurante, como estamos solitas, ¡te lo haces ahí! Si voy a ser tía, quiero ser la primera en saberlo.

Me entra la risa. Pero la risa tonta. ¿Embarazada yo? ¡Imposible!

Ya en el restaurante, y como si tuviéramos entre manos un libro de álgebra en macedonio, leemos las instrucciones del test. Vamos, ¡que parecemos tontas!

Estoy paralizada. En ningún momento ha pasado por mi cabeza esa posibilidad. He estado tan centrada en Marc y en pasarlo bien que ni de la puñetera regla me he acordado.

—Haz pis sobre este chisme —me indica Nina—. Una vez que esta zona esté mojada con la orina, le ponemos el capuchón. Esperamos cinco minutos y, si salen dos rayitas, ¡el caramelito está en el horno!

Nerviosa y algo escéptica, hago pis sobre el chisme, como dice Nina. Es imposible que salgan dos rayitas. Luego lo tapamos con el capuchón y salimos a la cocina. Allí abro una de las neveras, saco una jarra de agua fría y me bebo un vaso.

Esperamos en silencio. Creo que son los cinco minutos más largos de mi vida, y por suerte Nina no me habla. Nos conocemos desde hace mucho y sabe que, cuando estoy nerviosa, necesito silencio.

Sin embargo, cuando han pasado los cinco minutos, dice:

—Deberías abrirlo ya para salir de dudas.

Desde la distancia miro el chisme, que he dejado sobre una encimera, y musito sin moverme:

—No sé si quiero saberlo.

Nina sonríe, yo no, y pregunto:

—Y si estoy embarazada..., ¿qué hago?

—Pues tendrás que pensarlo y decidir después —dice ella encogiéndose de hombros—. Pero, si mal no recuerdo, siempre te habría gustado ser madre.

Asiento, tiene razón, pero eso es algo que ya había dado por descartado en mi vida.

—Mi consejo es que, decidas lo que decidas, lo hables con Marc —añade.

¡¿Marc?!

¡Dios mío..., Dios mío!

¡Qué locura!

¡Noventa y dos días de retraso!

Tiemblo, creo que no he temblado así en mi vida, y finalmente, tomando aire, me acerco al test, lo cojo y, sin pensarlo más, lo abro. Rápidamente veo dos rayitas.

¡Madre míaaaaaaaaa!

Sé lo que eso significa, y, con una mezcla de sentimientos, murmuro:

—Positivo.

Nina se me acerca, ve lo mismo que yo y, abrazándome, susurra emocionada:

—¡Enhorabuena!

Y, sin más, al ver las lágrimas en sus ojos, como soy muy empática, me dejo llevar y finalmente terminamos llorando las dos abrazadas en medio de la cocina del restaurante.

¡Voy a ser madre!

34

La bomba de mi embarazo me tiene como en una nube y apenas he dormido.

Estoy con Adrián y Héctor en la recepción de la clínica de desintoxicación DIGMA. Ya hemos pasado por la consulta del doctor, que ya nos conoce, cuando Adrián me mira y pregunta:

—¿Qué te pasa?

Disimulo. No pienso soltar lo que sé, y musito:

—Nada.

Héctor me mira también.

—Tienes ojeras —señala. Yo me encojo de hombros, e insiste—: No serán por mí...

Ay, pobre. ¡Qué manía tiene de echarse la culpa a sí mismo de todo!

Y, deseosa de que no se sienta culpable de mis ojeras, lo abrazo sonriendo e indico:

—No, cielo, no son por ti. Es solo que últimamente tengo mucho trabajo y no descanso bien.

Héctor sonríe. Yo también. Pero Adrián no. Este es más perspicaz.

Un empleado del centro se nos acerca y, como en otras ocasiones, pone unos papeles delante de Héctor. Mi hermano los rellena y los firma. Una vez que se los entrega, el hombre comienza a relatarnos las normas del centro. Nada de drogas o alcohol. Tiene que someterse a los controles que sus médicos digan. Tiene que ser ordenado, limpio. Colaborar con el equipo. Asistir a las reuniones grupales e individuales, tomar su medicación, bla, bla, bla...

La verdad es que nos las sabemos de memoria, pero no lo interrumpimos porque tanto Adrián como yo queremos que Héctor las vuelva a escuchar.

Cuando llega el momento de despedirnos, no es fácil. Aun sabiendo que es por el bien de Héctor, es complicado decirle adiós, y se me saltan las lágrimas.

¡Joder, qué sensible estoy!

Mis hermanos flipan. No suelo llorar, y Héctor musita sonriendo:

—Gominola, pues sí que estás tonta.

Asiento. Tonta no..., ¡tontísima!

Dos minutos después mi hermano se va acompañado por otro señor que viene a por él e, intentando sonreír, a pesar de las ganas locas que tengo de berrear como si no hubiera un mañana, le digo adiós de la mano de Adrián.

Sé que el camino no será fácil. Todos lo sabemos. Pero como siempre dice mi padre, para avanzar en la vida primero hay que dar un pasito y, tras este, otro y otro y otro y todos los que haya que dar.

En cuanto salimos del centro llamamos a mi madre para contarle cómo ha ido todo. La pobre no puede parar de llorar, a pesar de que sabemos que está feliz por Héctor.

Cuando consigo hacerle ver a Adrián que tengo prisa para despegarme de él y que no me bree a preguntas, cojo un taxi y me dirijo a casa, puesto que quiero ducharme.

Mi hermano Héctor acaba de ingresar en un centro de desintoxicación. Mi hermano Adrián se está reponiendo de su enésima caída con la moto. La relación con Teresa va a explotar de un momento a otro. Mis padres sufren por todos nosotros y ahora, para rematarlo, estoy embarazada y Marc está raro.

¿Qué más me puede pasar?

Intento ser positiva como Marc siempre dice, pero me resulta imposible.

¿Cómo ver positividad ante tanto quebradero de cabeza?

Me miro en el espejo y, aunque me pongo de lado, veo que mi cuerpo sigue como siempre. Vamos, poca barriga, a excepción de la lorcilla que tengo de serie de toda la vida.

Las dudas me consumen. Una vida se está gestando dentro de mí y de pronto pienso si será buena idea tener ese bebé.

Después de vestirme, voy hasta mi ordenador. Lo abro y comienzo a buscar información sobre los embarazos a mi edad. Vale, ya sé que muchas mujeres tienen hijos pasados los cuarenta, pero quiero saber y..., uf, me agobio. Más de la mitad de las cosas que leo no me gustan un pelo, me asustan, y termino cerrando el ordenador.

Marc siempre dice que es mejor oír a un médico cara a cara que buscar información por la red. Y creo que tiene toda la razón del mundo.

Miles de preguntas sin respuesta me rondan por la cabeza.

Pero ¿cómo voy a tener un hijo? ¡¿Yo?!

Han pasado cuatro días desde que sé que voy a ser mami. Ya son noventa y seis días de retraso y nadie lo sabe a excepción de Nina. Creo que la noticia es tan importante que es mejor esperar a que Marc regrese para decírselo. ¿Cómo reaccionará?

Seguimos comunicándonos por el WhatsApp. Nuestros horarios son diferentes y, al ver que él no me llama por teléfono, decido no hacerlo yo. No quiero molestarlo. Eso sí, cuando le escribo, él me contesta sea la hora que sea en California, pero lo noto parco en palabras.

Mentalmente repaso nuestros últimos días juntos y no encuentro nada raro. Desde que nos conocemos no hemos discutido ni una sola vez. Siempre hemos tenido una sintonía perfecta. Sin embargo, mi sexto sentido de mujer, o de bruja, me dice que algo ocurre. Alguna cosa no va bien.

Ya no tengo veinte años para creer en cuentos de príncipes y princesas. Tengo cuarenta y tres añazos y, como dice mi padre, la edad es un grado. Un grado que te hace ver la realidad del momento, y esta es que Marc está muy raro.

Angustiada, no sé qué pensar.

¿Qué ha sucedido?

Al final, cansada, termino de vestirme cuando suena el portero automático e imagino que es Nina. Rápidamente cojo el bolso y salgo pitando de casa. Nina me ha pedido cita con una ginecóloga que es íntima amiga suya, y para allá que nos vamos las dos.

Una vez en la consulta privada de aquella, mi amiga hace las presentaciones oportunas y nos sentamos con la doctora. Se llama Consuelo, es muy simpática, y, tras coger una hoja para rellenar el expediente, comienza a hacerme preguntas.

—Dime la fecha del primer día de tu última menstruación.

Me la sé de memoria, puesto que lo he mirado un montón de veces en mi agenda en las últimas veinticuatro horas.

—16 de marzo —digo.

La doctora asiente. Luego veo que coge una cosa redondita y, tras moverla, indica:

—Tu bebé nacerá hacia el 21 de diciembre.

¡Uf..., que me mareo!

Madre mía..., madre mía, ¡qué locura!

Todavía no me he hecho a la idea de que estoy embarazada. Todavía no se lo he dicho a Marc. Todavía no sé si voy a continuar con el embarazo, y ya me está diciendo cuándo va a nacer el bebé.

Pero ¿esto no va muy rápido?

La ginecóloga me interroga, yo contesto a lo que puedo, pero cuando me pregunta cosas sobre Marc, como su grupo sanguíneo, sus antecedentes familiares..., ¡no sé qué responder!

Madre mía, ¡qué poco lo conozco!

Agobiada, quedo con ella en responderle a todo aquello la próxima vez que vaya a la consulta y esta accede, no hay problema. Pero entonces, incapaz de callar un segundo más, digo:

—He buscado información en internet de embarazos a mi edad y..., la verdad, me he asustado mucho.

La doctora asiente, creo que intuye todas las cosas que he leído, y rápidamente entramos en una serie de preguntas y respuestas que a me dejan más tranquila.

—Intenté tener hijos hace años, pero no lo conseguí —indico a continuación—. ¿Por qué ahora?

Consuelo sonríe y se encoge de hombros.

—Me encantaría poder contestarte, pero no lo sé. Podría decirte que el cuerpo es así de caprichoso. Cuando lo buscas no viene y cuando no lo buscas, ¡aparece!

—Quizá el momento sea ahora y no antes —interviene Nina

sonriendo—. Puede que el destino te tuviera reservado ser mamá pasados los cuarenta y no a los treinta.

Asiento, aunque no entiendo nada, y pregunto:

—Consuelo, ¿no crees que soy mayor para tener mi primer hijo?

La doctora sonríe. Entiende mis miedos.

—Lo ideal, como te he dicho antes, siempre ha sido ser madre más joven —explica—, pero el mundo ha cambiado y ahora las mujeres tenemos bebés más mayores. Mira, yo misma tuve a mi segundo hijo hace un año, con cuarenta y dos. Y, sí, no te voy a negar que tuve que someterme a más controles y a más pruebas por mi edad, en especial para confirmar que el bebé venía bien, pero todo fue como tenía que ir y ahora Damián es un niño precioso, aunque poco dormilón.

Asiento y ella prosigue:

—Entiendo tus miedos, tus dudas..., y quiero que sepas que aquí estoy para responder a todas las preguntas que tengas. No sientas recelo de preguntar nada, y mucho menos vergüenza. Si algo debes tener claro es que la decisión es tuya y solo tuya.

Vale, sé que ser o no madre es la elección más importante a la que con seguridad tendré que enfrentarme en la vida. Todas las mujeres queremos hijos sanos. Yo, la primera. Y, sin dudarlo, vuelvo a comentarle mis miedos. Estar embarazada a mi edad tiene sus pros y sus contras, sus riesgos y sus problemas. Y Consuelo me explica con calma y profesionalidad las alternativas que tengo.

Tras un buen rato en el que archivo en mi cabeza todo lo que me dice y a lo que me enfrento, tengo claro que quiero hacerme todas las pruebas pertinentes para saber que mi bebé viene bien. Respeto a las personas que, aun sabiendo que su bebé va a nacer con alguna anomalía, deciden tenerlo, pero yo no soy así. Mi manera de pensar es otra. Habrá quien me llame «mala persona» por pensar como lo hago, pero no me importa. Respeto y espero que me respeten. Es mi vida, es la vida de mi hijo, y yo decido qué futuro quiero para los dos.

—Túmbate en la camilla, voy a hacerte una ecografía. Súbete la camiseta y bájate un poco el pantalón.

Miro a Nina, que me sonríe, y, sin hablar, hago lo que la doctora me pide. Estoy preparada para la eco cuando mi amiga se acerca a mí y susurra dándome la mano:

—Tranquila, Eva.

Asiento. A continuación la doctora se sienta frente a un monitor, me enseña un bote de gel y dice:

—Esto está fresquito, pero nos ayudará a ver el latido del feto.

Vuelvo a asentir y entonces ella vierte aquella plasta sobre mi tripa y segundos después comienza a deslizar un aparato por encima de ella. Estamos las tres en silencio durante unos instantes hasta que Consuelo musita:

—¡Aquí está!

Miro la pantalla pero apenas distingo nada, y luego oigo que dice:

—Estás de casi catorce semanas y los valores que veo en el feto son los correctos. Aun así, como hemos hablado, te pediré algunas pruebas más para descartar otras cosas.

Sigo mirando el monitor. Yo solo veo borrones negros y blancos, pero de pronto, la doctora, al ver mi cara, dice haciendo *zoom*:

—Ese puntito que parpadea es el latido de tu bebé.

Asiento. ¡Qué emoción!

Ahora sí veo algo que parpadea, y entonces de pronto comienza a oírse algo y la doctora dice:

—Y ese es el ruido que hace su corazón.

Wooooooo, ¿en serio?

Aisss, que lloro. ¡Que me emociono!

Nunca pensé que yo viviría un momento así.

Y Nina, tan emocionada como yo, cuchichea:

—Bridget Jones..., ¡ahí está nuestro Caramelito!

Eso me hace sonreír. Estoy oyendo por primera vez el latido de mi bebé, de mi hijo, y creo que hasta el momento es la cosa más mágica y alucinante que me ha pasado en la vida.

Instantes después, cuando la doctora termina y yo me limpio el líquido pegajoso de la tripa, veo que ella imprime un papel y me lo entrega.

—Aquí tienes la primera foto de tu Caramelito —dice.

Sonrío. Me emociono como una tonta, y ella, sentándose en su silla, añade:

—Sé que eres chef en Madeva porque Nina me lo ha dicho. Mi hermano Luis hace el mismo trabajo y sé lo estresante que puede llegar a ser, por lo que necesito que reduzcas el ritmo todo lo que puedas.

—Eso es complicado.

—Pero no imposible. Debes intentarlo por tu bien y por el del bebé, ¿vale?

Asiento, y a continuación Nina afirma:

—Tranquila, Consuelo, que de eso me encargo yo.

Me río. Como muchas veces en la vida, mi amiga acude en mi rescate. Es la hermana que nunca tuve, puesto que con Teresa no puedo contar. Y cuando voy a hablar, la doctora dice:

—Eva, a partir de ahora tienes que tratar de estar tranquila y alterarte lo mínimo posible. Piensa que estás embarazada, y el modo en que tú te sientas va a repercutir en el bebé, ¿de acuerdo?

—De acuerdo —afirmo sonriendo.

Luego Consuelo coge unos papeles e indica:

—Entre otras cosas, voy a pedirte un análisis de anomalías genéticas.

Asiento, lo que me pida bien estará.

—Este análisis puedes hacértelo ya, pues has superado la décima semana, y el resultado lo tendremos dentro de unos días —me explica—. Te doy cita para mañana a las ocho y media en este mismo edificio, pero en la planta baja.

Asiento. Miro la foto de mi Caramelito y, esperando que todo esté bien, sonrío y pienso en Marc.

35

Esta mañana me he hecho alguna de las pruebas que la doctora me pidió y ahora tengo que esperar los resultados.

¡Madre mía, qué nervios tengo!

No he contado la noticia en mi familia. Antes de decir nada quiero saber que todo está bien. Pero, sin duda, el revuelo que se va a organizar será de órdago. Conociéndolos, mi padre y mis hermanos se alegrarán, mi madre dramatizará un poquito, aunque sé que estará a mi lado si tengo al bebé, pero mi hermana la liará.

¿Soltera y embarazada? Menudo escándalo para la señora marquesa.

Aunque, la verdad, nada de eso me preocupa. Mi máxima preocupación ahora es que mi bebé esté bien y ver a Marc para decírselo.

Mi móvil suena. Es mi sobrina Caro, que me llama para contarme cosas que intuyo que no le cuenta a su madre, y cuando me dice que quiere hacerse un *piercing* en el ombligo, rápidamente le quito la idea de la cabeza. Entonces la *jodía* contraataca con que quiere un tatuaje.

—Vamos a ver, Caro...

—Tía, mi amiga Cris tiene uno, y tú también.

Asiento, es verdad, pero insisto:

—Escúchame, cielo. ¿Por qué no te esperas a cumplir los dieciocho y luego te haces todos los tatuajes que tú quieras?

—Jopé, tía, porque lo quiero ahora.

Vale, recuerdo que yo era como ella a su edad...

—Me parece muy bien que lo quieras ahora —digo—, pero, créeme, quizá lo que te hagas ahora, cuando tengas dieciocho años ¡te puede horrorizar!

—¡Jo, tía! Me estás cortando el rollo.

Asiento. Esa habría sido también mi contestación.

—Pues siento cortarte el rollo —indico—, pero no estoy de acuerdo con que te hagas ni un *piercing*, ni un tatuaje. Creo que hay una edad para todo, y lo siento, Caro, pero tú todavía no la tienes.

Mi sobrina protesta. Sé que lo que le acabo de decir le va a hacer dar un pasito atrás conmigo, pero, por raro que parezca, en esta ocasión estoy de acuerdo con Teresa. Caro es demasiado pequeña para todo eso.

Minutos después, cuando cuelgo, estoy agotada mentalmente. Caro es muy intensa, y yo ahora mismo ¡no estoy para intensidades!

—Jefa, ¿abrimos? —me pregunta Nina.

Asiento. Todo está preparado en la cocina.

—Por supuesto que sí —respondo.

A partir de ese instante tener la mente ocupada me distrae de mis comidas de coco, que son muchas, y me hace pasar mejor el día.

En varias ocasiones siento que el estómago se me revuelve. Mi bebé crece. Me hace saber que está ahí, que debo tomarme las cosas con más tranquilidad. Y, aunque consigo salvar los complicados momentos sin que nadie se percate de nada, reconozco que, cuando termina el servicio de comida y todos, excepto Nina, se marchan, me siento a descansar.

Estoy pensando en ello cuando mi amiga me mira y dice:

—Me acaba de llamar mi vecina. Al parecer, el vecino de al lado le ha calado el salón y cree que ha podido calar también el mío.

—¿En serio?

Nina asiente y luego pregunta mirándome:

—¿Me acercas a casa en tu coche?

Sin dudarlo, asiento. El turno de comidas ha acabado y, en vez de estar aquí, me vendrá muy bien acompañarla, por lo que, levantándome, las dos salimos del restaurante. Dentro de un par de horas ya estaremos de regreso.

Nina vive en Chamberí, y allá que nos vamos.

Por suerte, la humedad del piso de arriba no ha afectado al suyo, y mientras esta habla con la vecina, me pongo morada a gominolas que saco de mi bolso al tiempo que tecleo en mi móvil:

¿Qué tal por California?

Envío el mensaje, suspiro y sonrío al ver que Marc está en línea y responde:

Insuperable.

Espero algo más que no llega, por lo que vuelvo a escribir.

¿Surfeando?

De inmediato, recibo su respuesta:

Todo lo que puedo y más.

Eso me hace sonreír, aunque está parco en palabras.

Pero ¿qué narices le ocurrirá?

Media hora después, cuando salimos de la casa de Nina, y viendo lo poco que hemos tardado, mi amiga propone:

—Estoy sedienta. ¿Qué te parece si nos tomamos algo?

—¿Qué tal un batido de vainilla, nata y plátano?

Nina sonríe.

—¿Es un antojo?

Me río, nunca he creído en esas cosas, y musito:

—Te diría que sí, pero realmente creo que es pura *gochería*.

Ambas reímos. Tenemos tiempo antes de regresar al restaurante.

—Vayamos a esa terracita del parque del Oeste que tanto nos gusta —indica—. Allí preparan unos batidos estupendos.

—¡Y tanto! —exclamo gustosa.

* * *

Media hora después, una vez que dejamos el coche en un parking y llegamos a la terracita, nos sentamos. Rápidamente miramos la carta de batidos y, tras pedirnos dos que son más grandes que nosotras, comenzamos a charlar de nuestras cosas.

Hablamos y hablamos hasta que me fijo en una moto que acaba de aparcar sobre la acera. Es igualita que la de Marc. De ella se bajan un hombre y una mujer y, cuando se quitan los cascos, me quedo sin palabras.

A escasos diez metros de mí está Marc. Parpadeo. ¡No me lo puedo creer!

Me aclaro la vista. Se ha cortado el pelo..., pero, ¡joder, que es él!

Y finalmente, sintiendo cómo la sangre de todo mi cuerpo se revoluciona, murmuro:

—No me jorobes.

Nina, que está de espaldas, pregunta:

—¿Qué pasa?

Uf..., lo que me entra por el cuerpo. Conozco a la mujer que lo acompaña, es la doctora que me presentó, y enfadada siseo:

—Pues que al parecer estamos en California y nosotras no lo sabíamos.

Nina sigue sin entenderme y entonces señalo con la mano. Ella se vuelve, ve lo mismo que yo y directamente suelta:

—¡Qué cabrón!

Y, sí, le doy la razón. ¡Es un cabronazo!

El tío increíble, sensato y perfecto que yo, ilusa de mí, creí haber conocido y del que me enamoré como una imbécil, de pronto se me desmonta en un pispás.

Otro que miente. Otro que engaña. Otro que me toma por tonta. ¡Míralo!, tan feliz, paseando en su moto con otra.

Sin movernos de nuestro sitio, observo cómo Marc y la mujer se dirigen al mismo local en el que estamos nosotras. Eso me hace encogerme, y siseo:

—En serio..., con lo grande que es Madrid ¡y tienen que venir precisamente aquí!

Nina no dice nada, está tan sorprendida como yo. Pero entonces vemos que, por suerte, el camarero los acomoda al otro lado de la terracita y, cuando se sientan, Marc lo hace de espaldas a mí.

Noto cómo se me acelera el corazón por segundos, e, incapaz de no hacer nada, saco el móvil y escribo:

Espero que el surf esté mereciendo la pena.

Una vez que le doy a «Enviar», pongo el teléfono sobre la mesa. Nina lo coge. Lee lo que he mandado y dice mirándome:

—¡Que le den!

—Pues sí, ¡que le den! —afirmo.

Sin embargo, estoy que boto. Es más, creo que si me ponen un tensiómetro en este instante lo reviento; entonces mi teléfono pita. He recibido un wasap, y mirando a Nina cuchicheo:

—Dime que no es él.

Ella coge mi teléfono, lee el mensaje y aconseja:

—Pasa de él.

Sin dar crédito, le quito el móvil y rápidamente leo:

Sí. Merece la pena.

Cierro los ojos.

Me cago en su madre, en su padre, en su...

Pero ¿voy a consentir que ese tío se ría así de mí?

¡¿En mi cara?!

Leer eso hace que se me encienda la mecha y, mirando a Nina, musito:

—Creo que nos van a echar del local.

Enseguida Nina coge mi mano y la sujeta con fuerza.

—Que nos echen o no de aquí me da igual —murmura—. Pero has de pensar en ti y en el Caramelito. Recuerda lo que te dijo Consuelo. Nada de tensiones.

¡*Joer*, es verdad!

Tiene razón.

Pero ¿cómo no ponerme nerviosa ante algo así?

—Eva, vámonos y ¡pasa de él!

Asiento, claro que voy a pasar de él. Pero, incapaz de marcharme de aquí sin plantarle cara a ese mentiroso sinvergüenza, susurro:

—Por el Caramelito, te prometo que me voy a alterar lo mínimo. Pero ese mierda tiene que saber que soy rubia pero no tonta.

La cara de Nina es todo un poema, la mía tiene que ser un horror... Y, levantándome, indico:

—Dame dos segundos.

—Eva...

—Tranquila. De verdad, me voy a dar el gustazo de mandarlo a la mierda por última vez —insisto.

Y, volviéndome, mientras siento que mi mundo se derrumba, aunque sé que por mi bebé tengo que intentar estar tranquila, camino hacia ellos y, cuando llego a su altura, lo miro a los ojos y pregunto con una fingida sonrisa:

—¿Qué? ¿Surfeando las olas?

A Marc se le descompone el gesto. ¡Bien!

No me esperaba. ¡Que se joda!

Y añado con toda mi mala baba sin tocarlo:

—Te recomiendo echarte protector solar, porque te acabas de chamuscar.

Durante unos segundos veo que no sabe qué hacer. Está tremendamente serio, y yo, mirando con una sonrisa a la mujer que lo acompaña, me presento dicharachera:

—Hola, soy Eva, la pingüina tonta. Tú eres Anna Moreno, ¿verdad?

La mujer me reconoce, del mismo modo que yo la he reconocido a ella, y tras mirar a Marc responde:

—Sí, soy Anna. Hola, Eva.

Con mi más candorosa sonrisa, asiento, a pesar de la mala leche que me recorre el cuerpo, y mirando a Marc, que me observa como si fuera una aparición mariana, digo:

—¿Recuerdas lo que me dijiste cuando nos intercambiamos los números de teléfono? —Él no contesta. Es que ni pestañea. Y yo añado sin perder mi más que ácida sonrisa—: Pues para que veas que yo cumplo mis promesas, mirándote a los ojos y en persona te digo: ¡adiós y vete a la mierda!

Acto seguido, y consciente de que me tengo que controlar, doy media vuelta y me dirijo hacia la salida, donde veo que está Nina esperándome. En otro momento, con el genio que yo tengo, habría organizado una buena turra. Tan buena que me habrían prohibido la entrada en esa terraza para el resto de mis días, y, por consiguiente, a él también.

Me gustaría haber gritado como una loca, y cuando llego hasta Nina, voy a hablar pero noto que me agarran de la mano y oigo a mi espalda:

—Eva...

Buenoooo..., ¡lo que me entra por el cuerpo!

¡¿En serio viene a mí ahora?!

Y, volviéndome con toda esa mala leche de mi abuela Ágata que me caracteriza, siseo:

—Suéltame la mano si no quieres que te rompa la tuya.

Sin dudarlo, Marc obedece. Mi gesto debe de ser como poco ¡aterrador! Y cuando va a hablar, tras tomar aire para no gritar como una posesa, añado sacando a la malhablada que hay en mí e intentando no alzar la voz en exceso:

—Mira, cabronazo de mierda: si algo odio en la vida es la mentira. Así que aléjate de mí o te juro que...

—Lo siento.

Su mirada...

Su voz...

La verdad es que no tiene muy buena cara, y sintiendo que los ojos se me llenan de lágrimas musito:

—Lo sientes... ¡Serás hipócrita! —le suelto furiosa—. Te creí. Pensé que eras diferente. Pero, mira, hoy acabo de descubrir esa tara que no veía... ¡Eres un mentiroso!

Siento cómo unas lágrimas resbalan por mis mejillas. ¡Mierda! ¡Ahora no! Está claro que el embarazo me hace estar más sensible y, al ver que mira cómo me las seco, indico:

—No creas que lloro por un mierda como tú. Y, sí, he comenzado la frase con la palabra *no*. Lloro por la rabia contenida que tengo por los esfuerzos que estoy haciendo para no patear tu jodido culo.

Marc asiente. Por unos instantes me parece que quiere decir algo, pero al ver que no lo hace pregunto incapaz de callar:

—¿Por qué? ¿Por qué me has mentido? Si realmente ya te habías cansado de mí, ¿por qué no ser sincero y decir la verdad?

Él no contesta, solo me mira, y deseosa de perderlo de vista tomo aire y digo:

—Ahora voy a dar media vuelta y voy a salir de aquí con Nina. No se te ocurra seguirme, llamarme ni buscarme, porque si lo haces, te juro por tu santa madre que no voy a ser tan comedida como lo estoy siendo ahora. ¿Queda claro?

Y, ante su expresión de desconcierto, me vuelvo, agarro la mano de Nina y, juntas, salimos de la terraza mientras noto que me falta el aire.

Una vez que estamos en la calle, caminamos a paso ligero hasta llegar al parking donde he dejado mi coche cuando oigo que Nina pregunta:

—¿Estás bien?

Casi no veo, las lágrimas me ciegan, y cuando por fin nos metemos en mi coche y cierro la puerta, sollozo sin poder evitarlo.

—Soy idiota. Me creía más lista, pero no, este me la ha colado por toda la escuadra porque lo he dejado llegar a mi corazón y le he permitido hacerme sentir especial. ¡Asquerosamente especial! Pensé... pensé que... ¡Joder!

—Tranquilízate —musita ella.

Una arcada me viene a la boca. Enseguida abro la puerta del coche y comienzo a vomitar. Nina abre la suya, se apea, saca de su bolso unos clínex y, una vez que me auxilia, pide:

—Eva, mírame.

Lo hago y entonces la oigo decir:

—Piensa en el Caramelito. Recuerda lo que te dijo Consuelo. Ahora mismo tu estado está perjudicando al bebé.

Asiento, entiendo lo que dice, ¡pero, joder, que me acaban de partir el corazón! ¡Y nada menos que el mismísimo padre del Caramelito!

—¿Por qué ha tenido que mentirme? —siseo furiosa—. ¿Por qué?

—Eva...

—Te juro que lo que más me ha molestado no es que esté con esa mujer, sino su mentira... Pero ¿por qué?

La pobre Nina no sabe qué decir, y yo suelto:

—Y yo embarazada de él... ¡Esto es surrealista! Estas cosas solo le pasan a Bridget Jones.

Mi amiga me saca del coche, lo rodeamos y, una vez en el lado del pasajero, me sienta y dice:

—Lo primero, tranquilízate. Lo segundo, yo conduzco. Lo tercero, te llevo a casa.

Niego con la cabeza y, retirándome las lágrimas del rostro, indico:

—Llévame al aeropuerto.

—Pero ¿qué leches dices?

—Que me lleves al aeropuerto —insisto.

—Eva...

Desesperada, la miro.

Necesito alejarme de Madrid, de mi casa, del restaurante. Necesito ir a un sitio donde Marc no pueda localizarme en caso de que le dé por buscarme.

—Debo tranquilizarme y aquí, en Madrid, donde sé que él puede aparecer en cualquier momento, no lo voy a hacer —explico mirando a mi amiga—. Por tanto, llévame al aeropuerto. Me voy a mi casa de Ibiza.

—Pero ¿cómo te vas a ir?

Resoplo. Si fuera al revés, sé que pensaría como Nina.

—No puedo dejarte ir sola y sin maleta —insiste ella—. Además, dentro de unos días te darán los resultados del análisis de sangre y...

—Nina —la corto—, necesito que te quedes al frente del restaurante. Yo estaré bien y volveré para ir a ver a Consuelo. Y en cuanto a la maleta, sabes tan bien como yo que en Ibiza tengo de todo.

—Pero...

—Nina —la corto—, hazme caso, por favor.

Nos miramos unos segundos en silencio. Sé que lo que le pido es complicado, pero finalmente asiente. Me ha entendido. Rodea de nuevo el coche y, cuando se sienta tras el volante, dice:

—Exijo dos llamadas al día. Mañana y noche.

—Prometido —afirmo.

Nina asiente y yo, apoyando la cabeza en el asiento, cierro los ojos y susurro:

—Te juro que creí que era especial... De verdad que lo creí.

Ella no contesta. Arranca y nos dirigimos al aeropuerto, donde compro un billete para Ibiza porque quiero desaparecer en mi Paraíso.

36

Ofuscado y sintiéndose como un imbécil, una vez que Eva se marchó de la terraza y se contuvo de ir tras ella, Marc regresó a la mesa donde estaba Anna, su amiga y compañera de trabajo.

Ver el enfado de Eva y oírla decirle adiós había hecho que estuviera a punto de querer sincerarse con ella y confesarle la verdad. Contarle que la había estado siguiendo para hacerse el encontradizo y acabar de una vez con la mentira.

Pero no, no podía hacer eso. Todo estaba saliendo como había planeado. Alejarla de él era lo mejor, por lo que calló a pesar de sentirse el hombre más imbécil del mundo.

En silencio, Marc se sentó a la mesa de nuevo y Anna murmuró tras unos segundos:

—Te dije que no era buena idea.

—Te equivocas, ha sido una idea excelente —repuso inquieto mientras se sentía como un auténtico cabrón.

Acto seguido se hizo un silencio entre ellos y luego Anna musitó:

—Parecía bastante enfadada.

—Lo está.

—Si Gus me hiciera esto, si me engañara como tú has hecho con ella, yo no sé cómo reaccionaría.

Asintiendo, Marc cogió su vaso para beber y Anna insistió:

—¿No crees que deberías ser sincero con ella y contarle lo que ocurre?

—No.

—¡Marc!

—No —repitió.

El daño ya estaba hecho. Sabía que lo sucedido era tan grave para Eva que no volvería a él y, consciente de ello, contestó:

—Es mejor dejarlo estar.

—Pero ¿qué dices? ¿Es que no ves que...?

—Cuando quieres verdaderamente a alguien —interrumpió él—, lo último que hay que ser es egoísta y desear la felicidad para esa persona.

—¡Tú lo has dicho: «quieres»!

—Y, por eso, como la quiero, deseo que sea feliz —afirmó Marc.

Anna meneó la cabeza. Había conocido a su amigo la misma noche que a Gustavo, su marido. Juntos habían pasado cosas buenas y malas y, entendiendo el porqué de su reacción, con la seguridad que su amistad le confería, añadió:

—No todas las mujeres somos iguales, Marc.

—Lo sé.

—Que Pilar reaccionara frente a tu enfermedad del modo en que lo hizo no quiere decir que Eva vaya a hacerlo igual.

Él no contestó. Su hermano y Gustavo también le habían dicho lo mismo.

—Creo que te estás equivocando en muchas cosas —prosiguió ella.

—Joder, no empieces tú también...

—Te equivocas al alejar a Eva de ti justo cuando más la necesitas —insistió Anna—, como te equivocas al no hacerte las puñeteras pruebas de una santa vez para saber realmente qué te ocurre.

Marc afirmó con la cabeza y a continuación dijo tomando aire:

—Mañana es la última operación programada que tengo. Llamé antes de salir del hospital a la clínica y tengo cita para hacerme el PET-TAC pasado mañana a las nueve.

Su amiga asintió, saber eso al menos era algo positivo. Pero, viendo el dolor en su mirada, continuó:

—La imagen que Eva se ha llevado de ti no es la correcta. Tú no eres el tío insensible y chulesco que le has demostrado ser. Y no creo que...

—Anna —la cortó—, eso es lo último que me preocupa. ¿Acaso crees que para mí es fácil echarla de mi lado? No, no lo es. Pero si lo hago es por ella. Por su bienestar y su felicidad.

—¿Y tu bienestar y tu felicidad?

Marc no contestó. Eso era lo que menos le importaba.

—¡Jodido cabezón! —resopló Anna entonces.

Oír eso hizo que él la mirara; su amiga era la persona más correcta que había conocido en la vida. Intentando bromear, señaló:

—Cuando le cuente a Gustavo lo que has dicho, ¡no me creerá!

Anna soltó una carcajada y, acercándose a él, cuchicheó:

—Te creerá, te lo aseguro.

Minutos después, mientras hablaban de temas médicos, Marc no podía dejar de pensar en Eva y en su mirada de desconcierto. Le había fallado y sabía que eso la alejaría definitivamente de su lado.

37

Aire puro...

Brisa marina...

Negatividad a tope...

Y la cabeza hecha una mierda...

Hace cuatro días que estoy en Ibiza, y aunque no puedo dejar de llorar como una boba ni de pensar en Marc, al menos sé que no me lo voy a encontrar al doblar ninguna esquina.

Él no me ha llamado ni me ha enviado ningún wasap. Sin duda está haciendo lo que le pedí y, aunque se lo agradezco, reconozco que en el fondo de mi ser mi yo tonto y martirizante esperaba algo de él. Una llamada, un mensaje..., algo con lo que pudiera mandarlo a la mierda.

¡No hay quien me entienda!

Pero Marc no da señales de vida. Está visto que lo ocurrido le ha facilitado el hecho de no volver a saber de mí, y aquí estoy yo, llorosa, embarazada y enamorada de alguien que no me quiere a mí, mientras no dejo de escuchar preciosas canciones de amor que me destrozan, pero soy incapaz de parar.

A la hora de la comida me paso por el Ibieva, mi restaurante. Como ya suponía, Siobhan es una excelente cocinera jefe, y no puedo ponerles un pero ni a ella ni a Natacha en lo referente al funcionamiento del local. Después de comprobar que todo está en orden, decido lo inaudito. ¡Me marcho del Ibieva y no trabajo! Tampoco me acerco a los hoteles. ¡Paso de todo!

Decido ir a Cala Gració, una preciosa playa bastante tranquila cercana a San Antonio, que es donde tengo mi casita, la cual me gusta mucho visitar. Con los cascos puestos escucho música romántica. Mi yo masoquista sigue rebozándose en la pena mientras estoy sentada en una hamaca bajo una sombrilla mirando al mar.

¡Qué maravilla de lugar..., y qué penita me doy!

Cala Gració es una preciosa playita de aguas cristalinas. Era mi reducto de paz y tranquilidad cuando vivía en Ibiza, y también ahora, cuando busco desconectar.

—Eva.

Al oír la voz de Jeremy, me vuelvo. Él es quien lleva junto a su familia el restaurante de la cala, además del servicio de las hamacas y las sombrillas.

—Me ha dicho mi madre que, antes de que te vayas, te pases por el restaurante —dice sonriéndome—. Quiere preguntarte algo.

—Muy bien, dile que lo haré —asiento sonriendo yo también.

Acto seguido, él se aleja y yo vuelvo a mirar al mar. Cada vez que la familia de Jeremy sabe que regreso a Ibiza, se desviven por mí. Son unos excelentes amigos que cuidan de mi casa en mi ausencia. La mantienen al día. Y nunca, pero nunca, me han querido cobrar nada. Según ellos, yo los ayudé a comenzar su andadura en la restauración en la cala y esta es su manera de agradecérmelo. Poniéndomelo todo fácil.

Cojo mi bolsa de la tumbona vacía que hay a mi lado y saco una bolsa de gominolas. Si antes era adicta, ahora soy una yonqui..., y tras meterme un par en la boca pienso en mi incómoda situación.

Embarazada, sola, asustada, enamorada, llorosa, triste y enfadada. ¡Lo tengo todo!

Encima, en mi familia hay problemas que no nos dejan vivir y, por si eso fuera poco, me acabo de llevar un chasco terrible con Marc.

¿Quién da más?

Mirando al mar, le doy vueltas y vueltas y vueltas a todo lo que últimamente no me deja vivir mientras trato de buscar soluciones que no encuentro.

Pensar en Marc es inevitable, del mismo modo que lo son las ganas que siento de volver a berrear. Lo odio, pero al mismo tiempo lo quiero. Lo que he vivido con él ha sido mágico. Tremendamente especial. Nunca he tenido una conexión tan fuerte con otro hombre y, además, no puedo ignorar que es el padre de mi Caramelito.

Pienso en contarle lo que ocurre una vez que regrese a Madrid y decida si tener al bebé o no. Es lo más sensato. ¡Podría ser padre! Pero, igual que lo pienso, me rebelo contra ello. ¿Merece saber la verdad con lo que me ha hecho? Si pasa de mí, ¿no pasará igualmente del bebé?

Resoplo, suspiro y los ojos se me humedecen. ¡Ni hablar! No pienso llorar. Bastante lloro sola en mi casa cuando nadie me ve como para seguir llorando en la playa. Pero, joder, me tiembla el morrillo como a mi madre.

¡Creo que me voy a deshidratar!

—Después de pasar por El Paraíso y el restaurante y no verte, sabía que te encontraría aquí.

Según oigo esa voz, me vuelvo de inmediato y, al ver de quién se trata, pregunto:

—Pero bueno, ¿qué narices haces tú aquí?

Mi hermano Adrián sonríe. Se acerca, me da un beso en la frente con cariño y, quitando mi bolsa de la tumbona vacía, se sienta y replica:

—Mejor dime qué narices haces *tú* aquí...

No respondo. No quiero. Y Adrián añade:

—Ayer fui al restaurante para decirte que me llamó Thomas y me dijo que el viaje a Groenlandia se ha programado para dentro de un mes y medio. ¿Qué te parece?

Según oigo eso, me río. ¡Para viajes a Groenlandia estoy yo!

—Y como no estabas allí, me pareció raro y tuve que hacerle un tercer grado a Nina.

—¡Joder! —resoplo.

—Finalmente le saqué dónde te encontrabas, pero no me dijo por qué estabas aquí.

¡Olé mi Nina!

Nos quedamos en silencio. Él me mira. Lo miro. Sonríe. Sonrío. Y por último dice:

—Vamos a ver, Gominola, ¿qué pasa?

En cuanto termina de preguntarlo, suelto:

—¡Estoy embarazada!

Adrián vuelve a sonreír. Se quita la camiseta, se repanchinga en la hamaca e insiste:

—Venga, en serio. Me preocupo por ti... ¿Qué te ocurre?

—Que estoy embarazada. Te lo acabo de decir —repito.

Mi hermano se incorpora en la hamaca. Sus ojos se clavan en mi tripa. Y, tras unos segundos que creo que son los que necesita para procesar lo que acabo de decir, susurra:

—¿Lo estás diciendo en serio?

Automáticamente, asiento, menuda bocazas que estoy hecha; y viendo su gesto musito:

—No creo que pueda ir a Groenlandia.

Adrián se tira entonces de la hamaca y, arrodillándose para estar a mi altura, cuchichea:

—Prométeme por Bridget Jones que es cierto lo que me has dicho.

Según oigo eso, y consciente de que ya lo he soltado, afirmo:

—Te lo prometo.

Mi hermano se lleva las manos a la cabeza sin dar crédito.

—Pero... ¿cómo?

Oír eso me hace sonreír y replico con guasa

—¿Quieres que te lo explique con lo de la abejita y el polen?

Adrián se ríe, yo también, y luego murmuro:

—Creí que no podía tener hijos, pero ¡estoy embarazada!

Él asiente. A continuación el muy tonto me da un beso en la barriga y susurra:

—Hola, peque. Soy tu tío Adrián.

Oír eso me hace reír a carcajadas y, una vez que paro, al llenárseme los ojos de lágrimas musito:

—Solo lo sabéis tú y Nina. Por tanto, por favor, no se lo digas a mamá. No sé qué voy a hacer y...

—¡¿Cómo que no sabes qué vas a hacer?!

Vale, entiendo su gesto y su pregunta. Me juzga. Y, recordando todo lo que la doctora me explicó sobre cromosomas y demás, se lo cuento. Según lo estoy haciendo, me doy cuenta de que me explico divinamente, y acabo diciendo:

—La realidad es esa, Adrián. Tener o no tener el bebé depende de los resultados de las pruebas. Habrá quien esté de acuerdo y habrá quien no, pero me da igual. La decisión de traer o no traer a ese bebé al mundo solo debe ser mía.

Mi hermano lo entiende, lo veo en su rostro. Sé que estará de acuerdo conmigo tome la decisión que tome, y sonriéndome pregunta:

—Pero ¿tú estás bien?

—Sí.

—¿Y Marc qué dice?

Me encojo de hombros; entonces las lágrimas se me desbordan de los ojos y suelto:

—No lo sabe. Marc no sabe nada del bebé.

Adrián parpadea. Eso sí que no lo esperaba, y lo oigo preguntar:

—¿Cómo que no lo sabe?

Sin dilación, le cuento lo ocurrido. Adrián me escucha sin interrumpirme y, cuando acabo, susurra:

—¡Será cabrón!

—Eso mismo dije yo —afirmo secándome las lágrimas—. Pero se acabó. El tema Marc está archivado y...

—Gominola, ¡es el padre del bebé!

—¡¿Y...?!

—Pues que tiene que saber lo que está pasando.

Me desespero. Sé que tiene razón. Sé que, si esto le sucediera a una amiga, yo diría lo mismo. Pero estoy bloqueada y rompo a llorar.

¡Malditas hormonas!

38

Después de tres complicados días con Adrián en Ibiza, vuelvo a cerrar mi casita, El Paraíso, y regreso con mi hermano a Madrid.

Los resultados de la prueba de mi bebé están ya listos y necesito saber.

Nina me llama por teléfono. Me recuerda que tenemos cita con Consuelo en su consulta a las siete de la tarde y quedo con ella a las seis para tomarnos un cafetín y ponernos al día.

A las siete menos diez ambas entramos en la consulta y, con lo miedosa que soy yo para temas médicos, me entran unas cagalandras de la muerte. Los nervios me consumen hasta tal punto que, mientras esperamos a que nos atienda, debo ir al baño a vomitar.

Cuando regreso, Nina está de pie y me indica que tenemos que entrar. Consuelo nos ha llamado.

Tomo aire y, sin dudarlo, entro con mi amiga en la consulta. Una vez dentro, la ginecóloga nos saluda y, después de sentarnos, creo que debo de tener tal cara de susto que Consuelo dice:

—Tranquilízate, Eva. Tengo tu test combinado del primer trimestre y señala que tu embarazo es de bajo riesgo.

—¿Eso qué quiere decir? —consigo balbucear.

—Quiere decir que no hay nada anormal en los valores que vemos en tus pruebas. Y estas son fiables en un noventa por ciento.

Asiento mientras proceso lo que me dice, y a continuación añade:

—Creo recordar que me preguntaste por la amniocentesis en nuestra anterior cita, ¿verdad? —Asiento y ella añade—: Cuando yo me quedé embarazada esta segunda vez, al tener cuarenta y dos años, uno menos que tú, me hice las mismas pruebas que te he pedido a ti. El valor que me dieron fue tan bajo como el que me dio cuando me quedé embarazada de mi primer hijo, y tenía treinta y cinco. Por norma, la amniocentesis la solemos pedir a mujeres cuyo informe del test combinado nos indica que es de alto riesgo, o si tienen antecedentes o un familiar con anomalías. ¿En tu caso hay algo de eso?

Me apresuro a negar con la cabeza. Aunque..., bueno, la gilipollez de mi hermana daría para estudiarla.

—No —respondo sin embargo—. No hay nada de eso.

Consuelo sonríe y luego continúa:

—Por los valores que tengo ante mí, te puedo decir que hoy por hoy el feto se desarrolla favorablemente. Pero si aun así tú quieres hacerte la amniocentesis, es tu decisión.

Asiento, sonrío y me echo a llorar de felicidad.

¡Mi Caramelito está bien!

Nina me abraza. Me da mimitos y, cuando se me pasa la tontuna que tengo encima y me seco las lágrimas, pregunto consciente de que no sé los antecedentes de Marc:

—Si al final decidiera hacérmela, ¿cuándo tendría que ser?

Consuelo mira los papeles que tiene delante.

—Se suele hacer entre las semanas quince y veinte. Y aunque esta prueba es de riesgo bajo, has de saber que en un uno por ciento de las ocasiones puede causar un aborto espontáneo.

Asiento, soy consciente de ello.

—¿Has bajado el ritmo de trabajo? —me pregunta ella a continuación.

—Acabo de llegar de Ibiza. Allí he descansado.

Nina y la doctora se miran. Estoy convencida de que ya han hablado y Consuelo sabe algo más, porque la oigo decir:

—Eso está muy bien. Pero sigue cuidándote. Así que nada de nervios, tensiones ni problemas, ¿vale?

Digo que sí con la cabeza. ¡Ya me gustaría a mí!

Una vez que quedamos en volver a verla al cabo de poco más de un mes y nos despedimos de ella, salimos de la consulta y Nina comenta sonriendo:

—Tengo el primer regalo del Caramelito.

Sorprendida, la miro y ella abre su bolso y saca un paquetito. Me lo da. Riendo, yo lo abro y, cuando veo lo que es, me pongo a llorar..., ¡faltaría más!

Dentro de la cajita hay un body blanco con el escudo de mi Atlético de Madrid, unos patucos rojiblancos y un chupete.

Miro a Nina y ella, tan emocionada como yo, dice:

—Algo me dice que tu padre intentará que sea del Madrid.

Eso me hace reír a carcajadas; adoro a Nina. Agarrándome a su brazo para irnos a trabajar, repongo:

—Tranquila, ¡el Caramelito ya es colchonero!

39

El PET-TAC que Marc se hizo en la clínica privada donde trabajaba Gustavo puso nombre y apellido a lo que le ocurría. El linfoma de Hodgkin había regresado. Volvía a tener cáncer.

Saberlo era desesperante, frustrante. Pero, consciente de lo que tenía que hacer, se sentó junto a sus amigos y habló con ellos del tratamiento. Era médico, cirujano oncólogo, y nadie mejor que él para saber qué era lo que debía hacer. Aun así, Gustavo, como hematólogo, y Anna, como oncóloga, decidieron encargarse de su tratamiento.

Consciente de que su madre y su hermano necesitaban información, Marc quedó con ellos para cenar en la casa familiar.

Cuando llegó, Julia lo besó con el mismo cariño de siempre y evitó decirle aquello de que estaba más delgado. En esta ocasión era cierto, tan cierto que era mejor no mencionarlo.

Trataba de no agobiarlo, pero era difícil. Necesitaba saber y, tras una cena en la que los tres charlaron de todo menos de la enfermedad, cuando iban por el postre finalmente Felipe, tan deseoso de saber como su madre, preguntó:

—¿Te has hecho ya las pruebas?

Marc asintió.

—¡¿Y...?! —preguntó Julia.

Marc suspiró. Nada en el mundo lo jorobaba más que darles malas noticias.

—Ganglios en el área cervical y a nivel del mediastino —contestó.

Felipe y su madre ni siquiera parpadearon, y luego el primero dijo:

—¿Qué tal si nos lo dices en cristiano?

Marc sonrió.

—Hay ganglios en el cuello, entre los pulmones y cerca del corazón.

Oír eso hizo que Julia se echara hacia atrás en la silla asustada. La primera vez que enfermó Marc los ganglios cancerígenos solo estaban en el cuello, y saber que en esta ocasión los tenía en varios sitios la dejó sin respiración.

Viendo y sintiendo el miedo de su madre y su hermano, Marc musitó mirándolos:

—Tranquilos.

—¡Ay, hijo!

—¡Mamá! —murmuró Felipe.

—Está más extendido que la otra vez, ¿verdad? —susurró Julia con el corazón acelerado.

—Sí, mamá.

Consciente de lo que suponía para ellos saber lo que ocurría, Marc, acostumbrado a lidiar con pacientes y sus familiares, se apresuró a decir:

—Escuchad, ya sabemos a lo que nos enfrentamos, y os aseguro que pondré toda la positividad que pueda en superarlo. —Felipe y su madre asintieron y él prosiguió—: Gustavo y Anna vuelven a ser mis médicos. He de hacerme unas pruebas más y dentro de unos diez o quince días, si todo va bien, recibiré la primera sesión de quimioterapia.

Julia asintió y luego musitó con el corazón roto:

—Hijo..., ojalá pudiera pasar yo esto por ti.

—Mamá —murmuró Marc con cariño.

Recordar el desgaste físico y emocional que había supuesto para su madre y su hermano el anterior cáncer lo tenía en un sinvivir, y mirándolos a los dos declaró:

—Ya hemos pasado por esta situación demasiadas veces, pero aquí estamos de nuevo, por lo que os voy a pedir que recordéis que esto se lleva día a día y que las etapas del tratamiento, nos gusten o no, llegarán y necesito que estéis fuertes.

Julia y Felipe asintieron, sabían perfectamente lo que quería decir Marc.

—Vuelvo a tener linfoma de Hodgkin —continuó él—, y sé que ambos me cuidaréis y estaréis a mi lado. Pero esta vez debéis prometerme que ninguno de los dos aparcará su vida por mí —y mirando a Felipe añadió—: Tú seguirás con tu vida en todos los sentidos, y tú —indicó señalando a su madre— te irás con tus amigas a la piscina y a tomar café como te gusta hacer.

Julia y Felipe se miraron, e iban a protestar cuando Marc agregó:

—Sé que ambos queréis estar a mi lado para cuidarme, y os lo agradezco, pero debéis creerme cuando os diga que estoy bien. Y, por supuesto, no dudéis de que os pediré ayuda cuando lo necesite.

A Marc ver su expresión le dolía en el alma. Por su trabajo sabía que una enfermedad como el cáncer no solo afectaba al paciente, sino también a quienes lo rodeaban. Lo vivía a diario en la consulta, en el hospital y, por desgracia, también lo había sufrido en su familia.

Durante un rato los tres continuaron hablando, hasta que finalmente Julia, sobrecargada de información, se excusó mientras se ponía en pie:

—Voy al baño un momento. Ahora vuelvo.

Según desapareció, Felipe miró a su hermano.

—Va a llorar.

—Lo sé —afirmó Marc destrozado—. Y aunque me duele saberlo, tengo que dejarle espacio para que lo haga sin estar yo delante. Necesitará desahogarse.

Felipe asintió.

Durante unos minutos ambos permanecieron en silencio, y luego este último miró a Marc y preguntó:

—¿La quimio será más fuerte que la otra vez?

—El cáncer está más extendido.

Felipe meneó la cabeza. Entendía su escueta respuesta.

No era agradable recordar cómo le sentaba a su hermano la quimioterapia en la anterior ocasión. Pero, consciente de que, a pesar de la fortaleza que mostraba ante ellos, debía de estar destrozado, afirmó:

—Yo te acompañaré.

Marc asintió. Le agradecía el detalle.

—¿Qué pasó con Eva? —preguntó entonces Felipe.

Echándose hacia atrás en el asiento, Marc miró a su hermano y, sin entrar en detalles, a pesar de su gesto derrotado al recordarla, respondió:

—Simplemente dejamos de vernos.

—¿Lo dices en serio?

—Por supuesto —afirmó él con pesar.

Estuvieron unos segundos en silencio hasta que Felipe susurró:

—Pensé que la querías.

—Y pensaste bien —declaró Marc sin dudarlo.

Su hermano lo miró asombrado al oír eso, y Marc musitó:

—Le mentí diciéndole que me marchaba de viaje. Después, un día, la seguí e hice que me viera y descubriera mi mentira. La conozco, no perdona la mentira, y sé que eso la alejará de mí.

Al ver la tristeza en la mirada de su hermano, Felipe sacudió la cabeza.

—Eres un gilipollas, ¿lo sabías?

Marc intentó sonreír y repuso:

—Y, si no lo sé, ya estás tú para recordármelo.

40

Han pasado dos semanas y mi tripilla comienza a hincharse. Estoy de cuatro meses y medio. Desnuda se me nota bastante, pero vestida no, pues no soy una sílfide y suelo llevar ropa ancha.

Mi hermano Adrián está feliz. Entre que su viaje a Groenlandia lo tiene como en una nube y saber que va a ser tío, el locuelo no para de sonreír. Tanto que comienza a desesperarme.

Anoche quedé con él y con Danica. Vinieron a buscarme al restaurante y los tres nos fuimos a tomar algo a una terraza del paseo de la Castellana.

Como es lógico, ya no tomo cubatitas ni nada que contenga alcohol. Ahora que voy a ser mamá, ni fumo ni bebo. Soy consciente de que debo cuidar a mi bebé, y decido tomarme un zumito.

Danica se ríe al ver lo que pido, le hace gracia lo sana que me he vuelto. Pero cuando le cuento el porqué, me abraza emocionada y promete guardar el secreto junto a Adrián hasta que yo quiera que sea de dominio público.

Y, cómo no, ¡lloro! Creo que en mi carnet de identidad debería poner: «Profesión: "Llorona"», porque no puedo dejar de hacerlo. Hablar del bebé me recuerda a Marc y, aunque intento ser una tía fuerte, en esta ocasión no puedo. Las malditas hormonas no me dejan, y el loco amor que siento por él menos aún.

Adrián, que es consciente de cómo me encuentro, finalmente reconduce la conversación y empieza a hablar del viaje a Groenlandia. Su novia se ha apuntado a la aventura y, emocionados, me cuentan que van a ir a un glaciar llamado Qaleragdlit, que visitarán la estatua del hijo de Erik *el Rojo* y que harán una fantástica ruta por el sur groenlandés. Saber eso me hace llorar de nuevo. ¡Yo quería ir...! Adrián y Danica no saben qué hacer frente a mis lloros.

Por último, a la una y media de la madrugada me acompañan a casa. Tengo un sueño que puede conmigo. El embarazo sin duda me provoca eso. Y, tras despedirme de ellos y volver a llorar, subo a mi casa, me desnudo, me rebozo en mi cama y me duermo pensando en Marc, en mi amor.

* * *

Tu... Tu... Tu... Tu...

¿En serio es el despertador eso que suena?

Abro un ojo. Extiendo la mano para coger el móvil y lo apago.

Son las nueve de la mañana, pero quiero seguir durmiendo. Por favorrrr...

Sin embargo, es imposible. A partir de ese instante mi teléfono no para de sonar. El encargado de los hoteles en Ibiza, Natacha, Nina, mi madre... Pero ¿es que tiene que llamar todo el mundo? Al final, decido levantarme.

Una vez que contesto las llamadas y resuelvo problemas, tras colgarle a mi madre lo siguiente es llamar a la clínica en la que está ingresado Héctor. Él no puede telefonear, pero nosotros sí. Me dicen que está bien, aunque no en su mejor momento. Saber eso me parte el corazón, pero sin duda mi hermano tiene que luchar y ser fuerte para que todo salga como queremos.

Una vez que hago lo que cualquier mujer hace en su casa antes de irse a trabajar, salgo y llego al restaurante, donde me encargo de la recepción de la mercancía que traen los proveedores.

Como cada día, comienzo a preparar las verduras. Unas las cuezo y otras simplemente las troceo. Es necesario tener ese trabajo adelantado para que, cuando el cliente pida su plato, todo fluya con más dinamismo.

Mis empleados van llegando poco a poco y, como siempre, se ponen a trabajar hasta que empieza el servicio de comidas.

Hoy me encuentro mejor. Las náuseas han ido desapareciendo

y mi Caramelito parece estar tranquilo, lo que me permite trabajar con rapidez y sin ascos.

El restaurante se llena como todos los días y mi equipo y yo trabajamos sin descanso, hasta que Nina entra y dice mirándome:

—La policía está aquí.

—¡¿Qué?!

Ella asiente y a continuación susurra con expresión confusa:

—Preguntan por ti, Eva García.

Según oigo eso, el estómago se me revuelve.

¡La policía pregunta por mí!

Joder..., joder, qué mal rollo. ¡¿No será por mi hermano Héctor?!

No, imposible. Estaba en la clínica por la mañana.

¿No será que Adrián se ha vuelto a caer con la moto?

¡Dios, ¿qué ha pasado?!

Rápidamente dejo el cuchillo que tengo en las manos. Me las lavo y, con el corazón a mil, salgo de la cocina. En la entrada veo a un agente de policía mirando hacia el exterior.

Me acerco a él y saludo:

—Hola, buenas tardes, soy Eva Gar... ¡Felipe!

Reconocer al hermano de Marc me sorprende. Sabía que era policía, pero no lo esperaba aquí. Y él, al ver mi expresión de alarma, se apresura a decir:

—Tranquila, solo es una visita personal.

Eso me hace respirar hondo y, tocándome la frente, musito:

—Menos mal. ¡Qué susto me has dado!

Felipe sonríe. Yo también y, tras darnos un par de besos en las mejillas, pregunta:

—¿Tienes un segundo?

Sin entender qué hace aquí, asiento e indico:

—Ven. Pasemos a mi despacho.

Me sigue. Entramos en silencio y, cuando cierro la puerta, lo miro y pregunto sin poder evitarlo:

—¿Marc está bien?

Según digo eso, Felipe toma aire por la nariz y luego dice:

—Por eso he venido a verte.

Estoy sorprendida, no sé qué pensar, y él continúa:
—Sé que Marc y tú ya no os veis y...
—Felipe —lo corto—, tu hermano y yo ya no tenemos nada que ver. Él lo decidió de esa forma.
Él asiente.
—Marc te quiere y te echa de menos.
Oír eso hace que mi corazón aletee. Yo sí que lo echo de menos. Pero, recordando su traición y lo enfadada que estoy, siseo:
—Mira..., siento decirte esto, ¡pero que le den a tu hermano!
Felipe me mira. Creo que quiere mandarme a la mierda, pero pregunta:
—¿Lo quieres? ¿Lo echas de menos?
Según oigo eso, mi gesto cambia. Claro que lo quiero, pero no estoy dispuesta a reconocerlo, y respondo:
—¿Qué te hace creer que voy a contestarte a eso?
Felipe se mueve en el sitio, está nervioso.
—Eva, Marc te necesita —afirma.
Me río sin ganas. Y omitiendo el gran secreto que guardo en mi interior, y nunca mejor dicho, respondo:
—Sí, claro, y por eso me mintió diciéndome que se marchaba de viaje a un congreso en California. Curiosa manera de necesitarme la de tu hermano...
—Mira..., si te mintió lo hizo pensando en ti, créeme.
Boquiabierta, ahora soy yo la que con cierta chulería indica:
—Oh, mira..., ¡qué atento! Si al final me va a tener que dar pena porque me mintiera y me engañara como a una tonta.
El gesto de Felipe me desconcierta. ¿Qué le ocurre?
—Marc me va a matar cuando se entere de lo que he hecho —dice a continuación—, pero no puedo quedarme impasible. Esta vez no. —Y antes de que yo diga nada, suelta—: Marc está enfermo y, como no quiere que tú sufras por ello, se inventó lo de su viaje y luego se descubrió ante ti para que te enfadaras con él y no quisieras volver a verlo.
—¡¿Qué?!
—Lo que oyes, Eva.
¿Enfermo?

¡¿Cómo que enfermo?!

Y, mientras noto cómo todo el vello de mi cuerpo se eriza, susurro sintiendo que mi estómago comienza a dar vueltas como una lavadora:

—¿Qué le pasa a Marc?

Felipe me mira, piensa lo que tiene que decirme y luego musita negando con la cabeza:

—Eva, te he dicho más de lo que debía. Solo te pido que...

—¿Qué le pasa a Marc? —insisto atacada de los nervios.

Felipe se acerca a mí, me coge las manos y a continuación dice mirándome a los ojos:

—Perdóname, Eva, pero eso tiene que decírtelo él. Yo solo quería que supieras que si mi hermano te mintió fue porque sabía que eso tú no se lo ibas a perdonar y la mentira te alejaría de él. Pero te quiere y te necesita más que nunca.

En silencio, nos miramos. No entiendo nada. ¡¿Marc está enfermo?! ¿Me mintió para alejarme de él? Pero ¿qué clase de locura es esta?

—Hoy viernes Marc no ha ido a trabajar —añade Felipe—. Está en su casa porque acabo de pasarme por allí. Tu restaurante está cerca... ¿Por qué no vas a verlo?

Siento que el corazón me va a mil. No sé qué pasa, solo sé que Marc está enfermo, y mirando a Felipe voy a hablar cuando él dice:

—Si quieres saber por qué te mintió, ve a verlo. Es lo único que te pido.

Estoy completamente bloqueada. Entonces, la radio que él lleva encima emite un ruido y dice mirándome:

—Tengo que irme. No sé si he hecho bien viniendo o no. Pero quiero a mi hermano, es el tío más increíble que he conocido en mi vida y sentía que debías saber que lo que hizo fue por ti.

Una vez dicho esto, Felipe me da un beso en la mejilla y, con una triste sonrisa, se dirige a la puerta de mi despacho y se va.

Estoy mirando la pared en silencio cuando oigo la voz de Nina, que dice entrando en el despacho:

—Pero bueno..., ¿quién es ese policía tan sexy y por qué no me ha llevado detenida?

Sus palabras me hacen volver a la realidad y, tras sentarme porque las piernas me tiemblan, respondo:

—Es el hermano de Marc.

—Madre mía, ¡qué ojazos tiene!

No hablo...

No respondo...

Nina se acerca a mí. Mi gesto de preocupación debe de ser tremendo, y antes de que diga nada, susurro:

—Me ha dicho que Marc está enfermo.

—¿Qué le pasa?

Tomo aire. Esté o no enfadada con él, necesito averiguar qué le ocurre.

—No lo sé —digo—, pero me voy a enterar.

41

Después del servicio de comidas, creo que me va a estallar la cabeza. Cuando mis empleados se marchan, Nina se sienta a mi lado.

—¿En qué piensas? —pregunta al ver mi expresión.

—Estoy pensando en Marc.

Ella asiente.

—¿Y qué vas a hacer?

Llevo dándole vueltas al mismo tema desde que Felipe se ha marchado. Vale, Marc se comportó conmigo como un auténtico cerdo. Supuestamente, me engañó y me mintió, algo que yo no suelo perdonar, pero no sé... Haberme enterado de que está enfermo me inquieta, y la insistencia de Felipe me demuestra que debo saber lo que ocurre. Así pues, dejándome llevar por el corazón, me levanto y digo:

—Ir a su casa y saber qué le sucede.

—¿Estás segura?

—No. Pero es lo que siento que debo hacer.

Nina no dice nada, solo asiente.

A continuación me quito la chaquetilla de chef, la cuelgo en el perchero y cojo mi bolso.

—Regresaré dentro de un rato —le digo.

Una vez en la calle, inspiro profundamente. Dicen que el aire de Madrid no es sano porque aquí hay mucha contaminación, pero, oye, ¡a mí me sienta fenomenal!

Con paso firme camino hacia su casa, puesto que vive cerca del restaurante. Cuando llego a su portal me paro en seco y, tras apoyar el dedo en su timbre, llamo sin pensar en nada más.

Un timbrazo. Dos. Tres... Y cuando he dado cinco y veo que no abre, soy consciente de que no está en casa. La puerta se abre entonces y del portal sale una señora y, sin dudarlo, entro y me dirijo al ascensor. Una vez que llego a su piso, llamo a su puerta. Pero nada, no abre. Ni siquiera oigo ladrar a *Olimpia*.

¡No están!

Dispuesta a saber qué le ocurre, me siento en la escalera a esperar. Me pongo mis auriculares y comienzo a escuchar la canción *And I Love Her* cantada por Kenny Lattimore, que es un tema original de los Beatles. Estoy triste, negativa, y cuando llevo cerca de media hora comienzo a desesperarme.

El teléfono me suena y, al ver que es mi cuñado Fran, saludo con una sonrisa:

—Muy buenas, guapetón.

—Eva, ¿está Carolina contigo?

De inmediato me levanto del escalón alarmada.

—No. ¿Qué pasa?

De pronto oigo la voz de mi hermana, que dice:

—¡No mientas! Si está contigo y no me has dicho nada, te juro que lo vas a lamentar.

¿Por qué Teresa tiene siempre la escopeta cargada contra mí?...

Me dispongo a replicar cuando, después de unos ruidos que indican que el teléfono se ha caído al suelo, oigo a mi cuñado decir:

—Eva, escucha. Anoche hubo una discusión muy fea en casa y hoy, cuando tu hermana ha ido al colegio a recoger a las niñas, Carolina no estaba. No ha ido en todo el día a clase, y quiero imaginar que, si no está contigo, estará con alguno de sus amigos.

Vamos, lo mismo de otras veces. La niña ha discutido con su madre y ha pasado de ir al cole. Pero cuando voy a hablar, mi cuñado añade:

—Si se pone en contacto contigo, por favor, llámame y dímelo.

Asiento. Me despido de él y, sin dudarlo, marco el teléfono de mi sobrina. Un timbrazo. Dos. Cinco. Siete. Y luego la llamada se corta. Lo intento de nuevo y finalmente le dejo un mensaje en el buzón de voz.

A partir de ese instante ya no puedo estarme quieta. Supongo que Caro está bien. Es evidente que lo que está haciendo es porque está enfadada con su madre. Aun así, incapaz de permanecer un segundo más sentada en esa escalera, decido marcharme.

Voy caminando por la calle cuando de pronto el teléfono me suena y veo que es ella.

—Maldita sea, Caro —gruño nada más contestar—. ¿Dónde narices estás?

Ella guarda silencio. Creo que pocas veces le he hablado en este tono tan enfadado, y por último musita:

—En casa de unos amigos.

—¿Unos amigos? ¿Qué amigos? —insisto.

—¡Unos amigos! ¡No tengo que decirte nada más!

Según oigo eso, me entran los siete males. Caro está creciendo y yo tengo las hormonas disparadas. Ya no es la niña que era, se está haciendo mayor; sintiendo que el corazón me va a mil, siseo mientras intento controlarme:

—Si vas a hablarme así, cuelgo el teléfono ¡pero ya!

Mi sobrina se calla; sabe que conmigo las cosas no se hacen así. Oigo que toma aire y que indica:

—Tía, a ver, el caso es que...

—No, Caro, no —la corto—. No me expliques nada. Dime dónde estás y voy a buscarte. Y no me cabrees más, porque al final venderé tu entrada para ir a ver a tu Shawn Mendes y solo llevaré a Marta.

—¡Jo, tía!

—Caro, no te lo voy a repetir; ¿dónde estás?

Creo que mi enfado la agobia. Siempre he sido su palo para agarrarse cuando siente que se ahoga.

—Vale —dice al final—. Te mando la ubicación y, cuando llegues, me avisas y bajo.

Asiento y colgamos. Acto seguido marco el teléfono de mi cuñado y digo en cuanto contesta:

—La he localizado, voy a por ella.

—¡Gracias a Dios! —murmura él. Y cuando empiezo a oír la voz de mi hermana, Fran añade antes de colgar—: Intentaré calmar a Teresa hasta que llegues.

Cuelgo intuyendo que mi hermana y él se habrán enzarzado en una discusión, entonces levanto la mano y paro un taxi.

Según me acomodo en el asiento me llega la ubicación y veo que Caro está en Usera, un barrio de Madrid. Enseguida le doy la dirección al taxista y, cuando arranca, veo por la ventanilla a Marc con *Olimpia*. Van caminando tranquilamente por la calle, pero el corazón se me acelera al ver el gesto serio de él. ¿Dónde está su preciosa sonrisa?

El taxi se aleja, pierdo de vista a Marc entre la gente y siento ganas de llorar. Pero no, no es momento. Mi sobrina me necesita, y le mando un mensaje explicándole que voy de camino.

Una vez que llego al lugar señalado, me bajo del taxi y espero junto a una parada de autobús. Pasan cinco minutos y mi sobrina no aparece. Comienzo a desesperarme cuando veo que el portal de al lado de la parada se abre y sale Caro junto a un chico y una chica.

Los miro con curiosidad, pues no conozco a esos amigos suyos, y cuando llegan junto a mí, mi sobrina dice después de evaluar mi nivel de cabreo:

—Tía, ella es Cris y este es su hermano Mario.

Los chicos me saludan con educación. Cris es de la edad de mi sobrina y Mario, al que le veo los brazos y el cuello tatuados, es mayor. Tendrá veinticinco o así.

—Señora —dice él entonces—, si quiere yo puedo acercarlas en mi coche a donde desee.

Uisss, ¡«señora»!

¡Qué rabia me da cuando alguien de la edad de ese muchacho me dice algo así!

¿Tan mayor me ve?

Pero, sin hacerle saber que eso me toca los pies, respondo con una sonrisa:

—Muchas gracias, Mario, pero no hace falta. Caro y yo daremos un paseo y así hablamos.

Él asiente y luego Cris le hace un gesto con la mano a mi sobrina e indica:

—¡Llámame!

Caro asiente, y Mario dice:

—Cuídate el tatuaje. Recuerda: lávatelo y échate la pomada que te he dicho.

¡¿Tatuaje?!

Ay, madre mía, ¡que me temo lo peor!

Al ver mi gesto de acelga, Caro asiente y ambas echamos a andar. Permanecemos unos instantes en silencio hasta que, incapaz de callar, pregunto:

—¿Dónde narices te has hecho el tatuaje?

Con cara de culpabilidad, mi sobrina me mira, se para y, bajándose el calcetín, me lo enseña. Entonces veo que sobre el hueso del tobillo derecho se ha hecho tres estrellitas de diferente tamaño.

—¡Tu madre te va a matar! —murmuro tomando aire.

Caro sonríe. Parece que lo que le digo le importa bastante poco.

—Me mate o no, yo ya tengo mi tatuaje hecho —replica.

Según oigo eso, la miro y gruño enfadada:

—Pues muy mal. Te dije que esperaras a ser mayor de edad para llenarte el cuerpo entero de tatuajes. ¡Joder, que tienes dieciséis años! Por Dios, ¡eres una niña todavía y...!

—Tía —me corta—, pero ¿qué te pasa? Si te vas a poner como mi madre, no me renta oírte.

Según la oigo decir eso, la rabia, la furia y la impotencia que siento en mi interior quieren estallar. Pero, consciente de que si lo hago, lo que hay entre ella y yo probablemente se irá a la mierda, me muerdo la lengua.

—Caro..., cuando las cosas no se hacen bien, lo mejor que uno puede hacer es aceptar la crítica y callar —digo en cambio—. Cada acción tiene su reacción. Y, tras tu acción de hacerte un tatuaje, ahora tendrás que aguantar la reacción por parte de todos los que te queremos. Y, sí, cariño, sí, yo llevo tatuajes. Tengo tres. Pero me los hice siendo una persona adulta y no una niña de dieciséis años como tú.

Mi sobrina me mira con gesto de fastidio, y añado:

—Y si esto que te digo te molesta, prepárate, porque cuando tu madre lo vea, no quiero ni pensar lo que te dirá.

La *jodía* asiente sin inmutarse y luego suelta encogiéndose de hombros:

—¡Me renta!

—¿Qué es lo que te renta? —pregunto sin dar crédito.

—Aguantar sus gritos a cambio de tener mi tatuaje. Siempre me grita, al menos esta vez lo hará por algo que yo entienda.

Me quedo boquiabierta y ella añade:

—Tía, ni te imaginas las cosas tan horribles que le dijo anoche a papá y... y cuando me metí por medio me dijo que no soy la hija que quiso tener y que le jorobé su vida por tenerme tan joven...

—¡¿Qué?!

—Lo que oyes. Tengo una madre ¡maravillosa!

Vale, sé que mi hermana es una bruja, pero tampoco creo que sea tan cruel con mi sobrina.

—Caro, no me gusta que exageres ni que...

—No exagero, tía, te lo aseguro. Y si no me crees pregúntaselo a Marta o a papá.

Saber eso me desconcierta, pero Caro, que está tan fresca como una lechuga, añade:

—Y en cuanto a si me castiga o no, ¡me da igual! Simplemente con que respire ya quiere castigarme.

No sé qué decir. Está claro que mi hermana no lo está haciendo bien, y yo tengo que seguir estando ahí para lo que la niña pudiera necesitar.

La frialdad con que mi sobrina me cuenta las barbaridades que su madre le dice a ella y a su padre no tiene parangón. Si es cierto lo que cuenta, creo que a mi hermana se le está yendo la cabeza de una manera que nunca habría imaginado, y comienzo a preocuparme.

Seguimos hablando y luego paro un taxi. Imagino que mi cuñado estará histérico.

Media hora después, el taxi nos deja frente al exclusivo portal de mi hermana y, tomando aire, indico:

—Venga, entraré contigo.

42

Noto que el corazón se me va acelerando. Conozco a mi hermana y sé que la que va a montar será de órdago.

Mi sobrina, por el contrario, está tranquila, y cuando salimos del ascensor y mi cuñado Fran aparece, veo que tras un primer momento de tensión ambos se abrazan con amor. Me emociona la conexión que siempre veo entre ellos.

—Caro, esto que has hecho no está bien.

—Lo siento, papá.

—Estoy muy enfadado contigo.

—Lo sé. ¿Tú estás bien?

Él no responde de inmediato. Sus miradas me hacen saber que se hablan en silencio, y entonces mi cuñado recobra la compostura y susurra:

—Pequeñaja, como te he dicho mil veces, las acciones tienen consecuencias y...

—Sí, papá —lo corta ella—. Eso ya me lo ha dicho la tía.

Mi cuñado y yo nos miramos. Siempre ha habido buena sintonía entre nosotros.

—Anda, entra en el salón —le dice a continuación—. Tu madre y tus abuelos están allí.

¡Joder! ¡¿Mis padres están aquí?!

Desde luego, mi hermana podría haberles evitado el disgusto.

Caro resopla y luego asiente. Deja su mochila en el suelo y explica alejándose:

—Voy primero al baño.

Según desaparece, veo a mi sobrina Marta en el pasillo. Viene corriendo hacia mí y, tras darme un cariñoso beso, murmura mirando a su padre, que cierra la puerta:

—Papá, no vas a permitir que mamá lleve a Caro a un internado, ¿verdad?

Mi cuñado suspira. Yo lo miro y él pide a la pequeña:

—Vete a tu habitación y no salgas de allí hasta que vaya a llamarte para cenar.

Mi sobrina me mira. Con una sonrisa le indico que es mejor que obedezca, y cuando se aleja pregunto mirando a mi cuñado:

—Pero ¿qué está pasando aquí?

Fran suspira.

—Solo te diré que intento ser paciente por el bien de las niñas.

—Joder..., cuánto lo siento, de verdad...

Mi pobre cuñado asiente y, cuando va a decir algo, aparece mi padre acompañado por Lola, la interna que vive con mi hermana y su familia en la casa desde que Caro nació y se ocupa de todo. Tras guiñarme un ojo, él me sonríe, después habla con mi cuñado y yo pregunto mirando a Lola:

—¿Cómo va todo por aquí?

La mujer, que es un encanto, y que vale más por lo que calla que por lo que cuenta, cuchichea con la discreción que la caracteriza:

—Hubo tiempos mejores.

Asiento, ambas nos entendemos, y entonces Lola añade:

—Sé que es tu hermana, pero va a terminar muy sola.

Y, dicho esto, se aleja de nuevo. Caro aparece en el pasillo, Marta se acerca a ella y la oigo preguntar.

—¿Te lo has hecho?

Caro asiente y entonces veo a Marta sonreír.

¡La madre que las parió!

Joder con Marta, ¡lo sabía! ¡Sabía lo del tatuaje y sabía dónde estaba Caro!

Sin querer decir nada, cuando Caro se acerca a nosotros, veo que mi padre la abraza. La regaña por lo que ha hecho y finalmente todos entramos en el salón, donde nos espera la señora marquesa junto a mi madre.

Según nos ve entrar, mi hermana se levanta con dignidad y aplomo. Esta como actriz dramática no habría tenido precio. Se acerca a Caro y, cuando levanta la mano para darle un bofetón, Fran se la sujeta y le advierte:

—Ni se te ocurra hacerlo.

—Teresita, ¡no! —la regaña mi madre.

Mi hermana mira entonces furiosa a mi cuñado y, obviando que estamos todos aquí, sisea:

—Es mi hija. Haré lo que me dé la gana.

—También es la mía, y no te lo voy a permitir.

Mi madre y mi padre se acercan. Sus gestos son de pura preocupación y, tras darle mi madre un beso en la mejilla a Caro, le hago saber que ha de tranquilizarse. Pobrecitos mis padres. Entre unos y otros, no los dejamos vivir.

Mi sobrina Caro no se mueve. La tía desde luego tiene el mismo aplomo que su padre para aguantar los malos tragos. Y entonces mi hermana exclama dirigiéndose a ella con agresividad:

—No me mires con ese descaro, maldita sinvergüenza, o voy a tener que darte un bofetón.

—¡Teresa! —la reprende mi cuñado.

—Anoche te dije que estabas castigada todo el mes. Hoy te digo que estás castigada todo el año. Y que sepas que el curso que viene me voy a encargar de que lo hagas en un internado en Suiza donde ni siquiera puedas salir a la calle los fines de semana.

—Teresa, no digas tonterías —protesta mi padre.

—No, papá. No digo tonterías. Así será.

Boquiabierta, voy a intervenir. Pero ¿qué dice mi hermana? Sin embargo, mi sobrina murmura entonces con una calma pasmosa:

—Ni te imaginas las ganas que tengo de marcharme de aquí y perderte de vista.

—¡Carolina! —balbucea mi madre.

Madre mía..., madre mía.

¡Pues sí que están mal las cosas entre ellas!

Aunque no me extraña. Caro ya no es una niña. Ya comienza a tener una edad para ver y entender muchas cosas, y mi hermana es insoportable.

Mi cuñado Fran y Teresa empiezan a discutir. Él no está de acuerdo con el tema del colegio interno, pero mi hermana insiste. Mis padres se meten por medio. Le explican a Teresa que sería un error alejar a la niña de todos, pero ella no quiere escuchar. Entonces, de pronto mi sobrina suelta:

—Papá, ¿por qué no te divorcias?

—¡Caro! —musito al ver el gesto de horror de mis padres.

Pero la niña, sin mirarme, insiste:

—¿Por qué soportas sus insultos y sus descalificaciones, papá?

Fran la mira como pidiéndole que se calle.

El aire se puede cortar con un cuchillo, y mi sobrina añade sin quitar ojo a mi cuñado:

—Papá, tengo dieciséis años y puedo elegir con quién quiero vivir. Me iría contigo. ¡Contigo!

—Por encima de mi cadáver —cuchichea Teresa.

—¡Carolina! ¿Por qué se van a divorciar tus padres? —balbucea mi madre.

Ella la mira. No sé qué pensará, pero por su gesto intuyo que nada bueno. Y entonces mi hermana, con una seguridad que no entiendo, suelta:

—Tranquila, mamá. Mi marido no se va a divorciar de mí. ¿Verdad, Fran?

Mi cuñado, al que veo totalmente desubicado, mira a mi madre, pero no dice nada. Pero ¿qué le pasa? Y cuando mi padre va a intervenir, mi sobrina suelta alto y claro:

—Me he hecho un tatuaje.

Buenooooo, ¡ahora sí que se va a montar!

Y la *jodía*, bajándose el calcetín, añade retando a su madre:

—Como anoche me dijiste que soy la hija que nunca quisiste tener porque te amargué la vida y que me vas a enviar a estudiar a un internado, te lo digo por si quieres añadir algo más...

La cara de Teresa es todo un poema al ver el tatuaje. Creo que le va a salir humo por las orejas, y, como imaginaba, comienza a chillar. Dice de todo. Y en ese todo, cómo no, me incluye a mí porque llevo tatuajes. Pero, mira, ¡paso de ella! No voy a entrar en su absurdo jueguecito dialéctico. Y cuando por fin mi madre la sienta y la hace callar, mi cuñado dice mirando a la niña:

—Vete a tu habitación.

—Pero, papá...

—A tu cuarto. Más tarde hablaremos tú y yo.

Caro, por suerte, asiente. Está claro que a Fran lo respeta, y tras darnos un beso a mis padres y a mí, me mira a los ojos y susurra:

—Gracias por quererme tanto.

Sus palabras me emocionan y, cómo no, ¡siento ganas de llorar! Pero conteniendo esa irresistible y nueva emoción en mí, como puedo, le sonrío. Eso sí, no abro la boca o me pondré a llorar como un orco...

Una vez que mi sobrina sale del salón, oigo que mi hermana dice:

—¿Cómo no ibas tú a saber dónde estaba Caro?

Levanto las cejas, pero antes de que pueda decir nada, mi padre suelta:

—Deberías estarle agradecida a tu hermana porque la niña confíe en ella.

Oír eso vuelve a encabronarla. Teresa dice bestialidades, barbaridades, y yo, incapaz de callar, comento:

—Mastica bien esa envidia, no te vayas a atragantar.

Me echa la culpa de todo lo que hace mi sobrina, hasta que mi madre, levantando la voz, la hace callar. Sin embargo, una vez más, ya ha soltado sus maldades.

—Teresa —dice mi madre—, no tienes razón, hija. Eva solo intenta ayudarte con las niñas.

Mi hermana la mira y se apresura a replicar:

—Mamá, por Dios, ¿acaso crees que Eva es un buen ejemplo para mis hijas?

¡Flipo! ¡Yo es que flipo con mi hermana!

—Mejor ejemplo que tú sin duda sí lo es —interviene entonces mi cuñado.

Lo miro agradecida, pero veo que mi hermana va a replicar y mi padre, adelantándose, sentencia:

—Teresa, cuidado con lo que vas a decir porque no te lo voy a consentir.

¡Qué mal rollito!

Mi madre no dice nada; como siempre, mi hermana está poniéndola entre la espada y la pared. Intentando relajar a mi padre y entender a mi madre, indico:

—Tranquilos. Mamá, no hace falta que respondas.

—Sí..., sí, que responda —insiste mi hermana—. Que te diga lo que piensa de tu vida. Porque, sí, eres un puñetero desastre. Ganarás mucho dinero, serás una gran empresaria, pero estás sola. No hay hombre que te soporte porque eres inaguantable y...

—¿Y eso me lo dices tú, que eres la persona más insoportable que he conocido en mi vida? —me mofo incapaz de callar—. Desde luego, lo que hay que oír...

A la muy idiota la enfada más aún ver mi sonrisa, y dice:

—No te soporto.

—Mira..., en algo estamos de acuerdo —me burlo.

—Odio cuando sonríes así.

Sí, eso ya lo sé. Y, sin abandonar mi sonrisa más ácida, voy a contestar cuando mi padre dice:

—Teresa, ¿por qué no piensas antes de hablar?

El apuro de mi madre es evidente, y entonces mi cuñado dice sorprendiéndonos a todos:

—Los celos que le tienes a Eva por su manera de afrontar la vida no te dejan ser feliz. Eres incapaz de vivir y dejar vivir. Lo tienes todo, pero eres una absoluta desgraciada.

¡Toma ya, lo que le ha dicho!

A partir de ese instante mi hermana y él se enzarzan en una tremenda discusión. Digo yo que las paredes estarán insonorizadas, porque si no es así sus vecinos ¡deben de flipar!

Mi madre intenta mediar, pero es imposible, y yo no me quiero meter.

—No te quiero en mi casa —suelta entonces mi hermana dirigiéndose a mí—. ¡Vete de una vez y no vuelvas nunca más!

Joder, ¡me está echando!

Mi cuñado la reprende, mis padres también, pero ella ya se ha enquistado ahí y no puede parar.

Me llama por todos los descalificativos que se le vienen a la cabeza. Me dice todas las cosas que sabe que me hacen daño y, cuando termina, ya ha sobrepasado con creces mi nivel de tolerancia. Se acabó, creo que ya no puedo más con la que es mi hermana, y le digo:

—Voy a ser más educada que tú, pero no por ti, sino por mamá y papá. Hasta aquí hemos llegado. A partir de este instante no quiero volver a saber nada de ti...

—Eva María, ¿qué dices? —musita mi madre.

—Uisss, ¡qué pena! —exclama mi hermana—. A ver si te crees que eso me va a quitar el sueño.

—¡Teresa! —braman mi padre y mi cuñado.

Cansada, agotada y enfadada, intento pensar en mi Caramelito. El disgusto que me estoy llevando, por algo en lo que yo ni pincho ni corto, sin duda lo puede estar sufriendo mi bebé, y sin ningún filtro respondo cogiendo mi bolso:

—Mira, Teresa, ¡vete a la mierda!

Mi madre rompe a llorar. Mi padre se desespera, y yo, acercándome a ellos, los miro a los ojos y digo:

—Hay cosas en la vida que se pueden sostener hasta cierto punto, y os aseguro que esta es una de las que no. Teresa es mi hermana, como lo son Adrián y Héctor, pero con ella ya no puedo más. Definitivamente ha sobrepasado mi nivel de tolerancia, de paciencia y de querer entenderme con ella, y os quiero pedir perdón por eso a los dos, pero yo ya no puedo más. Y, dicho esto, necesito que entendáis que decido alejarme de ella porque es un ser oscuro, envidioso, maligno y sombrío. Un ser que ni vive ni deja vivir. Un ser que, teniéndolo todo, que, teniendo un marido que la soporta y unas preciosas hijas, es la persona más vacía del mundo. Y también decido alejarme de ella porque... porque... —Tomo aire y a continuación anuncio—: ¡Estoy embarazada y no voy a permitir que mi hijo o mi hija se críe junto a una persona tan mala y con tanta negatividad!

Mis padres abren los ojos descomunalmente.

Ea, ¡acabo de soltar el bombazo del año!

—¿Embarazada tú? —se mofa mi hermana—. ¿A tu edad?

Bueno..., bueno..., bueno... Mejor no respondo porque, como lo haga, le cruzo la cara.

—Pobre niño... —continúa—. Menuda madre le ha tocado.

Oír eso me enerva, me pone enferma, y suelto sin pensar:

—Pobre de ti, ¡que estás mal de la cabeza!

Mi hermana gesticula, mientras que mis padres están en shock. Los mira a la espera de que alguno diga algo, y cuando ninguno abre la boca, exclama:

—¡No me lo puedo creer! ¿En serio no vais a decirle nada? ¿De verdad os quedáis tan frescos sabiendo que... que está embarazada?

Mi padre va a abrir la boca cuando mi madre susurra acercándose a mí:

—Cariño, ¿estás bien?

Afirmo con la cabeza con cariño, pero entonces mi hermana profiere:

—¡Eso! Ahora todos a preocuparse por ella y su jodido embarazo, que sabrá Dios de quién es...

Joder..., joder..., joder... ¡Que al final le voy a dar!

—Teresa, ¡basta ya! Es tu hermana y es mi nieto, ¡se acabó!

¡Olé mi padre!

Pero ella sigue y sigue. Suelta por su fina boca sapos y culebras, hasta que menciona a mi bebé, me acerco a ella y, asiéndola del brazo, siseo:

—Para hablar de mi hijo antes te lavas tu podrida boca. A mí me has dicho durante toda tu aburrida e insulsa vida todo lo que te ha dado la gana. Me has vejado, humillado, insultado, pero como se te ocurra volver a mencionar a la personita que se está formando en mí, te juro que te tragas los dientes uno a uno, y esta vez lo hago sí o sí.

—Eres una ordinaria —insiste.

Asiento, lo soy cuando me lo propongo, y termino:

—Recuerda, Teresa, cuidadito con hablar de mi bebé o te juro que entonces vas a conocer a la Eva con la que nunca has llegado a tratar, ¿vale?

Mis padres siguen en shock. Y, reconociendo que he soltado la noticia de mi embarazo en el peor momento, tras mirar a mi cuñado, que está tan sorprendido como todos, digo:

—Fran, las niñas y tú me seguís teniendo para todo lo que necesitéis —y, dirigiéndome a la idiota, añado con desprecio—: Tú, definitivamente, dejas de ser parte de mi vida.

Acto seguido me encamino hacia la entrada. Estoy atacada. Histérica. Si me ponen un tensiómetro, lo exploto. Y cuando voy a salir de la casa, mi cuñado viene tras de mí, me abraza y pregunta preocupado:

—¿Estás bien?

—Sí.

Durante unos segundos permanecemos abrazados. Entre nosotros sobran las palabras. Y cuando nos separamos, sonríe mirándome a los ojos y susurra:

—Enhorabuena, mamá. ¡Voy a ser tío!

Sin contener las lágrimas, porque ya no puedo, intento sonreír y afirmo:

—Sí. Vas a ser un tío maravilloso.

Dicho esto, y consciente de que cuento con el amor incondicional de mi cuñado, tras un cariñoso beso en la mejilla salgo de la casa y decido ir caminando hasta la mía. Necesito que me dé el aire.

Un rato después llego a mi portal, y estoy abriendo con la llave cuando oigo a mi espalda:

—Eva.

Al volverme, me encuentro con mi padre y mi madre.

¡Ahí están, con la mejor de sus sonrisas y su amor!

Rápidamente me abrazan, me dicen cuánto me quieren y cuánto van a querer a mi bebé, y yo, emocionada, vuelvo a llorar, pero en este momento de felicidad.

43

Tras una noche en la que he dormido fatal por todo lo acontecido con mi hermana, contra todo pronóstico estoy sonriendo.

¡Qué puñeteras son las hormonas!

Según me he despertado he visto que tenía varios mensajes de mis sobrinas en el WhatsApp. Están como locas al saber que van a tener un primito o una primita, y eso me hace tremendamente feliz.

Sentada a la mesa del comedor, desayuno con tranquilidad mientras atiendo llamadas de trabajo y contesto mensajes, hasta que una arcada me hace ir corriendo al baño.

Pero ¿no se habían acabado ya?

Diez minutos después, cuando regreso a la mesa me encuentro bien. Es como si mi cuerpo pasara de cero a cien en cuestión de segundos y, posteriormente, de cien a cero. ¡Increíble!

Adrián y Danica me telefonean. Mi hermano me cuenta que ha llamado a la clínica donde está ingresado Héctor y que le han dicho que no lo está pasando bien. La presión comienza a poder con él. Malo, malo, cuando Héctor empieza así. También me cuenta que mi madre lo ha llamado para explicarle que estoy embarazada y que mis padres están felices con la llegada del nuevo nietecito. ¡Bien!

Asimismo me habla de lo ocurrido con mi hermana Teresa. Le doy mi versión, que sin duda es más descarnada que la de mi madre, y Adrián toma nota. Él sabrá lo que tiene que hacer.

La noche anterior, cuando mis padres vinieron a mi casa no

pararon de mostrarme su apoyo y su amor incondicional, evitando hablar de Teresa. La verdad, sentirlos a mi lado en este momento es lo mejor de lo mejor. En cuanto a mi hermana, ¡paso! No voy a gastar un segundo más de mi vida ni de mi energía pensando en ella. No lo merece.

Una vez que me visto con un pantalón holgado en la cintura, me dirijo hacia el restaurante. Hoy tenemos varias reservas de empresas y el día se presenta a tope.

Durante horas trabajo sin descanso junto a mi equipo. Hoy es el típico día en el que todo está funcionando a las mil maravillas y, mira, ¡lo agradezco!

Tras el turno de comidas, a diferencia de otros días, decido marcharme a casa para descansar un poco. Estoy agotada. Y, en cuanto llego y me tiro en mi sofá, me quedo dormida. Siempre he oído que el sueño ataca a las embarazadas y ¡es totalmente cierto!

* * *

Cuando me despierto son las siete de la tarde; dentro de un par de horas arranca el turno de las cenas. Hablo con Nina y ella me indica que Marcus ya está en el restaurante organizando la cocina, por lo que me quedo más tranquila.

A las ocho, y con mucha pereza, decido salir de casa. Voy caminando en dirección al restaurante cuando de pronto me fijo en el perrete que va delante de mí y me doy cuenta de que es *Olimpia*. Subo la mirada hacia su dueño y, joder, ¡es Marc!

Me detengo en seco. Por suerte, no me ha visto.

No sé hasta qué punto es bueno que su casa, la mía y el restaurante estén tan cerca... Inmóvil en la acera, dejo que se aleje unos metros antes de continuar caminando. Sin quitarle el ojo de encima, lo sigo con la mirada. Veo el reflejo de su rostro en los escaparates cuando pasa y compruebo que está muy serio. Cuando quiero darme cuenta, lo veo entrar en su portal y cerrar la puerta.

Ostras, ¡me he pasado la calle que me llevaba al restaurante!

Doy media vuelta y comienzo a tomar el camino correcto para ir a trabajar, pero de pronto me detengo. No quiero ir al restaurante. Quiero ver a Marc y saber qué le pasa. Por ello giro de nuevo sobre mis talones y voy hacia su portal.

Dudosa, miro el portero automático. ¿Llamo? ¿No llamo? En ese momento, como sucedió el día anterior, la puerta se abre y sale un chiquillo. Sin dudarlo, entro, me meto en el ascensor y cuando, segundos después, estoy frente a su puerta, dudo de nuevo.

¿Llamo? ¿No llamo?

Pero ¿qué hago aquí?

¿Acaso no le dije que se olvidara de mí?

Dudo, dudo y dudo, pero lo cierto es que no puedo marcharme. Su hermano me ha dicho que está enfermo. Lo he visto excesivamente serio cuando él es un hombre que suele sonreír siempre y al final, tomando aire, llamo a su timbre.

44

No pasan ni treinta segundos cuando la puerta de su casa se abre.

Por favorrrrr..., ¡qué guapo está con esa camiseta blanca y ese vaquero!

Aunque... está más delgado y tiene ojeras.

El gesto desconcertado de Marc me hace saber que no me esperaba. ¡Está sorprendido! Y yo, que soy una tía muy echada para adelante, sin medir mis palabras, ni saludar ni nada, suelto al verlo algo más delgado y con ojeras:

—¿Qué te ocurre?

Él levanta una ceja, está visto que no entiende mi pregunta, e insisto:

—¿Qué te ocurre?

Marc no se mueve, yo tampoco, y *Olimpia*, que es un amor, sale entonces feliz y contenta a saludarme. Con gusto, me agacho para tocar a la perrilla, que más graciosa no puede ser, y una vez que ella se da por satisfecha y se va, Marc dice:

—¿Qué haces aquí?

Sin moverme ni responder, me siento tonta, pero él finalmente añade:

—¿Quieres entrar?

Asiento sin dudarlo y lo hago.

Cuando cierra la puerta, pregunta mirándome:

—¿Quieres algo de beber?

Estoy sedienta, tengo la lengua como una alpargata, y viendo que él lleva un vaso en las manos, digo:

—¿Qué bebes tú?

—Zumo de piña.

Vaya, ¡qué sanote!, y afirmo:

—Me apunto al zumo de piña.

Sin cambiar su gesto serio, se dirige a la cocina y yo, nerviosa porque todavía no he procesado qué narices hago aquí, salgo a la pequeña terraza con *Olimpia*. Durante unos minutos juego con la perra hasta que aparece Marc. Deja su vaso y el mío sobre la mesita redonda y, mirándome, repite:

—¿Qué haces aquí?

Suspiro. La verdad..., ¡no lo sé ni yo! Pero, omitiendo la visita de Felipe para no meterlo en un marrón, pregunto directamente:

—Me he enterado de que te pasa algo y, aunque no acabamos bien, me gustaría saber qué te sucede.

Oír eso lo desconcierta, y pregunta:

—¿Quién te ha dicho que estoy enfermo?

Vale. Confirmado. Felipe tenía razón.

Dudo si mencionar mi fuente o no. No quiero meter a su hermano en problemas, por lo que al final decido contestar:

—Eso es lo de menos.

Marc asiente. Conociéndolo como lo conozco, lo veo muy serio, no sonríe, y finalmente musita:

—Agradezco tu preocupación, pero...

Lo agarro de la mano. ¡Uf, qué chispazo he notado! Y, sin dejarlo terminar, susurro:

—Marc, por favor, ¿qué te pasa?

Él se sienta. A continuación suelta mi mano, da un trago a su bebida y, mirándome, declara:

—Tengo cáncer.

Según oigo esa palabra tan temida por toda la humanidad, me quedo en blanco. ¡¿Cáncer?! No..., no puede ser. No lo habré entendido bien. Marc no puede tener esa maldita enfermedad. Marc lucha contra él..., ¿cómo va a tener cáncer?

Y, notando que o me siento o me desmayaré, hago lo primero.

Nos quedamos unos segundos en silencio y luego doy un trago al zumo que ha preparado para mí. Es imposible creer lo que dice.

Marc es un tío sano. No fuma. No bebe. Hace deporte. Se cuida. Vamos, que hace todo lo contrario que yo, y cuando voy a hablar siento que comienzo a encontrarme mal.

Uf..., se me nubla la vista y un zumbido parece taladrarme la cabeza mientras noto que me tiembla todo el cuerpo sin que pueda controlarlo.

—Eva, ¿estás bien?

Niego con la cabeza. No, no estoy bien. Y, mirándolo, murmuro:

—Creo... creo que me estoy mareando.

Rápidamente Marc me levanta de la silla, me lleva hasta el sofá, me tumba, pone mis pies sobre algo y musita dándome aire con una revista:

—Estás muy pálida.

Si él lo dice, será verdad, y como puedo balbuceo:

—Marc..., no puede ser. No puede ser...

Sé que sabe que hablo de su cáncer, pero ignorando lo que digo, indica:

—Toma aire por la nariz y expúlsalo lentamente por la boca.

Hago lo que me pide.

Se arrodilla junto a mí, y ambos tomamos aire al mismo tiempo y luego lo expulsamos. Nos miramos a los ojos mientras lo hacemos en varias ocasiones y poco a poco comienzo a encontrarme mejor.

Aun así, joder, me siento fatal. Me acaba de decir que tiene cáncer y yo, en vez de estar fuerte para darle ánimos, estoy aquí montando el numerito. Estoy pensando en ello cuando lo oigo susurrar:

—Parece que estemos en una clase de preparto.

Sonrío. ¡Si él supiera...!

Cuando minutos después le juro y perjuro que me siento mejor, permite que me incorpore en el sofá. Estoy avergonzada. Joder, qué inoportuna soy, aunque creo que ha sido a causa de la impresión.

Repuesta del todo, me pongo en pie y volvemos a salir a su terraza. En silencio nos sentamos, bebemos de nuestros vasos de zumo y luego pregunto tomando aire:

—¿Cómo estás?

Marc se encoge de hombros.

—De momento, bien. Pero cuando comience con la quimio posiblemente todo cambiará.

—¿Cuándo empiezas?

—Dentro de diez días.

Suspiro. Cojo aire por la nariz y, mirándolo, pregunto:

—¿Puedo preguntarte qué tipo de cáncer es?

—Linfoma de Hodgkin.

Vale, no tengo ni idea de qué es eso. Lo miraré en Google al llegar a casa, pero entonces oigo que añade:

—Cáncer de ganglios. Es la segunda vez que lo tengo.

—¡¿La segunda vez?!

Marc asiente y luego musita tocándose su corto cabello:

—Una vez me preguntaste por qué llevo el pelo tan corto.

Parpadeo sin entender.

—La primera vez —continúa—, se me cayó todo con la quimioterapia. Recuerdo que me impresionó tanto verlo que, cuando me recuperé, decidí dejármelo corto, así, si me volvía a pasar, no notaría un cambio tan drástico.

Como una tonta, asiento, y entonces pienso en lo que Felipe me dijo. ¿Será cierto que Marc me mintió para alejarme de él a causa de su enfermedad?

Brevemente me cuenta cómo antes ya luchó contra ese tipo de cáncer, y yo pregunto incapaz de callar:

—¿Me alejaste de ti a causa de tu enfermedad?

Marc me mira y yo insisto:

—¿Me mentiste diciéndome que te marchabas de viaje para alejarme de ti?

Según digo eso, él se levanta y, con gesto incómodo, murmura:

—Lo voy a matar.

Vale. Sin necesidad de que ninguno de los dos mencione su nombre, ambos sabemos que estamos hablando de Felipe.

Y, levantándome yo también, me acerco a él e insisto:

—¿Por qué?

—Eva...

—¿Por qué lo hiciste?

—Porque no sería justo para ti. ¡Odias los hospitales!

Oír eso me deja sin habla. Lo que Felipe decía era cierto. Me mintió aposta.

—¡Pero ¿tú eres tonto?! —siseo enfadada—. ¿Cómo se te ocurre hacer una cosa así?

Marc cierra los ojos, toma aire y, cuando los abre, dice:

—Mi padre murió a causa de un linfoma de Hodgkin.

—¿Es hereditario? —pregunto alarmada al pensar en mi Caramelito.

Marc se encoge de hombros.

—Hay expertos que ven cierta predisposición, pero en los estudios realizados solo un uno por ciento de los familiares directos hereda la enfermedad.

—¿Me estás diciendo que en ese uno por ciento has entrado tú por tenerlo tu padre?

—A la vista está. Mi hermano, por suerte, y espero que siga así, nunca lo ha padecido, y en la familia de mi padre él fue el único que tuvo la enfermedad, aparte de mí.

Asiento. Saber eso me deja un poco más tranquila, pero entonces susurro dejándome llevar:

—Marc..., mírame.

Sus ojos se clavan en mí. Desde que he llegado no ha sonreído ni una sola vez, y tras suspirar musita:

—Mi relación con Pilar, mi exnovia, duró cuatro años. Al tercero me diagnosticaron linfoma de Hodgkin. Fue un palo recibir la noticia, y más después de lo que le había ocurrido a mi padre, pero ella decidió estar a mi lado. Sin embargo, ser el acompañante de un enfermo no es fácil, y ser la novia menos aún. Durante el tiempo que luchas contra el bicho se presentan complicaciones, infinidad de momentos duros, y Pilar no lo soportó. Me dejó a través de un mensaje de WhatsApp. Eso me hundió y lo pasé muy mal.

Acto seguido coge su teléfono. Busca algo en él y me lo tiende. Sin entender nada, lo cojo y leo:

Cuando esa enfermedad apareció en nuestras vidas, creí que sería capaz de estar a tu lado sujetándote la cabeza mientras vomitabas y que podría ayudarte durante tus sudores nocturnos o las fiebres, pero no... He visto que no soy capaz. Tu enfermedad, los hospitales y todo lo que te rodea me supera. Ayer hablamos largo y tendido y, cuando dijiste que de las muchas secuelas que podrían quedarte por tu tratamiento una de ellas podría ser no tener hijos, supe que nuestras vidas tenían que separarse. Soy cruel. Lo sé. Sé que me odiarás por lo que estás leyendo. Pero siempre hemos sido sinceros el uno con el otro, y desde hace tiempo, cuando te miro, no veo al Marc fuerte y poderoso del que me enamoré porque ahora solo veo en ti a un hombre débil y enfermo por el que no siento nada excepto pena.
Marc, tengo que decirte adiós. Por favor, hagámoslo fácil y no te pongas en contacto conmigo. Respeta mi decisión. Espero que te recuperes, que la vida te vaya bien y que algún día me puedas perdonar.

El mensaje hace que mi sangre se revolucione, e, incapaz de callar lo que siento, mascullo mirándolo:

—Esta tía es una cerda, por no decir algo peor... Pero ¿cómo te pudo escribir esto cuando más la podías necesitar y quedarse tan ancha?

Veo que mi comentario le hace gracia.

Y, cuando va a hablar, suena el teléfono fijo de la casa. Marc me hace una señal con la mano pidiéndome un segundo y yo asiento.

Mientras atiende la llamada, vuelvo a leer el mensaje de la tal Pilar. ¡Pero qué mala persona! ¿Cómo puede alguien hacer algo así sin pensar en el dolor tan inmenso que va a ocasionar? Joder, ¡que era su novia!

Llama mi atención el motivo por el que aquella decidió acabar su relación con él y suspiro al pensar en mi Caramelito. Estoy embarazada de Marc. Él no lo sabe y, lo peor, con lo que le está pasando, ¿será una buena noticia para él o lo asfixiará más aún?

Instantes después, cuando regresa a la terraza, le pregunto:

—¿Por qué guardas este mensaje?

Marc se pone a mi lado, apoya la cadera en la barandilla de la terraza e indica:

—Porque los seres humanos somos así de masoquistas.

Asiento, lo entiendo. Yo también miraba las fotos que tenía con Lionel durante meses, hasta que un día mis hermanos Héctor y Adrián se las llevaron todas y las quemaron. Recuerdo el enfado que me pillé con ellos. ¡Casi los mato! Pero reconozco que dejar de verlas me hizo mucho bien.

Nos miramos en un extraño silencio y luego pregunto:

—¿Físicamente me parezco a Pilar?

—No.

—¿Y mentalmente?

—Menos aún.

—¿Entonces...?

—Entonces ¿qué? —dice

Le devuelvo el teléfono e insisto:

—Entonces ¿por qué crees que yo habría reaccionado como esa cerda?

Marc sonríe, ¡por fin!, y musita:

—No la llames así.

—Puedo llamarla «hija de puta» si te parece mejor, aunque su madre sea una santa.

Él vuelve a sonreír.

—Echaba de menos tu irreverente sinceridad —señala.

Ahora la que sonríe soy yo, e insisto:

—Pues si hablamos de sinceridad, dime por qué me comparaste con ella. Quiero saberlo.

—Llevábamos poco más de tres meses —contesta—. Sé el pánico que te dan los hospitales y las enfermedades.

—Pero, Marc...

—No quería que dejaras de ver al hombre que soy para ver a un enfermo que da pena.

Oír eso me parte el corazón. Cuánto daño tuvo que hacerle la imbécil de su ex con ese comentario. Qué mal debió de sentirse Marc para que haya reaccionado así ante lo que le está ocurriendo. Y sin dejar de mirarlo susurro:

—Ese «no» al inicio de la frase lo convierte todo en negatividad.

—Sé de lo que hablo, Eva —me corta—. Soy cirujano oncólogo y padezco un cáncer. Tengo la capacidad de ver la enfermedad desde los dos lados y sé a lo que me enfrento y, sobre todo, se enfrentan las personas que están junto a mí. Simplemente no querría que la historia volviera a repetirse.

Me emocionan sus palabras. Deseo abrazarlo, decirle cuánto lo quiero, cuánto lo he echado de menos, pero entonces añade:

—Ahora vienen tiempos difíciles para mí y para quienes estén a mi lado. Me esperan meses de sesiones de quimioterapia, radioterapia, y aunque en ocasiones los efectos secundarios son leves, otras no, y..., bueno, es complicado. —En su gesto veo el dolor, la pena, la tristeza. Y tomando aire musita—: Sé que odias la mentira por lo que te hizo tu ex, y sabía que si te mentía no me lo perdonarías y eso te alejaría de mí. Y..., bueno, aquel día te seguí. No podía seguir mintiéndote y necesitaba destapar la farsa. Por eso aparecí en la terraza en la que estabas con Nina.

Ahora puedo entender la increíble coincidencia con lo grande que es Madrid...

—Créeme que no fue fácil para mí ver la decepción en tu rostro —añade—. Yo estaba loco por ti. Eras lo mejor que me había pasado en la vida y nada me habría gustado más que haber proseguido la relación contigo.

¡Ay..., que lloro!

¡Ay..., que me emociono!

¡Ay..., cuánto lo quiero!

—Incluso se me pasó por la cabeza la loca idea de pedirte que te casaras conmigo en esa iglesia de Ibiza que te gusta. Desde la que me contaste que se combatía a los piratas.

Mi corazón se acelera. Ay... Ay... Ay...

Saber eso me hace querer llorar como un orco, y murmuro al borde del berrinche:

—¿San Antonio?

Marc asiente.

Noto que me falta el aire, y susurro:

—¿Te habrías casado conmigo?

—Con los ojos cerrados —afirma con convicción.

¡Me quiero morir!

Yo lo amo, lo adoro. No he podido dejar de quererlo, y ahora que sé la verdad de por qué hizo lo que hizo, creo que, a pesar de las ganas que siento de matarlo, ¡lo quiero más aún! E, incapaz de callar, pregunto:

—¿«Estabas»? ¿«Era»?

En cuanto lo digo, veo que me entiende, de tonto no tiene un pelo, y sin dudarlo afirma:

—*Estoy* loco por ti y *eres* lo mejor que me ha pasado en la vida. Y aunque te alejé de mí, no ha habido un segundo de cada día que no me arrepintiera. Sin embargo, quiero tu felicidad y a mi lado no la vas a tener.

—Marc, pero ¿qué dices?... —musito en un hilo de voz.

Veo que asiente y toma aire para proseguir, y yo digo sin dar crédito:

—Me quieres pero, por tu enfermedad, todo se acabó.

Marc asiente y yo, incapaz de callar, suelto:

—¡Vete a la mierda!

Él sonríe y, mirándome, cuchichea:

—No sabes cuánto he añorado oírte decir eso.

Le doy... Juro que le doy. Me está volviendo loca. Me quiere pero no desea que esté a su lado. Añora que le diga cosas pero no me llama. Y replico:

—¿En serio no piensas en esos besos, en esas caricias, esas sonrisas y esos momentos preciosos, entre ellos mandarte a la mierda, que nos vamos a perder porque tú crees que...?

—Eva —me interrumpe—. No lo hagas más difícil.

Suspiro. No sé qué decir ni qué pensar.

—Es contradictorio lo que hago y lo que digo, lo sé —agrega—. Pero el miedo a decepcionarte me hace reaccionar así y...

—¿A decepcionarme? Por Dios, Marc, que tú no has elegido tener cáncer, como mañana no lo elegiría yo y...

—Cielo —me corta—, no puedo soportar que dejes de verme a mí para ver tan solo a un hombre enfermo.

Joder... Joder... Joder...

A Dios pongo por testigo que, si me encuentro con la maldita Pilar, ¡le parto la cara por el daño que le hizo a Marc!

Y estoy a punto de abrazarlo cuando dice en voz baja:

—Si algo me enseñó la enfermedad es que tengo que disfrutar cada segundo de mi vida todo lo que pueda y más. Por eso no me gusta discutir. Por eso nunca hago planes, sino que improviso. Por eso te dije que un día sin sonreír era un día perdido.

Los ojos me rebosan de lágrimas. Ahora lo entiendo todo. Ahora entiendo a Marc.

Desde el día que lo conocí, con su manera de ser, de hablarme, de decirme las cosas, Marc me hacía ver que la vida era hoy, no mañana, pero yo no lo entendía. En cambio, ahora sí. Ahora lo entiendo todo. Ahora comprendo su maravillosa manera de ser, de querer, de disfrutar... Intento no llorar, pero es imposible. Las compuertas de mis ojos se desbordan y, ea, ¡a berrear!

Conmovido por mis lágrimas, Marc se dispone a abrazarme, pero, consciente de que aún quedan cosas por decir, yo me echo atrás. Ese gesto mío veo que le duele y, volviendo a su posición inicial, susurra:

—Entiendo que tus sentimientos hacia mí hayan cambiado.

Nos quedamos unos segundos en silencio sin rozarnos, sin tocarnos, hasta que consigo dejar de llorar y murmuro mirándolo:

—Por lo que he intuido del mensaje, para Pilar era importante tener hijos y por eso te dejó, ¿verdad? —Marc asiente y yo pregunto—: ¿Y para ti es importante?

Noto que la pregunta lo incomoda, me lo dicen sus movimientos, y al final responde:

—Sinceramente, es algo en lo que no suelo pensar.

—¿Nunca has pensado en tener hijos? —pregunto sonriendo.

Marc menea la cabeza.

—A ver, claro que lo he pensado y por supuesto que me habría gustado. Pero cuando tuve pareja el tema se complicó a causa de mi tratamiento, y ahora soy consciente de que con el nuevo tratamiento se volverá a complicar, por lo que dudo que los tenga.

Asiento. Se lo tengo que contar. Tiene que saber que va a ser padre, pero entonces me dice:

—Eva, tengo cáncer y, aunque voy a tratarme, también cabe la posibilidad de...

Le tapo la boca con la mano y, consciente de lo que iba a decir, siseo:

—Ni se te ocurra decirlo.

Marc se desespera, se quita la mano de la boca y replica:

—Sé que no es agradable oírlo, pero se pueden presentar complicaciones y hay que estar preparado para todo. Créeme, soy médico, sé de lo que hablo.

Me niego. No quiero pensar que pueda morir, y suelto enfadada:

—Eres un idiota, un imbécil, ¡un atontado!

—Vaya..., gracias —se mofa.

Y, señalándolo con el dedo, añado:

—Ni te imaginas cuánto te echo de menos y cuánto te necesito. Por lo que ni se te ocurra pensar por un momento que voy a permitir que te alejes de mí, ¿te has enterado?

Ea, ¡a llorar otra vez!

Marc me mira. Debe de pensar que soy una veleta. Río, lloro, lo insulto... Pero lo quiero, y recordando algo cojo mi bolso. Rebusco en él hasta encontrar mi cartera, saco un objeto de ella y se lo muestro.

—Eva, no sigas —murmura.

Pero, sí, voy a seguir. A mí ya no me para nadie. Y, dejando la piedrecita en el suelo ante él, suelto:

—Con esto creo que te lo digo todo.

Marc mira la piedra, pero no responde.

—¿No la vas a coger? —insisto.

Él continúa sin responder, sin moverse. Creo que lo he dejado sin palabras.

—Vale —añado nerviosa—. Ya sé que es el pingüino macho el que la pone ante la hembra, pero mira, Marc, ¡los tiempos han cambiado! Estamos en el siglo XXI. Y como la pingüina reivindicativa que soy, yo te elijo a ti.

Veo cómo sus ojos se llenan de lágrimas. Oír eso lo emociona. E insisto:

—Te quiero.

Woooo, ¡madre mía, lo que he dicho!

Le acabo de decir «Te quiero» mirándolo a los ojos.

Marc casi no respira. Es la primera vez que empleo esas palabras, y hasta yo me sorprendo.

—Eva —balbucea—, creo que...

—Te quiero. Te quiero y te quiero y tienes que saberlo. Quiero besos. Quiero caricias. Quiero nuestros instantes y te quiero a ti.

—No es buen momento y...

—Que me da igual que sea buen momento o no —lo corto—. ¡Te quiero!

—Eva..., estoy enfermo.

—¡¿Y...?!

—Que el futuro hoy por hoy es incierto. Habrá momentos tan malos que puede que no te compense estar a mi lado. Que lo último que querré será hacerte el amor porque no voy a tener fuerzas ni para levantarme de la cama y, joder, Eva..., puedo morir —susurra conmovido.

Vale, la realidad es complicada, pero indico mirándolo:

—Mientras estés a mi lado, el sexo y cualquier otra cosa son secundarios para mí.

—Eva, no sabes lo que dices.

—Perdona, guapo, pero el que no sabe lo que dice eres tú —afirmo convencida.

—Eva...

—No me importa lo que digas.

Piensa qué contestar, sabe que no me valdrá cualquier argumento y, sin darle tiempo a pensar, pregunto:

—Has dicho que me quieres... ¿Por qué nos haces esto?

—Claro que te quiero. Te quiero como nunca he querido a nadie. Pero...

No lo dejo acabar. Saber que me quiere es todo lo que necesito y, poniendo mi mano sobre su boca para acallarlo, siseo:

—Pues si me quieres tanto como yo te quiero a ti, coge la maldita piedrecita y deja de poner tu enfermedad como un obstáculo entre tú y yo. Me importa una mierda el sexo. Me importa una mierda todo. Te quiero, me quieres, y no pienso renunciar a ti.

Suspira. Resopla. Su negatividad me sorprende, pues él es el tío más positivo que conozco.

—Yo no soy Pilar —insisto—. ¡Soy Eva! No soy ni una reina ni una princesa. ¡Soy una bruja! ¡Tu bruja y tu pingüina! Y voy a luchar por ti y junto a ti, te guste o no, ¿me has entendido?

Marc asiente, sus ojos se llenan de lágrimas y, cuando se agacha y coge la piedrecita, musito emocionada:

—Cariño, no vuelvas a echarme de tu vida porque, cuando yo quiero, quiero de verdad, y a ti, doctor Sarriá, te quiero con toda el alma y dudo que me vaya a desenamorar de ti por muy enfermo que te vea, como sé que tú no te desenamorarías de mí si fuera al revés.

Emocionado, Marc asiente, y exijo:

—Necesito que me abraces.

Las lágrimas se concentran en sus ojos, intenta no llorar, y lo oigo murmurar:

—Cariño, no va a ser fácil. Será muy complicado.

Afirmo con la cabeza. Imagino que luchar contra una enfermedad tan terrible como el cáncer no es fácil, pero, consciente de que yo voy a estar a su lado sí o sí, digo:

—Lo que no es fácil es vivir sin ti.

Marc finalmente se derrumba. Cae sobre la silla y las lágrimas de sus ojos se desbordan. Llora.

Que llore no lo hace menos hombre.

Que llore me hace sentir que es tan humano como yo.

Que llore me hace quererlo mucho... mucho más.

Ver esa parte suya que no conocía y que muchos hombres se empeñan en ocultar por esa gilipollez de «los hombres no lloran» me enternece. Se limpia las lágrimas y susurra con la piedrecita en las manos:

—La enfermedad me hará tener días malos. Mi carácter cambiará y...

—Tranquilo —lo corto, y para infundirle humor añado—: Te mandaré a la mierda si veo que te pasas en exceso. ¡Ya me conoces y sabes que no tengo pelos en la lengua!

Marc ríe y llora. Ver las lágrimas resbalándole por el rostro me conmueve y me emociona.

En el tiempo que llevamos juntos, cuando me ha hablado de sus pacientes y sus tratamientos, las palabras que siempre utilizaba eran *motivación*, *cariño*, *complicidad* y *positividad*. Él ahora necesita eso y yo se lo voy a dar. Por ello, mirándolo, voy a decir algo cuando él murmura levantándose de nuevo:

—Soy un llorón.

—¡Ya somos dos! —me mofo.

Como atraídos por un imán, finalmente nos abrazamos. Permanecemos así, en silencio, durante un rato y, cuando nos separamos, nos miramos a los ojos. Sobran las palabras. Acto seguido, tras un dulce beso en los labios que me sabe a vida, afirmo:

—Tú y yo vamos a vivir el hoy, ¿me has oído? —Marc asiente—. Te voy a dar todo el cariño del mundo. Te voy a motivar hasta agotarte. Voy a ser tu cómplice en tus peores y en tus mejores momentos. Y cuando tu humor se vuelva oscuro, tranquilo, que además de mandarte a la mierda, también prometo estar ahí para intentar que vuelva a aclararse. Y en cuanto a la positividad, tú de eso tienes a raudales, pero si se te agota, no te preocupes: ahí voy a estar yo para recargarte de ella.

—Ya me la estás recargando.

—¡Esa es la intención! Y ahora, negatividad fuera, ¿vale? A partir de ahora solo necesitamos y queremos ¡positividad!

Marc por fin se ríe. Sabe que si digo esas palabras es por la cantidad de veces que se las he oído decir a él.

—Eres el hombre más increíble que he conocido —añado—. Eres el tipo más bueno y de mejor corazón que hay sobre la faz de la Tierra. Eres el hombre del que estoy enamorada como una chiquilla, pero también eres el ser más tonto del mundo por enamorarte de mí. —Ambos sonreímos y luego continúo—: Una vez me dijiste que la felicidad no se buscaba..., se creaba. Y tú, cariño mío, eres mi felicidad y tienes que saber que juntos hemos creado algo muy especial sin planearlo ni imaginarlo.

Según explico eso, Marc, que sonríe, ladea la cabeza sin entender lo que acabo de decir. Entonces, cogiendo su mano, la poso sobre mi tripa y, sin dejar de mirarlo a los ojos, declaro:

—Debes saber que la vida te va a sorprender alrededor del día 21 de diciembre.

Él parpadea. Su mirada va de mi tripa a mis ojos y viceversa.

—No te entiendo —susurra despacio.

Aisss, ¡hombre tenía que ser! Pero, comprendiendo su estado de shock, exclamo:

—¡Vas a ser papá!

Parpadea. ¡Flipa!

—¿Estás embarazada?

—Sí —afirmo con total convencimiento.

—¿De mí?

¡Joder!, la duda ofende. Pero, entendiéndolo, bromeo:

—No..., del Pato Donald.

Noto que se le acelera la respiración.

—¿Vamos a tener un bebé? —pregunta.

—Sí, cariño. Contra todo pronóstico, vamos a tener un bebé. ¡Estoy de cuatro meses y medio! Creo que me quedé embarazada la noche que nos conocimos, cuando, dejándonos llevar por la pasión del momento, no te pusiste preservativo —digo de buen humor.

Él asiente con la cabeza. La noticia lo ha pillado del mismo modo que me pilló a mí el día que me enteré. Y, de pronto, da un traspié y murmura mirándome:

—Creo... creo que me estoy mareando.

Me apresuro a sujetarlo. Está pálido.

¡Ay, Dios!

Sin dudarlo, lo llevo al interior de la casa y hago que se tumbe en el sofá. Veo que deja la piedra sobre la mesita y le levanto los pies en el aire.

Marc cierra los ojos. Inspira por la nariz y exhala por la boca. Me entra la risa. Esto es surrealista... Él mareado y yo partiéndome de la risa.

¡Si es que soy lo peor!

Corro a la cocina y lleno un vaso con agua, mientras *Olimpia* corretea entre mis piernas sin entender lo que ocurre, y de pronto me siento culpable.

¡Joder, Marc está enfermo y yo dándole esta noticia!

Regreso al comedor con el agua. Y, cuando por fin el color vuelve a su rostro y abre los ojos, se sienta y le doy el vaso.

—Ay, Dios, lo siento. Lo siento..., lo siento. Quizá no era el momento más apropiado para decírtelo.

Marc bebe el agua sentado en el sofá. Se termina el vaso y luego, mirándome, dice en un hilo de voz:

—¿Tú y yo vamos a ser padres?

—Sí, cariño —asiento.

Entonces me abraza. Me besa. Se levanta. Comienza a dar saltos y gritos de alegría por la casa.

¡Ay, Dios, que se va a marear otra vez!

Le grita a *Olimpia* que va a tener un hermanito y yo lo miro sorprendida por su completa felicidad. Su gesto vuelve a ser el del Marc que yo conocía. Positivo. Alegre. Su sonrisa vuelve a ser ¡amplia, luminosa! Y cuando, segundos después, se sienta de nuevo a mi lado, susurra:

—Cariño, ¡me acabas de dar la vida!

Asiento desconcertada, y murmuro:

—Por un momento, pensé que te la estaba quitando.

Me abraza de nuevo. Me besa. Se vuelve loco, y cuando por fin para, pregunta:

—¿Estás bien?

—Sí, ¡aunque mi viaje a Groenlandia se fue al garete!

—¿Cómo te encuentras?

—Bien, pero lloro hasta leyendo la etiqueta de la mayonesa.

—¿Has ido al médico?

—Sí.

—¿Qué pruebas te han hecho?

—Todas las del mundo.

Sonriendo por lo acelerado que lo veo ante la noticia que le acabo de dar, antes de que me haga otra pregunta, afirmo:

—El Caramelito y yo estamos perfectos.

—¿«Caramelito»?

Asiento y él ríe. Su sonrisa vuelve a ser igual de impresionante que siempre, y yo me requetenamoro de él otra vez.

Por favor, ¿cómo se puede querer tanto?

¿Cómo pretendía vivir lejos del hombre que llena mi vida completamente?

Y, como soy una loca que funciona por impulsos, como dice la imbécil de mi hermana, le cojo la mano y pido mirándolo a los ojos:

—Marc, ¡cásate conmigo!

Boquiabierto, él me mira a su vez y pregunta en un hilo de voz:

—¿Qué dices?

—¡Eres mi pingüino! ¡Cásate conmigo! —insisto.

Joder, ¡no gana para sustos conmigo!

Por Dios, pero ¿qué acabo de hacer?

¿Acaso pretendo que se maree otra vez?

Pero, acelerada por la vergüenza que estoy pasando por lo que acabo de proponerle, añado:

—La vida te vuelve a sorprender, ¿eh?

Marc asiente. No sé hasta qué punto tanta sorpresa le va a venir bien. Pero entonces pregunta:

—¿En Los Jerónimos?

—¡Ni de coña! —Me río divertida y añado—: Vivamos el hoy; el mañana ya se verá.

Él no dice nada, solo me mira, e insisto:

—Oriol, el párroco de la iglesia de San Antonio, es mi amigo. Me casaría hoy mismo contigo.

Marc sigue ojiplático, y de pronto susurra:

—¿Lo dices en serio?
—Nunca he hablado tan en serio —afirmo.
—Estás loca...
—Acéptalo..., es parte de mi encanto —me mofo divertida.
Él asiente, me parece que no cree lo que está oyendo, y musita:
—Será imposible hacer viaje de novios. Dentro de unos días comienzo la quimioterapia y...
—Ya lo haremos —lo corto, y luego afirmo—: No hay prisa.
Nos miramos en silencio hasta que, con los nervios a flor de piel, indico:
—Escucha, cielo, te lo estoy pidiendo por mí, no por el bebé. Te cases o no te cases conmigo, tú eres el padre del Caramelito.
Marc sonríe abiertamente. Por Dios, ¡vuelve a sonreír!
De pronto me pide un segundo con la mano y desaparece.
¿En serio huye? ¿Se va?
Cuando vuelve, me enseña algo y dice:
—Este anillo lo compré para ti.
¡Ostras! ¿En serio?
Boquiabierta, miro el delicado anillo de oro blanco y él añade:
—Pensaba pedirte matrimonio con él antes de saber los resultados de...
—Sí, quiero —declaro sin dejarlo terminar.
—Esto es una locura —murmura emocionado a media voz.
—¡Vivan las locuras! —afirmo.
Y, sin más, me pone el anillo. Se me ajusta perfectamente al dedo, y nos besamos mientras *Olimpia* nos observa subida al sofá.
Tras el romántico y esperado beso, Marc sonríe y yo murmuro:
—Aún espero tu respuesta.
Él pasea su nariz por encima de la mía. Su mirada lo dice todo.
—Sí, quiero —susurra entonces.
Nos volvemos a besar y, con complicidad, reímos. Pero ¿qué locura vamos a hacer?
Hemos amanecido el día por separado. Cada uno por su lado. Cada uno viviendo su propia vida y, de pronto, ¿nos casamos?
No me digas..., no me digas... ¡que este tipo de cosas no son las que le pasan a Bridget Jones!

Estamos felices. Nos hemos reencontrado. Y entonces él, mirándome a los ojos, anuncia:

—Nos casaremos en la iglesia de San Antonio ¡mañana mismo!

Me entra la risa floja.

—Bueno, mañana..., mañana... —murmuro.

—Bruja, ¿ya te estás rajando? —se mofa.

Divertida, niego con la cabeza.

—Mañana es precipitado, pero conociendo a Oriol, en cuanto lo llame por teléfono, seguro que me da fecha para la semana que viene.

—Perfecto.

—¿Algún día en especial?

Marc sonríe y, sin soltarme, cuchichea:

—A mí me da igual, pero si queremos que venga la familia, mejor que sea el viernes o el sábado, así les damos unos días para organizarse. ¿Qué te parece?

Tiene razón. Yo quiero que venga mi familia, como imagino que él quiere que venga la suya, y afirmo:

—¡De acuerdo!

Y, sacándome el móvil del bolsillo del pantalón, se lo enseño y pregunto:

—¿Lo llamo?

—Ya estás tardando.

Divertida por el momento, busco en mi agenda el número de Oriol mientras Marc se sienta en el sofá y me sienta sobre él. Después de dos timbrazos, mi amigo me saluda y, tras explicarle el motivo de mi llamada, se alegra y, sin problema, me da fecha.

Una vez que cuelgo, miro a Marc y musito:

—El viernes a las cinco de la tarde.

—Excelente día y hora.

Creo que la locura se ha apoderado por completo de nosotros, pero soy feliz, muy feliz. Y, mirándolo a los ojos, susurro:

—Le estoy cogiendo el gustillo a esto de que la vida me sorprenda.

Marc se ríe. Yo también. Amo a este hombre con locura y..., joder, ¡que nos vamos a casar!

45

¡Que me caso!

Estoy histérica, nerviosa y altamente emocionada como nunca habría imaginado, pero al mismo tiempo estoy preocupada y agitada por su enfermedad.

Se puede decir que estoy en un momento agridulce, pero por Marc y por el Caramelito debo estar bien. Ambos me necesitan.

Marc está como loco con la noticia del bebé. Ha vuelto a sonreír, la positividad se ha apoderado otra vez de él y me mima en exceso.

A nuestra boda en Ibiza asistirán la madre de Marc, su hermano Felipe y también algunos amigos suyos. De mi parte irán mis padres, mi hermano Adrián con Danica, Nina, algunos amigos de Ibiza, mis sobrinas y mi cuñado Fran. A la innombrable de mi hermana no la he invitado. Es más, le he dejado muy clarito a mi madre que, como se le ocurra aparecer, la echo a patadas.

Tras remover cielo y tierra conseguí hablar con Héctor en la clínica para darle la noticia. Saber que se va a perder mi boda no le hace mucha gracia, pero le he prometido celebrarlo de nuevo cuando él salga. Eso creo que lo reconforta, aunque a mí me parte el corazón no tenerlo a mi lado en un día tan especial.

Mis padres no caben en sí del asombro. Un día se enteran de que estoy embarazada y no quiero hablar del padre del bebé y, pocas horas después, los llamo para decirles que me caso con el doctor que les presenté en el hospital cuando Héctor estuvo ingresado y que, mira tú por dónde, ¡es el padre del Caramelito!

Mi madre solloza. Mi padre se ríe. Imagino que pensarán que sigo siendo la misma cabra loca de siempre, pero finalmente los dos se rinden ante mi felicidad. Si lo que quiero es eso, ¡ellos estarán conmigo!

No les hablo de la enfermedad de Marc. Sé que eso empañaría nuestra felicidad y los preocuparía. Quiero que vivan la boda felices y, después, ya les contaré lo que ocurre.

Pienso en la madre de Marc. No la conozco, lo que me agobia un poco. Él prefiere presentármela el día antes de la boda. ¡Menuda locura! Y aunque me ha dicho que no debo preocuparme por nada, aun así lo hago. Joder, ¡que va a ser mi suegra!

Tras hablar por teléfono con mi familia y quedar con ellos en que llegarán a Ibiza el viernes por la mañana, les hago saber que no pueden decir nada sobre mi embarazo. Marc aún no se lo ha contado ni a su madre ni a su hermano, bastante impresión ha sido ya decirles que se casa, y quiere que el bebé sea una sorpresa durante el brindis de la boda. Si él quiere que su familia se entere de ese modo, ¡así será!

* * *

El miércoles Marc y yo aterrizamos en Ibiza con *Olimpia*. El gran día es el viernes y queremos organizarlo todo como es debido. Cuando llegamos al aeropuerto, tras recogernos mi amigo Oriol, que, por cierto, nada más ver a Marc noto que se caen bien, nos lleva a mi casa.

Una vez que él arranca el coche y nos deja, Marc contempla mi preciosa casita blanca y susurra:

—Frente al mar..., ¡menudo lujazo!

Asiento. La verdad, sé que es un lujo tener una casita ahí.

—¡El Paraíso! —añade.

Según oigo eso, sonrío. Junto a la puerta de entrada cuelga un cartelito con el nombre de la finca.

—Bienvenido —declaro.

Marc entra con *Olimpia* sujeta por la correa, y mientras abro las ventanas soy consciente de cómo lo mira todo a su alrededor. Mi casa es muy bonita, está en un precioso lugar de la isla.

—Te aseguro que cuando la compré —digo—, lo único bonito que tenía eran las vistas al mar. Pero, tras una acertada reforma, que duró más de lo que nunca habría imaginado, ahora soy consciente de que esta casa es realmente ¡El Paraíso!

Ambos reímos y luego, cogiendo su mano, le hago un recorrido por la villa. Dos habitaciones, dos baños, un gran salón comedor unido a la cocina, patio delantero y piscina con jardín y total intimidad en el patio trasero.

Cuando terminamos, Marc me abraza y me pregunta:

—¿Estás bien?

Asiento, sé que lo dice por el embarazo, y respondo:

—Sí. ¿Y tú?

Él afirma con la cabeza y, sin querer pasarme de pesada, pues estaría todo el día preguntando cómo se encuentra, señalo el jardín trasero e indico:

—La cena de la boda y la fiesta las haremos aquí. ¿Qué te parece?

Marc observa el jardín y responde:

—Me parece bien.

Sonrío feliz.

—Dentro de un rato tengo que llamar a Carlos y a Elsa para decirles a qué hora pueden venir mañana. Tienen una empresa de organización de eventos. Traerán mesas y sillas y el personal suficiente para que no tengamos que preocuparnos por nada. Incluso decorarán el jardín de tal manera ¡que vas a flipar!

—¿Voy a flipar? —repite riendo.

Asiento. Mis sobrinas me pegan muchas de sus expresiones.

—En colorines —aseguro.

Marc se ríe y, mirándome, musita:

—Te estás encargando tú de todo... ¿Cómo puedo ayudar? ¿Qué puedo hacer?

Me acerco a él gustosa. Tiene razón. Yo me estoy encargando de todo, pero es que no quiero que se agote. Quiero que esté bien. Estoy en mi isla, tengo los amigos necesarios para organizar todo esto sin despeinarme, y cuchicheo feliz:

—Tú solamente tienes que decir: «Sí, quiero».

Estamos riendo cuando le suena el teléfono. Es su madre. Lo oigo hablar con ella, bromear, y cuando cuelga dice:

—Está histérica por la precipitada boda y por conocerte. No ve el momento de coger el avión junto a mi hermano y el resto de los invitados.

—Nina llega mañana por la mañana, tu familia a mediodía y la mía, para venir todos juntos, lo hacen el viernes por la mañana. Así pues, he alquilado un servicio de minibús para que vayan a recogerlos y los lleven directos al hotel El Jardín de Ibiza, donde he reservado habitaciones para todos. Tú incluido.

Marc se ríe.

—Sigo sin estar de acuerdo con eso de que la noche anterior a la boda he de dormir en tu hotel, aunque me gustará conocerlo.

Sonrío.

—Será tu última noche de soltero. —Marc asiente, y yo añado—: Por tanto, ¡no se hable más! Esta noche duermes conmigo, mañana en el hotel con tu familia y, pasado mañana, una vez casado, vuelves a dormir conmigo para el resto de tus días.

—De acuerdo..., bruja.

Un beso..., dos...

Un mimo..., dos...

Desde la semana pasada no hemos parado de besarnos, de tocarnos, de querernos. Deseamos amarnos con locura y, sin duda, lo estamos haciendo mientras evitamos volver a hablar de su enfermedad.

* * *

Horas después, llevo a Marc hasta la iglesia donde nos casaremos. Quiero mostrársela. Como era de esperar, le encanta, y desde allí nos dirigimos hacia la floristería de mi amiga Gisela, que se va a encargar de las flores del enlace. Quedo con ella en que quiero hortensias en mi jardín para la cena y lavanda con paniculata para la iglesia. Marc escucha en silencio, le parece bien todo lo que digo, y disfrutamos del momento.

En cuanto salimos de allí pasamos por mi restaurante Ibieva.

Siobhan y Natacha nos dan la enhorabuena por la boda, el embarazo es aún secreto, y tras sentarnos los cuatro en la terracita exterior, comenzamos a confeccionar el menú del banquete, que prepararemos en la cocina de mi casa. Siobhan y dos ayudantes vendrán a cocinar para nosotros, y celebraremos la cena en el jardín trasero.

Después, tanto Marc como yo hacemos algunas llamadas. Él tiene que hablar con el hospital y yo, solucionar unos temas pendientes, y, cuando cuelgo, mirándolo, pues lo observa todo con curiosidad a nuestro alrededor, indico:

—Ya está solucionado el tema de la ropa. Xavi y Chantal os esperan mañana a ti y a tu madre en su tienda para que compres lo que quieras. Yo iré a la tienda de Leticia a por mi vestido.

Marc asiente y luego pregunta divertido:

—¿No nos podemos casar en bañador?

Me río. Y, pensando en mi progenitora, contesto:

—Para no escandalizar a mi madre, será mejor que no.

—Pero si en bañador debes de estar preciosa —insiste él.

Esta vez nos reímos los dos.

—Vamos —digo a continuación—. Te voy a invitar al mejor helado que nunca has comido.

Y, sí, lo llevo a la heladería italiana de mi amigo Massimo y disfrutamos de nuestros helados mientras hablamos, nos besamos y nos dejamos empapar de amor.

Tras dar un paseo por el municipio de San Antonio Abad para enseñárselo a Marc, él queda encantado. Siento que la isla lo está enamorando como en su momento me enamoró a mí, y eso me gusta mucho.

Cuando regresamos a casa, *Olimpia* nos saluda contenta. A pesar de estar en un sitio que no conoce, la perra es feliz en el jardín. Y, tras sacar una botella de agua fría de la nevera y coger unos vasos, nos sentamos en las sillas de mimbre blancas que tengo en el patio delantero.

—Nunca me canso de ver el atardecer desde aquí.

—Es una maravilla —afirma Marc.

Asiento, pues no puedo estar más de acuerdo con él. Entonces la alarma de su teléfono móvil suena. Marc la apaga y se levanta. Coge una pequeña bolsa de cuero negra y, tras abrirla, saca un bote de pastillas, se mete dos en la boca y, después de sentarse de nuevo, bebe agua para tomárselas.

Esa misma escena se repite varias veces al día, y me encoge el corazón. Sin decirle nada, he consultado en Google sobre el tipo de cáncer que tiene y..., bueno, hay de todo, cosas positivas y cosas negativas, pero he decidido no agobiarme. Bastante tendrá él como para que ahora yo me ponga en plan petarda. Sin embargo, al ver que se toca la frente, pregunto:

—¿Te encuentras bien?

Marc me mira y asiente.

—Sí, cielo, estoy bien.

Nos quedamos unos segundos en silencio hasta que él, mirándome, dice:

—Tenemos que hablar sobre una cosa.

Sin mencionar de qué se trata, ya lo imagino, y rápidamente contesto:

—No. No hace falta.

Marc sonríe y, cogiendo mi mano, cuchichea:

—Ya volvemos a poner el «no» por delante.

Eso me hace sonreír y él, sin soltarme la mano, añade:

—Venga..., dímelo, bruja.

Divertida, suelto una carcajada y exclamo:

—¡Vete a la mierda!

Marc ríe a carcajadas. Nunca lo entenderé. Y cuando deja de hacerlo, dice mirándome:

—Te quiero, me quieres, vamos a tener un hijo y nos vamos a casar. Todo eso es la parte bonita y positiva de nuestra historia de amor, pero también, por desgracia, tenemos la parte fea y negativa.

No, no quiero que continúe, pero lo hace.

—Tengo cáncer y, aunque te aseguro que voy a por todas para matar al bicho, siempre existe la posibilidad de que este me mate a mí.

—Marc, no digas eso.

—Déjame continuar, por favor.

Su súplica me hace comprender que debo permitírselo y, tomando aire, asiento.

Con mimo, toca entonces mi rostro e indica:

—Sé que es morboso lo que voy a decir y espero no ponerlo en práctica nunca, pero quiero que sepas que, cuando crea que tengo que despedirme de ti, lo haré.

—Marc... —susurro dolorida.

—Escucha, cariño, vienen tiempos de pruebas médicas, hospitales, goteros de quimioterapia, efectos secundarios, ojeras, piel pálida, mala leche por mi parte, recaídas y varias cosas más. He intentado que no vivieras todo eso, pero bueno..., ¡aquí estamos! —Con tristeza, sonrío y él añade—: Si algo aprendí la primera vez que sufrí cáncer fue a conocerme a mí mismo y a darme cuenta de la importancia que tienen la familia y los amigos. La enfermedad me hizo saber que quien está contigo en los momentos malos es quien realmente merece estar contigo en los buenos. Aprendí a priorizar las cosas importantes en la vida, a ser menos egoísta y, sobre todo, aprendí a vivir mi día a día con total intensidad.

—Marc...

Mi amor aprieta entonces mi mano emocionado y musita:

—Tendré días buenos y malos, pero como siempre les digo a mis pacientes, la positividad y la esperanza nunca han de abandonarlos. Y a los familiares que los acompañan les pido amor, complicidad y paciencia. No es fácil estar junto a un enfermo. Y no lo es porque, aunque intentes que la positividad no te abandone, hay días tan jorobados que lo único que tú querrás también es que todo el mundo nos deje en paz. Si te digo esto es porque existen ciertos programas para dar apoyo a los acompañantes. La enfermedad, sin ser ellos los enfermos, muchas veces crea increíbles traumas que son muy difíciles de gestionar. Por lo que si en algún momento necesitas ese apoyo, dímelo o pídeselo sin problema a Anna o a Gustavo, ¿de acuerdo?

Asiento con el corazón latiéndome con fuerza. ¿Cómo le voy a decir que no? Marc me mira. Creo que en mi cara ve el miedo y la preocupación que tengo. Y, tras besarme los nudillos de mi mano derecha, dice en voz baja:

—Te prometo que voy a pelear con uñas y dientes contra el bicho, pero si por lo que fuera esa lucha no diera sus frutos, necesito que me prometas que tu vida no se va a paralizar y que vas a seguir adelante. Quiero que el Caramelito y tú seáis felices y le enseñes a vivir con intensidad y a disfrutar de la vida lo máximo posible.

Siento que me asfixio. Es terrible tener que oír esto de la persona que es tu vida, que es tu amor en todos los sentidos. Pero, tragándome el nudo de emociones, digo que sí con la cabeza y susurro:

—Te lo prometo.

Siento que Marc necesitaba oír esas palabras, y musita:

—Cariño, la vida consiste en insistir, resistir, vivir y nunca desistir. Eres lo mejor que me ha pasado, eres mi sueño hecho realidad, y nunca me voy a perdonar por el sufrimiento que te voy a hacer pasar.

No puedo hablar. Quiero mandarlo de nuevo a la mierda. Decirle que es tonto, que no ha de pensar así. Pero, tirando de mí, me hace sentar sobre sus piernas y me permito llorar desconsoladamente. Lo necesito.

Permanecemos un buen rato abrazados en silencio. Creo que ambos procesamos lo que está ocurriendo, hasta que al final me levanto y voy al baño. Marc no me sigue. Conociéndolo, sé que me da mi intimidad, y se lo agradezco.

Una vez allí, me miro al espejo, y entre mis pelos de loca y lo que he llorado, compruebo que tengo un aspecto desastroso, deplorable. No quiero que Marc me vea así. De inmediato me lavo la cara, me refresco, y de paso me peino. Me recojo el pelo en una coleta alta.

Segundos después, al mirarme de nuevo en el espejo veo que mi aspecto ha mejorado.

Es Marc el enfermo, no yo. Él necesita positividad, esa que siempre da a todos, y me prometo no llorar y demostrarle que soy tan fuerte como él. Necesita fortaleza, no lloros y negatividad.

Intentando sonreír, regreso a la terraza, donde él continúa sentado.

—¿Mejor? —pregunta al verme.

Asiento y sonrío. La realidad es que estoy hecha una mierda, pero, consciente de lo que él necesita, me siento y afirmo:

—Sí, cariño, mejor.

—Aunque ahora no entiendas por qué quería hablar de ello, con el paso del tiempo lo entenderás.

Permanecemos unos segundos en silencio, hasta que él, cogiendo mi mano, hace que lo mire y pregunta:

—¿En qué piensas?

Uf..., mi cabeza en estos instantes es un hervidero. Pienso en tantas y tantas cosas, pero, queriendo dar por zanjado el crudo tema del que hemos hablado, rápidamente suelto:

—Me preocupa tu madre.

—¿Mi madre? —pregunta divertido.

—Sí.

—¿Por qué?

Me entra la risa. Es una ridiculez lo que voy a decir, pero finalmente respondo:

—Porque nunca he tenido suegra.

—¿Nunca conociste a los padres de tus anteriores parejas?

Niego con la cabeza.

—Jordi nunca me los presentó, y Lionel no tenía padres. Así que jamás he tenido que brear con la madre del que pudiera ser mi novio. Y, claro, oigo a amigas hablar de sus suegras y..., uf, ¡me echo a temblar!

Marc se ríe. Yo no. Y, curiosa, pregunto:

—¿Cómo te llevabas tú con los padres de Pilar?

—Bien. Eran buena gente. Y aunque nosotros dejamos la relación, ellos continuaron llamándome para saber cómo me encontraba hasta que el cáncer desapareció. Después las llamadas se fueron espaciando, hasta que dejamos de hacerlas por ambas partes.

Asiento. Sin duda los padres de aquella no eran unos cerdos.

—Y tu madre ¿cómo se llevaba con Pilar? —pregunto mirándolo.

—Bien. Aunque, cuando pasó lo que pasó, se disgustó mucho. Lo entiendo, yo también me disgustaría.

—Dime cómo es tu madre para, al menos, intentar caerle bien cuando me conozca.

Marc vuelve a reír y, tras besarme la mano, afirma:

—Solo tienes que ser tú misma y mi madre te querrá.

—¿Así de fácil?

—Así de fácil —asegura, y sonriendo añade—: Con saber que me quieres de la manera que lo haces, ella tiene suficiente. Y cuando le digamos que va a ser abuela, ¡te adorará!

En silencio, asiento. Espero que al menos eso sea tan fácil como dice.

—¿Has pensado mejor lo de tu hermana? —pregunta él entonces.

—No tengo nada que pensar.

—Pero es tu hermana... ¿No la vas a añorar en un día tan especial?

Niego con la cabeza. No la voy a añorar ni un poquito. Como hermana mía que es, no deseo que le pase nada malo, pero mi corazón me grita que no la quiero cerca de mí.

—Por raro, duro y fuerte que te parezca —digo—, si ella no viene a la boda, mi familia estará tranquila y podrá disfrutar.

Marc asiente, no pregunta más, y en ese momento mi móvil vibra. Al mirar la pantalla, veo que es Nina.

—¿Algún problema en el restaurante? —pregunto al cogerlo.

Nina ríe.

—Ninguno, pesada. Solo llamo para saber si has quedado con Leticia para lo de tu vestido.

—Sí, tranquila. Mañana nos espera.

—¿Estás bien?

—Sí.

—¿Y Marc?

Lo miro. Él está contemplando el mar, y afirmo:

—Perfecto.

—Bueno, pues viendo que los dos estáis divinos, ¡te dejo! Mañana, al llegar a la isla, te aviso cuando coja el taxi. Besitos.

—Besitos.

Una vez que cuelgo, Marc me mira. Ver su mirada y su sonrisa me llena de amor. Y, levantándome de la silla, me siento sobre sus piernas y lo beso con deseo y pasión. ¿Por qué no?

46

Es jueves, y cuando suena el despertador abro un ojo y veo que estoy sola en la cama. Como siempre, me rebozo como una croqueta y pienso que Marc habrá salido a correr, pues tampoco oigo a *Olimpia*.

Durante un rato disfruto de ese fantástico momento del día, y luego la puerta de la habitación se abre y entra Marc.

Está sudoroso, por lo que cuchicheo mirándolo con lujuria:

—Doctor..., doctor..., me duele aquí.

Él se ríe. Menea la cabeza y, acercándose a mí, indica:

—Mi querida paciente, una vez que me duche, prometo hacerle un examen completo.

¡Bien! Me gusta saber eso. Y, después de darme un beso, pregunta:

—¿Cómo te encuentras hoy?

Sonrío. Me encanta que se preocupe por mí.

—El enano y yo estamos bien.

Según digo eso, Marc repite:

—¿Enano?

Asiento. Tengo una intuición.

—Creo que va a ser un niño.

—¿Y por qué crees eso? —Ríe.

Me encojo de hombros y, riendo como él, cuchicheo:

—Soy bruja..., ¡¿acaso lo has olvidado?!

Nos besamos. Mmm..., qué rico..., y cuando siento que voy a más, Marc se retira de mí y se va a la ducha sonriendo. Divertida, río yo también cuando *Olimpia* entra en la habitación y, tras dar un salto, ya está sobre la cama. Tiene las orejas empapadas, debe de haber bebido agua. Entonces, tras darle un beso en su peluda cabeza, musito levantándome:

—Ahora vengo. Espéranos aquí.

Con picardía, entro en el baño. Marc está dentro de la bonita ducha y, mirándolo, susurro:

—¿Hay hueco para mí ahí?

Él sonríe. Y, quitándome la camiseta y las bragas que llevo puestas, me meto en la ducha con él. Dicen que estar embarazada potencia las ganas de tener sexo y, mira, a mí me está pasando. Reconozco que, desde que Marc y yo estamos juntos de nuevo, rebozarme con él es mi máximo deseo.

Una vez dentro de la ducha, me acerco a él y, cuando el agua me cae sobre el rostro, murmuro:

—Hola, bombón.

—Mmm, bombón. —Él sonríe.

—Eres mi bombón —añado juguetona.

Su boca no tarda en tomar la mía y, acorralándome contra la pared, nos dejamos llevar por la pasión del momento, que, oye, ¡es colosal!

Un beso..., dos...

Una caricia..., veintidós...

Me gusta cómo me besa, cómo me toca... Me vengo arriba y, mirándolo a los ojos, suelto:

—Fóllame.

Al oír eso, él levanta las cejas sorprendido. No solemos utilizar palabras así entre nosotros, aunque con otros yo sí lo he hecho; poniéndome colorada como un tomate, voy a decir algo cuando él cuchichea divertido:

—Señorita García..., ¿a qué se debe ese vocabulario?

Me río, no lo puedo remediar, y respondo:

—Lo sé, es una ordinariez, pero creo que es por culpa de las hormonas.

Marc se ríe. Me da un dulce cachetito en el trasero y, en cuanto me da la vuelta y me coloca frente a su cuerpo, susurra en mi oído:

—¿Quieres que te folle?

Wooooo, ¡cómo me está poniendo el momentito!

—Sí —contesto sin dudarlo.

Y lo hace. Lo hacemos. Introduce su duro pene en mi interior, yo apoyo las manos sobre la pared, mientras lo noto por completo dentro de mí, y nos follamos mutuamente.

Uf..., ¡qué placer!

Me gusta..., me gusta y me gusta.

Y lo disfruto tanto como él lo disfruta.

En esta ocasión nos hemos olvidado del romanticismo para simplemente follar, y, oye, ¡nos pone una barbaridad! Hasta que no podemos más y, al unísono, llegamos al más purito y buenorro de los clímax.

¡Joder, qué gustazo!

Apoyada en la pared, siento cómo el agua cae sobre mis riñones mientras ambos respiramos todavía acelerados. Nos hemos dejado llevar por el momento, que sin duda ha sido colosal.

Entre risas, terminamos de ducharnos y cuando, minutos después, estamos juntos en mi habitación y me estoy echando crema en las piernas, él se sienta a mi lado y pregunta:

—¿Te ha gustado lo de la ducha?

Lo miro con curiosidad. Aunque conozco a Marc, siento que tengo que conocerlo mucho más, y respondo:

—Sí.

Nos miramos en silencio y luego indico:

—Siempre he pensado que el sexo se divide en follar y hacer el amor. Hasta el momento siempre nos hemos hecho el amor, que, por cierto, ¡me encanta!, y espero seguir haciéndolo el resto de nuestras vidas..., pero hoy, no sé si ha sido por las hormonas o qué, he...

—Me ha gustado mucho —me interrumpe.

Oír eso me hace sonreír, y luego añade:

—Me has sorprendido cuando me has dicho eso de «¡fóllame!». Pero quiero que sepas que me ha gustado oírtelo decir porque necesito tener contigo toda la confianza del mundo para poder decirnos eso y todo lo que nos apetezca en lo que al sexo se refiere.

Asiento. Dejo la crema que tengo en las manos y cuchicheo:

—Nunca hemos hablado de sexo.

—Preferimos practicarlo —replica con una sonrisa, y luego añade mirándome—: Sin embargo, debes saber que mi fogosidad disminuirá cuando empiece el tratamiento... Pero no porque no te desee o no te quiera, sino por la quimioterapia y los medicamentos.

Según lo oigo, asiento. Ya lo suponía, y con mimo susurro:

—Con que tú estés a mi lado, tengo más que suficiente.

Marc sonríe, yo también y con cierta picardía, para hacerlo reír, murmuro:

—He de confesarte que en mi casa de Madrid nos esperan *Ragnar* y *Jamie*.

Sin entender, levanta las cejas y yo aclaro divertida:

—*Ragnar* es mi vibrador y *Jamie*, mi masajeador de clítoris. Y si no te los presenté en su día fue porque no quería incomodarte.

Marc asiente y a continuación cuchichea:

—Vaya..., y yo sin saberlo.

Divertida, sonrío, y luego él pregunta:

—¿Y todo bien con ellos?

—Solo te diré que los temblores más fuertes no me los ha provocado el frío.

Marc me besa sonriendo, creo que le hace gracia lo que acaba de oír, y musita:

—Me parece que *Ragnar* y *Jamie* me ayudarán a tener feliz a mi preciosa mujer.

—¡No lo dudes!

—¿He de sentirme celoso?

Con coquetería, sonrío.

No hay nada que iguale lo que él me hace sentir, pero, dándole un beso en la punta de la nariz, dejo caer estratégicamente mi albornoz para quedarme desnuda ante él e indico:

—Enséñame lo que sabes hacer y después... te digo.

Y me lo enseña..., ¡vaya si me lo enseña!

47

Tras una juguetona mañana en la que Marc y yo lo pasamos de lujo, cuando llaman a la puerta nos vestimos corriendo. Son Carlos y Elsa, con su equipo, para organizar el jardín trasero para la boda de mañana.

Anda..., anda..., ¡que se nos había olvidado!

De inmediato me reactivo. La profesional que hay en mí sale a flote y, mientras Marc desayuna tranquilamente leyendo el periódico, yo me implico en la organización. Dos horas después aparece Gisela con las flores y un montón de cestos de mimbre.

Por favor..., por favorrrrrr, ¡qué bonitas son las hortensias blancas!

Con gusto, Gisela y yo organizamos los cientos de hortensias en los diferentes cestos y hacemos una prueba a modo de centro sobre una de las mesas. ¡Son una pasada!

Estoy disfrutando de ello cuando me suena el teléfono. Es Nina. ¡Ya ha llegado a Ibiza y viene del aeropuerto en taxi!

¡Madre mía, cómo se me está pasando la mañana! Y, corriendo hacia donde está Marc, exclamo:

—Tienes que marcharte.

—¡¿Ya?!

Su gesto me hace gracia. Está claro que no quiere irse, e indico:

—Cielo, Nina viene de camino y me iré a comprar el vestido de novia. Y no, no puedes estar aquí cuando lo traiga porque no lo puedes ver porque trae mala suerte... Además, tus invitados llegarán al hotel dentro de un par de horas y tienes que ir con tu madre a comprarte lo que quieras ponerte para la boda.

—¿Y si aparezco de pingüino?

—Mmm..., me encantaría —afirmo.

Marc se ríe. Se encoge de hombros y musita:

—Vale, cielo, pero a *Olimpia* me la llevo.

—¿Por qué?

—Porque tú te vas a ir a comprar tu vestido. La casa se va a quedar con gente que no conoce, pueden dejarse una puerta abierta y quiero evitar un problema.

—Tienes razón —afirmo pensando en la perrilla—. Llévatela. Ahora mismo llamo al hotel para decirles que mi futuro marido lleva a nuestra perra y que puede quedarse allí.

Marc asiente y, divertido, exclama:

—¡Qué maravilla tener enchufe!

Ahora soy yo quien se ríe.

Veinte minutos después, tras llamar un taxi y prometerle a Marc que a las siete estaré en el hotel para tomar una copa y cenar con su familia, nos besamos y él se va con *Olimpia*.

No pasan ni diez minutos cuando el taxi con Nina llega y rápidamente nos abrazamos. Entramos en casa y le enseño el jardín, que está quedando precioso.

Una vez que nos despedimos de Carlos, Elsa y Gisela, Nina y yo cogemos el pequeño utilitario que tengo en la isla y nos vamos a la preciosa tienda de Leticia, que tiene unos maravillosos vestidos ibicencos de moda *adlib*.

Con gusto, miro y miro y miro. Estoy feliz, pero no puedo dejar de recordar la conversación que mantuve con Marc ayer. Estoy pensando en ello cuando Nina me pregunta:

—¿Nerviosa por la boda?

Suspiro. Sé que debo dejar de pensar en eso, y confieso:

—Más por conocer a mi suegra.

Leticia y ella sonríen, ambas están divorciadas, y la primera suelta:

—La madre de mi primer marido era insoportable. Su niño era ¡su rey! Y siempre que podía creaba conflictos entre su hijo yo. Ni te cuento la de broncas que tuve con ella. Y en cuanto a la de mi segundo marido, aunque su hijo y yo no acabamos bien, ella siempre me trató con cariño, y hoy por hoy seguimos teniendo una excelente relación. Es encantadora.

—La mía era para darle de comer aparte... —se mofa Nina—. Con deciros que cuando venía a casa se sentaba entre nosotros para que yo no le robara ni un segundo de protagonismo con su hijo... Ah, y cuando hacía filetes solo se los empanaba a él. A mí, la muy bruja, me decía que el rebozado me engordaba.

Oír eso me hace reír. No sé cómo será la madre de Marc, pero oyendo todas estas cosas es para echarse a temblar.

Estoy pensando en ello mientras miro vestidos cuando, al llegar a uno, susurro:

—Este es.

Al verlo, Nina afirma con la cabeza y Leticia señala descolgándolo de la percha:

—Este vestido largo con escote *halter* es una preciosidad.

Asiento, me parece una maravilla.

—Sin mangas, confeccionado en guipur... —añade—. Sin duda te hará brillar. Y mira cómo es de bonita su espalda transparente.

Madre mía..., madre mía, es precioso.

—¡Pruébatelo! —me anima Nina.

Sin dudarlo, lo hago y, woooo, cuando me miro en el espejo ¡me encanta!

Se ajusta a mi cuerpo perfectamente. Apenas se me nota el embarazo, y mira que mi tripa ya no es lo que era.

Cuando abro la cortinilla para enseñárselo a Nina, esta, levantándose, se lleva la mano a la boca y susurra:

—Madre mía, Eva, ¡estás espectacular!

Sonriendo, asiento. Me gusta. Me siento bien con ese precioso vestido ibicenco. Y entonces, viendo unas sandalias de cuña de esparto blancas, pregunto:

—¿Tienes el número cuarenta?

Leticia me las busca, las encuentra y, nada más probármelas, exclamo:

—¡Me las llevo!

—Son ideales —cuchichea Nina.

Estoy muy satisfecha con mi vestido y mis sandalias.

—¿Cómo vas a llevar el pelo? —pregunta Leticia.

—Suelto —indico con seguridad.

—¿Y quieres velo, tocado, diadema, pamela...?

Miro lo que me propone. En su preciosa tienda tiene de todo. Entonces Nina, tras coger un velo, lo anuda sobre mi cabeza a modo de pañuelo pirata y musita:

—Esto es lo que te va a ti.

Me miro en el espejo y, ¡sí!, eso es lo que me va. Soy una novia informal, una novia ibicenca, y feliz afirmo:

—¡Perfecto! Ya lo tengo todo.

Media hora después, Nina y yo salimos muy contentas de la tienda de Leticia y nos dirigimos a mi casa. Allí, dejamos el vestido y todos los accesorios para la boda, nos cambiamos de ropa y nos vamos a mi hotel. Voy a conocer a la madre de Marc.

48

Cuando llegamos a El Jardín de Ibiza, antes de pasar al salón privado donde sé que nos esperan, entramos en el despacho del encargado del hotel. Durante unos instantes hablo con él y me hace saber que los invitados han llegado y que a todos les han gustado mucho sus habitaciones.

Eso me alegra y, tras despedirme de él, Nina y yo nos dirigimos hacia el salón privado.

Una vez que abro la puerta, mi mirada busca a Marc. Lo veo rodeado de algunas personas que conozco y, sin saber por qué, rápidamente adivino que su madre es la mujer que me mira, junto a otra de su edad que tiene unos preciosos pero tristes ojos azules.

Felipe enseguida se aproxima para besarme. También lo hacen Gus y Anna, Chisco, Lorena y Adriana, su mujer. Y entonces Marc, acercándose a mí, me besa en los labios y luego me coge de la mano.

—Ven. Te voy a presentar a mi madre.

Con el corazón a mil, me acerco a la mujer y Marc dice:

—Cariño, ella es Julia, mi madre. Y ella —explica señalando a la otra mujer— es Paquita, mi segunda madre.

Con una sonrisa, beso a Julia, que sonríe a su vez pero no dice nada, y entonces Paquita comenta mientras me da dos besos:

—Ay..., ay... ¡Pero qué alegría conocerte, cariño!

—El placer es mío, Paquita.

Sé quién es esta mujer. Es la madre de Chisco, el mejor amigo de Marc, y sé cuánto cariño se tienen. Durante unos instantes los cuatro hablamos. La madre de Marc es la más parca en palabras, pero es simpática, agradable, y eso me gusta.

Noto que mis pulsaciones se relajan. Por fin he conocido a la madre de Marc, y media hora después, cuando estamos tomando algo en el salón, comienzo a respirar tranquila. Hablamos unos con otros y el ambiente se relaja. A las nueve, como quedamos, un camarero nos indica que podemos sentarnos a la bonita mesa que han preparado para cenar y, satisfecha, veo que todo el mundo lo hace.

Con su buen humor, Felipe nos hace sonreír a todos, y Nina no se queda atrás. Entre ellos rápidamente se crea muy buen rollito, y solo con ver cómo sonríe ella ya sé cómo va a terminar el asunto... ¡Aquí hay tema!

Cuando vamos por el postre, decido ir al baño. ¡Me meo! Y, cuando salgo del cubículo, me encuentro con la madre de Marc en el lavabo.

Con una sonrisa, la saludo, y mientras me estoy lavando las manos, ella se me acerca.

—Marc siempre ha dicho que me presentaría a su mujer el día antes de su boda —dice.

Eso me hace sonreír.

—Espero que eso no te suponga un grave problema.

—Con hijos como Felipe y Marc, una ya se acostumbra a cualquier cosa...

Sonrío. Ella también, e indica:

—¡Marc no para de sorprenderme!

Eso me hace gracia y, pensando en el Caramelito, afirmo:

—Pues te aseguro que mañana volverá a hacerlo.

Julia sonríe de nuevo. Tiene la misma sonrisa que Marc, pero los ojos de Felipe, y pregunto:

—¿Te ha gustado la tienda que os recomendé para que Marc se comprara la ropa de la boda?

—Oh, sí. Es una preciosidad de tienda. Y te aseguro que mi hijo, con lo que se ha comprado, más guapo no puede estar.

Sonrío, no lo pongo en duda ni por un segundo, y luego añado:

—Aunque ya te lo habrán dicho muchas veces, debo decirte que tienes unos ojos preciosos.

—Gracias. —Sonríe.

Nos quedamos en silencio unos segundos, hasta que la oigo decir:

—Lo de su enfermedad no va a ser fácil.

Uf..., eso me pone todo el vello de punta, y susurro:

—Lo sé.

Julia me escudriña con la mirada y a continuación afirma:

—Has de quererlo mucho para casarte con él en un momento así.

—Lo quiero..., muchísimo. Te lo aseguro, Julia.

La mujer asiente, pero luego va y suelta:

—Espero que la boda sea por amor y no por ser quien es y por su cuenta bancaria...

Según oigo eso, mi sonrisa se congela. ¡Toma ya! Desde luego, la madre de Marc no puede ser más directa.

Sé que él es un reputado cirujano oncólogo e intuyo, porque nunca lo he hablado directamente con él, que su sueldo no debe de estar nada mal. Pero estoy asombrada, no sé qué decir; me esperaba cualquier cosa menos eso. Entonces oigo que añade:

—Siento ser tan directa contigo, Eva. Y seguramente me vas a odiar después de lo que estás oyendo. Pero Marc ha sufrido mucho y solo quiero su felicidad por encima de todo. Mi hijo es un buen hijo, una buena persona, un buen doctor, y lo último que deseo es una mujer que se aproveche de él.

Joder..., ¡si me pinchan no sangro!

Está claro que Marc no le ha contado nada de mí. Julia me está dando a entender algo que no me hace ninguna gracia, pero, no sé por qué, no me lo tomo a mal. Estoy convencida de que, aunque mis padres no me han dicho nada, pensarán algo parecido de Marc.

El dinero, desde luego, es un asco.

La triste mirada de la mujer me llega al corazón. Sé que le duele lo que me dice, del mismo modo que sé que su triste mirada se debe a lo que le pasa a Marc. Está claro que lo que les ocurrió con la cerda de Pilar no les hizo ningún bien, puesto que Julia ahora desconfía de cualquier mujer que pretenda casarse con su hijo en un momento tan delicado. Así pues, sin querer tomarme a mal sus palabras, cojo sus manos y susurro:

—Entiendo que eso te preocupe, y estoy convencida de que, si él fuera mi hijo, yo desconfiaría igual que tú. Pero créeme cuando te digo que quiero a Marc por encima de todo, que su dinero y su posición no son algo que yo busque. Y que si me caso con él es porque es el hombre más fantástico, mágico e increíble que he conocido en mi vida.

Ella no contesta, solo me mira, y añado:

—Y por supuesto que no te voy a odiar. Veo que Marc no te ha contado nada de mí y entiendo que esta boda tan repentina sea un motivo de desconfianza para ti. Pero él y yo nos hemos conocido y nos hemos enamorado. Marc ya me ha dicho que no va a ser fácil, que habrá días que desee salir corriendo para alejarme de él por su malhumor o por cualquier otra cosa que pueda pasar, pero, Julia, yo lo quiero. Marc ha cambiado mi vida de una manera que no te puedes imaginar, y como él siempre dice, la felicidad no se busca, se crea. Y él y yo estamos dispuestos a seguir creando la nuestra.

No puedo continuar. La mujer se echa a llorar. Yo también..., ¡faltaría más! Y, sentándonos en el diván que hay en el baño, voy a hablar cuando ella murmura:

—Me siento fatal. ¡Soy una mujer horrible!

—Venga, Julia...

—¿Cómo he podido decirte algo así?

—Porque eres su madre y te preocupas por él.

Ella levanta la mano, toca mi mejilla y, cuando una lágrima acaba en su palma, musita:

—Ay, hija, perdóname. Pero estoy tan preocupada por Marc que no digo más que tonterías. Como se entere de lo que te acabo de decir, se va a enfadar conmigo, y con razón.

Sin dudarlo, la abrazo. Entiendo sus palabras.

—Estás perdonada —indico—, y Marc no tiene por qué enterarse. Tranquila.

La mujer se saca un pañuelo del bolso, se limpia las lágrimas y repone:

—Lo justo es que se lo cuentes. Os vais a casar y entre vosotros no ha de haber secretos.

Eso me hace sonreír. Esas palabras me las habría dicho mi madre, pero, mirándola, propongo:

—¿Qué tal si este es solo un secreto entre tú y yo?

La mujer me observa. ¡Dios, qué ojazos! Y yo, bajando la voz, añado:

—Seguramente esto me dará algún punto extra con mi suegra.

Mi picardía la hace reír.

—¿Puedo proponerte algo? —pregunto a continuación.

—Por supuesto. Dime.

—Tú quieres a Marc. Yo también. ¿Qué te parece si unimos nuestras fuerzas para cuidar de él?

La mujer vuelve a emocionarse. Y yo. Y cuando las dos comenzamos a reír por lo ridículas que nos vemos, sé que con Julia todo va a ir bien.

Cinco minutos después ambas salimos del baño cogidas del brazo. A nuestra manera hemos llegado a un entendimiento que sé que nos va a beneficiar a las dos. Y, cuando entramos en el salón, donde las risas continúan, al sentarme junto a Marc, él me mira y pregunta:

—¿Todo bien?

Con gusto, le doy un beso en los labios y a continuación pregunto a mi vez:

—¿Qué sabe tu madre de mí?

Sorprendido, él replica:

—Que te llamas Eva, que te quiero y me voy a casar mañana contigo.

Eso me hace sonreír.

—El resto —añade muy serio— tanto ella como todos lo sabrán cuando nos casemos. Quiero que te vean, te quieran y te conozcan por quien eres, no por lo que tienes.

Asiento, entiendo lo que dice, y, con ganas de hacerlo sonreír, susurro:

—Me parece bien. Y como te has puesto muy serio de pronto, yo también tengo que decirte otra cosa con absoluta seriedad.

—Dime, cariño —murmura preocupado.

—Como el Caramelito no saque los ojos de tu madre, ¡exigiré un segundo!

Marc se ríe y nos volvemos a besar.

49

Mi felicidad no puede ser más completa y no puedo estar más repleta de positividad.

Sin decirme nada, mi familia ha hablado con la clínica donde está ingresado Héctor y, tras firmar un montón de papeles, lo han dejado salir quedando al cargo de mi padre, ¡y ahora está aquí con nosotros!

Eso me hace feliz..., feliz..., feliz. Veo bien a mi hermano. Más delgado, pero bien. Solo necesito eso.

Por otro lado, estoy de los nervios en mi casa mientras mi familia, con los mismos nervios que yo, pulula a mi alrededor.

Me miro en el espejo con mi vestido de novia y no me puedo creer que esta sea yo.

¡Me voy a casar!

Nina termina de ponerme el velo en plan pirata sobre la cabeza y, cuando lo sujeta con el pasador de mi abuela, emocionada voy a llorar cuando dice:

—¡Ni se te ocurra o jorobarás el maquillaje!

Vale. Respiro hondo y me reprimo. Pero es que este pasador es muy especial para mí.

¡Cuánto me gustaría que mi *jodía* abuela estuviera aquí con nosotros!

A ver, estar, ¡sé que está! Ella no se perdería mi boda por nada del mundo. Pero me gustaría tanto verla, abrazarla y besarla que eso me conmueve.

Madre mía..., madre mía. Si esto de la boda me lo dicen hace poco más de una semana, no me lo habría creído. Pero sí, aquí estoy. A pocos minutos de salir hacia la iglesia para casarme con mi amor, con Marc.

Mi madre también está histérica. Mi padre, más de lo mismo. Héctor no deja de bromear con todos y Adrián no para de hacernos fotos.

Nina, viendo que estoy algo bloqueada, ha tomado el mando de la situación. ¿Qué haría yo sin ella?

—Estás espectacular.

Al oír la voz de mi cuñado Fran, me acerco a él con mimo, lo abrazo y susurro:

—Gracias.

No voy a preguntar por mi hermana. Me niego. Conociéndola, seguro que lo criticaría todo si estuviera aquí: mi vestido, el lugar donde voy a celebrar la boda y..., no, ¡paso de ella! Ni Fran ni las niñas la han mencionado, y por raro que parezca, tampoco mis padres, y, mira, ¡soy feliz con la buena armonía que hay entre todos!

—Tía, ¡qué bonito ha quedado el jardín! —exclama de pronto Marta.

Miro hacia el lugar donde indica y, sí, veo que está precioso. Mis amigos han hecho un trabajo espectacular, y afirmo mirando la escoba que estratégicamente he colocado yo en un rincón.

—Lo vamos a pasar genial. ¡Ya veréis qué fiestón vamos a organizar!

Mis sobrinas aplauden, mi padre ríe, y Danica, entregándome el ramo que he encargado, pregunta:

—¿Qué flores son estas?

—Belladona, la flor de las brujas —respondo sonriendo. Espero que este guiño le haga gracia a Marc.

Entonces mi madre dice mirándome emocionada:

—Ay, cariño, ¡qué guapa estás! Y llevas el precioso pasador de la abuela.

Verla tan alegre me hace feliz, y, dirigiéndome a toda mi familia, que me mira, digo emocionada:

—Gracias a todos por venir.

Mi padre me besa, mi madre también. Mis sobrinas me abrazan, y mi cuñado, Héctor y Adrián se mofan de nuestras lágrimas de emoción.

Pasan unos segundos y luego Adrián dice:

—O nos vamos ya o no llegamos.

—¡Un segundo! —les pido.

Todos me miran. Ninguno sabe nada de la enfermedad de Marc, puesto que no quiero contárselo aún.

—Recordad dos cosas —digo—. La primera: ni un comentario acerca del embarazo ni de nada más hasta que Marc lo diga.

—Tía, qué pesadita eres —protesta Caro—. Ya nos lo has dicho veinte veces.

Eso me hace reír. Sí, estoy muy pesada.

—Y la segunda —añado—: pase lo que pase, quiero que sepáis que lo vamos a superar, ¿entendido?

Todos me miran, supongo que no entienden este mensaje, y luego digo:

—Venga, todos al coche..., ¡que me caso!

Salimos de casa entre risas. El revuelo que organizamos hace que quienes pasan por la calle nos miren divertidos. Mi hermano Adrián conduce un coche donde va con Danica, mi cuñado y las niñas, y en el otro coche vamos mis padres, Héctor, Nina y yo.

¡Qué nervios!

Cuando llegamos a la iglesia, veo a Felipe junto a Chisco y Gustavo esperando en el exterior. Eso me hace saber que Marc ya está dentro, y cuando bajo y los miro, ellos silban para hacerme sentir bien, y yo exclamo:

—¡Pero qué guapos estáis!

Todos sonríen y, al ver cómo Nina le hace un repaso a Felipe, me acerco a ella y musito:

—Ni se te ocurra hasta que estéis esta noche en el hotel.

Ella se ríe. Yo también. Y Paolo, un amigo mío que es fotógrafo, comienza su trabajo y nosotras posamos gustosas. Somos unas payasas, pero, mira, ¡nos lo pasamos bien!

Tras el momento gracioso entre Nina y yo, mi padre se me aproxima.

—Vamos, cariño. Agárrate de mi brazo —pide.

Mi madre me besa. Todos lo hacen y luego se apresuran a entrar en la iglesia. Y mi padre, mirándome emocionado, susurra:

—Nunca pensé que te vería tan guapa y radiante.

Uf..., que me emociono... Y, tras darle un beso en la mejilla, comenzamos a caminar hacia el interior.

Nada más entrar, mis ojos se clavan en Marc.

Por favor..., por favor, ¡qué guapo está!

Va de blanco como yo. Lleva una camisa y un pantalón de lino que mejor no le pueden sentar y, al verlo sonreír, sonrío a mi vez. A sus pies está *Olimpia*, que veo que lleva un precioso tul alrededor del cuello con los anillos. Ignoraba ese detalle, y me gusta. ¡Me encanta!

Julia, mi suegra, también sonríe. Me guiña un ojo y veo la felicidad en su mirada. Está contenta, y eso para mí es importante.

Una vez que llegamos ante el altar, que está decorado con lavanda y paniculata, mi padre vuelve a besarme y, cuando me deja junto a Marc, al mirarlo oigo que susurra:

—Estás preciosa.

—Tú sí que estás precioso —replico.

Ambos nos reímos y luego él cuchichea mirando las flores:

—Belladona...

Con coquetería, asiento y contesto mientras acaricio a *Olimpia*, que viene a saludarme:

—Una bruja como yo tiene que llevarla.

Mi amigo Oriol, el párroco, aparece entonces frente a nosotros y da comienzo a la ceremonia. Ya le he dicho que no se alargue, y veo que me hace caso. ¡Bien!

Cuando llega el momento de los anillos, *Olimpia* se comporta como una campeona. Estoy sonriendo cuando me fijo en los anillos que Marc ha encargado. No son los típicos anillos de boda y, al reconocer la piedra engarzada en oro blanco en uno de ellos, musito:

—¿En serio?

Marc asiente con una sonrisa.

—¿Qué mejor piedra para nosotros que esta..., pingüina?

Emocionada, miro el anillo con aquella piedra que es tan especial para nosotros y él añade:

—Se lo encargué a mi amigo Juan; como sabes, tiene una joyería. Felipe me los trajo ayer.

La felicidad me inunda. Los increíbles momentos que Marc me hace vivir deberían ser eternos. Y, mirándonos a los ojos, nos ponemos nuestros mágicos anillos y nos damos el «sí».

Diez minutos después salimos de la iglesia ya convertidos en marido y mujer. Nuestros familiares nos sepultan en arroz, y yo no puedo ser más feliz.

Besos, abrazos..., diversas demostraciones de cariño por parte de nuestros familiares y amigos, y, de verdad, no puedo parar de sonreír mientras soy consciente de que mi amigo Paolo echa montones de fotos.

Tras los cientos de fotos que nos hacemos también con los móviles, nos dirigimos todos hacia El Paraíso, mi casita, y cuando Marc entra en el jardín trasero y ve lo que hemos hecho no cabe en sí del asombro. ¡Le encanta!

Todos los invitados miran felices a su alrededor. El sitio está precioso, y en cuanto comienza a oscurecer y las luces iluminan el jardín, el lugar se convierte en algo mágico.

Siobhan prepara a la perfección el menú elegido por Marc y por mí. Es una chef fantástica. Estamos disfrutando de ello cuando de pronto Marc empieza a sonreír y dice señalando más allá:

—¿Una escoba?

¡Bien, la ha visto!

Solo quiero que sonría, todo lo que pueda y más. Sé que habrá días en los que no le saldrá la sonrisa, por lo que ahora quiero atesorar momentos y recuerdos para luego mencionarlos y hacerlo reír.

Complacida, veo cómo todo el mundo disfruta de la cena y, en los postres, tras cortar la tarta, cuya figura son dos novios pingüinos, mi padre dice unas palabritas. Me elogia como hija y como hermana. Habla de lo trabajadora que he sido siempre y de lo orgulloso que está de mí. Eso me emociona, aunque noto que se muerde la lengua para no soltar lo del bebé, y yo se lo agradezco.

Luego habla Julia. Cuenta anécdotas divertidas de Marc y todos reímos a carcajadas. ¡Menudo trastillo fue de pequeño!

Después me piden que hable yo. Emocionada, solo puedo dar las gracias a todos por acompañarnos en nuestro día especial y poco más, porque me echo a llorar como un orco. ¡*Joer* con las hormonas!

Marc acude entonces en mi rescate y, tras darme un beso, habla él. Como yo, da las gracias a todos. Cuenta que nos conocimos gracias al pasador de mi abuela y veo que saber esa anécdota a mi madre la emociona.

Marc habla de la magia que surgió entre nosotros desde el principio. Divertido, explica el momento pingüino y avispón, y cómo descubrió que yo, además de ser chef en un restaurante de Madrid y poseer otro en la isla, era la dueña de dos hoteles en Ibiza entre otras cosas.

Según dice eso, miro a mi suegra, que está sentada a su lado. Su cara al saber eso lo dice todo. Ahora sí que está horrorizada por lo que me dijo ayer al darse cuenta de que, si el nivel adquisitivo de su hijo es bueno, el mío es aún mejor. Y, levantándome, le doy un beso en la mejilla para hacerle saber que todo está bien y susurro:

—Recuerda, tenemos un secreto que me da puntos extras...

La mujer me abraza con cariño, vuelve a pedirme disculpas y, cuando voy a sentarme, Marc no me deja. Les pide a todos que levanten sus copas para brindar y, cuando lo hacen, les suelta que estamos esperando un bebé.

¡Bomba!

La cara de los familiares de Marc ahora sí que es un poema. A mí me entra la risa y, viendo cómo a Julia se le llenan los ojos de lágrimas, señalo divertida:

—Te dije que Marc te iba a volver a sorprender hoy...

Emocionada, la mujer nos abraza a los dos, y Felipe enseguida llega hasta nosotros como loco de contento. ¡Que va a ser tío! La noticia es motivo de felicidad, y está más que claro que ha llegado en el momento justo.

Somos veinticinco personas las que asistimos a la fiesta, pero la juerga es tal que parecemos cien. ¡Qué bien lo pasamos!

Como inevitablemente imaginaba, la noticia de la enfermedad de Marc llega a oídos de mi familia. Ahora entienden mis palabras de «pase lo que pase, lo vamos a superar». Mi madre, angustiada, me pide explicaciones y Marc, al que no se le escapa nada, les cuenta lo que hay tras reunirlos a todos.

En silencio, observo cómo la alegría se desvanece para dejar paso a la incredulidad. Saber que mi marido tiene cáncer y que dentro de tres días comienza la quimioterapia no es una noticia para alegrarse. Pero, una vez más, Marc me demuestra que lo que él no consiga no lo consigue nadie, y finalmente los veo sonreír de nuevo.

¡Marc los hace reír!

Su positividad les hace ver que la vida es disfrutar del hoy, y que mañana... será otro día.

A las once, una vez que hemos terminado de cenar, pongo la *playlist* que yo misma he preparado para esta noche tan especial. Hay canciones de diversos estilos para que todos bailemos. Harry Styles, Kylie Minogue, Shawn Mendes, Ledisi, Los Panchos, los Eagles y Miguel Ríos entre otros, y, cómo no, el temazo *Cry to Me* de Solomon Burke. Mi Patrick Swayze tiene que bailarla conmigo.

Pero es con la primera canción con la que quiero abrir el baile con Marc, y cuando suena me acerco a él y musito mirándolo a los ojos:

—Esta fue la primera canción que escuchamos juntos, ¿lo recuerdas?

—Cómo olvidar ese momento —afirma él complacido—. Íbamos en tu coche y me ordenaste callar porque querías escuchar la canción.

Nos reímos. ¡Qué bonito recuerdo! Y, abrazándome, comenzamos a bailar el increíble y romántico tema de Bruno Mars.

Sin planearlo, se convirtió en nuestra canción, y, abrazados y enamorados, la bailamos mirándonos a los ojos mientras todos nos observan y sonríen.

Desde que Marc entró en mi vida, esta cambió sin apenas darme cuenta. Mis prioridades comenzaron a ser otras, y eso fue solo gracias a él.

Estoy pensando en ello cuando oigo que musita en mi oído:

—Hay momentos que deberían ser eternos.

Lo miro y asiento enamorada. Nada me gustaría más que este día y este instante de felicidad perduraran para siempre, por lo que afirmo gustosa:

—Te lo compro. En esta ocasión te lo compro, cariño.

50

Tras un excelente fin de semana en Ibiza con nuestras familias y amigos en el que me ocupo de que pasemos el sábado navegando en el bonito barco de un amigo, el domingo por la noche regresamos todos a Madrid. La mayoría trabajan el lunes, y Héctor tiene que volver a la clínica. El martes Marc comienza la quimioterapia y, aunque sé que ambos lo pensamos, ninguno lo menciona.

El lunes por la mañana me despierto pronto en mi cama y veo que ni Marc ni *Olimpia* están en la habitación. Sonrío al pensar que habrán salido a correr. Me rebozo sobre el colchón y estoy disfrutando de ello cuando me suena el móvil.

¡Ya empezamos!

Tras atender varias llamadas y quedar en que a las siete de la tarde tendré una reunión vía Skype con el encargado de mis hoteles para hacer unos cambios, veo que recibo un email de Paolo. Como quedamos, me envía un archivo con las fotos que sacó el viernes. Me indica que, además de ese regalo por nuestra boda, recibiré en casa un álbum en papel con todas ellas impresas.

Saber eso me emociona. Conozco el trabajo de Paolo, hace verdaderas maravillas y, con seguridad, lo que nos envíe será ¡impresionante!

Me muero por ver las fotos, pero creo que lo ideal es esperar a Marc. Nos gustará mirarlas juntos.

Al rato, él regresa de correr con *Olimpia* y, tras ducharse, preparo unos zumos y nos sentamos a verlas.

Son preciosas. Originales. Diferentes. Divertidas. Se nos ve felices a todos, y eso es lo que cuenta. La foto que más nos gusta es una en la que Paolo nos pilló mirándonos a los ojos cuando bailábamos nuestra canción.

¡Qué maravilla!

En esa foto veo amor, complicidad, felicidad... ¡Uf, es preciosa!

Una vez que las miramos y las guardo en un *pendrive*, bajamos a la tienda de fotografía de Elvira y, mientras charlamos con ella, nos saca varias copias. Con seguridad mis padres y mi suegra querrán tener alguna de ellas.

Estando allí me suena el teléfono varias veces y lo atiendo, mientras Marc llama a su casera. Habla con ella y le informa que dejará el ático libre a partir del mes que viene. Lo veo sonreír al hablar con ella y, cuando cuelga, me dice que la mujer se ha alegrado por la boda, pero se ha apenado por perderlo como inquilino.

Regresamos a casa, donde *Olimpia* nos recibe como si llevara sin vernos una eternidad, y apenas ha pasado una hora. Cuando la perra se tranquiliza, volvemos a mirar las fotos. Esta vez en papel, y disfrutamos mucho.

Estamos viendo las fotos cuando suena el teléfono de Marc. Es su madre, que quiere invitarnos a comer. Aceptamos. Me apetece conocer el lugar donde vivió Marc con su familia.

Cogemos el coche y nos dirigimos con tranquilidad al barrio de Aluche, donde, al llegar, Marc saluda a varias personas y me presenta como su mujer. Sus vecinos de toda la vida me sonríen y yo los saludo encantada.

Cuando entramos en el portal nos esperan las vecinas, que han sido avisadas por su madre. Quieren darnos la enhorabuena por la boda y el bebé que viene en camino, y, felices, las atendemos hasta que Julia baja y nos rescata.

Mi suegra nos prepara una rica fideuá y me pongo morada. ¡Madre mía..., como siga comiendo con este apetito me voy a poner como un tonel!

Después la mujer se empeña en enseñarme fotos de Marc cuando era niño y..., por favor, por favor..., ¡qué bonito era!

Entre risas, él y su madre me las muestran, y veo fotos en las que está con su padre y siento que la emoción los embarga. Igual que Felipe ha heredado los impresionantes ojos de su madre, Marc es clavadito a su padre. Se parecen un montón.

A las seis de la tarde decidimos regresar a casa, pues *Olimpia* nos espera, y Julia le indica a Marc que al día siguiente lo verá en el hospital. Dice que irá con Felipe. Él intenta convencerla para que no vaya, pues no es necesario, pero Julia insiste y al final Marc se da por vencido. Nos despedimos de ella y quedamos en verla allí.

* * *

A las siete de la tarde tengo la reunión de Skype. Mientras hablo con el encargado de los hoteles, veo que primero Marc está en la terraza charlando con alguien por teléfono y después se tumba en el sofá. Lo noto cansado. No hemos parado en todo el día.

Cuando acabo, me tiro sobre él, y estamos a punto de quedarnos dormidos cuando, recordando que tenemos que ir a su casa a por su ropa y cosas personales, nos levantamos y nos ponemos en marcha.

Al llegar allí vamos a ver a Oliver, el chico que ayuda a Marc en su casa. Este y su marido se sorprenden al saber que nos hemos casado, pero, encantados, nos dan la enhorabuena. Se apenan al saber que Marc dejará de ser su vecino, pero quedamos con Oliver en que ahora venga a mi casa, pues su ayuda nos vendrá genial.

* * *

Esa noche Marc prepara una riquísima ensalada, y cuando nos sentamos en el sofá frente al televisor, estamos agotados. Ha sido un día de locos, no hemos parado de hacer cosas, y pregunta mirándome:

—¿Te encuentras bien?

Asiento complacida. No me he encontrado mejor en mi vida. Y entonces él dice sorprendiéndome:

—Tenemos que hablar de lo de mañana.

—¿Qué hay que hablar?

Marc me mira a los ojos y añade:

—No quiero que vayas al hospital.

Sin dar crédito, lo miro e indico:

—Pues lo siento, chato, pero voy a ir.

Marc se remueve incómodo en el sofá.

—Estás embarazada, cielo, no te quiero allí.

Vale, eso lo entiendo, pero segura replico:

—Puedo acompañarte y esperarte. Estaré con tu madre.

—Mi madre no irá.

—¿Cómo que no irá?

Marc niega con la cabeza.

—Antes he hablado con ella y con Felipe por teléfono. Mamá se quedará en casa a cambio de que me acompañe Felipe.

Resoplo. Yo quiero ir. ¿Cómo no voy a hacerlo? Y cuando voy a contestar, insiste:

—Eva, el tratamiento es largo y mañana solo es la primera sesión de quimioterapia. Estoy bien y estaré bien. Pero cuando llegue, entre rellenar papeles, hacerme el análisis de sangre y posteriormente recibir la quimioterapia, pueden pasar varias horas.

—No me importa esperar.

—Pero a mí sí me importa que lo hagas —afirma con seriedad—. No quiero que estés allí. Estás embarazada y, cuanto más lejos estés de los virus que pululan por los hospitales, mejor.

—Pero...

—Eva, no —me corta.

Es la primera vez que no estamos de acuerdo en algo.

Es la primera vez que siento que me habla de esa manera, pero, sin querer dramatizar porque entiendo que pueda estar nervioso, doy mi brazo a torcer y musito:

—De acuerdo.

Marc suspira. Creo que lo sorprende mi conformidad, e indica:

—Tienes que continuar con tu vida, cariño. Ve al restaurante como siempre. Eso te mantendrá entretenida.

Asiento. Tiene razón. Eso me distraerá, aunque, conociéndome, estaré pendiente de saber de él.

* * *

Dos horas después, cuando nos acostamos, una vez que *Olimpia* se acomoda a nuestros pies, Marc me abraza y susurra besándome en la frente:

—Estaré bien, ¿vale?

Lo miro, él me sonríe, y entonces, intentando demostrarle confianza, afirmo:

—Claro que sí.

51

Es viernes y estoy contenta porque, como dijo Marc, todo ha ido bien.

El martes, cuando salió de la quimio, vino directamente al restaurante junto a Felipe, y verlo tan normal, tan sonriente, me tranquilizó mucho.

Tanto el miércoles como el jueves Marc vino a buscarme al restaurante por las noches y regresamos a casa paseando con *Olimpia*.

Cada día se me hace más cuesta arriba dejarlo solo en casa para ir al restaurante a trabajar. Marc está de baja. Aprovecha para organizar su mudanza, y yo deseo que el servicio de las cenas se acabe para verlo y estar con él.

Consulto el reloj que tengo en la pared. Las diez y veinte de la noche.

Vamos..., vamos..., que pase el tiempo rápido.

En un momento dado, la puerta de la cocina se abre y entra Nina. Como siempre, su gesto es positivo, y oigo que dice dirigiéndose a mí:

—Tienes cara de asco.

Eso me hace reír y, mirando el pescado que estoy cocinando, respondo:

—El olor de los salmonetes no es, precisamente, lo que más me gusta del mundo.

Ambas reímos, y en ese momento noto que el teléfono que guardo en el bolsillo de mi chaquetilla vibra. Tengo las manos manchadas de grasa, por lo que le pido:

—Sácame el móvil para ver quién es.

Nina lo hace. Lo saca de mi bolsillo y, al ver que es Marc, con un gesto le indico que le dé al botoncito. Una vez que lo hace, me lo pone en la oreja y saludo:

—Hola, cariño.

Durante unos segundos no oigo nada, y pregunto extrañada:

—¡¿Marc?!

—Cielo —lo oigo decir—, esta noche no puedo ir a buscarte.

Me alarmo de inmediato.

—¿Qué te pasa?

Oigo la respiración de Marc, que musita:

—No me encuentro muy bien. Pero no te preocupes.

Asiento. Se me llenan los ojos de lágrimas. Está solo con *Olimpia* en casa.

—Ahora mismo voy para allá —digo.

—Cielo, estás en pleno servicio y...

—Voy para casa —lo corto.

Sin dudarlo, me lavo las manos y comienzo a quitarme la chaquetilla mientras les explico a mis ayudantes lo que estaba haciendo y lo que queda por hacer. Nina, que todavía sujeta mi móvil, cuando dejo de dar órdenes pregunta mientras me sigue a mi despacho:

—¿Qué pasa?

Rápidamente le arrebato el teléfono de las manos y, cogiendo el bolso, voy a hablar pero veo que no me sale la voz. Estoy bloqueada. Nina me sienta en la silla asustada. Yo intento levantarme, pero esta dice con seriedad:

—Hasta que te tranquilices, no te mueves de aquí.

Asiento, sé que tiene razón. Sé que se preocupa por mí, y, tras cerrar los ojos, logro respirar. Cuando noto que vuelvo a ser la dueña de mi cuerpo, los abro de nuevo y digo:

—Marc está mal. Tengo que ir a casa.

Nina asiente mirando el reloj, sabe que es el peor momento para que ambas desaparezcamos.

—Te prometo que si te necesito te llamo —afirmo—. Pero ahora tengo que irme.

Mi amiga asiente. Sale conmigo a la calle y, levantando la mano, para un taxi, que yo acepto gustosa.

—Te mando un mensaje y te digo cómo está —le aseguro después de darle un beso.

Una vez que el taxi arranca oigo el latido de mi corazón. Sé que mis nervios no le vienen bien al Caramelito, por lo que poso las manos en la tripa y susurro:

—Todo va a ir bien..., todo va a ir bien.

Poco después el taxista me deja en la puerta de mi casa y, tras pagarle, me bajo y corro al portal. Abro, llamo el ascensor y, cuando por fin salgo de él, con manos temblorosas saco las llaves de mi bolso y abro la puerta de mi casa. De nuestra casa.

Todo está en silencio, no hay música, tampoco se oye la televisión. Rápidamente *Olimpia* viene a recibirme. Con mimo, me agacho, le hago un par de carantoñas y entonces oigo un ruido que proviene del baño. Cierro la puerta, suelto el bolso y corro hacia allí.

Al entrar me encuentro a Marc sentado en el suelo. Está pálido, sudoroso. Y, mirándome, murmura:

—Cariño, no te preocupes. Esto es lo normal.

Tengo dos opciones: llorar o ayudar. Y, optando por la segunda, me acerco a él y musito:

—Dime qué puedo hacer.

Según digo eso, vuelve a vomitar y yo me ocupo de él con amor. Me necesita.

52

El fin de semana Marc lo pasa regular. El lunes y el martes sigue igual.

El martes llamo por teléfono a Inma, la mamá de Roberto. Nos hemos hecho muy amigas y hablamos de infinidad de cosas, entre ellas lo que le ocurre a Marc, que al parecer ya es la noticia que corre por el hospital. Inma me escucha y me da ánimos. Hay que ver la positividad que tiene esta mujer.

El miércoles llamo a Gustavo y a Anna. Ellos rápidamente vienen a casa y me dicen que no me preocupe. Lo que le ocurre es por la quimioterapia.

Pero ¿cómo no voy a preocuparme?

¿Cómo verlo así sin sentirme fatal?

Mientras Gus está con Marc en la habitación, Anna se sienta conmigo en la terraza. Durante unos segundos permanecemos en silencio, hasta que finalmente pregunto:

—¿Qué puedo hacer? Me siento fatal no haciendo nada.

Ella sonríe y me mira. Luego toma mis manos y susurra:

—Lo que puedes hacer ya lo estás haciendo.

Pero no, eso no me vale, y entonces oigo que añade:

—El cáncer es una carrera de fondo.

Asiento. Marc y yo hemos hablado de ello.

—¿Y la quimio siempre será así? —pregunto.

Anna niega con la cabeza.

—Habrá sesiones que no le sienten bien como esta y otras en las que su malestar no será tan general. Pero eso es algo que nunca sabemos antes de realizarlas, por lo que no puedo decirte si serán todas así o no.

Suspiro desesperada y musito:

—Tiene la siguiente sesión dentro de pocas semanas y...

—Tranquila. Estará bien para entonces y, si no lo está, se reprogramará. —Intenta animarme, lo veo en su mirada. Y al observar mi expresión indica—: Imagino que Marc ya te habrá explicado cómo va esto, ¿verdad?

Asiento, pero murmuro:

—No puedo verlo así, Anna. Me muero de angustia al ver que ni habla, ni come, ni sonríe. Y siento que hago algo mal.

—Todo lo que estás haciendo está bien. —Ella sonríe—. Mi consejo como doctora y amiga ante un caso como el de Marc es que respetes sus silencios y no lo agobies. Y si discutís no te lo tomes como algo personal. Habrá días que Marc esté tan enojado por lo mal que se siente que no pensará antes de hablar.

—Vale —susurro en un hilo de voz.

—Escucha, Eva. Otro consejo que te doy es que intentes continuar con tu día a día y, sobre todo, que te cuides tú y, por tanto, también al bebé. Conozco a Marc y eso es lo que más necesita, ¿vale?

Suspiro y asiento. Lo que plantea desde luego no es un camino de rosas...

Entonces Gustavo llega hasta nosotras y, mirándome, dice:

—Dentro de unos días Marc se encontrará mejor, ya lo verás. Y ahora, por favor, tienes que cuidarte tú, ¿entendido?

Asiento. Les agradezco que se preocupen por mi embarazo tanto como que hayan acudido a mi llamada y, cuando se van, cojo a *Olimpia* y, después de comprobar que Marc está dormido, le pongo la correa y nos vamos juntas a dar un paseo.

Cuando regreso a casa, todo continúa en silencio y, tras ver que *Olimpia* tiene agua en su cazo, abro de nuevo la puerta de la habitación para mirar a Marc. Sigue dormido y decido no molestarlo. El descanso le vendrá bien.

* * *

Por la noche, después de cenar, salgo a mirar las estrellas a la terraza. Me pongo un auricular para oír música. El otro no. Quiero estar atenta por si Marc necesita algo. Estoy acompañada por *Olimpia*. Menuda compañía más estupenda me da la perrilla. A su manera, sé que añora a Marc tanto como yo, pero en cambio creo que lo lleva mejor que yo.

Miro las estrellas mientras escucho *Another You* de Brian McKnight, un cantante que a Marc le gusta mucho. Estoy muy triste. Tengo ganas de llorar. La canción potencia más aún mis ansias de berrear como una loca, pero no..., no lo voy a hacer. He de ser fuerte. Le prometí a Marc que lo sería y no quiero decepcionarlo. Pero, joder, ¿por qué el amor de mi vida tiene que pasar por esto? ¿Por qué existe esa maldita enfermedad llamada cáncer?

Estoy pensando en ello abstraída mientras suena la canción cuando oigo:

—Preciosa noche.

Vuelvo la cabeza y me encuentro con Marc. Es la primera vez que lo veo levantado desde hace cinco días. Sonriendo, me quito el auricular y, recordando las cosas que me ha dicho Anna, respondo:

—¿Te apetece mirar las estrellas conmigo?

Veo que asiente complacido. Se sienta en la silla de mimbre que hay junto a la mía y, durante unos segundos, los dos miramos las estrellas en silencio, hasta que noto cómo su mano busca la mía y, cuando la coge, lo miro y él susurra con una sonrisa:

—Llevo días sin decirte cuánto que te quiero y eso es imperdonable.

Según oigo eso y veo su sonrisa, mil emociones se arremolinan en mis ojos y, venga..., ¡a llorar!

Sin poder evitarlo, las lágrimas resbalan por mis mejillas. Me las seco. Él necesita positividad y yo aquí, llorando desconsoladamente.

Marc tira de mí. Me hace saber que quiere que me siente sobre sus piernas. Lo hago. Él me recuesta sobre su cuerpo, me abraza y susurra:

—Ven aquí, brujilla llorona.

Y, aunque lloro, soy feliz. Feliz de sentir que lo peor de la sesión de quimio ya comienza a remitir.

53

Pasan los días y Marc comienza a reponerse. Ya no vomita, no se siente tan mal, y aunque no come bien porque dice que todo le sabe fatal, su mejoría permite que normalicemos nuestras vidas.

Vuelve a sonreír, a bromear, a salir a correr con *Olimpia* y a recogerme por las noches en el restaurante. Se encuentra tan bien que un día que veo que se queda mirando el anuncio de una película que se estrena esa noche, sin dudarlo, llamo a Nina para decirle que no voy a ir a trabajar y me voy con él a cenar y luego al cine.

¡Planes sorpresa! Eso le gusta, tanto como a mí.

Su familia y la mía llaman a diario para ver cómo se encuentra y, cuando él se ve mejor, decidimos visitarlos. Ni que decir tiene que tanto Julia como mis padres se alegran de vernos, aunque sus miradas me hacen entender lo desmejorado que lo ven.

Viendo que está bien, además de los paseos que damos con *Olimpia*, comenzamos a quedar con Felipe, con sus amigos del barrio, con Lorena y Adriana, con Gustavo y Anna. Soy consciente de que tiene que salir de casa, relacionarse, pensar en otra cosa que no sea su enfermedad, y la mejor manera que encuentro es esa, quedando con los amigos.

Héctor empieza a salir algunos días de la clínica donde está ingresado. Mi padre va a buscarlo y pasa los fines de semana en casita con ellos. Eso hace feliz a mi madre, y reconozco que ver que empieza a ser él mismo nos emociona a todos, aunque sabemos que esto es algo que dará sus frutos con el tiempo y que será un problema que arrastrará toda la vida.

Mi embarazo va bien. A pesar del nerviosismo por todo lo que está pasando, va viento en popa. Los vómitos ya son cosa del pasado, y para esta tarde tengo programada una ecografía.

Emocionada, me dispongo a acudir a la consulta de Consuelo. Esta vez me acompaña Marc en vez de Nina, y contesta a todas las preguntas que la doctora le hace sobre él y que yo no sabía. A Consuelo le hace gracia que también sea médico.

La ginecóloga apunta todo lo necesario en mi ficha y, cuando me tumbo para hacerme la ecografía, Marc se pone a mi lado y me da la mano.

Desde donde estoy tumbada observo cómo Marc mira el monitor. Él y la doctora tienen la misma expresión: están muy concentrados. En un momento dado, Consuelo y él se miran y ella pregunta:

—¿Ves lo mismo que yo?

Marc sonríe y yo digo preocupada:

—¿Qué pasa?

Consuelo me mira.

—¿Quieres saber el sexo de tu bebé? —pregunta sonriendo.

Rápidamente asiento, claro que quiero. Y ella, dirigiéndose a Marc, dice:

—Vamos, papá, díselo tú.

Veo que está emocionado.

—El Caramelito... ¡es un niño! —anuncia entonces con una sonrisa.

Según lo oigo, me llevo las manos a la boca. ¡Un niño! ¡Voy a tener un niño como yo predije! Y estoy riendo cuando Marc me besa y se mofa:

—Al final me habré casado con una bruja de verdad.

Emocionados y felices, nos volvemos a besar. ¡Un niño!

Más tarde, cuando salimos de la consulta, y tras llamar a su madre para decírselo, Marc propone ir a casa de mis padres. Estamos cerca y así les podremos dar la noticia del sexo de bebé y enseñarles el vídeo que nos ha dado Consuelo de la ecografía.

Cogidos de la mano, caminamos por la calle y al llegar al portal de mis padres nos encontramos con Pascual. El hombre, como siempre, es un encanto y le agrada mucho conocer a mi marido.

Riendo, subimos en el ascensor y, al llamar a la puerta, mi padre abre y anuncio mirándolo:

—¡Es un niño!

Él me abraza. Después abraza a Marc. Está tan feliz como nosotros y, mientras ellos dos hablan, me adelanto para darle la noticia a mi madre. Sin embargo, al entrar en el comedor freno en seco. Mi hermana está aquí.

Marc entra en el salón junto a mi padre, y mi madre, que ya se ha levantado para saludarme, va a besarme cuando mi padre exclama orgulloso:

—¡Rosario, es un chico! ¡Vamos a tener un chicarrón!

Mi madre me abraza feliz. Luego abraza a Marc. Se preocupa por su estado de salud y, tras saber que está mejor, lo vuelve a abrazar. Y entonces mi padre suelta:

—A este lo hago socio del Real Madrid.

—¡Por encima de mi cadáver! —me mofo divertida—. Este es indio y colchonero como sus padres.

En ese preciso instante oímos un portazo y, al mirar, veo que mi hermana se ha marchado. Todos nos quedamos en silencio y luego mi madre musita:

—Vaya por Dios.

Marc me mira, yo suspiro, y mi padre dice:

—Teresa, en su línea... Una maleducada. Qué menos que darte la enhorabuena por la boda y el niño y preguntarle a Marc cómo se encuentra.

Suelto el bolso sobre una silla e indico:

—Papá, da igual.

—No, hija, ¡no da igual!

Eso me hace sonreír. Mi hermana ya no me quita el sueño. Y entonces mi madre, sorprendiéndome, dice:

—¡Ella se lo pierde! ¿Qué queréis beber?

—¿Tienes zumo? —pregunto.

Ella asiente y luego afirma mirando a Marc, que se acomoda junto a mi padre:

—De piña, como le gusta a tu marido.

Eso me hace sonreír. Que mi madre sea detallista con Marc es para mí lo mejor de lo mejor, y cuando voy a hablar ella añade bajando la voz:

—Se está quedando muy delgado.

Miro a Marc. Mi madre tiene razón. Pero, sin querer preocuparla, pues bastante lo estoy yo ya, aseguro:

—Tranquila, que todo va bien. Y nos encantarán dos zumitos de piña.

Una vez que ella se va a la cocina, me siento, y mi padre, aún molesto con Teresa, sisea:

—Lo de esta muchacha no tiene nombre.

Lo sé, no tiene nombre ni apellidos, pero explico:

—Papá, fui yo la que dijo que no quería saber más de ella, por eso no la invité a mi boda y...

—Pero para que tomaras esa decisión te buscó mucho las cosquillas. Que te conozco, hija, y si alguien en esta familia es un pedacillo de pan, esa eres tú. Y también conozco a Teresa.

Según oigo eso, me río, y Marc, para quitarle dramatismo al momento, indica:

—Bueno..., bueno..., que esta es muy bruja.

Mi padre ríe. Yo también. Y, cuando mi madre vuelve con los zumos, los cuatro nos sentamos y disfrutamos viendo el vídeo de nuestro niño, y yo observo orgullosa la cara de felicidad de mi amor.

54

Adrián y Danica se van a Groenlandia.

El viaje durará tres semanas y, aunque me muero de la envidia, sé que no es el mejor momento para que yo vaya. Marc, divertido al ver mi mohín por la rabia de no ir, me promete que iremos algún día. ¡Será nuestro viaje de bodas!

Héctor está cada día mejor. Lo he visto este fin de semana en casa de mis padres. Ver cómo mi hermano se esfuerza para salir del agujero en el que está me emociona. Y, aunque lo apoyamos y confiamos en él, sé que, pese a que no lo hablemos, todos tenemos miedo de que vuelva a caer.

Pasan los días y, tras vaciar el ático de Marc, la empresa de transportes que hemos contratado lleva todas sus cosas a mi casa, que ahora es la nuestra.

Durante horas, los operarios de la mudanza no hacen más que meter y meter cajas, y cuando por fin se marchan, Marc, mirando cómo está el comedor, pregunta:

—¿En serio es mío todo esto?

Asiento, es increíble lo mucho que uno puede llegar a almacenar en su casa, y musito:

—Sí, cariño. Al parecer, todo esto es tuyo.

Me muevo entre las cajas. *Olimpia* salta por encima de ellas y yo, cogiendo una, voy a cambiarla de sitio cuando Marc corre a quitármela de las manos y dice:

—Desde ya te prohíbo que cojas una sola caja, ¿entendido?

Eso me hace reír. Como siempre, Marc vuelve a protegernos al Caramelito y a mí. Y viendo que espera contestación, afirmo:

—Vale, de acuerdo.

Una vez que deja la caja en el suelo, nos abrazamos, nos besamos, y a continuación él musita mirando a su alrededor:

—Esto es un desastre.

Me río. ¡Es un enorme desastre!

Las cajas apenas nos dejan movernos, pero, mira, ¡eso da igual! Lo único importante es que estamos juntos, él está bien, y aun sabiendo que deberíamos ordenar este desastre para quitar cajas de en medio, cojo la correa de *Olimpia* y propongo:

—¿Nos vamos a dar un paseíto?

Sin dudarlo, él asiente, e ignorándolo todo nos vamos de casa.

Cuando ya estamos regresando, nos detenemos al pasar por delante de una tienda de bebés. Hay un cochecito rojo de tres ruedas que nos llama la atención a los dos. Lo observamos con curiosidad, y luego Marc pregunta:

—¿Qué te parece para el Caramelito?

Parpadeo sorprendida. Hasta el momento no hemos comprado nada para el niño, estamos demasiado ocupados con lo que le sucede a Marc, y riendo cuchicheo:

—¿Más trastos en casa?

Él asiente.

—En cuanto todo esté ordenado y yo esté mejor, comenzaremos a montar la habitación del bebé.

—Me parece bien —respondo.

Y, dicho esto, proseguimos nuestro camino hacia casa. Poder caminar junto a Marc por la calle cogidos de la mano y, sobre todo, ver cómo sonríe y habla como siempre me llena de positividad.

Sé que pronto tendrá que darse otra sesión de quimio y..., uf, no quiero ni pensarlo.

Cuando llegamos a casa, *Olimpia* salta las cajas y, mientras él aparta algunas de en medio, yo lo miro y pregunto:

—¿Te apetece cenar *noodles* con pollo y verdura?

Marc asiente, sé que va a cenar poco, no come casi nada, pero con su habitual sonrisa afirma:

—¡Genial!

Gustosa, y mientras él rebusca en unas cajas, me dedico a preparar la cena al tiempo que lo observo desde la cocina abierta. Veo que saca varios libros, los contempla. Luego mira a su alrededor, y yo indico:

—Si quieres puedes ponerlos junto a los míos. Si los agrupas, creo que entrarán.

Encantado, asiente y los coloca. Es conformista, siempre es así. Todo le parece bien. Tras eso saca CD de música, discos de vinilo y varios objetos de decoración. Me pregunta dónde ponerlos y yo, dispuesta a que se sienta en su casa, le digo que eso lo ha de decidir él.

Contenta, veo que pone sus CD junto a los míos y, sacando uno, enciende el equipo de música y lo introduce. Segundos después comienza a sonar la canción *September Morn* de Neil Diamond y pregunta mirándome:

—¿La conoces?

Asiento, a mi padre le gusta mucho ese cantante, y Marc explica:

—Cuando era pequeño vi muchas veces bailar esta canción a mis padres.

Oír eso me emociona. Los recuerdos son algo tan bonito para todos... Y, tras apagar el fuego de la cocina, me lavo las manos, me las seco con un trapo y, acercándome a él, pregunto dejando la cena para después:

—¿Bailas conmigo?

Sin dudarlo, Marc asiente. Le gusta mi propuesta. Y, abrazados en nuestra desastrosa casa llena de cajas de mudanza, mientras *Olimpia* duerme sobre el sofá, bailamos esa romántica y fantástica canción. Si para él es especial, también lo es para mí.

Cuando esta termina, nos besamos. Un beso nos lleva a otro y acabamos en la cama haciéndonos el amor con calma. Desde que Marc comenzó con la quimio, la intensidad en el sexo ha bajado, pero no pasa nada. Se lo hago saber una y mil veces. Incluso para desdramatizar lo hago cómplice en cuanto a jugar con *Ragnar* y *Jamie*. Eso lo hace reír y, oye, ¡lo disfrutamos! Lo importante para mí es que Marc esté a mi lado. Su cariño, su amor y complicidad son lo único que necesito. El sexo en este momento es algo totalmente secundario.

Una hora después conseguimos levantarnos de la cama y prosigo haciendo la cena. Esta vez, Marc colabora para acabar cuanto antes. ¡Me muero de hambre!

Una vez que terminamos los *noodles*, nos sentamos a cenar a la mesa de la terraza. Me encantan estos fideos. Sé que a él también le gustan, pero no lo agobio. Soy consciente de que el sabor de los alimentos ha cambiado para él. Aun así, come y, por poco que sea, eso es mejor que nada.

—Estoy pensando una cosa —dice de pronto.

—¿Qué cosa? —pregunto divertida.

Marc sonríe y luego, señalando hacia el salón, indica:

—¿Qué te parece si enviamos algunas cajas a la casa de Ibiza?

Asiento, me parece una buena idea, ya que la casa de Ibiza es más grande que el ático, pero pregunto:

—Cariño, son tus cosas, tus recuerdos..., ¿no los vas a echar de menos?

Marc niega con la cabeza y, cogiendo mi mano, me besa los nudillos y cuchichea:

—Teniendo a mi bruja, no echo nada de menos.

Suelto una carcajada y luego murmuro divertida:

—¡Serás pelota!

Ambos reímos y a continuación Marc dice:

—Si mal no recuerdo, querías volver a vivir en Ibiza, ¿no?

Asiento, ese ha sido siempre mi plan. Pero creo que ahora, con el tratamiento de Marc, donde debemos estar es en Madrid.

—Pues sí —digo—. Por tanto, ya puedes comenzar a pensar que en cuanto mejores te daré la turra con eso.

Él cabecea divertido, sabe que ese momento llegará, y, sorprendiéndome, propone:

—¿Qué te parece si nos vamos unos días a Ibiza y lo pensamos?

Según oigo eso, parpadeo.

—¿Te encuentras bien para viajar?

Marc asiente, lo veo motivado, e insiste:

—Si nos vamos mañana podemos estar allí hasta que tenga que regresar para la siguiente sesión de quimioterapia.

Él y sus planes improvisados..., ¡me encanta!

Llevo sin trabajar al cien por cien desde que Marc comenzó a encontrarse mal. Ahora mi prioridad es él. Y, con Nina al frente del restaurante y Marcus en la cocina, todo está controlado. Pero entonces, recordando algo, pregunto:

—¿No me dijiste que con la quimio no era bueno el sol?

—No es mi intención tomar el sol —dice—, aunque tú sí puedes hacerlo. Si nos vamos, el Caramelito y tú podréis respirar aire puro. A todos, y me incluyo, nos vendrá bien. Y por las tardes, en vez de pasear entre el tráfico de Madrid, podremos hacerlo por la playa. ¿No te parece una excelente idea?

Asiento, me parece la mejor idea del mundo, y sin dudarlo me levanto de la mesa y, cogiendo mi ordenador portátil, rápidamente me pongo a buscar billete de avión. Si Marc tiene fuerzas para ir a mi isla, ¡no lo dudo ni un segundo!

55

Irnos a la isla antes de la segunda sesión de quimioterapia fue la mejor decisión que podríamos haber tomado. Allí Marc volvió a ser el hombre de la eterna sonrisa, incluso comía más y mejor.

En mi coche, y junto a nuestra inseparable *Olimpia*, nos desplazamos por la isla. Quería enseñarle tantos sitios especiales a mi amor que a veces tenía que parar y pensarlo por un momento. Sabía que Marc estaba bien, pero tampoco deseaba agotarlo.

Mis amigos estaban felices de que nos encontrásemos allí y, conscientes de su problema, un par de noches organizaron cenas en sus preciosos barcos, donde lo pasamos de lujo.

Durante siete días seguidos, solo existimos él y yo. Por las mañanas, cuando el sol pegaba fuerte y los turistas estaban en la playa, nosotros disfrutábamos escuchando música y leyendo en casita. Cocinábamos platos sanos, bailábamos como dos tontos, veíamos series y películas y hacíamos todo aquello que se nos antojaba.

Por las tardes, cuando el sol ya no apretaba y los turistas regresaban a sus hoteles, nosotros nos cogíamos nuestras hamacas, nuestras toallas y nuestra sombrilla rojiblancas, que por supuesto son del Atlético de Madrid, y nos íbamos a Cala Gració o Cala Salada. Nos sentábamos frente al mar cogidos de la mano y simplemente charlábamos de nuestras cosas y disfrutábamos del momento. ¿Acaso hay algo mejor?

Sentí que la isla recargaba de energía a Marc y con eso era suficiente, no pedía más.

Pero lo bueno se acaba..., ¡menuda mierda!, y al cabo de una semana tuvimos que regresar a Madrid.

Hoy, acompañado por su hermano Felipe, Marc se ha ido al hospital a darse su segunda sesión de quimio, y yo estoy que me subo por las paredes. De nuevo no me ha dejado acompañarlo, y por no discutir, he aceptado.

Estoy cocinando en el restaurante mientras escucho uno de sus CD. Madre mía, cada vez me gustan más. Suena la versión de *Can't Take My Eyes Off You* de Joseph Vincent y..., uf, ¡me encanta! La música que le gusta a mi amor es como él: dulce y tranquilizadora.

Como dice la canción, a veces todavía tengo que pellizcarme para saber que es verdad que un hombre tan bueno e increíble está en mi vida.

En ese instante Nina se acerca a mí.

—Preciosa canción. —Asiento y luego ella pregunta—: ¿Cómo está mi gorda preferida?

Oír eso me hace reír. En las últimas semanas mi tripa ha despuntado. De notárseme poco el embarazo, ahora parece que me he tragado un melón.

—Bien —aseguro—. Estoy bien.

—¿Qué sabes de Adrián y Danica?

Pensar en ellos me hace sonreír, y le cuento mientras termino de preparar un plato:

—Me telefonearon hace dos días. Iban a coger un barco para ir al cabo York. Allí querían ver icebergs y hacerse una foto en el monumento a Robert Peary. ¡Me muero de la envidia!

Nina asiente y yo añado:

—No he vuelto a hablar con ellos. Me dijeron que seguramente estarían unos días sin cobertura.

Una vez que termino el plato que estaba preparando, compruebo que todo esté en orden y, en cuanto limpio el borde, se lo entrego a Nina, que se aleja con él para servirlo en la mesa que lo ha pedido.

Salen platos. Entran comandas. Y, junto a mi equipo, todo funciona a las mil maravillas, aunque no puedo quitarme de la cabeza a Marc. ¿Estará bien?

A las siete de la tarde, cuando el restaurante está cerrado al público y estoy hablando con Nina, suena el timbre de la puerta y al abrir veo que son Marc y Felipe, que regresan de la sesión de quimio.

—¿Todo bien? —le pregunto a mi marido.

Este asiente y me besa. Entonces Felipe dice mirándonos a Nina y a mí:

—¿Me dais algo de comer? ¡Estoy que me caigo del hambre que tengo!

Sonriendo, ambos entran y voy a decir algo cuando veo que Nina coge su bolso de repente y dice:

—¡Woooo! Tengo que ir a la tintorería. ¡Hasta luego!

Y, sin más, sale del restaurante dejándome sin habla.

Eso me sorprende. Sé que Felipe y ella se han visto en Madrid después de la boda, y cuando voy a preguntar, Marc se me adelanta:

—¿Así estamos?

Felipe nos mira y se encoge de hombros.

—Eso parece.

—¿Qué le has hecho? —quiero saber.

Él abre la boca atónito y, tras gesticular, responde:

—¿Por qué tengo que haberle hecho algo?

Suspiro. Conociendo lo mujeriego que es Felipe no me extrañaría, y entonces añade:

—Pregúntale a ella.

Asiento.

—Espero no tener que partirte las piernas —amenazo acercándome a él.

—Señora, soy la autoridad y eso sería desacato —se mofa.

—¡Por mí como si eres Pepito Grillo!

Según digo eso, Marc y Felipe se miran divertidos y se ríen. Como siempre, la complicidad que hay entre ellos y la burrada que he dicho me hacen reír y, cuando todos dejamos de hacerlo, indico ya más en serio:

—Cuidadito con Nina o te las verás conmigo.

Felipe asiente, no dice nada, y los tres entramos en la cocina, donde les preparo algo de comer.

* * *

Llega la noche y de nuevo arranca el servicio de cenas. Felipe y Marc se han marchado ya, y en un momento dado cojo a Nina del brazo y pregunto haciendo que me mire:

—¿Qué ocurre con Felipe?

—Nada.

Me río porque la conozco, y añado:

—Felipe es un guaperas que no se toma nada en serio, pero si te ha...

—He sido yo.

—¿Que has sido tú? ¿Qué has hecho?

Nina suspira y, bajando la voz, explica:

—Anteanoche me fui con Matías a tomar una copa y, al regresar a mi casa, Felipe me estaba esperando y nos vio.

—¡No jorobes!

Ella asiente y se ríe. Yo también. Sé que nos estamos comportando como dos cabronas, y a continuación cuchichea:

—A ver, Felipe es solo un amigo más y tiene que entenderlo.

—Pero me dijiste que te gustaba.

—Y me gusta. Pero esos ojitos azules llaman demasiado la atención de las mujeres y..., mira, paso de complicarme la vida. Ya tengo la edad suficiente como para saber que las mujeres necesitamos una razón para ser infieles, pero los hombres solo necesitan otra mujer.

—Eh, ¡no generalices! —protesto.

Nina ríe.

—Vale, tienes razón. No todos los hombres son iguales. Pero ya confié una vez en un guaperas de ojos azules y no pienso hacerlo otra vez.

Eso me hace gracia, su ex también los tenía azules, y cuando voy a decir algo, Marcus se nos acerca.

—Jefa, en la comanda seis piden solomillo de ternera y solo nos queda de cerdo.

Eso me hace regresar a la realidad, y mirando a Nina digo:

—Ya hablaremos más tarde.

Y, dicho eso, seguimos trabajando. Ahora no es momento de cotillear.

56

Horas después, cuando el servicio de cenas acaba, siento que estoy agotada. Marc me manda un mensaje para decirme que me espera fuera con *Olimpia* y, tras despedirme de mis empleados, salgo a la calle. El recibimiento que me hacen los dos es como para sentirse tremendamente especial y él, enseñándome una bolsa que lleva, dice:

—Mira lo que te he comprado.

Miro con curiosidad y murmuro al ver una tarrina:

—Helado de huevo Kinder..., ¡me encantaaaaaaaa! Y a *Olimpia* también.

Marc ríe a carcajadas y, tras darme un beso, dice:

—Venga, vayamos a casa y te lo comes.

Una vez allí, me quito la ropa, estoy deseando deshacerme del sujetador. Y cuando salgo al salón vestida solo con una camiseta de tirantes y las bragas, veo que Marc se toca la cabeza.

—¿Qué te ocurre? —pregunto.

—Nada.

—¿Seguro?

Él asiente y luego indica sentándose en el sofá:

—Me duele un poco la cabeza, pero no te preocupes, que estoy bien.

Vale, debo confiar en él.

Cojo la tarrina de helado, la destapo y, tras hundir en ella una cuchara, la lleno de helado y la saboreo.

—Oh, Dios... —murmuro—, ¡gracias por crear el helado!

Marc me mira. Le ofrezco helado, pero no quiere, y estoy disfrutándolo cuando pregunta:

—Oye, ¿Nina de qué va? —Según oigo eso, lo miró y añade—: Me ha contado mi hermano que la vio con otro y...

—¡Un momento! —lo corto.

Marc calla, y pregunto:

—¿Acaso Felipe y Nina tienen una relación y yo no me he enterado?

—Creo que no.

—¿Entonces...? ¿Por qué me preguntas de qué va ella?

Marc me mira, no sabe qué responderme.

—Nina y Felipe son dos personas solteras, sin compromiso, y pueden salir con quien les dé la gana —indico—. A tu hermano apenas lo conozco, pero a Nina sí, y te aseguro que el hecho de que ella se haya acostado con él varias veces no significa nada. Solo que lo pasó bien y decidió repetir.

Marc asiente y luego, con gesto serio, musita:

—Me sorprende la frialdad con que lo dices.

Me río, me troncho, e incapaz de callar suelto:

—Mira, cariño, como mujer soltera e independiente que he sido durante mucho tiempo hasta casarme contigo, al no tener pareja he hecho lo que me ha dado la real gana con mi cuerpo, mi tiempo y mi sexualidad. Y eso es justamente lo que hace Nina y lo que seguiría haciendo yo si no me hubiera casado contigo.

Marc no contesta. Solo me mira. Y, tras tragar una cucharada de helado, susurro:

—Perdona, pero el que me sorprende eres tú a mí. ¿Cómo que frialdad? ¿Acaso acostarse con alguien implica amor o exclusividad? Por Dios, Marc, que estamos en el siglo XXI.

Marc cabecea. No sé lo que piensa, pero dice:

—Pues mi hermano está jodido.

—¿Por qué?

—Porque tu querida amiga le gusta mucho... Tanto que se ha pasado toda la sesión de quimioterapia hablándome de ella. Y mira lo que te digo. Conozco a Felipe, y nunca me ha hablado de una mujer así.

—Será porque no va detrás de él.

—Posiblemente —afirma.

Permanecemos unos segundos en silencio y luego él pregunta:

—¿Le digo entonces que se olvide de ella?

—Claro. —Me río.

Estoy encantada de dar por finalizada la conversación, pero Marc insiste:

—Cuando tuviste sexo conmigo la primera noche en tu restaurante, ¿pensaste que no implicaba nada?

—Por supuesto.

—Y si no te hubiera invitado a salir al día siguiente en el hospital, ¿habrías pasado de mí?

—Posiblemente.

Según digo eso, siento que su mirada cambia, y pregunto resoplando:

—Eh... ¿Qué pasa? ¡Soy sincera!

Marc no contesta, y aclaro:

—A ver, cariño, reconozco que esa noche me pareciste mono e interesante, pero simplemente me divertí.

—¡¿Simplemente?!

Boquiabierta porque no entiendo qué le pasa, afirmo:

—Por supuesto que *simplemente*. No te conocía. Para mí eras un churri más.

—¡¿Un *churri*?!

—Pues sí.

—Vaya... —dice con gesto serio.

Yo me río. No sé por qué lo hago, pero me río. Y tomando aire añado:

—Venga, vale. Reconozco que al levantarme al día siguiente pensé en ti y me pinté como una puerta por si te veía por el hospital al ir a ver a Adrián. Pero también te digo que, si no hubieras entrado en la habitación donde estaba mi hermano, yo no te...

No puedo terminar, pues Marc se levanta y se va dejándome con la palabra en la boca.

¿En serio?

Eso me molesta. Él no es así. Y, dejando el helado sobre la mesa, me levanto yo también y voy tras él. Al ir a la habitación veo que está en el baño lavándose los dientes. Entro y pregunto:

—¿En serio te has enfadado?

Marc me mira a través del espejo y, cuando se enjuaga la boca, musita:

—No sigas. Mejor dejémoslo.

—Pero...

—¡No me has escuchado!

Sorprendida asiento y, sin poder callar, murmuro:

—Dos veces la palabra *no* para comenzar dos frases. Sin duda la negatividad se está apoderando de ti...

—Eva, ¡vale! —repite.

Boquiabierta, me río. Se está comportando como un niño caprichoso, y entonces pregunta:

—¿Se puede saber de qué te ríes?

—De ti —respondo apoyada en el quicio de la puerta.

Uf..., ¡qué miradita! E, intentando destensar el ambiente, indico:

—Vamos a ver, cariño, me río de lo absurdo de la situación.

—Absurda tú.

—Oye, ¡vete a la mierda!

De inmediato me doy cuenta de que en esta ocasión no le hace gracia que le diga eso, pero, incapaz de callar, prosigo:

—Me preguntas por Nina. Te respondo. Luego me preguntas por nosotros, respondo, y como no te gusta lo que oyes, ¡te enfadas! Pero, Marc, ¿qué te pasa? Y no me digas que he herido tu orgullo de machito ibérico porque entonces sí que flipo...

Él se seca la boca con la toalla y, volviéndose para mirarme de frente, señala:

—Lo de «machito ibérico» te lo podrías haber ahorrado.

Rodeándome, sale del baño y entra en la habitación.

—Vamos a ver, cariño —murmuro—. Esto es ridículo. Y en cuanto a lo de «machito ibérico», ¡es una forma de hablar! Si hay alguien que no es así, ese eres tú.

Marc no responde, solo me mira, e insisto:

—Por favor, dime qué te he dicho que te ha molestado tanto.

Marc va de un lado a otro de la habitación, piensa qué decir, y finalmente suelta:

—Me molesta saber que solo fui el churri de esa noche para ti.

Joder, ¡qué susceptible está!

—Vale..., te entiendo —indico—. Pero si pensé eso ¡es porque que no te conocía! Y fuiste tú como podría haber sido otro.

Según digo eso, me doy cuenta de que no estoy acertada. Cada vez que abro la boca, la cago más. Su mirada me traspasa, y musito:

—Está visto que esta noche no acierto en nada.

Marc se da la vuelta, no me mira, y tras resoplar dice:

—Eva, en este instante no estoy de muy buen humor. Mejor vamos a dejarlo aquí.

Joder, la que se ha liado en un momento. Como ya me dijo, sus cambios de humor podían ser drásticos, e, intentando reconducir el momento, voy a hablar cuando él pide sin mirarme:

—¿Te importa salir de la habitación para que pueda acostarme y apagar la luz?

—Vamos a ver...

—Por favor —insiste.

—Pero, cariño...

—Eva, te lo estoy pidiendo por favor —me corta en tono seco.

Una parte de mí quiere gritarle que es gilipollas. En ningún momento lo que he dicho ha sido para molestarlo ni para hacerlo de menos. Simplemente he sido sincera con él como siempre. Pero, intentando tranquilizarlo y entender el momento, doy media vuelta y salgo de la habitación. Según lo hago, oigo que cierra la puerta y entonces me detengo y siseo mirando al techo:

—¡Me cago en la leche!

Es la primera vez desde que nos conocemos que nos decimos una palabra más alta que la otra. Nunca habíamos discutido. Marc no es de discutir, al revés, es de aplacar, pero hoy aplacar, aplacar..., como que no.

Molesta, me encamino hacia el sofá y, al llegar frente a él, me tengo que reír. En mi ausencia, *Olimpia* se ha dado un buen festín con el helado que he dejado sobre la mesita baja. Se lo ha comido todo, y ahora se rechupetea la cara.

La perra me mira con ojos de «yo no he sido», y, entendiendo que he dejado la tentación demasiado a su alcance, recojo la tarrina vacía, la tiro a la basura y, sentándome en el sofá, pongo la tele y le advierto a *Olimpia*:

—Mejor que no se entere el enfadica, o te la liará a ti también.

Según digo eso, la muy descarada se sube también al sofá, se hace una bolita a mi lado y se queda dormida. Minutos después intento dormirme yo también. Siempre me ha gustado dormir en el sofá, pero nada, no lo consigo. No puedo dejar de pensar en Marc.

57

Son las tres de la madrugada y sigo con unos ojos como platos. La discusión con Marc me ha afectado tanto que soy incapaz de dormirme. ¡Pues vaya plan!

Me entra hambre. Voy a la cocina, abro la nevera y miro lo que hay dentro. Todo lo que tengo en el frigorífico es muy sano. Siempre he comido así, aunque ahora, con Marc, me estoy haciendo una especialista en preparar platos ultramegasanos.

Sin embargo, esta vez mi hambre no es de nada sano..., ¡quiero *gochez*!

Así pues, cierro la nevera, abro el congelador y cojo un helado, un rico bombón de chocolate y nata, y, tras abrirlo, tiro el papel a la basura.

Decido comérmelo en la terraza mirando las estrellas. Hace una excelente noche.

Antes de salir, cojo mi teléfono móvil y, una vez que me siento, busco en mi lista de Spotify y, muy bajita, pongo la *playlist* que hice con la música que he descubierto gracias a Marc. Rápidamente comienza a sonar *For You* de Kenny Lattimore, y salgo a la terraza.

¡Qué bonita canción!

Como dice la letra, por él movería el cielo, la tierra y lo que fuera necesario para continuar viviendo nuestra preciosa historia de amor. En la vida imaginé que yo pudiera querer así, y menos que me quisieran como Marc me quiere, a pesar de que acabamos de discutir. Sé que lo ocurrido es algo que viene por lo que viene, y no dudo ni un segundo de su amor hacia mí.

Nunca hemos discutido. Es la primera vez que lo hacemos, y creo que eso es lo que ha provocado mi insomnio esta noche. Lo pienso y sé que su humor se debe a cómo se encuentra, por lo que no se lo voy a tomar a mal. Si hay alguien en el mundo a quien no le gusta discutir ese es Marc.

Olimpia viene a mi lado, se para delante de mí y me mira con ojitos. Hay que ver lo que le gusta a esta perra el helado. Pero no..., estoy en plan egoísta, e indico mirándola:

—Ni hablar, guapa, que te has comido toda la tarrina de huevo Kinder.

Ella, que es más lista que el hambre, según digo eso da media vuelta y se vuelve a subir al sofá. A comodona no la gana nadie.

Apoyando la cabeza en la silla donde estoy sentada, disfruto del placer de comerme el helado, escuchar musiquita y mirar las estrellas, hasta que de pronto oigo:

—¿Me perdonas?

Doy un brinco en la silla sobresaltada. Y mirando a Marc, que está a mi lado, murmuro:

—¡Dios, qué susto me has dado!

Él sonríe, lo que me hace saber que el enfado se ha disipado, y antes de que yo hable, añade:

—Cariño, me avergüenza cómo me he puesto. Lo siento..., lo siento...

En silencio asiento mientras me emociona ver cómo me mira. Lo quiero, lo adoro, sé que lo que pasa es algo que se le escapa de las manos, y susurro:

—Eres un petardo.

Marc se agacha delante de mí. Posa las manos sobre mi barriga y luego musita con mimo:

—A ti también te pido perdón.

Oírlo me hace sonreír. No pasa ni un solo día en que no le hable al bebé y, tras darme un beso sobre la tripa, me besa dulcemente en la boca y cuchichea:

—Te quiero, cariño. Eres mi protón de positividad.

Asiento. ¡Soy un protón! Me río y, tras sentarse en la silla de al lado, él dice:

—Qué buena música escuchas.
—Tengo un conocido al que le encanta.
—¿Y tu conocido es majo?
—Un poco petardo a veces. Pero, sí, es majete.
Marc vuelve a sonreír y, mirándome, repite:
—Cariño, lo siento. ¿Estás bien?
Sé que lo dice en serio, y contesto:
—Estás perdonado —y cuando va a decir algo, añado mirándolo—: Pero que te quede claro que me ha faltado nada y menos para mandarte a la mierda mil veces más, aunque en esta ocasión no te haya gustado.
Eso le hace gracia.
—Menuda la que me has montado por una tontería... —reitero.
Marc asiente con gesto triste y luego musita:
—Tienes razón. De verdad que me siento avergonzado, y te pido disculpas. Pero hay momentos en los que el cuerpo se me descompone de tal manera que soy incapaz de razonar y controlar el malestar que ello me provoca...
No lo dejo terminar, pongo la mano sobre su boca y pregunto:
—¿Ahora te encuentras bien?
—Sí.
—Pero ¿bien... bien...? —insisto.
Marc asiente y yo, necesitando hacer algo con el bombón helado que tengo en la mano, se lo paso por la cara. Lo pringo de helado de nata y, al ver su gesto de sorpresa, indico conteniendo la risa:
—Es lo menos que te mereces.
Sin entender por qué he hecho eso, Marc no protesta. Entonces yo, deseosa de divertirme y de recibir cariñitos mimosos, me levanto de mi silla, me siento sobre sus piernas y, acercándome a él, saco la lengua, le chupo la mejilla pringada de helado y musito:
—Mmm..., ¡qué rico estás con nata!
Marc sonríe, al igual que yo. Y sé que a partir de este instante ya todo vuelve a estar bien.

58

Pasan dos días y el humor de Marc vuelve a agriarse, aunque, recordando que soy su protón de positividad, intento recargarle las pilas.

A diferencia de la otra sesión de quimio, en esta ocasión no vomita, pero tiene una diarrea que no puede moverse de casa. A eso hay que sumarle las llagas que le han salido en la boca y que no lo dejan comer. Pobrecito mío.

Vuelve a no estar comunicativo. Cuando se encuentra mal se encierra en sí mismo, y ya he aprendido que lo mejor que puedo hacer es demostrarle que estoy ahí, pero dejarlo tranquilo.

Por ello, a diferencia de la otra vez, en esta ocasión sigo yendo a trabajar. Creo que necesita su espacio, y yo también el mío.

En mi ausencia, Marc saca cosas de las cajas y las coloca, aunque la gran mayoría las hemos enviado a Ibiza. Allí mi amigo Oriol las recibirá en mi casa y esperarán a que vayamos para vaciarlas.

Algunos días Marc va con *Olimpia* a ver a su madre. Estar tanto tiempo en casa intuyo que lo agobia, pero él no me pide que me quede a su lado. También sé que Lorena y Adriana o Felipe y Chisco vienen a verlo a casa. Y lo sé porque, cuando hablo con Felipe, me lo cuenta. Mi cuñado se preocupa por mí como se preocupan Julia, mi familia y todos los que nos quieren.

Tras el servicio de comidas, cuando todos se marchan, Nina me mira y, poniendo un cojín bajo mis pies para que los tenga en alto y favorecer así la circulación, se sienta a mi lado y dice:

—Por tu cara veo que todo sigue igual.

Asiento y, tocándome la barriga, susurro:

—Exactamente igual.

Nos quedamos en silencio unos instantes y luego, necesitando hablar, explico:

—Estoy haciendo un máster en paciencia. Cuando me dijo que sería complicado, nunca imaginé que lo sería tanto. Ya sé que su enfermedad es una putada y, viendo su estado, puedo entender cómo se debe de encontrar, ¡pero, joder, a veces me desespero!

Nina me escucha, intuyo que no sabe qué contestar, y añado:

—Todos me dijeron que habría días malos, pero, uf..., no sé si es por mi estado o por qué, pero a veces quisiera gritar, gritar y gritar...

—Eva, tranquila —musita ella cortándome.

Asiento. Tiene razón, he de tranquilizarme por mi bebé, por Marc y por mí, y mirándola murmuro:

—Estoy bien. En serio.

Nina se levanta, se quita el mandil negro que suele llevar y luego dice mirándome:

—Vámonos a dar un paseo.

Sin dudarlo, asiento. Me quito la chaquetilla y salimos del restaurante. Durante dos horas paseamos por la zona, vemos escaparates, compramos cositas para el Caramelito, y siento que eso me oxigena. Estoy pagando un body para mi bebé en una tienda cuando a Nina le suena el teléfono. Veo que responde y, por su gesto, intuyo que no sucede nada bueno.

De inmediato salgo de la tienda con la bolsa y pregunto:

—¿Qué pasa?

Su cara de circunstancias es todo un poema, y finalmente dice:

—Era Felipe.

Oír eso me hace levantar las cejas, y Nina, cogiéndome las manos, me las aprieta y añade:

—Cariño..., Felipe está con Marc en urgencias.

De inmediato mi corazón comienza a latir con fuerza y, como puedo, musito:

—¿Qué pasa?

Rápidamente Nina hace que me siente en un banco de la calle.

—Al parecer, Marc no se encontraba bien —empieza a contarme—, lo ha llamado y...

—¿Lo ha llamado a él y no a mí?

Nina no sabe qué responder, y tomando aire pregunto:

—¿Está en el hospital Las Palmeras?

Mi amiga asiente y, cuando me levanto, veo que va a hablar y yo siseo cortándola:

—Ni se te ocurra decir que no vaya a verlo.

Nina se calla, sabe que ella en su caso haría lo mismo que yo, y asintiendo indica:

—Cojamos un taxi.

En el trayecto, estoy como en una nube. ¡Marc, hospitalizado!

Tengo miedo..., mucho, mucho miedo, y de pronto me acuerdo de mi hermano Héctor. De las cosas que dice de Janet, la que fue su novia y murió. Por primera vez soy capaz de entender su desesperación, su desasosiego, su impotencia. Imaginar mi vida sin Marc me resulta imposible. Él es mi vida, mi eje central, y si le pasa algo creo que me hundiré.

* * *

Media hora después llegamos al hospital. En silencio, nos dirigimos a urgencias con la suerte de que, al entrar, salen mi cuñado Felipe y Julia, mi suegra. Sus caras son de preocupación. Al vernos, menean la cabeza y yo me apresuro a acercarme a ellos.

—¿Cómo está? —pregunto.

Julia, entendiendo mi estado, rápidamente contesta:

—Hija, tranquila.

—¿Cómo está? —insisto.

La mujer coge mis manos, rompe a llorar y susurra:

—Hasta que nos den los resultados del análisis que le han hecho no sabría decirte.

Asiento, y luego ella, secándose las lágrimas, murmura:

—Espero que no tenga un nivel bajo de neutrófilos.

—Mamá —musita Felipe.

Pero Julia insiste:

—Hijo..., ¡me preocupa! Sé lo peligroso que es que los tenga muy bajos.

Según oigo eso, mi angustia aumenta. Verla llorar no me tranquiliza en absoluto, y como puedo pregunto:

—¿De qué habláis?

Rápidamente me explican que los neutrófilos son un tipo de glóbulos blancos que ayudan a combatir ciertas infecciones. Asiento. En cuanto tenga un segundo me meteré en Google y buscaré más información al respecto. Hay que ver todo lo que estoy aprendiendo últimamente sobre medicina. ¿Por qué será que cuando un familiar enferma nos empeñamos en conocer todo lo que podamos de su enfermedad y más?

—Marc se encontraba mal y ha llamado a su hermano —prosigue Julia—. Él ha ido a recogerlo y lo ha traído al hospital.

Felipe asiente y, cogiendo mi mano, añade:

—Cuando he llegado aquí, he llamado a mamá y a Nina. No sabía si estabas sola y, discúlpame, cuñada, pero no quería que estuvieras sola para darte una noticia como esta.

Asiento, los entiendo. Y entonces Julia, tocando mi tripita, pregunta:

—¿Cómo estáis?

—Bien. Todo va bien —digo con una triste sonrisa.

La mujer me abraza, entiende la preocupación tan grande que tengo.

—Quiero ver a Marc —indico a continuación.

—Por supuesto —afirma Julia.

Pero Felipe susurra mirándome:

—Eva, creo que...

—He dicho que quiero verlo, o juro por Dios que voy a montar tal turra aquí que no vas a saber dónde meterte —insisto inamovible.

Nina, mi suegra y Felipe se miran, y la primera señala:

—Creo que es mejor que lo vea.

Al final ellos acceden y, tras hablar con una enfermera que deben de conocer, esta se acerca y me dice con una sonrisa:

—Señora Sarriá, sígame, por favor.

Sin dudarlo, voy tras ella mientras ellos tres no se mueven. Saben que necesito intimidad con Marc, y se lo agradezco.

Al llegar frente al box 6, que está cerrado por unas cortinas, la enfermera me explica que mi marido está ahí, y cuando esta se marcha yo cojo aire.

Siempre he visto a Marc como médico en el hospital, no como paciente, pero, sin pensarlo más, abro la cortina y lo veo tumbado sobre la camilla con un suero en el brazo.

Uf, lo que me entra.

Tiene los párpados cerrados, no me ha visto todavía, y, entrando en el box, permanezco en silencio. Está pálido, mucho más que cuando me he ido a trabajar esta mañana. De pronto abre los ojos y dice:

—¿Qué haces aquí?

Siento que mi corazón va muy rápido y, acercándome a él, le toco la mano e, intentando no entrar en su juego, respondo:

—Como tu pingüina oficial que soy, voy a donde está mi amor.

Marc me mira. Noto que mi respuesta lo sorprende, y finalmente musita:

—Te he dicho mil veces que un hospital no es el mejor sitio para una embarazada.

Asiento. Mil veces no..., ¡dos mil! Pero, templando mi carácter, pregunto:

—¿Cómo estás?

Marc me mira y susurra:

—Mira que eres cabezota.

—Sí..., tanto como tú.

Él gruñe. Escucho sus protestas y, cuando no puedo más, murmuro:

—Si sigues por ahí, voy a soltarte algo peor que mandarte a la mierda, te lo advierto.

Y cuando va a replicar, la cortina del box se abre y aparece Anna.

¡Madre mía, qué bien!

Verla me reconforta, y más cuando me abraza con una sonrisa. Trae unos papeles en la mano, y rápidamente Marc y ella comienzan a utilizar palabras técnicas, de esas que tanto les gusta utilizar a los médicos y que yo no entiendo.

En silencio, los escucho. Por su tono de voz y por cómo Anna sonríe intuyo que la cosa no es grave, y por último ella me dice antes de marcharse:

—En cuanto se termine la botella de suero con antibiótico que le he puesto, se irá para casa y ya verás cómo comienza a encontrarse mejor.

Saber eso me hace sonreír por fin, pero miro a Marc y veo que él no sonríe.

Quiero preguntar qué pasa. Quiero saberlo todo. Dijo que nunca me mentiría. Y, cuando nos quedamos solos, dice mirándome:

—La quimio no está funcionando como quisiera.

Oír eso es lo que menos necesito. No. No. No.

A continuación extiende la mano, coge la mía y susurra:

—Tranquila, ¿vale? —Asiento, y Marc añade—: Por favor, no se lo digas a mi madre. No quiero preocuparla más de lo que está.

Permanecemos unos instantes en silencio, mirándonos. Dios, ¡tengo tanto miedo! Pero, consciente de que lo que menos necesita él en estos momentos es cargar con lo que yo siento o dejo de sentir, susurro:

—Eres un jodido gruñón.

Marc cabecea, sabe que tengo razón, e indica:

—He telefoneado a Felipe porque me encontraba fatal. No quería llamarte a ti porque estabas en el restaurante y no quería asustarte. Sé que prometí que...

—Te juro que, cuando te pongas bueno, me las vas a pagar todas juntas.

Marc esboza una tímida sonrisa y, como lo necesito como el que necesita respirar para poder vivir, me acerco a él y le doy un suave y tímido beso en los labios que él acepta.

Es el primer acercamiento que tenemos en días, y pensando en las llagas de su boca, susurro al separarme de él:

—No quiero hacerte daño.

—Cielo, no comiences la frase con la palabra *no* —musita.

Ambos reímos y entonces la cortina del box se abre de nuevo y aparece una enfermera. Nos mira con una agradable sonrisa y luego dice:

—Doctor Sarriá, me ha dicho la doctora que en cuanto se acabe el suero se va para casita.

—Eso parece —afirma Marc.

Segundos después la enfermera se marcha, y sabiendo que Marc necesita su espacio, a pesar de que yo me quedaría aquí con él, pregunto:

—¿Felipe y tu madre te llevarán a casa?

—¿Lo dudas?

Ambos reímos e, intentando normalizar el momento, a pesar de saber que las cosas no van como deberían, digo para demostrarle que estoy bien y que, sobre todo, confío en él:

—Entonces me voy para el restaurante. Esta noche lo tenemos a tope.

Marc sonríe. Siento que esa normalidad es lo que necesita, y tras darle un cariñoso beso en la mejilla, le guiño un ojo y salgo del box.

Camino hacia la sala de espera de urgencias sintiendo que querría quedarme con él, llevarlo a casa, cuidarlo y mimarlo. Pero, consciente de lo que necesita, me comporto como debo. Aun así estoy muy preocupada por lo que me ha dicho y, antes de salir por la puerta de urgencias, doy media vuelta y me dirijo hacia el ascensor.

Una vez que monto en él, subo hasta la sexta planta y, al oír las risas de los niños, inevitablemente sonrío. Me apresuro a entrar en la sala de juegos. Con la mirada busco a Inma, pero no la veo. Fátima, en cambio, sí está. Me ve, al igual que otros padres que conozco, y vienen a saludarme. Se han enterado de lo de la boda, del bebé y, sobre todo, de lo que le ocurre a Marc.

Preocupados, me preguntan por él. Todos lo adoran y me hacen saber que los niños lo echan de menos. Emocionada al oír eso, asiento y, como puedo, los pongo al día, aunque omito la última noticia que Marc me ha dado. Cuando acabo, Fátima me dice:

—Inma está en la habitación con Roberto. Hoy el peque no tiene un buen día.

Asiento y, tras despedirme de aquellos y de sus hijos, voy a la habitación de Roberto.

Al llegar, la puerta está abierta. Veo a Roberto dormido en la cama y a Inma mirando por la ventana pensativa. Sola. Siempre está sola con su hijo.

No sé si llamar o no, pero entonces esta se vuelve y sonríe al verme. ¡Qué fuerza tiene esta mujer! Rápidamente se acerca a mí y nos abrazamos.

Así estamos unos segundos y luego, separándonos, enseguida pregunto:

—¿Cómo está Roberto?

Ella mira a su hijo dormido con una triste sonrisa.

—Hoy no está siendo un buen día para él, pero tampoco puedo decir que esté peor.

Con tristeza, observo al niño. ¡Qué injusto! ¡Joder, qué injusto! Acostumbrada a oír sus preciosas carcajadas, verlo tan quieto, tan silencioso, me parte el corazón. Y entonces Inma dice:

—Aunque ya te lo dije por teléfono, enhorabuena por la boda y por el bebé.

—Gracias.

—¿Cómo está Marc?

Suspirando, me agarro a su brazo y, juntas, comenzamos a pasear por el pasillo lentamente mientras le cuento lo que ocurre. Es increíble la complicidad que se ha creado entre ella y yo en tan poco tiempo. Las pocas veces que he ido a visitarlos nos hemos contado infinidad de cosas, como que está divorciada y el padre de Roberto pasa de ella y del niño.

Durante un rato le confieso mis miedos, mis penas. Ella me escucha con atención y, cuando terminamos en la sala de juegos, nuestro gesto serio se esfuma y ya solo podemos sonreír cuando nos sentamos para ver a los niños jugar.

—Marc solía venir aquí para recargarse de positividad —susurro.

—Y regresará. Ya lo verás.

Asiento, sé que va a ser así, y, tras mirar el reloj, digo:

—Tengo que irme.

—Te acompaño al ascensor.

Una vez que me despido de ella y las puertas del ascensor se cierran, noto que mi positividad ha aumentado. Está claro que las risas de los niños son un gran estimulante, y tras llegar a la planta de urgencias voy en busca de Nina, Julia y Felipe. Ellos al verme se levantan y, tras recordar las palabras de Marc, digo mirando a una ojerosa Julia:

—Anna ha dicho que todo está bien y que, en cuanto se termine el suero que tiene puesto, puede regresar a casa.

Ella y su hijo se abrazan. Es una excelente noticia.

Minutos después, Nina y yo salimos del hospital. Según nos montamos en el taxi, busco en mi móvil información sobre los neutrófilos y..., ¡joder!, ahora entiendo la preocupación de Julia. Según leo, tener los niveles muy bajos es peligrosísimo. Tanto que uno puede morir de una infección. Eso hace que se me encoja el corazón y siento que me falta el aire.

59

Marc mejora dentro de su situación. Está visto que nuestra vida es una auténtica montaña rusa, pero aun así merece la pena vivirla.

Acudimos varias veces al hospital para ver a Anna. Esta vez él me deja acompañarlo y yo escucho en silencio las cosas que dicen y no comprendo, aunque sí entiendo que han de hacer ciertos cambios en las cantidades de su medicación.

Poco a poco todo vuelve a ser normal, y de nuevo su positividad vuelve a estar en alza. Sin embargo, un miedo que yo no conocía hasta que lo vi en la camilla de urgencias se apodera de mí, pero no digo nada. Me callo.

Sé que Marc está enfermo. Tiene cáncer. Pero hasta que lo vi en el hospital es como si lo que habíamos vivido hasta el momento simplemente hubiera sido un sueño, y ahora siento cómo dentro de mí crece y crece cada día más una pesadilla.

¿Y si en realidad no mejora?

Llega el día del tan esperado concierto de Shawn Mendes y mi cuñado Fran me acerca a las niñas a la puerta del WinZink Center. ¡Están como locas de contentas! ¡Van a ver a su ídolo!

Tras dejar a Fran y a Marc, que nos esperarán tomándose algo en un bar cercano, mis sobrinas y yo entramos en el auditórium y, como siempre que las llevo a algún evento de estos, primero pasamos por las tiendecitas de *merchandising* para comprarles lo que ellas quieran.

Mis sobrinas se vuelven locas y al final las tres nos compramos unas camisetas con la cara de Shawn, y para ellas, además, unas mochilas que las enamoran.

Encantadas, vamos al baño a ponernos nuestras camisetas y, al ver cómo me queda la mía, Marta dice divertida:

—Tía, la vas a reventar.

Me miro en el espejo y me río. El Caramelito cada vez está más grandote, pero, orgullosa de lucir mi barriga, me río y no me la quito. ¡Voy a pasarlo bien!

Acto seguido salimos y compramos unas botellas de agua para no deshidratarnos y, después, ocupamos nuestros asientos.

Observo a la gente que hay a mi alrededor y de pronto Caro pregunta mirándome:

—Tía, ¿estás bien?

Asiento. A pesar de tener la mano sobre el Caramelito, me encuentro fenomenal. Entonces, de repente, las luces se apagan y todo el mundo empieza a gritar. ¡Comienza el espectáculo!

Durante dos horas la gente baila, canta, se divierte y disfruta. Yo, que me he hecho un intensivo de Shawn Mendes para saberme todas las canciones, lo paso genial. La verdad, los conciertos son para pasarlo bien. Da igual la edad que uno tenga. A la música no hay que ponerle etiquetas. Es universal y, como tal, hay que disfrutarla.

Cuando el concierto acaba estamos sudorosas y emocionadas. Como esperaba, Shawn ha ofrecido un pedazo de espectáculo increíble.

Cogida de la mano de mis dos niñas, salgo del auditórium y me dirijo hacia el lugar donde he quedado con Fran y Marc. Estamos riendo cuando Caro musita:

—Shawn es el chico más guapo que he visto en mi vida.

Asiento, guapo lo es un rato.

—Tía —dice entonces Marta—, ¿puedo proponerte algo?

Gustosa, asiento, y ella añade encantada:

—Si es un niño, ¿por qué no le pones Shawn?

Me parto, e indico:

—Porque no solo depende de mí. Marc también tendrá algo que decir.

—Pues molaría un huevo, tía —afirma Caro.

Divertida, asiento, y cuando voy a hablar Marta pregunta:

—¿Se lo puedo proponer al tío?

—Propónselo —accedo juguetona.

Marta y Caro sonríen, y luego esta última señala:

—Mira, Marta. Papá y el tío están allí, ¡corre ve!

Y, sin dudarlo, Marta se suelta de mi mano y corre hacia ellos, que nos esperan en la esquina.

Según se aleja, la sigo con la mirada y Caro dice:

—Papá y mamá llevan días discutiendo y la situación es cada vez más insoportable. Mamá no quería que nos trajera al concierto, pero él no le ha hecho caso.

Suspiro. Siento mucho lo que me cuenta. Y luego añade bajando la voz:

—Anoche oí llorar a papá..., y no es la primera vez.

Oír eso me desconcierta.

—No lo entiendo, tía —dice entonces—. No comprendo por qué papá tiene miedo de separarse de mamá.

¡¿Miedo?! Pero ¿de qué habla?

—Caro..., ¡pero ¿qué dices?!

La niña asiente e insiste mirándome:

—Anoche mamá le decía: «¡Atrévete! ¡Atrévete a divorciarte de mí!». Cada vez que discuten sobre ello, mamá le dice que, si se divorcian, él perderá más, porque ella se va a encargar de que sea así.

Eso me sorprende. Si alguien tiene algo que perder en ese matrimonio es mi hermana. Lo primero, su tan archifamoso título de marquesa, y, con seguridad, también todos esos amiguitos de postín con los que viaja.

No sé qué decir. No sé qué as puede guardar mi hermana en la manga para tener a Fran tan pillado. No sé qué quiere decir con eso de «¡atrévete!». Lo único que sé es que mi cuñado y mis sobrinas no lo están pasando bien y yo estoy atada de manos y pies. Mi hermana, como siempre, no quiere a nadie que no sea ella misma.

Y, tomando aire, le doy un beso en la cabeza a Caro y no digo nada.

Según llegamos a donde están Marc, Fran y Marta, oigo a mi

sobrina proponerle lo que ha dicho del nombre a Marc y este repone riendo:

—Creo que lo tengo que pensar.

—Pero, tío, ¡si es un nombre precioso! —insiste ella.

Mi marido me mira, en menuda encerrona lo he metido, y entonces dice:

—Bueno, tu propuesta ya está hecha. Ahora, como papis del bebé, somos nosotros quienes debemos decidir.

—Valeeeeee —afirma Marta mientras veo a Caro abrazar a su padre.

Minutos después nos sentamos en una terracita a tomar algo fresco. Estamos sedientas. Entre risas, mis sobrinas cuentan sus impresiones del concierto. Como era de esperar, están locas de amor por Shawn Mendes. Y, la verdad, no me extraña, pues me ha vuelto loca hasta a mí.

Mientras Caro y Marta le cuentan a Marc todo lo que él les pregunta, miro a mi cuñado y acerco mi silla a la suya.

—¿Todo bien por casa?

Él me mira. Creo que intuye que las niñas me han podido decir algo, y responde:

—Todo lo bien que nos deja tu hermana.

Pobre, qué mal lo tiene que estar pasando. No quiero decirle lo que Caro me ha contado; creo que sería muy indiscreto por mi parte. Y, con cariño, le cojo la mano y digo:

—Yo sigo estando aquí para ti y para las niñas, lo sabes, ¿verdad?

Fran asiente y murmura:

—Sí. Y sé que ahora también tengo a Marc.

Me gusta oír eso. Me encanta que Marc sea uno más de la familia, pero, como no quiero que las niñas nos oigan hablar de mi hermana, me callo y abrazo a mi cuñado con una sonrisa.

60

Dos días después me despierto sobresaltada por algo y enseguida me doy cuenta de que es porque el Caramelito se está moviendo. Sus movimientos son cada vez más vigorosos, más fuertes, y viendo a Marc dormido a mi lado, lo despierto.

Él me mira asustado. ¡Este se cree que estoy de parto! Y, cogiendo su mano, la pongo sobre mi tripa y me emociona su expresión al notar cómo se mueve el bebé. Su cara, su rostro, la felicidad por lo que siente ¡es indescriptible!

Después de levantarnos, decidimos salir a comprar cosas para el Caramelito y nos volvemos locos. Como padres primerizos y antojadizos que somos, compramos todo lo que vemos y más. Hay que ver la cantidad de cositas que necesita un bebé. Pues bien, nosotros compramos todo eso ¡y más!

* * *

Esa noche, cuando llego al restaurante hablo con mi equipo. Les hago saber que a partir de ahora me ausentaré más de la cuenta, y lo entienden. Es más, me animan a que esté con Marc.

Durante días organizamos la habitación del bebé. Por suerte, esta está pintada de naranja, y decidimos que es un excelente color para nuestro hijo. Ni rosa ni azul, ¡naranja! Me niego a calificarlo por un color.

Con paciencia, montamos la cuna, que..., por cierto, para ello hay que hacer un máster. ¡Pero qué cosa tan complicada! En la vida habría imaginado que montar una simple cuna pudiera ser tan difícil.

Si eso casi nos hace desesperar, ¡¿qué será criar un hijo?!

Una vez instalada la cuna y una bonita mecedora de mimbre blanca que hemos comprado, nos dedicamos a colgar estanterías para poner muñequitos. Una pared la reservamos para los vinilos que hemos encargado y que recrean una playa con pingüinitos. ¡Es una monada! Y cuando acabamos, nos sentamos orgullosos en el suelo mientras suena música de fondo, y Marc pregunta:

—¿Crees que le gustará al Caramelito?

—Le encantará —aseguro contemplando la preciosa habitación.

Marc sonríe. Yo también. Y, dejándome llevar por lo que siento, murmuro emocionada:

—Nunca imaginé que yo viviría un momento como este.

Él coge mi mano y luego añado:

—Pensé que no podía tener hijos. Los busqué durante años con Lionel, pero nada, no llegaron. Y..., bueno, todo esto..., toda esta felicidad, siento que te la debo a ti.

—Yo sí que te lo debo a ti —contesta él riendo y revolviéndome el pelo.

Complacidos, nos besamos, y luego Marc susurra:

—¿Sabes?, me encantaría estar bien para poder atenderte como te mereces. A veces me frustro al sentir que no te estoy cuidando como debería.

Oír eso me emociona y, mirándolo, afirmo:

—Te aseguro que me siento muy cuidada por ti.

Marc sonríe y me da un beso.

—Pues me gustaría poder cuidarte más y hacerte el amor tanto como te lo hacía antes.

Eso me hace reír. La verdad es que yo también lo desearía.

—Tranquilo. Cuando te recuperes, lo harás —respondo.

Ahora el que ríe es él, y luego cuchichea:

—Por suerte, cuento con *Ragnar* y *Jamie* para que me ayuden a satisfacerte.

Divertida, me río al ver su gesto pícaro. A veces jugamos juntos; otras, lo hago sola.

—Pero como tú..., ¡nadie! —exclamo.

Ambos reímos y luego mi amor dice de pronto:

—Creo que deberíamos buscarle un nombre al Caramelito.

—¿«Caramelito» no te parece bien?

Marc se parte.

—Algo me dice que, si le ponemos ese nombre, ¡cuando crezca nos odiará!

Asiento. Tiene toda la razón del mundo y, recordando a mis sobrinas, propongo:

—¿Qué tal Shawn?

Él vuelve a reír y luego responde tras tomar aire:

—Es bonito..., pero no me imagino teniendo un hijo con ese nombre.

—¿Qué nombres te gustan a ti? —pregunto con curiosidad.

Él apoya la espalda en la pared y musita:

—Siempre me han gustado los nombres cortos como David, Joel, Bruno, Pablo, Lucas.

Asiento, a mí también, son todos muy bonitos, pero sin duda tengo mi preferido, y sonriendo murmuro:

—Bruno.

—¿Por qué no me sorprende? —pregunta Marc. Ambos reímos y a continuación añade divertido—: ¿Tendrá algo que ver el cantante que tanto te gusta?

¡Joder, me ha pillado!

—Piénsalo —digo—. Nuestra canción la canta él y eso le da puntos extras.

Marc ríe a carcajadas.

—Bruno Sarriá García... ¿No crees que suena bien? —indico entonces.

Mi amor asiente, veo la felicidad en su mirada, y a continuación afirma:

—Suena muy bien. Mucho.

¡Genial!

Y entonces Marc baja la cabeza hasta mi tripa y la besa. En ese momento el bebé se mueve y, divertido, él afirma:

—Vaya, Bruno..., ¡veo que te gusta tu nombre!

61

Adrián y Danica regresan de Groenlandia felices y emocionados.

Quedamos en casa de mis padres para ver las fotografías del viaje y pasamos una estupenda tarde todos juntos. Con disimulo, mi hermano me hace saber que ve desmejorado a Marc. Eso me preocupa. Como yo lo veo todos los días, no soy consciente de cómo la enfermedad hace mella en él día tras día.

Nos traen regalos, Adrián y Danica siempre han sido muy espléndidos, y los estamos viendo divertidos cuando suena mi móvil. Es un número desconocido, pero decido cogerlo.

Apartándome del grupo unos pasos para poder escuchar la llamada, contesto:

—¿Sí?

—Buenas tardes, ¿Eva García?

—Soy yo.

—Llamo de la clínica DIGMA, donde está ingresado su hermano Héctor.

Oír eso ya me alarma, y pregunto caminando hacia la cocina:

—¿Qué ocurre?

Rápidamente el hombre me explica que, tras la comida, Héctor ha salido al jardín con el resto de sus compañeros y que luego ha desaparecido. Con el corazón encogido, lo escucho. Es la cuarta vez que ocurre algo así con mi hermano.

Miro el calendario que mi madre tiene en la cocina y, al ver qué día es hoy, cierro los ojos. ¡Maldita sea! Es el aniversario de la muerte de Janet. Uf, lo que me entra por el cuerpo...

De inmediato miro a mis padres, que ríen con Adrián, Marc y Danica, y sé que la alegría y el buen humor se les van a acabar en breve. Eso me duele. Mi hermano no solo se hace daño a sí mismo, sino también a quienes lo queremos.

Tras despedirme del empleado de la clínica y quedar en que ambas partes permaneceremos en contacto, cuando cuelgo bebo un vaso de agua. Tener que dar la noticia a mis padres no va a ser fácil. En ese instante Marc entra en la cocina.

—¿Qué ocurre? —pregunta.

Rápidamente se lo explico. Como yo, se preocupa, pero el pobre intenta tranquilizarme.

Minutos después entramos de la mano en el salón de mis padres y, con todo el dolor del mundo, suelto la desconcertante noticia. A partir de ese momento las risas se apagan, la alegría se disipa y todos salimos a la calle dispuestos a encontrar a mi hermano.

A las doce de la noche, todos regresamos a casa de mis padres. En la clínica siguen sin saber nada, y ninguno de nosotros hemos sido capaces de localizarlo. Héctor no coge el teléfono y tampoco ha aparecido por los sitios que nosotros conocemos.

¿Dónde estará?

De los nervios, regreso a mi casa con Marc. Estoy muy preocupada por mi hermano y, cuando me siento en el sofá, mi marido me coge de la mano y susurra:

—No quiero verte así, cariño. Tienes que tranquilizarte.

Asiento. Sé que tiene razón.

—Si no tienes suficiente con tus hermanos, encima estoy yo también —añade—. ¡Joder, qué mierda de embarazo te estamos dando!

Oír eso me parte el alma, y me apresuro a responder:

—No digas eso, cariño.

Pero Marc suspira y musita:

—Es lo que siento. Quisiera que estuvieras tranquila, que no te preocuparas por nada, pero...

Nos abrazamos en silencio. Los dos estamos cansados y agotados. Dentro de diez días, si todo va bien, volverá a tener quimioterapia.

—Tienes que descansar —dice a continuación.

—Tú también —insisto viendo sus ojeras.

Permanecemos abrazados en el salón y de pronto, consciente de cómo va esto de mi hermano, susurro:

—En otras ocasiones hemos tardado días en localizarlo.

Con pena, Marc me mira y murmura:

—Lo siento, cariño.

Lo sé. Sé que lo dice de verdad, pero, preocupada por su salud y porque descanse, indico:

—Venga, vayamos a la cama.

En silencio, entramos en nuestra habitación seguidos de *Olimpia*. Allí nos desnudamos y nos metemos en la cama. Nos abrazamos y, al ratito, soy consciente de que la respiración de Marc se relaja. Él se ha dormido. Yo no puedo. Soy incapaz de hacerlo, puesto que solo puedo pensar en Héctor. ¿Dónde estará? Y, sobre todo, ¿cómo?

62

Pasan los días y no sabemos nada de mi hermano.

En este tiempo he tenido que acompañar a Marc dos veces de urgencia al hospital. ¡Dos! No se encontraba bien. Anna lo atiende. Le hace saber que lo mejor es que se quede ingresado hasta que coja fuerzas, pero él se niega. Quiere regresar a casa conmigo.

Los oigo discutir. Como oncólogos, tienen diferentes opiniones, y al final gana Marc, que, tras permanecer enchufado al suero para hidratarse durante unas horas, regresa conmigo a nuestro hogar después de firmar el alta voluntaria.

Intento hablar con él, pero le quita importancia a las palabras de Anna. Dice que, como médico, sabe bien lo que hace y prefiere estar conmigo en estos complicados momentos. Al final, para no alterarlo más, me callo y confío en él.

* * *

Al sexto día, cuando estamos durmiendo, un ruido nos hace dar un bote en la cama. Es mi móvil.

Marc se despierta sobresaltado igual que yo. Miramos el teléfono, son las 6.37, y al ver en la pantalla una foto de mi padre, Marc dice sonriendo:

—Quedamos en que lo cogería yo.

Sé que lo hace para cuidarme, para protegerme, y asiento. Se lo permito. Lo necesita.

Acto seguido se levanta de la cama. Lo sigo con la mirada y lo oigo hablar con mi padre. Una vez que cuelga, me mira y explica:

—Tu padre ha recibido una llamada del hospital Las Palmeras. Tu hermano está allí.

Siento que las pulsaciones me suben a mil. Me levanto de la cama y pregunto:

—¿Cómo está?

Marc se acerca a mí y, asiendo mis manos, indica:

—No ha sabido decirme más. Solo que va con tu madre para allá.

Sin dudarlo, me quito la camiseta que uso como pijama y digo mirándolo:

—Ni se te ocurra decirme que no vaya o la vamos a tener.

Marc no contesta nada, creo que no se atreve, y yo corro a lavarme los dientes.

Él me sigue, hace lo mismo que yo, y cuando estamos vestidos agarra las llaves del coche y salimos juntos de casa. Aun así, que él vaya al hospital me preocupa. Tiene que protegerse. No ha de estar expuesto a virus, y cuando voy a protestar, musita mirándome:

—Tranquila.

—Pero, Marc...

—Sé lo que hago, Eva.

* * *

Media hora después, llegamos al hospital y en el aparcamiento nos encontramos con Adrián y Danica. Mi padre también los ha llamado a ellos. Mi hermano se apresura a abrazarme.

—¿Qué sabes? —me pregunta.

—Nada.

En silencio, los cuatro llegamos a la recepción. Allí están mis padres, histéricos, y nos dicen que Héctor ha ingresado por urgencias. Al parecer, un chico que había salido a correr lo encontró tirado e inconsciente en un parque. Llamó a la policía, estos llamaron al Samur y lo ingresaron con un coma etílico.

No es la primera vez que ocurre esto. Por desgracia, mi hermano bebe sin control. Y entonces mi madre, rápidamente, se acerca a Marc y susurra:

—Hijo, entra a ver si a ti te pueden decir algo más.

Marc me mira pidiéndome calma y yo asiento. Luego entra en urgencias. Como médico tiene la suerte de poder moverse por el hospital con tranquilidad.

Adrián y yo nos quedamos con mis padres.

—¿Habéis avisado a Teresa? —pregunta mi hermano.

Mi padre asiente, y de pronto vemos llegar a mi cuñado Fran y a mi sobrina Caro. Su gesto de preocupación es como el nuestro, y, tras darle un beso a mi madre, oigo que mi cuñado señala:

—Teresa vendrá más tarde.

De inmediato, cierro los ojos enfadada. Como siempre, mi hermana única y exclusivamente pensando en ella. Pero me voy a callar. Es lo mejor. Bastante tienen mis padres.

No sé cuánto tiempo pasa hasta que la puerta de urgencias se abre. Es Marc, junto a un doctor. Todos los miramos esperando una explicación y luego mi marido dice:

—Es el doctor Ángel Fernández. Él lleva el caso de Héctor y os informará.

El gesto de Marc es serio, eso me preocupa, y agarrándome de su mano escucho lo que aquel doctor comienza a contar.

Como ya sabemos, el sistema hepático de Héctor está tremendamente deteriorado por la bebida y, tras las pruebas realizadas, además de descubrirle una úlcera péptica sangrante, lo más posible es que necesite un trasplante de hígado.

Según oigo eso, siento que las piernas se me doblan. Marc, que me sujeta, me mira. Veo la preocupación en sus ojos, y me dice:

—Siéntate.

Lo hago sin rechistar, mientras el doctor Fernández nos explica que la urgencia del trasplante depende de los resultados que den las pruebas que está esperando.

Una vez que se va, todos nos quedamos sin saber qué decir.

¿Un trasplante? ¿En serio?

Durante varios minutos mi familia permanece en shock, y mirando a Marc susurro:

—Por... por favor..., explícanos de nuevo las opciones.

Él asiente y, ante la atenta mirada de todos, dice:

—Las opciones que Héctor tiene para su trasplante son tres.

Donante vivo familiar. Eso significa que un familiar directo, tras las pruebas pertinentes, podrá donarle una parte de su hígado. Donante muerto, que imagino que entenderéis que es lo de la lista de espera, y donante vivo no familiar, que suele ser alguien que emocionalmente está cerca del afectado y quiera hacerse las pruebas.

Mi madre llora asustada junto a Caro. Mi padre se contiene y Adrián, tras mirarme y ver que estoy algo bloqueada, toma el mando de la situación. Con tranquilidad, Marc responde a todas las preguntas que mis padres le hacen, y yo se lo agradezco horrores.

En un momento en el que mi cuñado Fran, tras hablar con Marc, se los lleva a todos a la cafetería, Marc y yo nos quedamos a solas y pregunto:

—¿Tan mal está?

Marc cabecea, e insisto:

—Dime la verdad.

Él me mira y luego indica colocándome el pelo tras la oreja:

—Hay que esperar resultados para valorar la urgencia del trasplante, pero no está bien.

Asiento. Para que él diga algo así la cosa tiene que pintar muy mal, y tomando aire pregunto:

—¿Yo puedo hacerme las pruebas de compatibilidad?

Marc niega con la cabeza.

—No, cielo. Estás embarazada.

¡Mierda! Sé que tiene razón, pero insisto:

—Sí..., sí, eso lo entiendo. Pero podría hacérmelas por si hace falta cuando dé a luz al bebé y yo pueda...

—Cariño —me corta—, no creo que tu hermano pueda esperar tanto.

Según oigo eso, siento que la vida me da un revés. ¿Cómo que no puede esperar? Y en un hilo de voz digo:

—¿Por qué dices eso?

Marc me mira entonces a los ojos y susurra:

—Me encantaría decirte otra cosa, pero la realidad es la que es. Tú no puedes hacerte esas pruebas, como tampoco podría hacérmelas yo por mi enfermedad —y cogiéndome de las manos, añade—: Te aseguro que desde el hospital se buscará la mejor solución para Héctor. Te lo prometo.

Me levanto de la silla. Necesito estar de pie, y, mirando a Marc, pregunto:

—Adrián es mellizo suyo, pero le falta un pulmón; ¿él podría hacerse las pruebas?

Marc vuelve a negar con la cabeza y yo susurro desesperada:

—Pues familiares directos solo quedan mamá, papá, Teresa y las niñas.

Mi amor no dice nada, y de pronto saco mi móvil del bolso y, tras buscar un nombre, cuando me contestan al otro lado digo:

—Teresa, tienes que venir al hospital.

Oigo resoplar a mi hermana, e insisto:

—Héctor te necesita, ¡tienes que venir ya!

—¿Ahora me hablas? —oigo que dice—. Mira, guapa, si Héctor me necesita, que me llame él.

Oír eso me irrita, me pone enferma, pero no puedo decir más porque me cuelga el teléfono. Me quedo boquiabierta e, incapaz de callar, exploto. Por mi boca salen sapos y culebras. Uf, cómo soy cuando me pongo.

Marc intenta tranquilizarme, pero soy incapaz de controlar la rabia que hay dentro de mí. ¿Cómo puede ser así Teresa?

Mi familia llega y, sin poder callarme, les cuento lo acontecido. Fran, Caro y Danica rápidamente nos hacen saber que podemos contar con ellos. También se harán las pruebas. Mi madre no dice nada, solo llora, y mi padre explota como yo, mientras Adrián maldice al saber que no puede ayudar a Héctor porque le falta un pulmón.

Segundos después, Caro llama a su madre por teléfono mientras veo que al fondo del pasillo Marc habla con Anna y Gustavo. Pero, escuchando a mi sobrina, dejo de mirarlos y me centro en ella. Mi pobre Caro le suplica a Teresa que venga, se lo implora, pero cuando cuelga está tan enfadada como yo. Según su madre, no va a desperdiciar su hígado para dárselo a un alcohólico.

Cuando mi padre oye eso, tenemos que sujetarlo. Quiere ir a por Teresa para traerla de la oreja, y jura desheredarla.

Estoy con los nervios a mil cuando, al ver a Marc con gesto

cansado, voy hasta él, lo cojo de la mano y lo llevo a la planta sexta. Por el pasillo nos dirigimos hacia el nido donde están los bebés y, parándonos ante el cristal, veo que Marc sonríe.

—Esto te da vida, ¿verdad? —pregunto.

Marc asiente y, tocándome la tripa, dice:

—Deseo tanto conocer a Bruno...

—Pues ya queda menos, mi amor —afirmo.

Marc me mira. En sus ojos noto algo que no sé explicar, y cuando me da un dulce beso en los labios, le pregunto:

—¿Qué pasa?

Él se encoge de hombros y responde:

—Me puede la impaciencia por conocerlo. Ya sabes que no me gusta esperar.

Asiento. Tiene razón, y cogiéndolo de la mano propongo:

—Ven, vayamos a visitar a los niños. Seguro que cuando te vean en la sala de juegos se volverán locos de alegría.

Marc niega con la cabeza. Eso me sorprende. Visitar a los pequeños, al equipo, como él los llama, siempre le ha encantado.

—No quiero que me vean así —dice.

—Pero ¿qué dices? Se alegrarán un montón...

—No, Eva. Son niños y no quiero impresionarlos.

Oír eso me parte el corazón. Vale que ha perdido más de diez kilos. Vale que está ojeroso y su color no es el mejor, ¡pero, joder, sigue siendo Marc! E, incapaz de callar, musito:

—Has dicho dos frases seguidas que empezaban por la palabra *no*..., ¿no crees que eso no es muy positivo?

Al oírme, sonríe. Adoro su sonrisa. Sabe que tengo razón, y agarrando mi mano para dirigirnos al ascensor indica:

—Prefiero que los niños recuerden al Marc que era, no el que soy.

Uf, que lloro... No... No... No..., ¡no voy a hacerlo!

Pero me duele que diga eso. ¿Dónde está su positividad? No quiero que sus frases comiencen por la palabra «no», e intentando insuflarme positividad, a pesar de lo cargada de negatividad que estoy yo, sonrío y digo:

—Vale, ¡don Presumido!, regresaremos cuando estés mejor.

Marc asiente, me da un beso, sonríe y no dice más.

Cuando una hora después viene a vernos el doctor Fernández, nos explica que, tras las pruebas realizadas, Héctor necesita el trasplante sí o sí. Así pues, debemos comenzar a hacernos las pruebas los familiares que podamos y queramos.

Según el médico se marcha de nuestro lado, mi padre se levanta y dice mirando a Fran:

—Vamos a por Teresa.

En otro momento de mi vida les habría dicho que pasaran de ella, pero se trata de Héctor y su vida, y me callo. Si ellos consiguen traerla para que se haga las pruebas, soportarla habrá merecido la pena.

Tener a Marc a nuestro lado nos facilita mucho las cosas. Rápidamente habla con unos compañeros y organiza todo lo necesario. Mientras esperamos a que mi padre regrese junto a Fran y la imbécil de la Tipitesa, comienzan a hacerles las pruebas a mi madre y a Danica.

Caro quiere hacérselas también, pero Marc le explica que ella es menor de edad. Debe tener dieciocho años para poder ser una candidata o tener una autorización de los padres para poder ayudar a su tío.

Tanto mi sobrina como mi madre y yo insistimos, pero Marc se niega.

—¡Marc, necesitamos que se las hagan a todos!

Él me mira de un modo extraño, su gesto es cansado, e indica:

—Lo sé, cariño. Pero Caro es menor y...

—Me da igual. Ella quiere. Sus padres firmarán esa autorización.

—Cuando tenga firmado el documento, te prometo que le sacaremos sangre.

—¡Joder, Marc!

—Cariño, tranquilízate.

Pero yo no estoy para tranquilizarme, y siseo enfadada:

—Estamos hablando de la vida de Héctor. ¿Por qué no ayudas en vez de poner impedimentos?

—Cielo...

Pero mi nivel de tolerancia y de empatía es cero, y espeto:

—En este momento me considero cualquier cosa excepto «tu cielo»...

Marc no contesta a eso, solo me mira, y luego señala:

—Lo siento, pero tenemos que esperar a que lleguen sus padres.

—¡Joder! —grito alejándome de él.

Segundos después, mi sobrina insiste. Mi madre también. Pero la postura de Marc es inamovible, y yo estoy que me subo por las paredes.

Adrián y yo, viendo aquello, nos sentimos mal. Nosotros, que somos sus hermanos, tampoco podemos ayudarlo, lo que nos desespera. Y, cuando vemos aparecer a Teresa con mi padre y con Fran, a regañadientes, decidimos callar lo que pensamos. Es lo mejor.

Como era de esperar, mi hermana se hace notar en todo lo que puede y más, y cuando se entera de que Caro quiere hacerse las pruebas, la monta bien gorda. Se niega en redondo. Discute con la niña. Discute con mis padres. Discute con Adrián y conmigo, hasta que Fran explota. Parece él el hermano de Héctor y no Teresa. Da su autorización para que mi sobrina pueda entrar en el estudio por el bien de Héctor, pero Teresa no. Se niega y, sin el consentimiento de ambos progenitores, nada se puede hacer. Igual que Danica, Fran se hace las pruebas. Ambos quieren a Héctor.

Pasan las horas y, sorprendiéndome, Marc decide marcharse a casa a descansar. Que haga eso sin duda significa que está agotado, aunque, antes de marcharse, consigue que nos dejen pasar a ver a Héctor.

Podemos entrar a verlo de dos en dos, y no más de cinco minutos por pareja.

Entro con Adrián. Necesitamos ver a nuestro hermano y, cuando lo encontramos dormido y enganchado al suero, inevitablemente nos emocionamos. Héctor tiene muy mal color. Está amarillo como Bart Simpson, y eso nos impresiona mucho. Su aspecto desde luego no es nada bueno.

* * *

Esa tarde, cuando el doctor Fernández viene a vernos, nos indica que, de todas las pruebas realizadas, la única compatible con mi hermano es mi madre.

De entrada todos vemos el cielo abierto, pero cuando el doctor comienza a decir los posibles problemas con los que ella puede encontrarse en un futuro, empezamos a ver el infierno. Todos excepto mi madre, que está dispuesta a someterse a lo que sea necesario para ayudar a su hijo.

Agobiada, me encamino hacia la cafetería junto a Adrián y Danica para comer algo. Bruno tiene hambre. Al ver una mesa libre, mi hermano y su novia me piden que la ocupe para que no nos la quiten mientras ellos van a la barra a pedir. Sin dudarlo, lo hago.

Estoy sentada a la mesa cuando noto que alguien se sienta a mi lado y, al mirar, veo que se trata de Anna. Ambas nos sonreímos y luego ella pregunta:

—¿Cómo está tu hermano?

Sé que Marc y ella se han visto en el hospital. Los he visto junto a Gustavo un rato antes de que él se marchara.

—Está jorobado —contesto.

Nos quedamos unos segundos en silencio y luego Anna dice:

—Desde luego, no se puede decir que tu embarazo esté siendo un remanso de paz y tranquilidad...

Sonrío, suspiro y, mirándola, cuchicheo:

—Como me pide Marc, soy como un protón, ¡siempre positiva!

Ambas sonreímos y luego ella añade:

—¿Y dónde está él?

—Se ha ido a casa. Estaba agotado.

Veo que Anna asiente y entonces pregunto:

—¿De qué hablabais esta mañana? —Anna me mira y yo insisto—: Os he visto junto a Gustavo. Quiero saber la verdad.

Ella desvía la mirada hacia la puerta y repone:

—Es mejor que lo hables con Marc.

Pero no..., así no me voy a quedar, e, insistiendo, musito:

—Dímelo tú. Marc últimamente no me cuenta nada, y además siento que está perdiendo su positividad. ¿Qué ocurre?

Anna suspira.

—Por favor, por favor...

La pobre me mira, sé que le estoy exigiendo demasiado, y entonces explica:

—El cáncer de Marc ha progresado.

Según oigo eso, apenas si puedo respirar, y, como puedo, digo:

—¿Qué significa eso?

Anna coge mi mano e indica:

—Significa que ha empeorado. El cáncer se ha extendido.

No..., no..., no..., ahora eso es lo último que necesito oír.

—Marc no quiere que lo sepas por tu estado —susurra ella a continuación—. Y me meterás en un lío si le comentas que te lo he contado. Pero no te puedo mentir. A ti no.

—Tranquila, no le diré nada —afirmo sintiendo que me quiero morir.

Cierro los párpados con fuerza. Marc no me lo ha dicho, aunque leí en sus ojos que algo ocurría.

—¿Qué podemos hacer? —murmuro como en una nube.

—Lo que estamos haciendo, Eva. Gustavo y él han hablado de un tratamiento experimental que se está llevando a cabo en Houston, y Marc va a llamar a alguno de sus amigos americanos para consultarlo.

—¡¿Experimental?!

Anna asiente y yo no puedo decir más, no me sale la voz. Miro a mi hermano Adrián y a Danica, que se besan en la barra, y tomando aire aseguro:

—Marc se va a poner bien. Lo sé.

Anna asiente y sonríe.

—Eso deseamos todos, y esa es la actitud, Eva.

En ese instante suena su móvil y, tras mirarlo, musita:

—He de irme. Me necesitan en consulta.

Con cariño, le doy un beso y susurro antes de que se aleje:

—Gracias, Anna.

Ella me guiña un ojo sonriendo y luego se va.

Sola en la mesa de la cafetería, la impotencia que siento es tremenda. Me encantaría levantarme y tirar rabiosa todo lo que encuentro a mi paso. Pero no puedo hacerlo. Estoy embarazada y, aunque las noticias que me llegan por todos lados son terribles, no puedo exteriorizar mi furia. Solo puedo tragar saliva, levantar el mentón y continuar siendo el protón positivo que Marc y mi familia necesitan.

63

Esa noche, cuando llego a casa, *Olimpia* me saluda con cariño.

El ático está en completo silencio, me asomo a nuestra habitación y, al ver a Marc dormido, decido no molestarlo. Necesita descansar.

Sin hacer ruido, y protegida por la oscuridad de la noche, lo observo. Su cambio físico es notable, pero a mí eso me da igual. Lo importante es que esté a mi lado.

Ahora sé que me miente, que me oculta algo. Pero también sé que no se lo puedo tomar en cuenta. Conociéndolo, pensará que tengo demasiadas preocupaciones ya en mi vida como para añadir una más.

Finalmente, sin hacer ruido, salgo del cuarto, cojo la correa de *Olimpia* y decido darle un paseo. No sé si Marc se lo ha dado o no, pero no lo pienso despertar.

Antes de salir veo sobre la mesita baja los auriculares de Marc junto a su iPod. Sin dudarlo, lo cojo y me fijo en que hay una canción en pausa. Una vez que me pongo los auriculares le doy al *play* y, al escuchar la canción *Todo a pulmón* de Miguel Ríos, los ojos se me llenan de lágrimas. Sé cuánto le gusta a Marc. Me contó que durante su primer cáncer era la canción que más escuchaba y, sin duda, por lo que veo, vuelve a hacerlo.

Salgo de casa con *Olimpia* y la pongo desde el principio. Mientras camino por la calle con la perrilla, analizo la letra de la misma y me permito llorar. Está claro que Marc lo hace todo a pulmón.

Lucha, lo intenta. Pero en ocasiones le falta el oxígeno, aunque sé que no dejará de pelear. Lo sé.

Cuando llego un buen rato después, él sigue dormido, por lo que, con cuidado, me quito la ropa, me pongo la camiseta de dormir y me tumbo a su lado. Oír su respiración me tranquiliza.

* * *

Cuando despertamos a la mañana siguiente, no es que el aspecto de Marc haya cambiado mucho, pero me jura y me perjura que se encuentra mejor. Sé que lo hace por mí, por el amor que me tiene, y yo callo lo que sé, aunque el corazón se me parte por segundos.

Una vez que llegamos al hospital para ver a Héctor, mi familia lo acorrala. Como médico, quieren que Marc les explique cosas que el doctor Fernández les ha dicho y, sobre todo, a qué se enfrenta mi madre si finalmente entra en quirófano para ayudar a mi hermano.

Como puede, Marc responde todas las preguntas y nos explica que mi madre tendrá que hacerse analíticas de orina y sangre, radiografías, ecocardiograma, biopsia de hígado y resonancia magnética entre otras cosas.

Todo eso nos asusta, y entonces Teresa, nada afortunada, dice algo que hace que todos tengamos que sujetar a Adrián y a mi padre. Según ella, mi madre no ha de arriesgar su vida por un borracho de mala vida como Héctor.

Eso desencadena una tremenda discusión en la sala de espera del hospital. Reproches. Malas palabras. Todos estamos nerviosos y ninguno es capaz de controlarse. Yo la primera.

Oír a Teresa es desesperante, y entonces mi madre, por primera vez que yo recuerde, alza la voz como habría hecho mi abuela Ágata y nos hace saber que como madre de Héctor hará todo lo que pueda hacer por él, y después le exige a Teresa, no *Teresita*, que se marche del hospital y no vuelva. No quiere verla.

Eso nos sorprende a todos, pues significa que mi madre ya no puede más, y la tonta de mi hermana, sin pensar en cómo puede encontrarse la mujer, coge su bolso y se marcha ofendida.

Con Teresa fuera del campo de visión de todos, reconozco que el aire es más respirable, y, más calmados, Adrián y yo nos sentamos a tranquilizar a mi madre y a mi padre. Pobrecitos, qué disgusto tienen.

Está visto que, cuando la vida se complica, no tiene piedad. Y, sin duda, esta vez se está cebando en nosotros.

A lo largo de la jornada soy consciente de cómo mi cuñado Fran y Marc hablan, cuchichean. Desde el día que se conocieron en la boda, el buen rollo entre ellos es increíble, pero esta vez noto algo más. Los conozco a ambos y sus miradas me dicen que entre ellos se cuentan más cosas de las que yo me he podido imaginar. Así pues, acercándome a ellos pregunto:

—¿Qué ocurre?

Marc me mira y rápidamente responde:

—Nada.

Pero no, eso no me vale, y sabiendo lo que sé, insisto:

—¿Te encuentras mal?

Él se apresura a negar con la cabeza.

—Cariño, estoy bien.

Sus ojitos, esos ojitos que tanto adoro, me gritan que algo oculta, y con amor susurro:

—Siento haberte gritado ayer cuando te negaste a que Caro participara en las pruebas. Estaba nerviosa y..., bueno...

Marc me da un beso y, sonriendo, musita:

—Cariño, tranquila, que lo entiendo.

Su comprensión me hace sonreír, pero insisto incapaz de callar:

—Marc Sarriá, te conozco y sé que pasa algo.

Él se toca el rostro apurado y entonces mi cuñado Fran, que ha permanecido en silencio, dice:

—Vamos a tomar un café.

Viendo que el grupo está distraído, los tres nos dirigimos hacia la cafetería. El silencio de Marc y Fran es tal que yo comienzo a inquietarme y, una vez que llegamos allí, pedimos y nos sentamos a una mesa, pregunto en un hilo de voz:

—¿Qué ocurre, Marc? Dímelo de una vez.

Él me mira, no se imagina lo que sé, y murmura:

—No es a mí a quien le ocurre algo.

Bueno..., eso está por ver, pero intrigada pregunto:

—¿Héctor?

—No es Héctor.

—¿Mi madre? —añado alarmada—. Ay, Dios, cariño, no me digáis que a mamá le pasa algo, porque ya no sé si lo voy a poder soportar.

Marc niega con la cabeza, lo que me tranquiliza, y mirando a Fran dice:

—Creo que deberías decírselo tú.

Sin dar crédito, los miro a los dos y luego Fran me advierte:

—Lo que te voy a decir, de momento, no puede salir de aquí.

Asiento. Y a continuación suelta:

—Carolina no es mi hija biológica.

Según oigo eso, parpadeo. ¡¿Cómo?!

—Me enteré cuando tenía cinco años —añade—. Cuando la operaron de apendicitis, al ver en unos papeles que su grupo sanguíneo no era ni el mío ni el de tu hermana.

—¡¿Qué?! —suelto en un hilo de voz.

Fran asiente.

—Eso me dio igual, Eva. La pequeñaja es mi hija y la quiero como tal. Me enamoré de ella cuando nació, el médico la puso en mis brazos y ella me miró.

Según oigo eso, de pronto las palabras que Caro me dijo el día del concierto me cuadran, como me cuadran muchas otras cosas, y cuchicheo:

—Pero ¿qué estás diciendo?

—La verdad, Eva —declara él.

Boquiabierta, miro a Marc, que no dice nada. Después miro a mi cuñado y, sorprendida, insisto:

—¿Me lo estás diciendo en serio?

—Totalmente —afirma Fran.

Bueno..., bueno..., creo que si me pinchan en ese instante ¡no sangro!

¿Qué más? ¿Con que más cosas me va a sorprender la vida?

—¿Conoces al padre? —pregunto a continuación.

Fran niega con la cabeza y, suspirando, susurra:

—No. Tu hermana solo me dijo que fue un sueco que conoció en Mallorca un fin de semana que yo no la acompañé y que nunca lo volvió a ver.

¡Qué fuerte!

En la vida me habría imaginado eso de Teresa. Ella, que es la decente y la que va todos los domingos a misa... ¡Para flipar! Para que veas que no todo es lo que parece y que quien más critica es quien más tiene que callar.

Pero, mirando a mi cuñado, pregunto:

—¿Y por Caro no te has separado de mi hermana?

Fran asiente.

—Llevo intentándolo desde hace años, pero me amenaza con decirle la verdad a Carolina y tengo miedo. Ella, aunque es una niña muy madura, está en una edad muy mala, y temo que me rechace si se entera de que no soy su padre biológico. Ella es mi hija, ¡mi pequeñaja!, y la quiero tanto como a Marta. Y si tengo que aguantar que tu hermana me humille y me pisotee para que yo siga teniendo el respeto y el amor de mi pequeñaja, así será.

Estoy boquiabierta, no sé qué decir.

Entre Caro y Fran siempre ha habido una conexión muy especial. ¡Pero si hasta se parecen físicamente! Y, sin saber qué decir, miro a mi cuñado y este añade:

—Se lo conté a Marc el día del concierto. Estaba desesperado. Habíamos tenido una tremenda discusión en casa y necesitaba hablarlo con alguien.

—¿Tú lo sabías y no me lo dijiste? —pregunto dirigiéndome a Marc.

Él asiente.

—Fran me contó algo muy íntimo, y lo menos que podía hacer era guardarle el secreto. Lo siento, cielo, pero ante cosas así, soy como soy.

Oír eso me emociona, me encanta que Marc sea tan buen amigo. Y, mirando a Fran, digo:

—Conmigo siempre has tenido confianza. Creía que tú y yo...

Él coge mi mano, me hace callar y luego indica:

—Te lo habría contado hace siglos. Pero, por el cariño que me tienes y el buen rollo que existe entre nosotros, cosa que no sucede con tu hermana, siempre creí que tarde o temprano se lo soltarías. Por eso no te lo dije. Pero, por favor, no me lo tomes a mal. Si se lo dije a Marc fue porque estaba mal. Muy mal.

Con amor, abrazo a mi cuñado. Ahora entiendo infinidad de cosas, y si antes lo quería, ahora lo quiero muchísimo más.

—Hiciste bien no explicándomelo —murmuro—. Como tú dices, sabiendo eso, ya se lo habría soltado a esa imbécil, aunque luego me habría arrepentido.

Los tres sonreímos por ello y luego digo:

—¿Se lo piensas contar a Caro?

—Sí —afirma Fran—. Pero he de encontrar el momento oportuno.

Asiento, sé que ha de ser así, y prosigo:

—Solo te diré que ella no entiende de qué tienes miedo. Le ha oído decir eso a mi hermana, junto a muchas más cosas.

—¡Joder! —musita él.

—Fran, algo me dice que Caro te escuchará cuando hables con ella y no ocurrirá nada malo entre vosotros.

Él asiente emocionado; en ese momento vemos a Caro caminar hacia nosotros con una sonrisa y, levantándose, Fran pregunta:

—¿Qué quieres tomar, pequeñaja?

—¡Una Coca Zero!

Observando cómo mi cuñado y mi sobrina caminan abrazados hacia la barra, me emociono; entonces Marc agarra mi mano y dice:

—Por eso no quería hacerle el análisis de sangre a Caro ayer. Nunca se sabe lo que puede ocurrir.

Asiento, ahora lo entiendo todo, y con cariño murmuro:

—Oh, Dios..., ¡soy una bruja terrible!

—Lo eres —se mofa él.

—Siento las cosas que te dije.

Marc sonríe, él y su preciosa sonrisa..., y luego afirma:

—Me digas lo que me digas, te quiero.

64

Héctor no mejora en exceso, pero se va recuperando de su lamentable estado.

Lo pasan a planta y los distintos miembros de nuestra familia se turnan para estar con él, excepto yo, que así lo he decidido, y nadie me lo cuestiona.

Con los días mi madre termina de hacerse las pruebas requeridas y el doctor, viendo los buenos resultados, programa la operación para dentro de una semana.

Todos nos alegramos, estamos contentos porque vemos a mi madre feliz y eso nos reconforta, a pesar del miedo que tenemos porque algo salga mal.

De mi hermana Teresa no hemos vuelto a saber nada. Solo sé que, tras una discusión con mis padres en su casa, las cosas no han terminado muy bien, al menos con papá. Vaya tela.

En cuanto a Marc, sigue sin contarme lo que Anna me dijo en confidencia, y yo sigo sin abrir la boca. Siempre he odiado la mentira, pero no sé por qué siento que esa mentira no puedo tomársela en cuenta. He buscado en internet información sobre tratamientos experimentales contra el cáncer, y, la verdad, aunque encuentro mucha información y la leo, no entiendo nada. Si no eres un experto en la materia, la jerga médica es difícil de interpretar, y no creo que deba preguntarle a Marc.

Llega su siguiente sesión de quimioterapia. Lo acompaña Felipe, y cuando regresa a casa ese día ya no se encuentra bien. Malo. Malo.

Intento tomarme este nuevo contratiempo como parte del proceso que está viviendo, pero, con todo lo que tengo encima, me agobio más de la cuenta, aunque por suerte a la mañana siguiente se levanta y se encuentra mucho mejor.

¡Bien!

Los próximos días vivo sin vivir en mí. Sé cómo le afecta la quimio a Marc, y solo espero que comience a empeorar. Pero, milagrosamente, pasan los días y en esta ocasión no parece sufrir como en otras ocasiones, más allá de unos pequeños dolores de cabeza.

Eso me sorprende y me alegra. ¡Quizá a partir de ahora todo vaya bien! ¿Por qué no?

Pero, aunque él no dice nada, desde que no quiso ir a ver a los niños para cargarse de positividad, sé que algo no va bien, y siento que, aunque no tira la toalla, ya comienza a abrir la mano para hacerlo. Y no, eso no se lo voy a permitir.

Cuando estamos juntos en casa intento ser su protón de positividad en todos los sentidos. Recuerdo mil cosas, mil momentos que a él lo hacen sonreír. Hago que baile conmigo nuestras románticas canciones, vemos películas, series, leemos juntos algunas novelas y organizo una sesión de fotos en la que hago que me pinte una bomba en la tripa y reímos a carcajadas.

Quiero recuerdos, momentos bonitos y positivos que a él lo hagan sentir bien y que yo luego pueda utilizar para hacerlo sonreír.

Mi ginecóloga me pide unos análisis en la nueva revisión y, tras hacérmelos, Marc y yo le llevamos los resultados. Por suerte, todo está bien. Consuelo me hace una nueva ecografía 5D y no puedo dejar de sonreír al ver la carita de Bruno. Creo que su boca tiene la forma de la de Marc, aunque, según él, Bruno es igual que yo. En definitiva, el niño está bien y nosotros, felices por ello.

Cuando salimos del hospital llamo a mi madre mientras Marc llama a la suya para decirles que todo va como tiene que ir. Ellas se alegran tanto como nosotros, y luego, de la mano, caminamos hasta el restaurante esperando que haber visto a Bruno llene de positividad a su papá.

Una vez que llegamos y le enseñamos a Nina el nuevo vídeo del bebé, después Marc se marcha para casa. A ojos de mi amiga no muestra esa apatía, pero yo la percibo, puesto que lo conozco demasiado bien.

—Me muero por malcriar a Bruno —afirma Nina.

Estamos sonriendo por ello cuando su teléfono suena y, al mirar, veo que en la pantalla sale el nombre de Felipe. Ella, que se da cuenta, me mira y dice:

—Vale, te lo cuento.

Atónita, me siento, y ella empieza:

—Con todo el lío que tienes últimamente con lo de tu hermano, tu madre y Marc, pensé que contarte que había quedado en varias ocasiones con Felipe no venía a cuento y...

—¿Que has quedado con Felipe?

—Sí.

Boquiabierta, la miro y musito:

—Pero ¿no dijiste que no querías nada con el ojitos azules?

Nina sonríe. ¡Uy, esa sonrisa...!

Y, sentándose junto a mí, baja la voz para que ninguno de los que nos rodean la oiga y cuchichea:

—Sé lo que dije, pero, oye, ¡es tan mono y tan romántico!

Asiento. Con que sea la mitad de romántico que Marc, ¡Nina está perdida! Y cuando voy a hablar, susurra:

—¿A que no sabes adónde fuimos a dormir el lunes?

Rápidamente niego con la cabeza y ella indica:

—A ese sitio en Toledo de lunas transparentes adonde me dijiste que te llevó Marc. Lo comentamos y..., bueno, para allá que nos fuimos.

Sonriendo, asiento. Conozco a Nina desde hace años. Muchos. Y, la verdad, nunca la había visto sonreír de esa manera al hablar de un hombre.

Durante un buen rato dejo que hable. Me cuenta encantada cosas sobre Felipe, y soy consciente de que está ilusionada, la noto motivada, y, riendo, cuchicheo:

—¿En serio esto significa que hoy por hoy eres mi cuñada?

Nina suelta una risotada y luego exclama:

—¡¿No te parece ideal?!

Asiento. La idea me gusta, pero, consciente de cómo es ella y de cómo imagino que es Felipe, voy a hablar cuando suelta:

—Me encanta. Reconozco que su lado romántico puede conmigo. Y, mira, te digo una cosa: si no le he dicho treinta veces que no a salir con él, no se lo he dicho ninguna, pero él ha estado ahí, insistiendo, hasta que finalmente dije que sí. Y..., bueno, tras ese sí, reconozco que ya no he podido decirle ni una sola vez que no. Felipe me gusta más de lo que me ha gustado ningún hombre desde que le dije que sí al tonto de mi exmarido.

Divertida, sonrío. Me hace gracia lo que oigo, y musito:

—Está visto que los hermanos Sarriá nos han robado el corazón.

—¡Y la razón! —exclama riendo.

Estamos hablando sobre ello cuando el teléfono del restaurante comienza a sonar y Nina dice levantándose:

—La hora de las reservas.

Gustosa, la sigo con la mirada y cojo mi móvil para escribirle un wasap a mi amor.

¿Sabías lo de Felipe y Nina?

Segundos después, recibo contestación de Marc, que dice:

¿Qué les pasa ahora?

Wooooo, está visto que Felipe tampoco le ha contado nada, y riendo tecleo:

Esta noche te cuento.
Besitos, te quiero.

Instantes después recibo:

Yo también te quiero a ti.

Estoy sonriendo feliz cuando me suena el teléfono. Al mirar veo que se trata de mi hermano Héctor. Dudo si cogerlo o no. Llevo sin ir al hospital a verlo varios días, y al final, al ver su insistencia, saludo cogiéndolo:

—Hola, Héctor.

Oigo la respiración de mi hermano, que dice:

—Hola, Gominola.

Oír eso me hace sonreír tímidamente, y él añade:

—¿Puedes venir al hospital?

—¿Ahora? —pregunto sorprendida.

—Sí.

—¿Para qué?

—Por favor, ven —susurra.

Oír eso reblandece mi corazón. Soy consciente de que se preguntará por qué todos hacen turnos para estar con él excepto yo, y sin dudarlo respondo:

—Vale. Voy para allá.

Una vez que cuelgo, me levanto, cojo mi bolso y digo acercándome a Nina:

—Voy al hospital.

—¿Qué pasa? —me pregunta alarmada.

—No pasa nada —afirmo encogiéndome de hombros—. Solo voy a ver a Héctor.

Ella asiente y, tras sonreírle, salgo del restaurante y paro un taxi.

65

En el camino Bruno se mueve, está inquieto, y yo, gustosa, pongo las manos sobre mi tripa y disfruto de esas extrañas caricias que siento por su parte.

Una vez que llego al hospital, tras saludar a unas enfermeras que me conocen, me dirijo hacia la habitación de Héctor y, al entrar, los dos nos miramos. Madre mía, qué mala cara tiene..., qué amarillo está.

Estamos solos y, curiosa, digo:

—¿Y papá?

—Se ha ido a casa hace un rato para ducharse. Regresará dentro de una hora.

Asiento. Dejo el bolso sobre la silla, le doy un beso y, mirándolo, pregunto directamente:

—Aquí estoy, ¿qué quieres?

Héctor se acomoda en la cama, sé que está inquieto, y finalmente suelta:

—¿Qué te pasa conmigo?

Uf..., vaya preguntita que me ha hecho.

—¿Quieres la verdad? —digo suspirando.

—Por supuesto.

Acto seguido, asiento y respondo intentando ser comedida:

—Estoy enfadada. Muy enfadada contigo.

—Eso imaginaba. Pero quiero saber por qué.

Sorprendida, levanto las cejas.

—¿De verdad eres tan idiota que no lo sabes?

Héctor me mira, y yo, incapaz de callar un segundo más, suelto:

—Estás como estás porque no puedes controlarte ni dejas que te ayuden.

—No, no es eso.

—Sí, sí es eso. Tienes un problema con la bebida que ha llegado hasta tal punto que ha puesto en riesgo tu vida, y, por si eso fuera poco, ahora mamá tiene que pasar por el quirófano para ayudarte arriesgando su vida también.

Héctor asiente. Sé que lo que oye es duro, demasiado. Pero, sin poder resistirme, añado:

—¡Maldita sea..., estás tan amarillo como Bart Simpson! Y... y tú puedes elegir. Marc, en cambio, no.

Según digo eso, siento que acabo de abrir una puerta muy peligrosa, y al ver cómo me mira mi hermano, añado:

—Siempre he intentado entenderte y ayudarte. Pero, ahora, al ver a Marc tan enfermo y sentir cómo lucha contra algo que él no puede controlar, me...

—Yo tampoco lo puedo controlar.

—¡Pero no es lo mismo! —lo corto furiosa—. Vale, sé que lo tuyo es una adicción. Una maldita adicción que te nubla la mente. Pero... pero con ayuda, terapia y arrojo lo puedes superar. ¡Puedes vivir! Todo depende de ti y de tu fuerza de voluntad. En cambio..., lo de Marc no depende de él en absoluto. Lo suyo depende de un maldito bicho llamado «cáncer» que él no ha elegido tener y que puede matarlo. Podría morir.

Nos quedamos unos segundos en silencio, y luego susurro:

—Por eso estoy tan enfadada contigo. Porque tú puedes elegir seguir viviendo, pero Marc no.

Héctor me mira. En su mirada veo pena, miedo, arrepentimiento, enfado. Y, sintiendo que ya no puedo parar, indico en un hilo de voz:

—Contrariamente a todo lo que digo, también te entiendo. Te entiendo mejor que nunca porque el cáncer de Marc ha empeorado y se supone que yo no tengo por qué saberlo, pero el caso es que lo sé. Marc puede morir como murió Janet, y yo..., yo siento que, si algo le pasa, ¡no quiero vivir!, porque para mí ya no tendría sentido la vida y..., y...

Según digo eso, me rompo en mil pedazos.

Es la primera vez que hablo tan abiertamente sobre lo que siento. La primera vez que me permito gritar lo furiosa que estoy por lo que estoy viviendo. Y, al ver las lágrimas en los ojos de mi hermano, susurro:

—Seguro que no es justo lo que te estoy diciendo. Imagino que soy la peor hermana del mundo, pero el amor de mi vida no mejora. Veo cómo su sonrisa y su positividad se apagan día a día ante mí y... y yo no puedo hacer nada para ayudarlo excepto sonreír para hacerle creer que estoy bien.

No puedo continuar. Me derrumbo en la silla y lloro más de lo que he hecho en meses. Con Marc no me permito hacerlo. Con mi familia y mis amigos tampoco, porque no quiero que vean mi debilidad, y menos durante mi embarazo. Llevo meses conteniendo la rabia, la furia, la pena que tengo en mi interior. Y entonces oigo a mi hermano decir:

—Gominola, por favor, mírame...

Levanto la cabeza y, al verlo con los brazos abiertos, me subo a la cama y me tumbo junto a él. A continuación lloro, lloro y lloro, mientras Héctor llora conmigo y me repite una y mil veces que todo va a salir bien. Que Marc se recuperará.

* * *

Una hora después, cuando llega mi padre, aparentemente me he tranquilizado, aunque por dentro soy como un volcán en erupción. Sin embargo, no queriendo montar el numerito ante mi padre, que bastante tiene ya, me despido de los dos y, ante el gesto desconcertado de mi hermano, le hago saber que regresaré a verlo al día siguiente y me voy.

Pero al salir del cuarto, en lugar de dirigirme hacia la entrada, subo a la sexta planta.

Allí me encuentro con Inma y Roberto. El pequeño juega con su balón. Ríe, salta, se divierte, y yo sonrío feliz por él.

Durante un rato observo a aquellos niños que juegan y su positividad me inunda, hasta que Inma, al verme tan callada, me pregunta por Marc. Según la oigo, vuelvo a derrumbarme como un castillo de naipes con el viento.

Rápidamente Inma le pide a una madre que esté pendiente de Roberto, me levanta y me lleva a la habitación del niño. Allí estamos solas. Creo que he entrado en un bucle complicado y tengo que controlarme o mi estado afectará a Marc.

Durante un buen rato le cuento todo lo que me pasa. Pero todo ¡todo! Como siempre, Inma me escucha mientras yo no puedo dejar de llorar. Mi teléfono suena. Es Fran, mi cuñado. Lo cojo enseguida por si ha pasado algo, y este, al oír mi voz, se preocupa. Yo, que soy la tía fuerte de la familia, ¿cómo puedo llorar así?

Intento hacerle saber que estoy bien, que no llame a Marc, y entonces Inma, arrebatándome el teléfono, le dice dónde estoy, y le pide que no llame a Marc y que venga a buscarme. Cuando cuelga, sigo llorando.

Media hora después Fran llega a la habitación de Roberto. En cuanto ve el estado en que estoy, se preocupa por mí, e Inma, sin filtros, le cuenta lo que me pasa. Fran escucha, no dice nada, e Inma termina:

—Y hasta ahí sé.

Mi cuñado asiente y yo, tras recogerme el pelo en una coleta alta, susurro:

—No puedo más, Fran. No puedo más.

Inma y él se miran, intuyo que entienden mis palabras, y entonces Fran dice:

—Demasiado bien estás llevando todo lo que está ocurriendo a pesar de tu estado. Pero, cielo, ahora por Marc, solo por él, no puedes venirte abajo.

—Eso mismo le estoy diciendo yo —afirma Inma.

Asiento, y mirando a mi cuñado digo:

—Sé que el otro día comisteis juntos.

—Marc vino a mi despacho —cuenta.

—¿Para qué?

Con la mirada le hago saber que no quiero una mentira, y él susurra:

—Quería arreglar su testamento.

No..., no..., no...

Según oigo eso, me levanto y, cuando voy a hablar, Fran añade:

—Eva, por poco que tenga, todo el mundo debe tener el testamento arreglado, esté enfermo o no. Si quieres a tus familiares y deseas evitarles quebraderos de cabeza y problemas, has de dejarles los temas solucionados. Yo mismo tengo mi testamento hecho y no estoy enfermo. Tus padres también...

—Yo lo tengo y tú deberías tenerlo —afirma Inma.

Los miro, no sé qué decir, y Fran prosigue:

—De tu hermano y tu madre preocúpate lo justo. Somos muchos los que estamos pendientes de ellos. Tú ahora céntrate en cuidarte y en Marc. Eso ahora mismo ha de ser la prioridad en tu vida.

—Pero...

—Cariño —me corta mi cuñado—, lo que ahora Marc necesita es a la Eva fuerte y positiva que siempre has sido. Necesita ver que te cuidas, que tanto Bruno como tú estáis bien, y eso le dará positividad para seguir peleando como lo está haciendo.

Durante un rato los tres hablamos del tema. Cada uno me da su opinión, dura y sincera. Me guste o no, tanto Inma como Fran me dicen lo que piensan, y lo que me queda más claro que nunca es que puedo llorar y patalear ante ellos todas las veces que necesite, pero una vez que lo haya hecho, tengo que seguir siendo el protón positivo de Marc.

Convencida de ello, y desahogada, en cuanto Inma termina de hablar, digo mirándolos:

—No os he presentado.

Ambos sonríen, y ella indica:

—Tranquila, él sabe que yo soy Inma y yo sé que él es Fran.

Los tres reímos por aquello y, tomando aire, susurro abrazándolos:

—Gracias. Gracias por estar conmigo y escucharme.

66

Las operaciones de mi madre y de Héctor salen bien. Ambos se recuperan favorablemente y eso nos quita a todos una gran preocupación de encima. A mí la primera.

Cada vez estoy más gorda y, aunque Marc no para de decirme que soy la mujer más preciosa del planeta, yo me siento como la ballena *Moby Dick*. Pero no me importa. Sé que estoy así porque voy a ser mamá, y si no estoy gorda ahora, ¿cuándo lo voy a estar?

Decido aparcar el trabajo hasta que nazca Bruno. ¡Para eso soy la dueña!

Quiero estar con Marc al cien por cien. Sus últimas pruebas han vuelto a salir mal, y ese día, cuando llegamos a casa, por fin me cuenta la verdad de lo que ocurre.

Lo escucho sin dramatizar. No le hago saber lo que me contó Anna y simplemente escucho con atención lo que me dice sobre el tratamiento experimental. Los pros y los contras. Al parecer, ha hablado con un doctor amigo suyo de Houston y este, tras ver los informes de Marc, va a enviar el tratamiento experimental a España.

Pero igual que me cuenta eso, me hace saber sin paños calientes que, nos guste o no, su estado de salud es delicado. Quiero morirme cuando me lo dice. Veo en su mirada la frustración, y me recuerda lo que me dijo aquel día en Ibiza en cuanto a despedirse de mí.

Sin llorar, escucho todo lo que Marc me cuenta. Él es el médico, el especialista. Aunque también es el paciente. Asiento, aguanto el dolor y, con positividad, le hago saber que estoy a su lado para todo lo que necesite, aunque por dentro me muera de angustia.

* * *

Los días pasan y el tratamiento experimental llega al hospital Las Palmeras. Después de la primera sesión, su cuerpo resentido no lo acepta muy bien. Aun así, Marc no dice nada, no se queja, sino que continúa luchando.

A diferencia de la otra quimioterapia, con esta su pelo se cae en pocos días y, aunque no comenta nada, ni yo lo menciono, soy consciente de cómo se mira en el espejo y observa su reflejo en los escaparates de la calle. Pero, por contradictorio que parezca, veo en él un cambio. Su positividad regresa, y eso es lo que necesitamos.

Adrián, Danica, Fran, papá y las niñas ayudan todo lo que pueden a cuidar a mi madre y a Héctor. Con Teresa no contamos. Lo ocurrido ha sido tan fuerte que creo que la brecha que ella ha abierto en la familia no solo la ha alejado de mí.

Una tarde, cuando estoy en casa de mis padres preparándoles varias comidas para la semana, mientras Marc habla con ellos y mi hermano Héctor en el salón, suena el timbre de la puerta. Marc va a abrir y de inmediato oigo la risa de mis sobrinas.

Con ganas de verlas, salgo de la cocina y las beso junto a mi cuñado. Desde luego, Fran más bonito y bueno no puede ser. Todo lo que mi hermana no se preocupa por mi familia lo hace él.

Mis sobrinas, con su bullicio y sus risas, nos llenan a todos de alegría, y, tras llevarles algo de beber al comedor, cuando regreso a la cocina Fran viene detrás de mí y dice:

—Tengo que contarte algo.

Gustosa, lo miro y él añade bajando la voz:

—Hablé con Carolina.

Saber eso me sorprende, y rápidamente pido:

—Cuéntame.

Tras mirar hacia la puerta y ver que nadie lo ha seguido, Fran empieza:

—Al principio se quedó en shock. Eso me asustó y me temí lo

peor. Pero luego me dijo que alguna vez lo había pensado por los comentarios que le había oído a su madre.

—Ay, mi niña... —musito llevándome las manos a la boca.

—Hablamos largo y tendido durante horas. Ella me preguntó, yo le contesté lo que pude, y cuando su curiosidad quedó satisfecha, lo siguiente que me preguntó era si perderla era lo que me daba tanto miedo. Lógicamente le dije que sí, pero que ahora que ella sabía la verdad y todo entre nosotros estaba bien, ese miedo se había acabado.

Oír eso me emociona, e inevitablemente pregunto:

—¿Te vas a divorciar de mi hermana?

Fran asiente.

—Sí, Eva. Y siento decirte, porque es tu hermana, que voy a luchar porque las niñas vivan conmigo, y desde ya te digo que, con el estilo de vida que lleva tu hermana, lo tengo ganado.

—No sientas decírmelo. Espero que las niñas vivan contigo —le aseguro.

Ambos sonreímos. Si algo tengo claro es que las niñas estarán mejor con mi cuñado que con la imbécil de mi hermana; cuando voy a responder, entra Caro y mirándome susurra:

—Tía, el tío Marc tiene muchas ojeras.

Con pesar, asiento. Lo sé. La pinta de Marc es desastrosa, pero indico sonriendo:

—Lo sé, cielo, pero pronto se le quitarán.

—¿Va mejor? —pregunta sonriendo también.

Incapaz de decirle que por desgracia no está mejorando, pues no deja de ser una niña, contesto:

—Poquito a poco, pero sí, ¡va mejor!

Caro me abraza. Eso la hace feliz y, mirando a su padre, pregunta:

—¿La tía lo sabe?

Fran me mira y ambos asentimos, y ella, demostrando una madurez que en la vida me habría imaginado que tuviera, suelta:

—Tía, le he dicho a papá que engendrar a un hijo no te convierte en padre, pero criarlo sí. Y él no solo me ha criado, sino que me quiere desde el primer segundo que me vio tanto como yo lo quiero a él. Por tanto, él es mi padre y no hay nada más que hablar.

Asiento, no puedo estar más de acuerdo.

—Tenemos que encontrar la mejor manera de contárselo a Marta antes de que mamá se lo diga —añade entonces—, porque en el momento en que papá le pida el divorcio, la va a liar.

—Y mucho que la va a liar... —afirmo abrazándola y sintiéndome especial porque me incluya en sus planes.

Durante unos segundos los tres hablamos; me parece surrealista estar comentando esto con mi sobrina. Entonces esta se separa de mí y dice:

—Mi amiga Jimena vive con su padre desde que sus padres se separaron. Me dijo que cuando tienes dieciséis puedes elegir con quién vivir. Y yo elijo a papá.

Suspiro. El disgusto que se van a llevar mis padres cuando pase lo del divorcio va a ser morrocotudo, y Fran, que parece leerme la mente, indica:

—De momento, y hasta que tu madre se recupere, no voy a hacer nada. Pero una vez que la abuela esté bien, lo hablaré con ellos.

Con una sonrisa, asiento. Le agradezco esa deferencia por mi madre, y, abrazándolo, señalo:

—Cuenta conmigo y con Marc al cien por cien.

—Lo sé —replica sonriendo mientras mi sobrina nos abraza a los dos.

Esa noche, cuando regresamos a casa, en el camino le cuento a Marc lo acontecido. Como yo, se sorprende de la madurez de Caro, pero sin duda es maravilloso que la niña se lo haya tomado así.

* * *

Cuando nos levantamos al día siguiente, Marc propone irnos a Ibiza ese mismo día. Esas propuestas repentinas suyas siempre me han gustado, y al verlo tan lleno de vitalidad, acepto. ¿Por qué no?

En Ibiza aprovechamos para descansar. Marc está agotado. Y, por las tardes, cuando el sol se va, salimos a pasear por la playa junto a *Olimpia*. Damos paseos cortos, no muy largos. Marc rápidamente se fatiga. Aun así, disfrutamos esos momentos, y yo soy feliz de verlo sonreír.

Tras unos maravillosos días en Ibiza, donde siento que el mar me ha recargado de energía, regresamos a Madrid.

Pero esa noche, cuando estoy durmiendo, de pronto me despierto sobresaltada. Marc me llama.

—Eva... Eva...

Enciendo la luz y lo miro. Esta empapado en sudor. Tiembla. Está blanco como la cera..., y susurra:

—Llama a Felipe.

—¿Qué pasa, cariño?

—No me encuentro bien —dice en un hilo de voz.

Como un resorte, me levanto de la cama. Son las 3.19 de la madrugada y, sin cuestionar nada, hago lo que me pide mientras veo su aspecto, que no me gusta nada.

Con rapidez, me visto. Lo ayudo a que se vista él y, cuando pasa al baño, me pide unos segundos de intimidad, algo que por supuesto le concedo.

Una vez que sale del baño y viene al salón, quiero llorar. Por su rostro y el modo en que camina intuyo lo mal que se encuentra.

Como puedo, lo sujeto y lo siento en el sofá mientras Marc intenta sonreír.

—¿Qué te ocurre, cariño? —pregunto.

Él apoya la cabeza en el respaldo del sofá y musita:

—Tráeme agua, por favor.

¡Dios, qué ganas de llorar tengo!

Pero, conteniéndome, intento ser la mujer que él siempre quiere que sea y me levanto a por agua.

En cuanto bebe un pequeño sorbo que noto que le cuesta, me mira y, cogiendo mi mano, susurra:

—Te quiero.

Ay, Dios... Ay, Dios, ¡lo que me entra por el cuerpo!

Me asusto mucho. Todo me da miedo, y más cuando leo en su mirada la infinidad de cosas que quiere decirme.

—No te asustes, cielo.

—Ay, Dios, Marc —murmuro.

Él toma aire e indica:

—Cuando llegue al hospital, seguramente me quedaré ingresado.

Respira mal, con mucha dificultad, y, mirándome, dice en voz baja:

—Te necesito ahora más fuerte que nunca, ¿entendido?

Asiento conteniendo el aliento, y él añade:

—Escucha, cariño, esto que está ocurriendo sabíamos que podía pasar y...

—Te vas a poner bien —lo corto.

Marc esta vez no asiente y, cogiendo mi mano, prosigue en un hilo de voz:

—Cielo, esto ya lo hemos hablado.

Yo sí que asiento, pero entonces él añade:

—Nunca olvides que la vida tiene diferentes capítulos y que uno malo no es el final de la historia.

Me trago las lágrimas y musito:

—Me gusta nuestra historia, y esta va a continuar.

Marc no aparta sus cansados ojos de mí. Me mira con tal intensidad que todo el vello de mi cuerpo se eriza, y más cuando lo oigo decir:

—La vida me sorprendió cuando te conocí. Llegaste de tal manera que no me pude resistir a conocerte y amarte. Hemos vivido increíbles momentos y, por ellos y por ti, volvería a repetir todo lo que nos ha pasado mil millones de veces.

Uf, lo que me entra por el cuerpo...

Ese «hemos vivido» me asusta, y casi en shock susurro:

—¿No te estarás...?

—Eva, sigo luchando, pero soy realista.

Sacudo la cabeza. Me niego a creer lo que quiere decir, y él, intentando sonreír, murmura:

—Te dije que lo haría si yo veía que podía suceder. Y, cariño, aunque no debemos abandonar la positividad, puede pasar. Por ello, necesito que me prometas que estarás bien.

Según oigo eso, cierro los ojos..., esto no puede estar ocurriendo, y entonces oigo que dice:

—Venga..., dímelo, bruja.

Sé lo que me pide. Sé lo que necesita que diga, y, aun sin ganas de decirlo, solo por hacerlo feliz, suelto:

—¡Vete a la mierda!

Marc sonríe, siempre lo hace cuando le digo eso, y afirma:

—Nadie dice esa frase con tanta gracia como tú.

Sentir su humor, a pesar del horrible momento que estamos viviendo, me hace comprender que lo mínimo que puedo ofrecerle es lo mismo, y tras besar sus nudillos blancos, digo reteniendo las lágrimas.

—Como una vez me dijiste, si no hubieras creído en el amor a primera vista, por ti habría pasado mil millones de veces hasta que te fijaras en mí.

Ambos sonreímos y luego él, cerrando los ojos, cuchichea con voz cansada:

—Avispón... ¡Qué momentazo!

Asiento intentando sonreír; entonces *Olimpia* se acerca a nosotros y Marc, tocando su preciosa cabecita, susurra:

—Tú también eres maravillosa.

La perra, que es más lista que algunas personas, se tumba a su lado con sumo cuidado y apoya el hocico sobre su pie. Me mira con sus ojitos redondos y en ellos veo la tristeza, la misma que sin duda luce en los míos y en los de Marc.

A su manera, *Olimpia* me hace saber que está conmigo como está con él, y..., ¡Dios, se me parte el corazón!

Estamos mirándonos a los ojos en silencio junto a *Olimpia* como hemos hecho millones de veces, diciéndonos tantas y tantas cosas, cuando suena el timbre del videoportero.

No me levanto, no quiero que Marc se vaya de casa, pero él me pide en un hilo de voz:

—Vamos, cariño. Abre la puerta.

Asiento. Me retiro las lágrimas que inevitablemente resbalan por mis mejillas y, mirándolo, susurro:

—No voy a abandonar la positividad. Y tú tampoco. ¡¿Me has oído?!

Marc asiente. Veo que intenta sonreír y, tomando aire, camino hacia el telefonillo para abrir. Con una opresión en el pecho, tras ver que Marc tiene los ojos cerrados, abro la puerta y, segundos después, cuando el ascensor se detiene, Felipe y Nina salen de él y entran en mi salón con gesto serio.

Mi amiga coge mi mano. Con su mirada me lo dice todo, mientras yo observo cómo ambos hermanos se miran. Finalmente Felipe llega hasta Marc y, ayudándolo a levantarse, va a hablar cuando indico:

—Voy a ir con vosotros, y me da igual lo que digáis, ¿lo tenéis claro?

Felipe asiente y Marc no dice nada. Eso me hace saber lo mal que se encuentra. ¡Oh, Dios...!

En silencio, los cuatro bajamos hasta la calle. Nos montamos en el coche de Felipe y, al poco de arrancar, Marc vomita. Como podemos, Nina y yo lo atendemos, mientras Felipe conduce y siento que volamos por Madrid.

En la puerta del hospital nos están esperando Gustavo y Anna. Al verlos, me sorprendo, y Felipe dice mirándome:

—Los he avisado yo.

Marc tiene los ojos cerrados y respira mal. Siento que me quiero morir, y cuando llega Gustavo hasta nosotros junto a un celador con una silla de ruedas, sin hablar, sacamos a Marc y lo sentamos en ella.

Todos nos miramos en silencio. La preocupación está reflejada en nuestros rostros. Y, cuando llegamos a una sala, Felipe declara agarrándome de la mano:

—Nosotros nos quedamos aquí.

Afirmo con la cabeza, sé que ha de ser así, y entonces veo que Marc extiende la mano. Yo rápidamente se la cojo y, agachándome para estar a su altura, voy a hablar cuando él habla sin fuerzas.

—Cariño, recuerda lo que te he dicho. Necesito que estés tranquila y te vayas a casa para que Bruno y tú estéis bien.

¡Ay, que lloro!

No quiero moverme de aquí. En este instante solo me preocupa él. Únicamente él. Pero, no queriendo disgustarlo, afirmo:

—No te preocupes por nada, excepto de volver a casa prontito con Bruno y conmigo, ¿vale?

Marc asiente. Esboza una triste sonrisa y, tras darme un ligero beso en los labios y murmurar «Te quiero», Gustavo y Anna, junto con el celador, se lo llevan en la silla de ruedas.

Según desaparece de mi vista noto la mano de Felipe en mi cintura y, sin poder evitarlo, me refugio en sus brazos, pero estoy tan rabiosa y frustrada que no puedo llorar mientras él se derrumba. Con amor, Nina nos abraza a los dos y nos da cariño.

Sin movernos de aquí, pasan los minutos. Gustavo y Anna salen a decirnos que Marc está controlado y dormido, que nos vayamos a casa a descansar, pero nosotros no queremos irnos.

A las siete de la mañana sale de nuevo Anna. Su gesto es muy serio y, sentándose con nosotros en la sala de espera, dice:

—Su estado ha empeorado.

Dios... Dios... Dios... No..., no..., no...

Felipe se levanta y se lleva las manos a la cabeza, y Anna susurra:

—Quizá deberías llamar a tu madre.

Mi cuñado se derrumba. Nina lo abraza. Yo apenas si puedo respirar; entonces Anna, mientras coge mi mano, señala en un hilo de voz:

—Sabíamos que esto podía pasar, pero no debemos perder la esperanza. Quizá Marc pueda remontarlo.

Ninguno dice nada. Creo que a todos se nos está disipando la positividad, pero Anna añade tomando aire:

—De momento lo hemos aislado en una habitación. Marc respira muy mal y sus niveles de neutrófilos son excesivamente bajos.

Asiento intentando entender lo que dice, lo que está pasando, y Anna, que es la única que puede hablar, añade:

—Lo mejor es que os vayáis para casa y descanséis. Prometo llamaros por teléfono si hay algún cambio.

Niego con la cabeza. Me niego a marcharme de aquí, y Felipe, tomando el mando de la situación, clava sus impresionantes ojos azules en mí y dice:

—Le prometí a Marc que cuidaría de ti. Y ahora lo que necesitas es descansar.

—Pero...

—Eva —me corta Anna—, descansa, lo necesitas.

Pero a mí me da igual lo que digan. De aquí no me muevo.

—Eva —insiste Felipe—, Marc lo quiere así.

Pero yo continúo sin moverme.

Irme de aquí sin mi amor no entra en mis planes porque siento que mi marcha supondría un antes y un después en mi vida, y no quiero.

Me niego a aceptar lo que pretenden decirme. No, no y mil veces ¡no! La negatividad se ha apoderado por completo de mí y solo sé decir la palabra *no*.

* * *

No obstante, dos horas después, sin soltar una sola lágrima, finalmente claudico. Pienso en Marc. Él me ha pedido que me vaya, que cuide a Bruno, y por él tengo que hacerlo.

Nina y Felipe me acompañan a casa.

Al llegar, *Olimpia* nos recibe. Su efusividad no es la de siempre. Busca a Marc. Y Felipe, necesitando estar solo, coge la correa y se va a dar una vuelta con la perra. Cuando regrese tiene que ir a ver a su madre, y no será fácil para ninguno de los dos.

Nina prepara unas tilas en mi cocina y yo doy vueltas sin rumbo por el comedor. Me niego a aceptar lo que supuestamente tengo que aceptar. No... No... No... No puede ser. No estoy preparada.

Por último, tras quitarme los zapatos, voy al baño de la habitación y, al entrar y encender la luz, me quedo mirando el espejo y veo que en él está escrito con mi barra de labios:

> Gracias por ser mi pingüina. ¡Sé fuerte, mi amor!
> Te quiero,
>
> Marc

Ver esas palabras del hombre que ha sabido darle un sentido a mi vida y que me ha enseñado que la vida es hoy me hace sonreír. Y, llevándome las manos a la boca, me apoyo en la pared, me escurro por ella y, tras sentarme en el suelo, por fin rompo a llorar mientras intento agarrarme a la positividad, aunque mi yo racional me recuerda la maldita y cruda realidad.

Epílogo

Ibiza, dos años después

Como siempre, el aire puro del mar en Cala Gració es una maravilla.

Ir a esa cala al atardecer, cuando todo el mundo se marcha al hotel, es una de las cosas que más me gustan porque siento que la playa es mía. Solo mía.

Con una sonrisa, observo a mi pequeño Bruno corretear por la orilla de la playa junto a su abuela Julia y *Olimpia*. Mi enanito es un niño sano, travieso y vital que no ha sacado los impresionantes ojos azules de su abuela y su tío, pero sí la preciosa sonrisa y el buen humor de su padre. De Marc. De mi amor.

El teléfono móvil me suena. He recibido un mensaje y rápidamente veo que es de Caro. En él me dice que ella y Marta, junto a su padre, Inma y Roberto, están en el aeropuerto para coger el avión que los traerá a Ibiza para pasar unos días con nosotros.

Eso me hace feliz. El bullicio de gente en casa siempre es pura vida.

En estos dos años han pasado cosas bonitas y cosas feas. Entre ellas, que Fran, tras divorciarse de mi hermana y quedarse con la custodia de las niñas, comenzó a salir con Inma, y hoy por hoy tienen una relación bonita y maravillosa. Y, lo mejor, el tratamiento del pequeño Roberto está funcionando.

Teresa, tras el divorcio, donde le sacó a mi cuñado todo lo que pudo, excepto el título de marquesa, decidió marcharse a vivir a

París dejando de lado a sus hijas. Lo último que sé por mi madre, que es la única que mantiene el contacto con ella, es que sale con un diputado francés y está planeando su boda. La verdad, aunque sea mi hermana, y por feo que parezca, no me interesa nada su vida, como sé que a ella no le interesa la mía.

Mis padres, tras todo lo que ha pasado en estos últimos años, están tranquilos y felices. Me ayudan mucho con Bruno, junto con Julia, siempre que los necesito, y eso es de agradecer. La llegada de Bruno fue el protón positivo para todos después de tanta tristeza.

Tras el trasplante, mi hermano Héctor no ha vuelto a beber. Sin duda lo de Marc lo hizo darse cuenta de la suerte que tenía de poder elegir, y con lucha y fuerza de voluntad encauzó su vida, montó su propio taller mecánico y ahora sale con una chica de Torrejón que es majísima.

En cuanto a Adrián y Danica, se casaron hace seis meses en una boda muy íntima que organizamos de nuevo en mi casa de Ibiza. ¡Qué bien lo pasamos! Y, lo mejor, están esperando su primer bebé, que será una niña a la que pondrán el nombre de mi abuela Ágata.

Nina y Felipe viven juntos, y sé por ella que Felipe también es de los que bajan la tapa del váter... ¡Qué maravilla, qué bien los crio Julia! Actualmente están planeando su boda en Madrid, cosa que a la mujer la tiene como en una nube. ¡Por fin puede organizar una boda!

Sonriendo por todo ello estoy cuando oigo en mi oído:

—Hay momentos que deberían ser eternos.

Con una sonrisa, asiento. Miro a la derecha y, tras recibir un precioso beso de Marc, de mi amor, que regresa del puesto de venta de helados con varios de ellos en la mano, afirmo:

—Te lo compro.

Con su preciosa sonrisa, él me entrega un bombón helado y, tras pedirme un segundo con la mano, corre para llevarles otros a su madre y a Bruno.

Con la felicidad en el rostro, lo observo coger a nuestro hijo y besarle el cuello mientras el pequeño ríe a carcajadas por lo que su padre le hace.

Emocionada, observo a mis amores Bruno y Marc. Marc y Bruno. Todo por lo que hemos pasado no ha sido fácil. Fueron muchos días de angustia y noches en vela. Momentos muy malos. Y, aunque el camino fue largo y complicado y tuvimos que ir pasito a pasito, la positividad, la lucha y la fuerza son las que nos han hecho llegar a estar aquí ahora, juntos, unidos y felices.

Hace ocho meses que por fin Anna nos dijo en la consulta que el cáncer de Marc estaba en remisión completa, y ese día los tres lloramos de felicidad. ¡Adiós al bicho! ¡Marc lo había logrado! Luego, cuando vino Gustavo, lloramos los cuatro. Es más, nos hemos bautizado como la «panda del moco» por lo llorones que somos.

Y la verdad es que desde hace ocho meses vivimos tranquilos y sin sobresaltos, a excepción de los castañazos que se mete Bruno, que es un *destroyer* total y que tiene a la pobre *Olimpia* martirizada. ¡Qué paciencia tiene la perrilla con el niño!

Si algo he aprendido de todo lo ocurrido es que los seres humanos no somos conscientes de lo que realmente es importante en nuestras vidas hasta que podemos perderlo, y que, cuando somos capaces de entender la suerte que tenemos de estar vivos, lo demás conseguimos pasarlo a un segundo plano.

También he aprendido que un día sin sonreír es un día perdido, y que no hay mejor medicina que los pensamientos alegres, por lo que la palabra *no* ahora la utilizo lo justo.

Feliz, estoy pensando eso cuando Marc regresa a mi lado. Su aspecto vuelve a ser el que fue. Ha engordado, e incluso se está dejando crecer el pelo como sabe que a mí me gusta. Sonriendo como siempre, se acomoda feliz sobre la toalla rojiblanca y, mirándome, pregunta:

—¿Cómo está mi pingüina?

Asiento con una sonrisa y él insiste con picardía:

—Pero ¿bien... bien...?

Divertida, vuelvo a asentir, y entonces él pasea su helado por mi rostro y, al ver mi cara de sorpresa, musita:

—Es lo menos que te mereces por ser tan preciosa.

Eso me hace sonreír, y él rechupetea mi mejilla, mi boca, y cuchichea:

—Mmm..., qué rica estás con nata.

Gustosa, me río a carcajadas, y él, provocándome, añade:

—Vamos, bruja..., dímelo.

¡Dios, qué feliz soy!

Y, pringada de helado, bajo la voz para que mi suegra no me oiga y musito mirándolo a los ojos:

—¡Vete a la mierda!

Marc y yo nos reímos. Esa ordinariez, como diría la ultrafina de mi hermana, es algo muy nuestro.

Atraídos como dos imanes, mi amor y yo nos besamos, y yo soy feliz..., feliz..., porque tengo a mi lado a un hombre que adoro, a un pingüino que me quiere y a un guerrero que, entre otras muchas cosas, me ha enseñado que la vida consiste en insistir, resistir, vivir y nunca desistir.

Las recetas de Eva

Tagliatelle a la carbonara sin nata

Ingredientes para 4 personas

400 g de *tagliatelle*
Agua
150 g de beicon
4 huevos
Queso parmesano
Aceite de oliva
Sal
Pimienta negra molida

Elaboración

1. Calienta abundante agua en una olla con sal y una cucharada de aceite. Una vez que esta hierva, echa los *tagliatelle* y déjalos cocer el tiempo que se indique en el envase.

2. Mientras se cuece la pasta, corta el beicon en trocitos y, a continuación, échalo en una sartén con aceite para que se dore.

3. En un bol, separa las yemas de las claras de los huevos y reserva estas últimas. Solo utilizaremos las yemas para la elaboración de este plato. Después, ralla queso parmesano sobre las mismas, añade pimienta negra molida y sal y mézclalo todo.

4. En cuanto la pasta esté cocida y escurrida, échala en la sartén con el beicon y vierte la mezcla de las yemas y el queso.

5. Remueve hasta que las yemas cuajen.

6. ¡A comer!

Tartar de salmón

Ingredientes para 2 personas

400 g de salmón
1 ½ aguacates
15 g de pepinillos
1 cucharadita de ralladura de limón
2 cucharaditas de salsa de soja
Zumo de 1 limón
1 cebolleta
4 cucharadas de aceite de oliva virgen extra
1 cucharadita de mostaza de Dijon
Pimienta
Perejil fresco

Elaboración

1. Limpia el salmón: retírale la piel y las espinas, y a continuación córtalo en dados pequeños.

2. Pela los aguacates y córtalos también en daditos.

3. Trocea los pepinillos y la cebolleta en pedazos pequeños.

4. Junta los pepinillos y la cebolleta en un bol y mézclalos con el

zumo de limón, la mostaza de Dijon, la ralladura de limón, el aceite de oliva, la salsa de soja y un poquito de pimienta.

5. Añade al bol el salmón y los aguacates troceados y mezcla bien.

6. Utiliza un molde para montar el plato y decora con perejil fresco.

7. ¡A comer!

Dados de pollo a la miel

Ingredientes para 2 personas

2 pechugas de pollo
½ cebolla
1 cucharada de miel
Zumo de 1 limón
1 cucharada de vinagre balsámico
Aceite de oliva
Sal
Pimienta negra

Elaboración

1. Corta las pechugas de pollo en daditos, salpimiéntalos y, en una sartén con aceite de oliva, fríelos hasta que estén bien hechos.

2. Ralla la cebolla y sofríela en una segunda sartén con un poco de aceite de oliva. Después de unos 3 minutos, añade la cucharada de vinagre balsámico. Tapa la sartén y deja que la cebolla caramelice a fuego lento durante 15 minutos.

3. Cuando la cebolla ya esté, añade el zumo de limón, la pimienta negra y la miel, y remueve.

4. Echa los daditos de pollo en una fuente y vierte sobre ellos la salsa que has preparado en la segunda sartén.

5. ¡A comer!

Ensalada de escarola y cóctel de gambas

Ingredientes para 4 personas

1 escarola
2 docenas de gambas cocidas
2 pepinillos
2 huevos
Mayonesa
Kétchup
Salsa Perrins

Elaboración

1. Lava y corta la escarola.

2. A continuación, ponla en un cuenco grande con agua y hielo durante 15 minutos para que se limpie y su textura sea más crujiente.

3. Hierve los huevos en un cazo con agua.

4. Mientras tanto, pon en un bol kétchup, mayonesa, salsa Perrins y pepinillos laminados y remueve hasta obtener una salsa rosada.

5. Pela los huevos una vez cocidos y córtalos en trocitos pequeños.

6. Escurre la escarola y deja que se absorba la humedad con ayuda de papel de cocina. Una vez que esté bien seca, colócala en una fuente.

7. Echa los dos huevos troceados por encima, las gambas y, por último, añádele la salsa rosa.

8. ¡A comer!

Lasaña de carne

Ingredientes para 6 personas

1 kg de carne picada (mitad cerdo,
mitad ternera)
18 placas de lasaña precocidas
1 cebolla
Tomate frito
2 dientes de ajo
3 huevos
Queso parmesano
Harina
Mantequilla
Leche
Aceite de oliva
Sal
Pimienta negra
Especias al gusto

Elaboración

1. Echa la carne picada en un bol grande y añade los dos dientes de ajo picaditos finos, la sal y las especias que desees. Mézclalo bien y déjalo macerar durante una hora en el frigorífico.

2. Después de ese tiempo, en una sartén con aceite de oliva echa la carne macerada para que se dore. A continuación añade el tomate frito.

3. Corta la cebolla en trocitos pequeños y póchala en otra sartén.

4. Hierve los huevos en un cazo con agua. Una vez cocidos, córtalos en trocitos, añádelos a la sartén donde está la carne picada con el tomate frito y remueve.

5. En cuanto la cebolla está pochada, échala sobre la carne picada y mézclalo bien.

6. Prepara la bechamel con mantequilla, harina, sal, leche y pimienta negra.

7. Precalienta el horno a 200 °C.

8. En una fuente, coloca las placas precocidas de lasaña. Luego haz una cama con la carne picada, encima de esta pon otra fila de placas de lasaña, de nuevo añade más carne picada, y termina con otra fila de placas de lasaña.

9. Vierte encima la bechamel y ralla el queso parmesano.

10. Baja la temperatura del horno a 180 °C, introduce la fuente y déjalo cocer durante 15-20 minutos.

11. ¡A comer!

Rodaballo gratinado con patatas

Ingredientes para 2 personas

1 rodaballo mediano
2 patatas
1 cebolla dulce
200 ml de nata líquida para cocinar
Pimienta negra molida
Aceite de oliva
Perejil fresco
Sal

Elaboración

1. Precalienta el horno a 200 °C.

2. Pela y corta las patatas en dados pequeños.

3. Pela y corta la cebolla en tiras finitas.

4. Trocea el rodaballo en taquitos.

5. Engrasa una fuente de horno con aceite y pon en ella las patatas y una parte de la cebolla. Salpimienta.

6. Coloca encima los tacos de rodaballo. Salpimienta y echa el resto de la cebolla.

7. Termina con una capa de patatas, salpimienta de nuevo y cubre con la nata líquida.

8. Reduce la temperatura del horno a 180 ºC y mete la fuente en la parte baja durante 60 minutos.

9. ¡A comer!

Salmorejo cordobés

Ingredientes para 6 personas

1 kg de tomates
½ barra de pan duro
200 ml de aceite de oliva
Sal
Vinagre
1 diente de ajo
3 huevos
Jamón serrano

Elaboración

1. Hierve los huevos en un cazo con agua.

2. Mete el pan duro en agua para que se reblandezca.

3. Pela los tomates y échalos dentro de una batidora.

4. A continuación añade aceite, sal, vinagre, ajo y también el pan remojado y tritúralo todo hasta que quede una mezcla homogénea.

5. Pela los huevos cocidos y córtalos en trocitos.

6. En un bol, echa el salmorejo y ponle por encima los huevos picados, el jamón serrano en pedacitos y un chorrito de aceite.

7. ¡A comer!

Pechugas de pollo escabechado

Ingredientes para 4 personas

4 pechugas de pollo
Agua
1 cebolla
2 ajos
2 zanahorias
Vinagre
Aceite de oliva
Sal
3 hojas de laurel

Elaboración

1. Pon a cocer en una olla con abundante agua las pechugas de pollo. Añade la cebolla, los ajos, las zanahorias cortadas en rodajas, vinagre, aceite, sal y las hojas de laurel.

2. Cuando las pechugas estén bien cocidas, retira la olla del fuego y sácalas, dejando el resto de los ingredientes en la olla. A continuación ponlas a escurrir sobre un colador.

3. En una sartén, echa abundante aceite de oliva. Sofríe las pechugas y, una vez que estén doradas, viértelas en la olla junto con el aceite.

4. Pon la olla de nuevo al fuego y cuece a fuego medio durante 30 minutos.

5. ¡A comer!

Lomo de cerdo en salsa

Ingredientes para 6 personas

1 kg de lomo en una pieza
1 cebolla
1 puerro
2 dientes de ajo
Vino blanco
3 cucharadas de tomate frito
Laurel y hierbas aromáticas
Aceite de oliva
Agua
Sal
Pimienta

Elaboración

1. Tras salpimentar el lomo, ponlo a dorar en una cazuela. Cuando esté listo, sácalo y resérvalo.

2. Mientras se esté dorando el lomo, trocea la cebolla, el puerro y los ajos.

3. A continuación póchalo todo a fuego lento en la misma cazuela con un poco de sal.

4. Cuando las verduras ya estén listas, añade el lomo a la cazuela. Riégalo con un generoso chorro de vino blanco y sube el fuego.

5. Añade agua (aproximadamente hasta media cazuela), el tomate frito, el laurel y las hierbas aromáticas. Tapa el recipiente y deja cocer entre 20 y 25 minutos.

6. Después del tiempo de cocción, una vez que la cazuela ya se ha enfriado, saca el lomo.

7. Pasa por la batidora el caldo y el resto de los ingredientes.

8. Filetea el lomo y riégalo con la salsa.

9. ¡A comer!

Noodles con pollo y verdura

Ingredientes para 4 personas

250 g de *noodles* de arroz
1 pechuga de pollo
2 zanahorias
1 puerro
1 cebolla
1 pimiento verde
1 diente de ajo
Salsa de soja
Salsa teriyaki
Aceite
Agua
Sal

Elaboración

1. Corta las zanahorias, la cebolla, el puerro, el pimiento y el diente de ajo en trocitos pequeños y ponlo todo a pochar a fuego lento en una sartén.

2. Trocea la pechuga de pollo en dados pequeñitos, sálalo y dóralo en otra sartén. En cuanto esté hecho, riégalo con un buen chorro de salsa teriyaki.

3. Cuando la verdura esté pochada, vierte salsa de soja por encima y posteriormente añádelo todo a la sartén donde está el pollo con el teriyaki.

4. En una olla, cuece los *noodles* de arroz el tiempo que se indique en el paquete.

5. Una vez hechos los *noodles*, escúrrelos y añádelos a la sartén donde está el pollo y la verdura pochada. Remueve bien.

6. ¡A comer!

Tiramisú de chocolate (sin café)

Ingredientes para 6/8 personas

500 g de queso mascarpone
2 huevos
Chocolate con leche
80 g de azúcar
Bizcochitos o magdalenas valencianas
Leche
Cacao en polvo

Elaboración

1. Separa las yemas de las claras y monta estas últimas a punto de nieve.

2. Bate las yemas junto con el azúcar.

3. Añade poco a poco el mascarpone a la mezcla de las yemas y remueve.

4. Agrega las claras montadas.

5. En caso de emplear magdalenas valencianas, córtalas por la mitad.

6. Sobre una bandeja, pon una base de magdalenas cortadas por la mitad. En un vaso con leche echa cacao en polvo y remueve. Una vez que esté mezclado, viértelo con una cuchara sobre las magdalenas para que se empapen.

7. Sobre las magdalenas empapadas, pon una primera capa del queso mascarpone ya preparado con el azúcar y los huevos (utiliza la mitad de la mezcla).

8. Coloca una segunda capa de magdalenas cortadas por la mitad y vuelve a mojarlas con la leche y el cacao.

9. Cubre la segunda capa con la otra mitad de la mezcla del mascarpone, los huevos y el azúcar.

10. Ralla el chocolate por encima y añade también un poco de cacao en polvo.

11. Deja en la nevera durante al menos 6 horas. (Si se hace de un día para otro queda mucho mejor.)

12. ¡A comer!

Magdalenas

Ingredientes

4 huevos
375 g de harina de trigo
200 g de azúcar
250 ml de leche
250 ml de aceite de oliva virgen extra
1 sobre de levadura
Ralladura de 1 limón
Azúcar para espolvorear
Sal
Moldes de magdalenas

Elaboración

1. En un bol, mezcla muy bien los huevos y el azúcar con el batidor de varillas.

2. Añade el aceite, la leche y la ralladura del limón.

3. Tamiza la harina con un colador y después agrégala a la mezcla junto con la levadura y una pizca de sal. Remueve bien y deja reposar la mezcla durante 30 minutos.

4. Precalienta el horno a 200 ºC.

5. Una vez transcurridos los 30 minutos, vierte la mezcla sobre los moldes de magdalenas, dejando un dedo de margen. Espolvorea el azúcar por encima e introduce en el horno, que ahora bajaremos a 180 ºC.

6. Hornea las magdalenas durante 15 minutos, sácalas y déjalas enfriar.

7. ¡A comer!

Referencias a las canciones

24K Magic, ℗© 2016 Atlantic Recording Corporation para Estados Unidos y WEA International Inc. para el resto del mundo, de Warner Music Group Company, interpretada por Bruno Mars.

Magic, ℗© 2020 Kylie Minogue / Darenote Limited, bajo licencia exclusiva de BMG Rights Management (UK) Limited, interpretada por Kylie Minogue.

Too Good to Say Goodbye, ℗© 2021 Warner Music UK, interpretada por Bruno Mars.

Wonder, ℗© 2020 Island Records, de UMG Recordings, Inc., interpretada por Shawn Mendes.

Leave the Door Open, ℗© 2021 Aftermath Entertainment y Atlantic Recording Corporation, interpretada por Bruno Mars, Anderson .Paak y Silk Sonic.

New Kid in Town, ℗ 1976 Elektra Records, de Warner Music Group Company © 1976 Elektra Records, interpretada por Eagles.

Spanish Fly, ℗© 2008 WEA International Inc., interpretada por Eric Benét.

Anything for You, ℗© 2020 Listen Back Entertainment, LLC bajo licencia exclusiva de BMG Rights Management (US) LLC, interpretada por Ledisi.

Until You Come Back to Me, ℗ 1999 Dome Records, Ltd., interpretada por Hil St. Soul.

Forever Mine, ℗© 2020 Thicke Music / EMPIRE, interpretada por Robin Thicke.

If I Knew, ℗© 2012 Atlantic Recording Corporation para Estados Unidos y WEA International Inc. para el resto del mundo, interpretada por Bruno Mars.

Our First Time, ℗© 2010 Elektra Entertainment Group Inc. para Estados Unidos y WEA International Inc. para el resto del mundo, interpretada por Bruno Mars.
Soledad en mí, ℗© 2010 Warner Music Spain, S. L., bajo licencia exclusiva de Arequipa Entertainment, interpretada por La Musicalité.
Santa Lucía, © 1998 Promusica, S. L., interpretada por Miguel Ríos.
Cry to Me, ℗© Jb Production, interpretada por Solomon Burke.
Todo a pulmón, ℗ 1984 Universal Music Spain, S. L. © 2005 Universal Music Spain, S. L., interpretada por Miguel Ríos.
And I Love Her, ℗© 2008 The Verve Music Group, de UMG Recordings, Inc., interpretada por Kenny Lattimore.
Another You, ℗© E1 Music, interpretada por Brian McKnight.
September Morn, ℗ 2014 Neil Diamond, bajo licencia exclusiva de Capitol Records LLC © 1979 Neil Diamond, bajo licencia exclusiva de Capitol Records LLC, interpretada por Neil Diamond.
Can't Take My Eyes Off You, ℗© 2016 Joseph Vincent, interpretada por Joseph Vincent.
For You, ℗ 1996 Sony Music Entertainment Inc., interpretada por Kenny Lattimore.

Otros títulos de la autora en Booket:

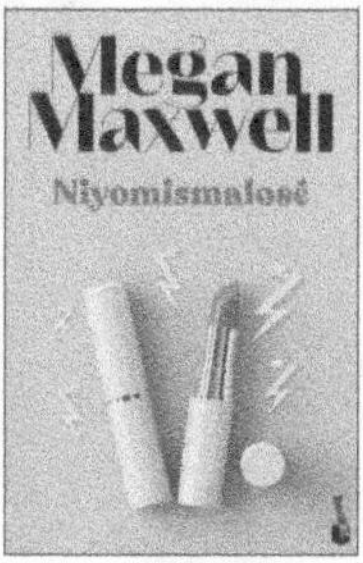